바다의 별

바다의 별

초판 1쇄 펴낸 날 / 2008년 11월 10일

지은이 • 폴 앤더슨 | 옮긴이 • 이정인 | 펴낸이 • 임형욱 | 편집주간 • 김경실 |
책임기획 • 김상훈 | 편집장 • 정성민 | 디자인 • AM | 영업 • 이다윗 | 독자교열 • 김태진 심완선 이정석
펴낸곳 • 행복한책읽기 | 주소 • 서울시 중구 필동3가 15 문화빌딩 403호
전화 • 02-2277-9216,7 | 팩스 • 02-2277-8283 | E-mail • happysf@naver.com
인쇄 제본 • 동양인쇄주식회사 | 배본처 • 뱅크북
등록 • 2001년 2월 5일 제2-3258호 | ISBN 978-89-89571-55-1 03840 값 • 13,000원

THE TIME PATROL
by Poul Anderson

바다의 별
STAR OF THE SEA

폴 앤더슨 / 이정인 옮김

행복한책읽기

STAR OF THE SEA

by

Poul Anderson

1991

틀림없이 나의 잘못을 지적해 줄
케니 그레이에게
그리고 그런 일은 하지 않을 분별이 있는
글로리아에게 바친다.

차 례

오딘의 비애

그때 나는 세상에 울리는 목소리를 들었다.

'아, 슬프도다! 깨진 서약이여,

니벨룽의 욕망은 무겁고, 고트의 오딘은 비탄에 잠겼구나!'

──윌리엄 모리스*, 〈뷜숭 족의 시구르드〉

372

   문이 열리자 황혼으로부터 바람이 몰아쳐 들어왔다. 홀 옆을 따라 파인 구덩이에서 모닥불이 화르륵 타올랐다. 돌 램프에서 불꽃이 너울너울 흘러나왔다. 지붕 구멍으로 채 빠져나가지 못한 연기가 세차게 흔들리며 부옇게 퍼졌다. 갑자기 스며든 빛에 창끝과 도끼날, 칼과 방패가 희미하게 번득였다. 큰 방에 모인 남자들은 동작을 멈추고 주변을 경계했다. 뿔잔에 맥주를 담아 오던 여자들도 마찬가지였다. 불안한 그림자들 속에서 움직이는 듯 보이는 건 기둥에 새겨진 신들뿐이었다. 아버지 티와즈**, 도끼의 도나르***, 쌍둥이 마부들. 그런 신들과 함께 야수와 영웅, 뒤엉킨 나뭇가지 문양들이 벽면을 장식하고

---

* 영국의 작가이자 건축가(1834~1896).

** 법과 다산, 평화를 보장하는 게르만의 신.

*** 게르만족의 번개의 신. 토르의 다른 이름.

있었다. 휘이이 바람이 울었다. 바람 자체만큼이나 차가운 소리였다.

하타울프와 솔베른이 들어왔다. 둘 가운데로 그들의 어미 울리카가 성큼성큼 걸어왔다. 자식들과 마찬가지로 무서운 얼굴을 하고 있었다. 세 사람은 심장이 한두 번 뛸 동안 멈추어 섰다. 그들의 말을 기다리는 사람들에게는 긴 시간이었다. 솔베른이 문을 닫았고, 하타울프가 앞으로 나가 오른팔을 번쩍 치켜들었다. 불이 지지직거리며 타는 소리와 점점 거칠어지는 숨소리를 빼고 침묵이 홀을 무겁게 짓눌렀다.

하지만 가장 먼저 입을 연 사람은 알라윈이었다. 자리에서 일어나 호리호리한 몸을 떨면서 그가 부르짖었다. "그래, 복수를 하는 거야!" 목소리가 찢어졌다. 알라윈은 겨우 열다섯 살이었다.

옆에 있던 전사가 그의 소맷자락을 붙잡고 끌어당기며 윽박질렀다. "앉아라. 족장님이 말씀하실 거다." 알라윈은 말을 삼키고, 한번 노려보고 나서 다시 자리에 앉았다.

하타울프의 노란 수염 사이로 웃음 비슷한 것이 이빨을 드러냈다. 그는 저 이복동생보다 9년 먼저 세상에 나왔고 친동생 솔베른보다는 네 살 많았다. 하지만 하타울프는 실제보다 노숙해 보였다. 큰 키와 넓은 어깨, 거친 걸음걸이 때문만은 아니었다. 아버지 타라스문드가 죽은 이후 지난 5년 동안 부족을 이끈 것이 그의 역할이었다. 그것은 하타울프의 정신을 빨리 성숙하게 만들었다. 울리카가 그를 꽉 틀어잡고 있다고 수군대는 사람들도 있었다. 하지만 하타울프의 사내다움을 의문시하는 사람은 누구든 그와의 싸움을 피할 수 없었다.

"그렇다."

하타울프가 말했다. 목소리를 높이지 않았음에도 건물의 끝에서 끝까지 들렸다.

"계집들은 포도주를 내와라. 사내들은 잔뜩 마시고 아내와 사랑을 나누어라. 전투 장비를 꺼내라. 도움을 주기 위해 오신 친구들이여, 내 깊은 감사를 받으시오. 내일 새벽 우리는 내 여동생을 죽인 자를 베기 위해 말을 타고 떠날 것이오."

"에르마나리크."*

솔베른이 내뱉듯 말했다. 그는 하타울프보다 키가 작고 까무잡잡했다. 솔베른은 전쟁이나 사냥보다 농사를 짓고 물건 만드는 일을 더 좋아했다. 하지만 그는 입에서 더러운 것을 뱉어 내듯 그 이름을 내뱉었다.

놀라움보다 한숨에 가까운 것이 무리를 쓸고 지나갔다. 여자들 중 일부는 몸을 움츠리거나 남편이나 형제, 아비 또는 장래에 시집갈 청년들에게 바싹 기댔다. 호위 무사 몇은 목구멍 깊숙한 곳에서 기쁜 듯 그르렁 소리를 냈다. 다른 사람들의 분위기는 싸늘히 가라앉았다.

아까 알라윈을 끌어 앉힌 리우데리스는 후자에 속했다. 그는 눈에 잘 띄도록 사람들의 머리 위로 일어섰다. 반백의 머리에 얼굴에 흉터가 있는 뚱뚱한 사내였다. 그는 예전에 타라스문드가 가장 신뢰하던 사람이었다. 리우데리스가 무거운 목소리로 물었다.

"그대는 충성을 맹세한 왕에게 반기를 들 생각이오?"

"그자가 스완힐드를 말발굽으로 짓밟았을 때 맹세는 의미가 없어졌소."

하타울프가 대답했다.

"하지만 왕은 란드와르가 역모를 꾸몄다고 말했소."

"그건 그자가 한 말이지!"

---

* 4세기 러시아 초원지역에 있었던 고트 족 왕국 그레우퉁의 왕. 반(半)전설적인 인물로 흑해에서 발트 해까지 세력을 떨쳤으나 376년 훈 족에게 패하여 왕국은 멸망하고 자신은 자살했다고 전해진다.

울리카가 외쳤다. 그녀는 빛이 더 잘 비치는 곳으로 걸어 나갔다. 울리카는 덩치가 큰 여자였다. 반은 회색이고 반은 붉게 남은 땋은 머리칼이 여신처럼 엄하게 얼어붙은 주름진 얼굴을 둘러싸고 있었다. 그녀의 망토는 값진 모피로 장식돼 있었고, 그 아래 동쪽 땅의 비단으로 만든 옷을 입고 있었다. 목에는 북쪽 땅에서 온 호박이 빛나고 있었다. 그녀는 신의 후손인 타라스문드의 가문으로 시집온 왕의 딸이었기 때문이었다.

그녀는 주먹을 꽉 쥐고 서서, 리우데리스와 나머지 사람들에게 쏘아붙였다.

"빨간 머리 란드와르가 에르마나리크를 끌어내리려고 했을지 모르지. 고트 족은 그 개한테서 너무나 오랫동안 고통 받았소. 그래, 나는 그놈을 개라고 불렀소. 에르마나리크, 살아 있을 가치가 없는 놈. 그놈이 우리를 얼마나 강하게 만들었으며, 그자의 세력이 발트 해에서 흑해까지 미친다는 말 따위는 내 앞에서 꺼내지 마시오. 그건 그자의 세력이지, 우리 것이 아니야. 그자가 죽으면 다 사라질 것들이오. 다른 것에 대해 생각해 보시오. 우리가 바쳐야 하는 터무니없는 세금, 신세 망친 부녀자들, 부당하게 뺏긴 땅과 고향에서 내몰린 백성들, 단지 그의 행동에 거슬리는 말을 했다는 이유만으로 토막나거나 불태워진 사람들. 에르마나리크가 자기 조카들과 그 가족들의 보물을 얻지 못하자 그들을 어떻게 학살했는지 생각해 보시오. 그자가 어떻게 란드와르의 목을 매달았는지 생각해 보시오. 근거라고는 시비코 만프리트손의 말밖에 없었소. 시비코, 왕의 귀에 쉴 새 없이 혀를 날름거리는 독사 같은 놈. 그리고 스스로에게 되물어 보시오. 란드와르가 진짜 에르마나리크의 적이 되었다 해도, 자기 혈족이 짓밟힌 데 대해 복수를 하기도 전에 발각된 거라 해도, 만일 그게 사실이라 해도, 왜 스완힐드까지 죽여야 했소? 스완힐드는 그의 아내였을 뿐이오."

울리카가 숨을 가다듬었다.

"그애는 또한 타라스문드와 나의 딸이며, 그대들의 족장 하타울프와 그의 동생 솔베른의 여동생이요. 보단의 후손인 내 아들들은 에르마나리크를 저승에 보내서 스완힐드의 노예가 되게 할 거요."

"그대는 한나절 동안 자식들하고만 이야기했소, 부인. 그들의 생각이 아니라 부인의 생각은 얼마나 되는 것이요?"

리우데리스가 말했다.

하타울프가 손을 칼로 가져가며 날카롭게 말했다.

"말이 너무 심하오."

"나는 나쁜 뜻으로 말한 것은……"

울리카가 전사의 말을 끊었다.

"대지는 어여쁜 스완힐드의 피로 울고 있소. 우리가 그애를 죽인 자의 피로 씻어 주지 않는다면 대지가 우리를 위해 다시 결실을 맺어 주겠소?"

솔베른은 더 침착했다.

"그대들 테우링 부족은 왕과 우리 부족 사이에 오랫동안 갈등이 있어 왔다는 사실을 잘 알고 있을 거요. 그렇지 않다면 무슨 일이 벌어졌는지를 듣고 왜 우리한테로 온 거요? 그대들 모두 왕의 이번 행동은 필시 우리의 기력을 시험해 보려는 수작이라고 생각하지 않는 거요? 만약 우리가 가만히 앉아 있는다면, 만약 헤오로트*가 왕이 주는 속죄금이 무엇이든 그것을 받아들인다면, 그자는 우리 모두를 제 마음대로 깔아뭉개도 된다고 생각할 거요."

리우데리스가 고개를 끄덕이며 가슴에 팔짱을 꼈다.

---

* 고대 영어로 씌어진 최초의 장시 〈베오울프〉에 등장하는 덴마크 왕궁의 이름. 여기서는 테우링 족장의 홀을 가리킨다.

"글쎄, 이 늙은 머리통이 붙어 있는 한 나와 내 자식들을 두고 전쟁터로 나갈 수는 없을 거요. 난 그저 그대와 하타울프가 너무 서두르는 건 아닌가 했을 뿐이오. 에르마나리크는 실로 강력하오. 그를 치러 가기 전에 때를 기다리며, 준비를 든든히 하고, 이웃 부족 사람들을 모으는 것이 더 낫지 않겠소?"

하타울프가 아까보다 조금 따뜻하게 다시 웃음을 지었다.

"우리도 그 점에 대해 생각해 보았소."

그가 차분한 음성으로 말했다.

"우리가 시간을 가진다면 그건 왕에게도 시간을 주는 게 되오. 우리가 왕에 맞서 아주 많은 창을 일으킬 수 있다고 생각하지 않소. 훈족이 진군해 오는 동안에는 봉신들은 공물을 아까워하지 않을 거요. 그리고 로마 인들은 고트 족끼리 싸우는 틈에 쳐들어와서 모두를 복속시킬 기회를 노릴 거요. 게다가 에르마나리크는 테우링 부족을 꺾으려고 움직이기까지 허송세월을 보내진 않을 거요. 그러니 우리는 바로 지금, 그가 미처 대비하기 전에 공격해야 하오. 불시에 기습해서 호위병들을 제압하고—호위병들은 지금 여기 모인 사람들보다 별로 많지 않을 거요—단숨에 에르마나리크를 벤 다음, 회의를 소집해서 새 왕을 뽑는 거요."

리우데리스가 다시 고개를 끄덕였다.

"나는 내 생각을 말했고, 족장님은 족장님의 생각을 말했소. 이제 이야기는 끝냅시다. 내일 우리는 출발합니다."

그가 자리에 앉았다.

"위험한 일이지만…… 이 아이들은 살아남은 내 마지막 자식들이오. 애들이 죽음으로 가고 있을지도 모르지요. 하지만 그건 신들과 사람들의 운명을 정하는 수호자의 뜻에 따르는 일이오. 그러나 내 자식들이 여동생을 죽인 자에게 무릎을 꿇게 하느니 차라리 용맹하게 죽게 하겠소. 거기서는 어떤 행운도 기대할 수 없을 거요."

울리카가 말했다.

어린 알라윈이 의자에서 벌떡 일어나 칼을 앞으로 뽑아 들고 외쳤다.

"우리는 죽지 않아요! 죽을 자는 에르마나리크요. 그리고 하타울프가 동고트 족의 왕이 될 거요."

파도가 일듯 천천히 사람들에게서 함성이 일었다.

진지한 솔베른이 홀 아래쪽을 걸어갔다. 사람들이 그를 위해 길을 비켜 주었다. 바닥에 깔아 놓은 골풀이 바스락거렸고, 진흙 바닥이 그의 장화 아래 철벅거렸다.

"너 방금 '우리' 라고 말했느냐?"

그가 왁자지껄한 소리를 뚫고 물었다.

"안 돼, 너는 어리다. 넌 여기 있어야 해."

솜털이 보송한 볼이 붉어졌다.

"난 사내고 내 가문을 위해 싸울 수 있어요."

울리카가 서 있던 자리에서 굳어졌다. 그녀의 입에서 잔인한 말이 튀어나왔다.

"'너의' 가문이라고? 이 짐짝 같은 녀석이."

커져 가던 웅성거림이 가라앉았다. 남자들은 어색한 시선을 주고받았다. 지금 같은 순간에 해묵은 증오심을 드러내는 것은 좋은 징조가 아니었다. 알라윈의 어미 에렐리에바는 타라스문드의 그저 그런 정부가 아니었다. 그녀는 타라스문드가 진정 아끼던 단 한 명의 여인이었다. 울리카는 에렐리에바가 그에게 낳아준 아이들이 첫째 아들인 알라윈을 빼고 모두 일찍 죽은 것을 대놓고 기뻐했다. 족장이 저 세상으로 간 뒤 친구들은 그녀를 멀리 떨어진 곳에 살고 있는 자유민과 서둘러 결혼시켰다. 알라윈은 가지 않았다. 족장의 아들로서 당연한 일이었지만, 울리카는 늘 그를 구박했다.

"예, 나의 가문."

알라윈이 말했다.

"그리고 나·나·나의 누이인 스완힐드를 위해."

말을 더듬은 것이 수치스러워 그는 입술을 깨물었다.

하타울프가 다시 팔을 들었다.

"그만, 그만. 소년이여, 넌 권리가 있고 그걸 요구하는 건 당연하다. 그래, 날이 밝으면 함께 떠나자."

그의 시선은 울리카에게 맞섰다.

그녀는 입을 삐쭉거렸지만 아무 말도 하지 않았다. 모두들 애송이가 전투에서 죽기를 울리카가 바라고 있을 거라고 생각했다.

하타울프가 홀 중앙에 있는 높다란 의자로 성큼성큼 걸어갔다. 그의 말이 쩌렁쩌렁 울렸다.

"말다툼은 이제 그만! 우리는 오늘 밤을 즐길 거요. 하지만 우선, 안슬라우그."

그가 아내에게 말을 걸었다.

"이리 와서 내 옆에 앉으시오. 그리고 모두 함께 보단의 술잔을 마실 거요."

남자들은 발을 구르고, 주먹으로 벽을 두들기며, 횃불처럼 칼을 치켜들었다. 여자들도 남자들과 함께 외치기 시작했다.

"만세, 만세, 만세!"

문이 열렸다.

가을이 바싹 다가온 탓에 날은 벌써 어두웠다. 새로 온 방문자는 어둠 한가운데 서 있었다. 바람이 그의 푸른빛 망토 자락을 펄럭였고, 마른 나뭇잎 몇 개가 방문자를 지나 방으로 날아 들어왔다. 사람들이 누가 왔는지 보려고 고개를 돌렸다가 날카롭게 숨을 들이켰다. 앉아 있던 자들도 서둘러 자리에서 일어났다. 그것은 <방랑자>였다.

＜방랑자＞는 그들 사이에서 가장 높이 우뚝 서 있었다. 챙이 넓은 모자가 그의 얼굴에 그늘을 드리웠다. 하지만 회색 머리카락과 수염, 형형한 눈빛은 숨길 수 없었다.

그들 중에서 그를 전에 본 적이 있는 사람은 거의 없었다. ＜방랑자＞가 가끔 모습을 드러낼 때 대부분의 사람들은 그를 가까이서 볼 기회가 없었다. 하지만 테우링 족장들의 선조를 알아보지 못하는 사람은 아무도 없었다.

울리카가 제일 먼저 용기를 냈다.

"안녕하십니까, ＜방랑자＞여. 어서 오십시오. 이렇게 우리 집에 오시다니 영광입니다. 들어와서 상석에 앉으십시오. 포도주를 뿔잔에 갖다 올리겠습니다."

"아닙니다. 고블릿*으로, 로마 인들의 고블릿. 우리가 가진 제일 좋은 잔입니다."

솔베른이 말했다.

하타울프가 어깨를 펴고 선조 앞에 섰다.

"무슨 일이 일어나고 있는지 아시지요. 우리를 위해 하시고 싶은 말씀은 무엇입니까?"

"이것이다."

＜방랑자＞가 대답했다. 그의 목소리는 깊었고, 그의 말은 남방 고트 족의 말 같지 않았다. 그들이 아는 어느 누구의 말과도 틀렸다. 사람들은 ＜방랑자＞가 원래 쓰는 말은 신들의 말이라고 생각했다. 오늘 밤 그의 말은 슬픔이 그 무게를 더한 듯 무겁게 가라앉았다.

"하타울프와 솔베른, 너희들은 복수를 하려 하고 있다. 그것은 변치 않는다. 하지만 알라윈은 너희들과 같이 가선 안 된다."

* 손잡이가 없는 받침 달린 잔.

소년이 하얗게 질린 채 뒷걸음질쳤다. 그의 목구멍에서 울음에 가까운 신음이 터져 나왔다.

〈방랑자〉의 시선이 그를 찾아내기 위해 홀을 돌았다.

"그렇게 해야 한다."

그는 천천히 한 마디씩 말을 이었다.

"네가 아직 어른이 되지 않았고 용감하지만 가치 없이 죽을 거라고 말하는 것은 내가 너를 깔보고자 하는 말이 아니다. 모든 남자는 처음에 소년이었다. 아니 그 대신, 너에게는 다른 임무가 있을 거라고 말하겠다. 복수보다 더 어렵고 낯선 임무 말이다. 네 아버지의 아버지의 어머니인 요리트와……"

그의 목소리가 약간 흔들렸을까?

"내 후손들인 일족의 번영을 위해 말이다. 남아 있거라, 알라윈. 너의 때는 곧, 반드시 찾아올 것이다."

하타울프가 굳어 버린 목구멍에서 억지로 말을 꺼냈다.

"그…… 그렇게 하겠습니다. ……할아버님이시여, 당신의 뜻대로. 하지만 떠날 사람들에게…… 그건 무엇을 뜻하는 것입니까?"

〈방랑자〉는 대답하기 전에 잠시 그를 조용히 바라보았다.

"알려고 들지 마라. 이 말이 좋든 나쁘든 너희들은 알려고 들지 마라."

알라윈은 손으로 머리를 감싸 안은 채 자리에 주저앉아 몸을 떨었다.

"잘 있거라."

〈방랑자〉가 말했다. 망토가 휘날렸고 창끝이 허공을 저었다. 문이 닫혔다. 〈방랑자〉는 사라졌다.

1935

　기계가 시공을 넘어 돌아올 때까지 나는 옷을 갈아입지 않았다. 창고로 위장한 패트롤 기지에 도착한 뒤 4세기 후반 드네프르 강* 유역의 복장을 벗고 20세기 중반 미국인의 옷으로 바꿔 입었다.

　남자는 윗도리와 바지, 여자는 드레스라는 기본 양식은 같았다. 세세한 차이는 무수히 많았다. 고트 족의 옷은 옷감이 거칠었지만 넥타이와 양복보다 더 편했다. 나는 테우링 부족장의 홀에서 벌어지는 일을 밖에서 엿듣기 위해 사용한 특수 장비들과 함께 옷을 기계의 짐칸에 넣었다. 창은 들어가지 않기 때문에 타임 호퍼 옆에 매달아 놓았다. 나는 그 무기가 속한 시대로 돌아갈 때를 빼고는 아무 데도 창을 가져가지 않았다.

　오늘 당직 사관은 20대 초반이었다. 현대의 기준으로는 젊은 나이였지만, 오래 전 대부분의 시대에서 그는 이미 안정된 가정을 꾸렸을 나이이다. 그는 왠지 나에게 외경심을 갖고 있었다. 사실 타임 패트롤의 일원으로 내 업무가 가지는 전문성은 그와 별 다름이 없었다. 나는 시공로를 순찰하거나 곤경에 빠진 여행자들을 구조하는 흥미로운 일에는 전혀 참여하지 않았다. 나는 과학자 나부랭이일 뿐이다. 아마 '학자'라고 하는 게 더 정확할 것이다. 하지만 나는 마음대로 여행을 다녔다. 그건 이 친구에게 허용되지 않은 일이었다.

---

* 벨로루시와 우크라이나를 흐르는 강. 발다이 구릉에서 시작하여 키예프를 지나 흑해로 들어간다.

격납고의 별 특징 없는 사무실로 들어서자 그가 내 눈치를 살폈다. 사무실은 건축회사의 것으로 되어 있었다. 그것이 이 시대, 이 도시에서 우리의 간판이었다.

"잘 돌아오셨습니다, 파니스 씨. 우와, 힘든 순찰이셨나 보네요."

"뭣 때문에 그렇게 생각하나?"

"표정을 보니 그런 것 같았습니다. 걸음걸이도."

"아무 위험도 없었네."

난 무뚝뚝하게 대꾸했다. 로리를 제외하고는 일에 대해 이야기하고 싶지 않았기 때문에, 아니 한동안은 로리에게도 이야기하고 싶지 않았기 때문에, 나는 그를 지나쳐서 거리로 나갔다.

여기도 가을이었다. 살기 힘들어지기 전까지 뉴욕에서 흔히 즐기는 산뜻하고 화창한 날이었다. 올해는 마침 내가 태어난 해였다. 돌과 유리로 만든 건물이 푸른 하늘을 찌를 듯 높이 솟아 있고, 산들바람에 구름이 흘러가고 있었다. 산들바람은 내게 차가운 키스를 보낸다. 그리 많지 않은 차들이 공기 속에 약간 독한 냄새를 불어넣었지만, 여름 동안의 휴식에서 깨어 나오기 시작한 군밤수레의 향기보다 강하지 않았다. 나는 5번가로 갔다. 매혹적인 가게들을 지나 세상에서 가장 아름다운 여인들과 우리 행성의 풍부함과 다채로움이 만들어낸 사람들 속에 섞여 주택가로 걸어갔다.

나는 집까지 걸어가면서 마음속의 긴장과 비참한 기분을 털어 버릴 수 있기를 바랐다. 도시는 자극적일 뿐 아니라 치유능력도 있으니까, 그렇지? 여기는 로리와 내가 살 곳으로 선택한 장소였다. 실제로 우리는 과거든 미래든 어디서나 살 수 있었다.

아니, 물론 꼭 맞는 말은 아니다. 대부분의 부부들처럼 우리는 적당히 익숙한 환경에 보금자리를 갖기를 원했다. 모든 걸 처음부터 배워야 할 필요도, 주위를 항상 경계할 필요도 없는 곳 말이다. 건강하고 돈 있는 백인 미국인에게 1930년대는 놀랄 만큼 살기 좋은 곳이었다. 시간 여행자가 존재한다는 사실을 전혀 모르는 손님이 올 때 사용하지 않도록 조심하면, 에어컨처럼 그 시대에 존재하지 않는 편의시설도 설치할 수 있었다. 맞다. 루즈벨트 패거리가 정권을 잡고 있었다. 하지만 공화국의 기업국가로의 변질은 아직은 많이 진척되지 않았고, 로리와 나의 개인적 삶에 영향을 미치지 않았다. 사회의 명백한 해체는 (내 생각으로는) 1964년 선거 이후까지 빠르고 명확한 과정이 진행되지는 않을 것이다.

우리 어머니가 나를 임신하고 있을 중서부였다면 우리는 성가실 정도로 조심해야 했을 것이다. 하지만 대부분의 뉴요커들은 관대하거나 적어도 호기심은 없었다. 가슴까지 내려오는 수염과 기지에 있는 동안 땋아 내린 어깨까지 내려오는 머리칼은 사람들의 눈길을 끌지 않았다. 꼬마들 몇이 "비버다!"라고 외칠 뿐이었다. 집주인과 이웃들, 다른 동시대인들에게, 우리는 은퇴한 독일 철학 교수와 그 아내로 되어 있었다. 우리의 괴상함은 그것으로 설명이 되었고, 또 반쯤은 사실이었다.

따라서 길을 걷는 것은 나를 약간은 편하게 했고 패트롤 대원이 가져야만 하는 관점으로 돌아오게 했다. 우리는 파스칼의 말이 우리를 포함한 시공 전체의 모든 인류에게 진실이라는 것을 알아야 한다. "다른 막들의 모든 희극이 아무리 유쾌하더라도, 마지막 막은 비극이다. 우리 머리 위의 작은 세상과 모든 것은 영원히 끝난다." 우리가 평온하진 않더라도 평정심을 가지고 그것을 견디기 위해서는 그 말을 뼛속 깊이 이해해야 한다. 글쎄, 나의 고트 족의 운명은 앞으로 채 십 년도 안 남은 미래에 유럽에 있는 수백만의 유대인들과 집시들이 겪을 운명이나, 지금 수백만의 러시아 인들이 겪고 있는 운명에 비하면 그나마 덜 불행한 편일 것이다.

부질없는 생각이다. 그들은 나의 고트 족이었다. 나를 둘러싼 그들의 유령은 거리와 건물과 살아 있는 인간들을 반쯤 기억나는 꿈처럼 비현실적으로 느껴지게 만들고 있었다.

로리가 줄 수 있는 안식처가 무엇이든 나는 그것을 향해 무작정 발걸음을 빨리했다.

우리는 센트럴 파크가 내려다보이는 커다란 아파트에 살았다. 우리는 따뜻한 밤에 센트럴 파크를 거니는 것을 좋아했다. 아파트 수위는 무장 경호원의 역할을 겸할 필요가 없었다. 오늘 나는 그의 인사에 퉁명스럽게 답함으로써 그에게 상처를 주었다. 그것을 깨달았을 때는 이미 엘리베이터 안이었다. 후회하기엔 이미 늦었다. 시간을 되돌려 사건을 변화시키는 것은 패트롤의 기본지침을 어기는 일이 될 것이다. 그런 사소한 것도 시공연속체를 위협할 수 있다. 그것은 한계 내에서 신축성이 있고, 변화의 결과는 대개 빠르게 감소한다. 실제로 시간 여행자들이 과거를 발견하는 범위 대비 그들이 그것을 창조하는 범위에 대해 흥미로운 형이상학적 문제가 있다. 슈뢰딩거의 고양이*는 상자 속뿐 아니라 역사 속에도 숨어 있었다. 그러나 패트롤은 시간 여행이 데이넬리아의 초인들을 낳을 사건의 체계를 중단시키지 않는다는 것을 확실히 하기 위해 존재한다. 그들은 먼 과거의 평범한 인간들이 시간을 여행하는 법을 깨우쳤을 때, 패트롤을 설립했다.

엘리베이터 안에 있는 동안 내 생각은 익숙한 영역으로 도망쳤다. 그것은 유령들을 더 멀리 떼어 놓았고 덜 떠들썩하게 만들었다. 그럼에도 불구하고, 집으로 들어갔을 때 그들은 나를 따라왔다.

거실에 정리된 책들 사이에서 테레빈유 냄새가 떠돌았다. 로리는 여기 1930년대에서 화가로 조금 명성을 얻었다. 그녀는 더 이상 20세

* 오스트리아의 물리학자 슈뢰딩거가 양자역학을 설명하면서 든 비유.

기 후반의 전업주부가 아니었다. 패트롤이 일자리를 제안했을 때, 그녀는 거절했다. 상황에 따라 현장 요원—특히 여자—에게 요구되는 신체적 강인함이 부족했고, 일상적인 사무나 조사 업무는 흥미를 느끼지 못했다. 물론 우리는 매우 이국적인 환경에서 휴가를 함께 보냈다.

그녀는 내가 들어오는 소리를 듣고 작업실에서 나를 맞으러 나왔다. 그 모습은 내 기분을 약간 나아지게 했다. 더러워진 작업복을 입고, 빨간 머리를 스카프로 묶은 그녀는 여전히 날씬하고 유연하며, 매력적이었다. 녹색 눈가의 주름살은 나를 안기 위해 가까이 다가오기 전까지 눈에 띄지 않을 정도였다.

이웃 사람들은 매혹적인데다 훨씬 어리기까지 한 아내를 뒀다고 나를 부러워하곤 했다. 실제 나이차는 여섯 살밖에 안 되었다. 패트롤에 들어갔을 때 나는 40대 중반이었고, 일찌감치 머리가 셌다. 반면 아내의 얼굴은 대부분이 젊은 시절 그대로였다. 우리 조직이 제공하는 장수요법은 노화과정을 억제할 순 있었지만 되돌릴 수는 없었다.

게다가 그녀는 대부분의 인생을 1분에 60초씩 정상적인 시간 속에서 보냈다. 현장 요원인 나는 아침에 다녀오겠다고 인사를 하고 저녁을 먹으러 들어오는 사이 며칠, 몇 주, 몇 달을 보내곤 했다. 그 사이 그녀는 내 방해 없이 자기 경력을 쌓을 수 있었다. 내가 살아온 세월은 백 년에 가까웠다. 가끔 천 년처럼 느껴질 때도 있었다. 그것은 그렇게 나타났다.

"안녕, 칼, 내 사랑!"

그녀의 입술이 내 입술에 와서 떨렸다. 나는 그녀를 끌어안았다. 옷에 물감이 묻은들 뭐 어떤가? 그리고 로리가 물러서서, 내 손을 잡고, 나를 깊숙한 눈길로 바라보았다.

그녀가 낮은 목소리로 말했다.

"당신, 힘들었군요, 이번 여행."

"그럴 줄 알고 있었어."

내가 피로한 목소리로 대답했다.

"그래도 얼마나 그럴지는 몰랐잖아요. 오래 있었나요?"

"아니. 자세한 건 좀 있다 이야기해 줄게. 하지만 운이 좋았어. 키 포인트를 찾아서, 해야 할 일을 하고 돌아왔지. 몇 시간 숨어서 지켜보다가, 몇 분 나가서 이야기하고, 끝이었어."

"당신은 그걸 운이라고 할지도 모르겠네요. 빨리 돌아가야 하나요?"

"그 시대의 시간으로는 그렇지. 하지만 나는 여기서 쉬면서, 앞으로 일어날 거라고 알고 있는 일을 잊어버리고 싶어…… 한 두 주 정도 내가 당신 곁에 있어도 괜찮겠어?"

"여보."

그녀가 다시 내게로 왔다.

"어쨌든 문서를 작성해야 해. 하지만 저녁에는 외식을 하고, 극장에 가고, 같이 즐거운 시간을 보낼 수 있을 거야."

나는 그녀의 귀에 속삭였다.

"오, 당신이 좀 즐거운 시간을 보낼 수 있었으면 했어요. 날 위해 무리하진 말아요."

"뒤로 가면 일이 쉬워질 거야. 나는 원래의 내 임무만 하게 될 거야. 이 사건에 대한 이야기와 노래들을 기록하는 거지. 그건 단지…… 우선은 현실을 바로잡아야 해."

나는 안심시키듯 말했다.

"꼭 그렇게 해야만 하나요?"

"그래. 학문적 목적이 아니라, 아니, 그렇게 생각하지 않아. 하지만 그들은 내 종족이야. 내 종족."

로리가 나를 꼭 껴안았다. 그녀는 알고 있었다.

그녀가 모르는 사실, 나는 밀려드는 고통 속에서 생각했다 — 그녀가 모르기를 하느님께 기도하는 사실은, 내가 저 후손들을 그렇게 끔찍이 생각하는 바로 그 이유였다. 로리는 질투하지 않았다. 요리트와 내가 보냈던 시간을 결코 시샘하지 않았다. 그녀는 웃으면서 그것이 자기에게 아무것도 앗아가지 않는 반면 내가 연구하고 있는 공동체에서, 내 직업의 역사에서 당연히 유례가 없을 지위를 주었다고 말했다. 나중에 그녀는 최선을 다해 나를 위로해 주었다.

내가 그녀에게 말할 수 없는 것은 요리트가 단지 성별이 여성일 뿐인 친한 친구가 아니라는 것이었다. 내가 로리를 사랑한 만큼 1600년 전에 죽은 여자를 사랑했다는 것을, 그리고 여전히 그녀를 사랑하고 있고 아마 앞으로도 사랑할 것이라는 사실을 차마 로리에게 이야기할 수 없었다.

300

'들소 도살자' 빈니타르의 고향은 비스툴라 강*을 굽어보는 절벽 위에 있었다. 그곳은 홀 주변에 여섯 채 정도의 집이 모여 있는 마을이었다. 창고, 헛간, 취사장, 대장간, 양조장과 다른 일터들이 주위에 있었다. 빈니타르의 일족은 오랫동안 여기 살았고, 테우링 부족들 가운데 점차 중요한 위치에 서게 되었다. 서쪽엔 초원과 농경지가 있었

* 오늘날 폴란드 지역을 흐르는 강.

다. 동쪽 강 건너편은 아직 황무지였다. 하지만 부족의 수가 늘어남에 따라 그곳도 천천히 촌락이 잠식하고 있었다.

점점 더 많은 자들이 떠나가고 있지 않았다면, 나무가 남아나지 않았을지도 모를 일이다. 불안한 시대였다. 이동 중인 전사 집단만 약탈을 하는 것은 아니었다. 모든 주민들이 거처를 떠나며 맞닥뜨리는 자들과 충돌했다. 먼 곳으로부터 로마 인들이 서로 싸우고 있다는 소문이 들려왔다. 그들의 선조들이 이룩한 강대함은 산산이 깨어지고 무너졌다. 그래도 아직은 북쪽의 종족들이 제국의 국경지대를 약탈하는 것 이상의 대담한 행동을 하지 않고 있었다. 하지만 주민들이 제대로 방어하지 못하고 있는 따스하고 풍요로운 국경 지대의 남쪽 땅은, '이곳에 와서 새로운 거주지를 개척하라' 며 고트 족을 손짓해 부르고 있었다.

빈니타르는 살던 곳에 머물렀다. 그 대가로 그는 매년 농사일만큼이나 싸우는 데 시간을 보내야 했다. 주로 반달 족과 싸웠지만, 그레우퉁 부족이나 타이팔 부족 같은 고트 족과 싸울 때도 있었다. 자식들이 성인이 되어 가면서 다른 곳으로 떠나자고 조르기 시작했다.

칼이 올 무렵 상황은 이러했다.

그는 겨울에 왔다. 사람들이 거의 여행하지 않는 때였다. 그 때문에 사람들은 삶의 단조로움을 깨는 낯선 이들을 의심스럽게 맞이했다. 그럼에도 불구하고 그들은 자신들의 족장이 그를 만나고 싶어 할 것이라는 걸 알고 있었다.

칼은 창을 지팡이 삼아 얼어붙은 길의 바큇자국 위로 쉽사리 성큼성큼 다가왔다. 그의 푸른 망토는 눈 덮인 들판, 앙상한 나무들, 음울한 하늘 풍경에서 유일하게 색깔이 있는 것이었다. 개들이 그를 향해 크게 짖으며 으르렁거렸다. 그는 두려운 기색을 전혀 보이지 않았다. 나중에 사람들은 그가 자신을 공격하는 개들을 쳐 죽일 수 있다는 걸 알게 되었다. 지금 그들은 갑작스러운 경외심으로 개들을 물러서게 하고 그를 맞았다. 그의 옷은 매우 훌륭했고 티끌 한 점 묻어 있지 않았다. 칼 자체도 경외심을 불러일으켰다. 여기 사는 누구보다 키가 컸고, 말랐지만 건강했고, 수염이 희끗희끗한 사람이 소년처럼 유연했다.

전사 한 명이 앞으로 와서 그를 맞았다.

"나는 칼이라고 하오."

그가 묻는 말에 대답했다. 다른 소개는 없었다.

"잠시 당신들의 손님이 되고자 합니다."

그 남자 입에서 고트 족의 말이 유창하게 흘러나왔다. 하지만 그 말들의 어감, 때때로 어순이나 어미는 테우링 부족이 아는 어떤 사투리와도 달랐다.

빈니타르는 자신의 홀에 있었다. 그가 부하처럼 놀라는 건 체통에 걸맞지 않은 일이었을 것이다. 칼이 들어가자, 높다란 상석에 앉아 있던 빈니타르가 가문의 오랜 관습에 따라 말했다.

"평화롭고 정직하게 왔다면 그대를 환영하오. 아버지 티와즈께서 그대를 보호하고, 어머니 프리야께서 그대를 축복하기를."

"고맙습니다. 걸인이라고 생각하는 게 당연한 사람에게 친절한 말씀이로군요. 저는 걸인이 아닙니다. 이 선물이 가치를 찾기를 바랍니다."

칼이 허리춤의 주머니에 손을 뻗어 팔뚝에 끼는 장식 고리를 꺼내 빈니타르에게 주었다. 구경하려고 몰려든 사람들은 탄성을 질렀다. 고리는 묵직한데다, 순금이었고, 정교하게 세공되어 보석들이 박혀 있었다.

족장은 가까스로 침착함을 유지했다.

"이건 왕이나 받을 선물이로군. 내 옆에 와서 앉으시오, 칼."

그것은 영예로운 자리였다.

"원하는 만큼 이곳에 머무르시오."

그는 손바닥을 마주쳐 사람을 불렀다.

"호, 손님께 벌꿀술을 내드려라. 내가 이분의 건강을 위해 축배를 들 수 있도록 나한테도 가져오너라!"

그러고는 주위에 몰려나온 처녀, 총각들과 아이들에게 말했다.

"너희들은 일하던 곳으로 돌아가라. 이분이 우리에게 말하고 싶은 것이 무엇이든 저녁식사 후에 모두 들을 수 있을 게다. 지금은 이분이 분명 피곤할 테니까."

그들은 투덜거리며 그 말에 따랐다.

"왜 그런 말씀을 하십니까?"

칼이 그에게 물었다.

"그대가 어젯밤 묵었을 가장 가까운 인가도 여기서 아주 머니까."

빈니타르가 대답했다.

"나는 아무 데에서도 묵지 않았습니다."

"뭐라구?"

"곧 아시게 될 것입니다. 내가 거짓을 말하고 있지 않다는 걸 알게 할 겁니다."

"허나——"

빈니타르는 그를 곁눈질하며 콧수염을 잡아당겼다. 그리고 천천히 말했다.

"그대는 이 지방 사람이 아니로군. 그대는 멀리서 온 것이 분명해. 하지만 갈아입을 옷을 갖고 있지 않은데도 그대의 옷은 깨끗하군. 여행자라면 으레 갖고 다니는 식량 같은 건 아무 데도 없고. 그대는 누구며, 어디에서 온 거요? 그리고…… 어떻게?"

칼의 목소리는 온화했다. 하지만 듣는 이에겐 강철이 들어 있는 것처럼 단호하게 들렸다.

"입 밖에 낼 수 없는 일들도 있지요. 맹세합니다. 만약 거짓이라면 저는 도나르의 번개를 맞을 겁니다. 나는 죄를 지은 자도 아니고, 당신의 일족에게 해를 끼칠 자도 아닙니다. 당신 집에 들인 것을 부끄럽게 만들 부류도 아닙니다."

"만약 명예가 그대에게 비밀을 지킬 것을 요구한다면, 누구도 캐묻지 않을 거요. 허나 우리는 궁금할 수밖에 없다는 걸 알아주시오."

대화를 끝냈을 때 빈니타르가 안도감을 느낀 것은 분명했다. 그가 소리쳤다.

"아, 여기 벌꿀술이 왔군. 그대에게 뿔잔을 가져온 사람이 바로 내 아내 살발린디스요."

칼이 그녀에게 공손하게 인사했다. 하지만 그의 눈길은 그녀 옆의, 빈니타르에게 술을 가져온 처녀를 향하고 있었다. 그녀는 예뻤고, 사슴처럼 움직였다. 묶지 않은 머리칼은 자그마한 얼굴을 지나 황금빛으로 흘러내리고 있었다. 입술에는 수줍은 미소를 머금고, 커다란 눈은 여름 하늘빛을 띠고 있었다.

"우리 첫째 아이를 만나셨군요. 우리 딸 요리트예요."

살발린디스가 알려주었다.

1980

패트롤 학원에서 기초 훈련을 받고 나서 나는 내가 떠난 그 날짜로 로리에게 돌아갔다. 휴식과 적응의 시간이 필요했다. 올리고세*에서 펜실베이니아의 대학촌으로의 변화는 꽤 큰 충격이었다. 주변 정리도 해야 했다. "해외에 조건이 더 좋은 자리가 나서" 학교를 그만두기 전에 일단 이곳에서의 학기를 마저 끝내야 했다. 로리는 집을 내놓고, 가져가지 않을 물건들을 처분했다. 우리가 정착할 곳이 어느 시대, 어느 곳이건 간에 말이다.

오랜 친구들에게 작별인사를 하는 것은 괴로운 일이었다. 우리는 가끔 들르겠다고 약속했지만, 그것이 아주 드문 일이 될 거라는 걸 알고 있었다. 해야 하는 거짓말은 너무 부담스러운 것이었다. 지시받은 대로 우리는 내가 모호하게 설명한 새 일자리가 CIA 정보원을 위한 위장신분이라는 인상을 주었다.

뭐, 처음부터 타임 패트롤 대원의 삶은 작별의 연속일 거라는 말을 듣긴 했다. 하지만 그것이 진정 뭘 의미하는지는 아직 더 배워야 했다.

전화를 받았을 땐, 여전히 이사 준비를 하는 중이었다.

"파니스 교수님? 저는 무임소 대원인 맨스 에버라드라고 합니다. 이번 주말쯤 잠깐 만나 얘기를 할 수 있을까 합니다만."

가슴이 두근거렸다. 무임소 직은 조직에서 도달할 수 있는 가장 높은 직위였다. 패트롤이 감시하는 백만 년 이상의 세월을 통틀어 그런 요원은 매우 드물었다. 보통 패트롤 대원은 순찰대원이라도 그 또는 그녀가 철저하게 파악할 수 있도록 하나의 시간 지역 내에서만 활동한다. 그리고 밀접하게 공동으로 움직이는 팀의 일부로 일한다. 하지만 무임소 직은 자기가 선택한 곳이면 어디든 갈 수 있었고, 스스로 적절하다고 판단하는 것은 거의 뭐든지 할 수 있었다. 그들은 자신의 양심과, 동료 무임소 대원들, 그리고 데이넬리아 인들에게만 책임을

---

* 타임 패트롤 학원은 올리고세(신생대 3기 중 세번째 시대로 점신세라고도 한다)에 있다. 「타임 패트롤」 1권을 참조.

질 뿐이었다.

"어, 그럼요, 됩니다."

나도 모르게 대답이 튀어나왔다.

"토요일이 괜찮을 것 같습니다. 이쪽으로 오시겠습니까? 제가 저녁식사를 대접하겠습니다."

"고맙군요. 하지만 제가 사는 곳으로 오시는 게 더 나을 것 같은데요. 어쨌든 첫 미팅이니까요. 내 서류들과 컴퓨터 단말기 같은 것들을 쓰기도 편하고, 둘만 봤으면 합니다. 비행기 시간표는 걱정하지 마십시오. 집 지하실 같은, 아무 눈에도 띄지 않을 곳을 찾아보세요. 위치 탐사기를 받으셨나요? ……좋습니다. 좌표를 읽고, 그걸 제게 다시 불러 주세요. 제 타임 호퍼로 태워 드리겠습니다."

나중에 나는 그것이 에버라드의 성격이라는 것을 알았다. 덩치가 크고 거칠어 보이는, 케사르나 칭기즈칸이 꿈꾼 것보다 더 큰 권력을 휘두르는 그는 길이 잘 든 신발처럼 편안한 사람이었다.

에버라드는 뒷자리에 나를 태우고 시간이라기보다 공간을 건너뛰어 뉴욕 시에 있는 현 시대의 패트롤 기지로 갔다. 거기에서 우리는 에버라드가 살고 있는 아파트로 걸어갔다. 그는 더러움, 무질서, 위험을 나보다 더 싫어했다. 하지만 에버라드는 20세기에 발 디딜 곳이 필요하다고 생각했다. 그는 아주 심하게 쇠락하기 전의 이러한 숙소들에 익숙해져 있었다.

에버라드가 설명을 시작했다.

"저는 교수님의 나라에서 1924년에 태어났습니다. 서른 살 때 패트롤에 들어왔지요. 그게 제가 직접 교수님을 면접해야겠다고 결심한 동기입니다. 우리는 꽤 비슷한 배경을 갖고 있습니다. 우리는 서로를 이해해야 합니다."

나는 마음을 안정시키기 위해 에버라드가 따라준 위스키소다를 죽들이킨 다음, 조심스럽게 말했다.

"그건 잘 모르겠군요. 요원님에 관한 얘기는 패트롤 학원에서 들었습니다. 패트롤에 들어오기 전에도 상당히 모험적인 삶을 살아 오신 것 같더군요. 패트롤에 들어오신 다음에는 더했구요. 저는, 저는 조용하고 굼뜬 사람입니다."

"그렇지 않지요."

에버라드가 들고 있던 서류를 보면서 말했다. 그의 왼손은 낡은 찔레뿌리 파이프를 감싸 쥐고 있었다. 가끔씩 그는 담배를 빨아들이거나 위스키소다를 홀짝거리곤 했다.

"기억을 되살려 볼까요? 교수님은 군복무 기간 중에 전투를 겪지 않았습니다. 허나 그건 우리가 웃으며 평시라고 부르는 시기에 2년간 복무했기 때문이었죠. 그렇지만 교수님은 사격훈련에서 최고 점수를 받으셨습니다. 등산, 스키, 요트, 수영 같은 야외 스포츠는 언제나 환영이었고, 대학 다닐 때는 미식축구를 하셨고, 대학원에서는 취미로 펜싱과 양궁도 하셨군요. 여행을 꽤 많이 하셨는데, 안전하고 무난한 곳만 다닌 건 아니었습니다. 그래요. 전 교수님이 우리 목적에 걸맞을 만큼 충분히 모험을 즐기는 사람이라고 부르겠습니다. 아마 약간 지나칠 정도로요. 그게 제가 교수님을 만나서 생각을 들어 보려는 한 가지 이유입니다."

어색한 기분을 느끼며 나는 다시 방을 둘러보았다. 고층의 조용하고 깔끔한 오아시스 같은 곳이었다. 책장이 늘어선 벽에는 훌륭한 그림 세 점과 청동기 시대의 창이 한 쌍 걸려 있었다. 그 밖에 기념품이 분명해 보이는 것은 북극곰 가죽뿐이었다. 10세기 그린란드에서 가져온 것이라고 했다.

"23년 동안 한 분과 결혼생활을 계속하셨군요. 요즘 같은 시대에, 성격이 안정돼 있다는 걸 의미하죠."

에버라드가 말했다.

이곳에 여성의 흔적은 전혀 없었다. 분명 다른 시대에 아내, 또는 아내들이 있을 것이다.

"자녀는 없으시구요."

에버라드가 말을 이어 나갔다.

"흠, 제 일은 아니지만, 원하신다면 우리 의료진이 폐경기 전 불임의 모든 원인을 치료할 수 있다는 걸 알고 계시죠? 늦은 임신의 문제를 충분히 해결해 줄 수도 있습니다."

"감사합니다. 나팔관──예, 로리와 저도 얘기를 해 본 적이 있습니다. 당연히 언젠가는 그 덕을 봐야겠지요. 하지만 우리는 부모가 되는 일과 새 직장을 동시에 시작하는 것이 현명한 일이라고 생각하지 않습니다."

"책임감 있는 태도로군요. 저는 그런 태도를 좋아합니다."

에버라드가 고개를 끄덕였다.

내가 용기를 내서 말했다.

"이 심사는 왜 하는 거죠? 저는 헤르베르트 간츠의 추천만으로 패트롤에 들어온 것이 아닙니다. 패트롤 사람들은 내게 그것이 뭔지 말하지 않고, 먼 미래에 개발된 심리 테스트 장치의 시험을 받게 했습니다."

그들은 그것을 과학 실험 장치라고 말했다. 나는 간츠의 부탁 때문에 그의 친구에 대한 호의로 협조해 주었다. 그건 그의 분야가 아니었다. 간츠는 나와 마찬가지로 게르만 어와 문학 전공이었다. 우리는 전공자 모임에서 만나 술친구가 됐고, 꽤나 죽이 맞았다. 그는 〈데오르Deor〉와 〈위드시드Widsith〉*에 대한 내 논문들을 높이 평가했고,

---

* 둘 다 고대 앵글로색슨 족의 시.

나는 고딕 어 성경에 대한 그의 논문을 높이 평가했다.

당연히 그때는 간츠가 그 논문을 썼다는 걸 몰랐다. 그건 1853년에 베를린에서 출판되었다. 그 뒤 간츠는 패트롤 대원으로 모집됐고 결국 자신의 사업을 위해 필요한 재능을 찾으러 가명으로 미래에 왔다.

에버라드가 등을 기대앉았다. 파이프 너머로 그의 시선이 나를 살폈다.

"그래요. 기계는 우리에게 교수님과 교수님 부인이 믿을 수 있는 사람이며, 두 분 다 사실을 알고 기뻐할 것이라고 했지요. 기계가 잴 수 없는 것은 제안받은 일자리에 얼마나 유능한가입니다. 용서하십시오. 기분을 상하게 할 생각은 전혀 없습니다. 모든 일에 능통한 사람은 아무도 없지요. 이 일은 힘든 일입니다. 외롭고, 주의가 필요한 일입니다."

에버라드가 잠시 말을 멈췄다.

"그래요, 주의가 필요합니다. 고트 족이 야만인일지는 몰라도 그게 그들이 우둔하다거나, 교수님이나 저처럼 감정이 상할 수 없을 거라는 얘기는 아닙니다."

"알고 있습니다. 하지만 보세요. 그럼 제가 미래에 보낼 보고서들을 읽어 보면 될 일입니다. 만약 초기의 보고서들이 제가 일을 잘 못한다고 보여준다면, 뭐, 그냥 내게 집에 들어앉아 책이나 뒤적이라고 이야기하면 되지 않습니까? 조직에 그런 일들도 필요하구요. 그렇지 않습니까?"

에버라드가 한숨을 쉬었다.

"벌써 알아봤습니다. 그리고 교수님이 임무를 만족스럽게 수행한다고, 수행했고, 수행할 것이라고 들었습니다. 그것으로는 충분하지 않아요. 교수님은 아직 겪어 보지 않았기 때문에, 패트롤이 얼마나 과부하에 시달리는지, 우리가 전 역사에 걸쳐 얼마나 지독하게 엷게 퍼져 있는지 모릅니다. 우리는 현장요원이 하는 모든 일들을 세세하게 점검할 수 없습니다. 그 요원이 저처럼 순찰대원이 아니라 교수님처럼 기록이 빈약하거나 기록이 아예 없는 시간대를 탐사하는 학자라면 더더욱 그렇지요."

그는 자기 잔을 꿀꺽 들이켰다.

"그 때문에 패트롤은 학술 분과를 두고 있는 겁니다. 부주의한 시간 여행자들이 바꾸지 못하게 막아야 할 실제 사건이 대체 무엇인지 패트롤이 조금이라도 더 잘 알 수 있기 위해 말이죠."

"그런 모호한 상황에서 그것이 중요한 차이를 만들까요?"

"그럴 수 있습니다. 머지않아 고트 족은 중요한 역할을 합니다. 그렇지 않습니까? 초기에 어떤 사건이 벌어졌는지 누가 압니까? 승리든 패배든, 살든 죽든, 한 개인이 태어나든 태어나지 않든—그 결과가 세대를 내려오면서 증폭될 때, 그것이 어떤 결과로 나타날 수 있을지 누가 알겠습니까?"

"하지만 전 간접적인 것을 제외하면 실제로 일어난 일에 전혀 관심이 없습니다. 제 목적은 수많은 잊혀진 이야기들과 시들을 복원하는 걸 돕고, 그것들이 어떻게 발전했으며 이후의 문학작품들에 어떠한 영향을 끼쳤는지 규명하는 것입니다."

내가 주장했다.

에버라드가 서글픈 미소를 지어 보였다.

"예, 압니다. 간츠의 대사업. 패트롤은 그것이 출발점이기 때문에, 그 시간대의 기록된 역사를 얻는 데 유일한 출발점이기 때문에, 그것을 받아들였습니다."

그가 잔을 마저 비우고 몸을 일으켰다.

"한잔 더 어떻습니까? 그리고 점심을 먹기로 하죠. 한잔 하면서 교수님의 계획이 정확히 뭔지 이야기를 들었으면 합니다."

에버라드가 권했다.

"글쎄요, 헤르베르트, 그러니까 간츠 교수와 이미 이야기를 나눠 보셨을 텐데요. 어, 고맙습니다. 한 잔 더 주십시오."

내가 놀라서 말했다.

"맞습니다."

에버라드가 잔을 채우면서 말했다.

"암흑시대의 게르만 문학을 복원한다. 문자가 없는 사회에 구전으로 전해지는 것들에 '문학'이라는 말을 붙여도 된다면 말이죠. 그것은 단지 큰 덩어리들만이 기록으로 남아 있죠. 그 기록들이 얼마나 심하게 왜곡됐는지에 관해 학자들 사이에 의견이 엇갈리고 있습니다. 간츠는 그, 그 니벨룽 서사시에 대해 연구하고 있었습니다. 내가 잘 모르겠다는 것은 교수님의 역할입니다. 그건 라인 지방의 이야기로 알고 있는데 교수님은 4세기의 동유럽을 혼자서 탐사하고 싶어 하시더군요."

에버라드의 태도는 위스키보다 나를 더 편안하게 해 주었다.

"저는 에르마나리크에 관한 부분을 조사하고 싶습니다. 그것은 꼭 필요한 부분이 아닙니다만 연결이 발생했습니다. 게다가 그것은 그 자체로도 무척 흥미롭습니다."

"에르마나리크? 그게 누굽니까?"

에버라드가 내게 잔을 주며 얘기를 듣기 위해 자리를 잡고 앉았다.

"조금 돌아가는 편이 낫겠군요. 니벨룽-뵐숭 전설에 대해 얼마나 잘 알고 계십니까?"

"글쎄요. 바그너의 반지 오페라들을 본 적은 있습니다. 그리고 바이킹 시대가 거의 끝날 무렵 스칸디나비아에서 임무를 수행할 때, 시구르드의 무용담을 들었습니다. 그 친구는 용을 죽이고 발키리를 깨웠는데, 나중에 모든 걸 망치고 말았지요."

"그건 전체 이야기의 한 부분입니다."

"그냥 말을 놓으세요, 칼. 그러면 저도 편하게 이야기하겠습니다."

"아, 어, 감사합니다. 이거 영광이로군."

너무 지나치지 않으려고 조심하면서 나는 자신 있는 강의 스타일로 이야기를 시작했다.

"아이슬란드의 〈뵐숭사가〉는 독일의 〈니벨룽겐의 노래〉보다 뒤에 글로 쓰어졌지만, 그 이야기의 더 오래되고 원형적이고, 더 긴 판본을 담고 있다네. 〈구 에다〉와 〈신 에다〉* 역시 그 일부를 포함하고 있고. 그것들이 바그너가 주로 차용한 원전들이지.

아마 뵐숭 족의 시구르드가 발키리 브룬힐드 대신 기우킹 족의 구드룬과 속아서 결혼한 걸 들어 보았을 걸세. 독일의 시에서 그들은 지크프리트, 부르군트의 크림힐트, 이젠슈타인의 브룬힐트라고 불리고 거기에 이교의 신들은 등장하지 않지. 하지만 지금 문제는 아닐세. 두 이야기에 따르면, 구드룬/크림힐트는 나중에 아틀리/에첼이라는 왕과 결혼하지. 에첼은 다름 아닌 훈 족의 아틸라**와 동일 인물이네.

거기서 두 판본이 명확히 갈라지지. 〈니벨룽겐의 노래〉에서 크림힐트는 지크프리트의 살해에 대한 복수로 자기 형제들을 에첼의 궁전으로 유인하여 공격해서 죽이네. 이탈리아를 정복한 동고트 족의 테오도리크 대왕***이 베른의 디트리히라는 이름으로 이야기에 등장하지. 하지만 실제 역사에서 그는 아틸라보다 한 세대 뒤에 활약한 인

---

* 고대 북유럽의 신화와 영웅 전설을 모아 놓은 책. 운문 형식의 〈구 에다〉와 스노리 스툴루손이 산문으로 지은 〈신 에다〉가 있다.
** 훈족의 왕(? ~ 453). 5세기 전반기에 현재 헝가리 지역을 본거지로 주변의 게르만 부족과 동고트 족을 굴복시켜 카스피 해에서 라인 강에 이르는 지역을 지배하는 대 제국을 건설하였다.
*** 서로마 제국을 멸망시킨 오도아케르를 처부수어 이탈리아를 정복하고 동고트 족과 서고트 족을 통일한 왕(454~526). 에르마나리크의 손자로 알려져 있다.

물이네. 디트리히의 부하 힐데브란트는 크림힐트의 배신과 잔인함에 질려서 그녀를 죽여 버리네. 그런데 힐데브란트는 간츠가 온전한 모습을 찾고 싶어 하는 시가*와 그것을 모방한 작품들 속에서 그 자신의 전설을 갖고 있지. 이 이야기에서 시간 순서가 얼마나 뒤죽박죽되어 있는지 알겠지."

"훈 족의 아틸라라고? 썩 좋은 친구는 아니었잖아. 어쨌든 아틸라는 훈 족의 깡패들이 이미 유럽을 휩쓸고 다니던 5세기 중반에 활동했어. 그런데 자네는 4세기로 간다며?"

"맞네. 이제 아이슬란드 쪽 이야기를 들어 보게. 아틀리는 구드룬의 형제들이 자신을 방문하도록 유인하네. 라인의 황금을 원했기 때문이지. 구드룬은 형제들에게 경고하려 했지만, 그들은 어쨌든 안전한 통행을 보장받고 오게 되었네. 그들이 아틀리에게 보물을 넘겨주지도, 그것이 어디 있는지도 말하지 않자 아틀리는 그들을 죽여 버렸지. 그러자 구드룬이 원수를 갚았네. 그녀는 자기가 낳은 아틀리의 아들들을 죽여서 평범한 음식인 양 아틀리에게 먹게 했지. 그리고는 아틀리가 자는 동안 그를 찔러 죽이고, 궁전에 불을 지른 뒤 훈 족의 땅을 떠났지. 그녀는 시구르드와 사이에서 낳은 딸인 스반힐드를 데려갔네."

에버라드는 이야기에 집중하느라 얼굴을 찡그렸다. 이 인물들을 따라가는 게 쉬울 리 없었다.

"구드룬은 고트 족의 나라로 가네. 거기서 다시 결혼해서 함디르와 쇠를리라는 아들을 둘 낳지. 고트 족의 왕은 <뵐숭사가>와 운문

---

* 가장 오래된 게르만 민족의 영웅서사시 <힐데브란트의 노래Hildebrandslied>를 가리킨다. 현재 810~820년 경 필사된 69행만이 전해지고 있으며, 오랜 원정 끝에 귀향한 힐데브란트가 자신을 몰라보는 친아들과 대립하게 된다는 이야기를 담고 있다.

형식의 <구 에다>에서 요르문렉이라고 불리네. 하지만 요르문렉이 에르마나리크를 가리킨다는 것은 분명한 사실이지. 에르마나리크는 4세기 중후반 경에 실재한 인물이지만 실체가 불분명한 인물이네. 스반힐드가 요르문렉과 결혼했다가 간통을 저질렀다는 거짓 누명을 썼는지, 아니면 반란 모의를 하다가 왕에게 붙잡힌 다른 누군가와 결혼했는지는 문헌들마다 다르네. 양쪽 이야기 모두에서 요르문렉은 불쌍한 스반힐드를 말이 짓밟게 해서 죽여 버리네.

이때, 구드룬의 아들들인 함디르와 쇠를리는 청년이었네. 구드룬은 아들들에게 요르문렉을 죽여서 스반힐드의 원수를 갚으라고 종용하네. 길을 가는 도중에 두 사람은 이복형제인 에르프를 만나지. 에르프는 두 사람에게 함께 가겠다고 말하네. 두 사람은 그를 베어 버렸네. 기록들에는 이유가 뭔지 불분명하게 나타나 있네. 난 에르프가 아버지의 첩에게서 난 아들이었고, 그들 사이에 악감정이 있었기 때문이라고 추측하네.

그들은 요르문렉의 본거지를 습격했네. 그들은 둘뿐이었지만, 쇠붙이는 그들에게 상처를 입힐 수 없었지. 그래서 그들은 좌우의 병사들을 죽이고, 왕에게 가서 심한 상처를 입혔네. 하지만 두 사람이 끝장을 내기 전에, 함디르는 돌로 자기들에게 상처 낼 수 있다는 사실을 누설하네. <뵐숭사가>에는 오딘이 애꾸눈 노인으로 변장하고 홀연히 나타나서 그 사실을 가르쳐 줬다고 나와 있네. 요르문렉이 남아 있는 전사들을 불러 두 형제에게 돌을 던지라고 명령했고, 그래서 두 사람은 죽었네. 얘기는 거기서 끝나지."

"무서운 이야기군, 안 그런가?"

에버라드가 말했다. 그는 잠시 생각에 잠겼다.

"하지만 마지막 이야기 —고트 땅의 구드룬은 원래보다 훨씬 뒤의 날짜로 덧붙여진 게 틀림없어 보이는군. 시대착오가 아주 손쓸 수 없는 정도야."

"물론이네. 그건 민속 전승에서 매우 일반적으로 나타나는 현상일세. 중요한 이야기는 그보다 덜 중요한 것들을 끌어들이지. 심지어 아주 시시껄렁한 방식으로 말일세. 예를 들어 아이들과 개를 싫어하는 남자라고 해서 속속들이 나쁜 사람은 아니라고 말한 사람은 W.C 필즈*가 아니었네. 누군지는 까먹었지만, 파티에서 필즈를 소개한 사람이 한 말이지."

에버라드가 웃으며 말했다.

"패트롤이 할리우드의 역사도 감시해야 한다고 말하진 말게!"

그는 다시 진지하게 말했다.

"그 피비린내 나는 작은 모험담이 실제로 진짜 니벨룽 전설에 속하지 않는다면, 왜 그걸 조사하고 싶은 건가? 또 간츠는 왜 자네가 그렇게 하기를 바라는 건가?"

"음, 그 이야기는 스칸디나비아로 전해져서, 두 세 편의 꽤 훌륭한 시들에 영감을 주었네. 만약 그것들이 더 이른 시기의 것을 개작한 것이 아니라면 말일세. 그런 뒤 <뵐숭사가>에 결합되었네. 그런 결합들, 발전 전체가 우리를 흥미롭게 한다네. 또, 에르마나리크는 다른 곳에서도 언급되고 있어. 예를 들어 어떤 고대 영어 담시들에서도 찾아볼 수 있다네. 그런 걸 보면 에르마나리크는 그 이후 잊혀져 버린 수많은 전설과 음유시인의 작품들에 등장할 것이 분명하네. 에르마나리크는 자신의 시대에 강력한 왕이었네. 그리 좋은 사람이 아닌 건 분명하지만 말일세. 잃어버린 에르마나리크의 전설은 서유럽과 북유럽에서 우리에게 내려온 이야기들만큼 중요하고 훌륭한 것이 틀림없네. 그것은 미처 생각지 못한 무수한 방식으로 게르만 문학에 영향을 끼

---

* 미국의 유명한 희극배우(1880~1946).

첬을 가능성이 있네."

"자넨 곧바로 에르마나리크의 궁전으로 갈 생각인가? 별로 권하고 싶진 않네, 칼. 너무나 많은 현장요원들이 부주의한 탓에 목숨을 잃었어."

"오, 아니야. 무서운 사건이 벌어졌고, 거기서 이야기들이 만들어져서 널리 퍼졌네. 심지어 역사적 기록에까지 등장하지. 나는 그 사건이 일어난 시기도 십 년 내로 범위를 줄일 수 있을 거라고 생각하네. 하지만 나는 내가 그 사건에 뛰어들기 전에 시간 지역 전체에 관해 철저히 알아볼 생각이네."

"좋아. 어떻게 할 계획인가?"

"나는 전자 속성학습으로 고트 어를 배울 걸세. 지금도 읽을 순 있지만 유창하게 말하고 싶네. 분명 억양은 이상하겠지만 말이야. 관습, 종교 등에 대해 조금이라도 알려진 것이 있다면 그것도 속성학습을 받고 싶네. 물론 거의 없겠지. 서고트 족과 달리 동고트 족은 여전히 로마 인의 인식 범위 주변부에 머물러 있었네. 분명 그들은 서쪽으로 이동하기 전에 상당히 변했어.

그래서 나는 내 목표 날짜에서 상당히 거슬러 올라가서 시작하려 하네. 약간은 내 멋대로 서기 300년으로 가려고 생각 중이네. 나는 사람들과 친해질 거네. 그리고는 시간을 두고 다시 나타나서 내가 없는 동안 벌어진 일들을 듣는 거지. 간단히 말해서, 나는 그 사건을 향해 가는 일들을 좇아갈 걸세. 마침내 사건이 벌어졌을 때, 내가 놀라서는 안 되겠지. 나중에 나는 때때로 이곳저곳에 나타나서 시인과 이야기꾼들을 만나 귀를 기울일 거야. 그리고 숨겨진 녹음기로 그들의 말을 채록하는 거지."

에버라드가 얼굴을 찌푸렸다.

"흐음, 그렇게 진행한다. 글쎄, 우리는 일하면서 발생할 수 있는 골치 아픈 문제들을 논의할 수 있네. 자네는 지리적으로 상당히 많이 돌아다니게 되겠지? 아닌가?"

"그래, 로마제국에서 기록된 고트 족의 역사를 보면 그들은 지금의 스웨덴 중부에서 기원했다고 하네. 나는 아무리 자연적인 증가를 감안한다 해도 수많은 종족이 그런 제한된 지역에서 나올 수 있다고는 생각하지 않네. 하지만 스칸디나비아 사람들이 9세기에 갓 태어난 러시아 국가에 대해 했던 방식처럼 준비된 지도자들과 조직을 가졌을 수는 있네.

나는 고트 족의 태반이 발트 해 남쪽 해안지방의 주민으로 출발했다고 말하곤 하네. 그들은 게르만 민족 중 가장 동쪽에 살던 무리였지. 그들은 단일한 민족이 아니었네. 그들이 서유럽에 도착했을 무렵, 그들은 동고트 족과 서고트 족으로 갈라졌어. 동고트 족은 이탈리아를 정복했고, 서고트 족은 이베리아 반도를 차지했네. 그들은 그 지역에 상당히 훌륭한 정부를 세웠네. 그런데 그게 오랫동안 그 지역에 있었던 가장 훌륭한 정부였던 게지. 결국 침략자들은 일반 주민으로 흡수되었다네."

"하지만 더 이른 시기였다면."

"역사가들은 부족들에 대해 명확하게 언급하지 않았네. 서기 300년에 고트 족은 오늘날 폴란드 중부에 있는 비스툴라 강가에 굳게 뿌리내렸네. 그 세기 말에 가면 동고트 족은 우크라이나에, 서고트 족은 로마 국경인 다뉴브 강 바로 북쪽에 있었지. 민족의 대이동은 분명 수세대에 걸쳐 이루어졌네. 그들이 떠난 곳에 슬라브 족들이 들어왔네. 에르마나리크는 동고트 족이었네. 그래서 나는 동고트 족을 쫓아갈 생각이네."

에버라드가 의심스러운 투로 말했다.

"야심이 대단하군. 칼, 자네는 새로운 대원이 되었네."

"나는 일을 해 가면서 경험을 쌓을 거네. 어, 맨스. 자네도 인정하듯이, 패트롤은 일손이 부족하네. 게다가, 나는 자네들이 원하는 그 역사를 많이 얻게 될 걸세."

"그럼, 그래야겠지."

에버라드는 미소를 지었다. 그리고 몸을 일으키며 말했다.

"자, 잔을 비우고 점심이나 먹으러 가세. 옷을 갈아입어야 할 거야. 하지만 그만한 수고를 할 가치가 있네. 1890년대에 훌륭한 점심을 공짜로 주는 동네 술집을 하나 알고 있거든."

300-302

겨울이 왔다. 바람과 눈과 우박이 몰려왔고, 서서히 물러갔다. 강가 마을 사람들과 이웃 마을 사람들은 그해 겨울을 덜 지루하게 보냈다. 칼이 그들과 함께 있었기 때문이다.

처음에 그를 둘러싼 신비함은 많은 사람들을 두렵게 했다. 하지만 사람들은 곧 칼에게 악의도 악운도 없다는 사실을 알게 되었다. 그에 대한 외경심은 줄어들지 않고 오히려 더 커졌다. 애초부터 빈니타르는 그런 손님이 다른 종사들처럼 의자에서 자는 것은 걸맞지 않다며 칼에게 침대방을 하나 내주었다. 빈니타르는 잠자리를 따스하게 하기 위해 노예 계집을 골라 보라고 했지만 이방인은 예의 바르게 거절했다. 그는 음식과 술을 거절하진 않았다. 칼은 목욕을 하고, 변소에도 갔다. 그러나 이러한 것들이 칼에게 필요하지 않을 거라는 소문이 떠돌았다. 사람이라는 것을 보여주기 위한 것일 뿐이라는 거였다.

칼은 상냥하고 친절했지만, 어딘지 모르게 고귀해 보였다. 그도 웃고 농담할 줄 알았다. 재미난 이야기를 할 때도 있었다. 칼은 걷거나 말을 타고 사람들과 어울려 사냥을 나가기도 하고 근처에 사는 자유민들을 방문하기도 했다. 아스의 신들에게 지내는 제사에도 참석했고 이어지는 잔치에도 참석했다. 그는 아무도 자신을 이기지 못하는 것이 명확해질 때까지 활쏘기나 씨름 시합에도 참가했다. 구슬치기나 보드게임에서 늘 이기진 못했지만, 사람들이 마법을 겁내지 않도록 일부러 그러는 것이라는 얘기가 돌았다. 칼은 빈니타르부터 가장 천한 노예나 제일 작은 꼬마들에 이르기까지 누구하고도 이야기를 나누고, 귀 기울여 들어 주었다. 실제로 그는 사람들이 이야기를 하게 했고, 아랫사람들이나 동물들에게도 다정하게 대했다.

그러나 아무에게도 자기의 진짜 속내를 드러내진 않았다.

칼이 묵묵히 앉아만 있었다는 말은 아니다. 아니, 그는 어느 누구도 지금까지 그렇게 한 적 없을 정도로 화려하게 말과 음악이 쏟아지게 했다. 노래, 시, 이야기, 속담 등 떠도는 모든 것을 듣고 싶어 하면서 그 대가로 넘쳐흐를 정도로 많은 이야기를 했다. 한 사람의 생애보다 더 오랜 시간 동안 세상을 여행하기라도 한 것처럼, 칼은 이 세상에 대해 모르는 것이 없는 것 같았다.

그는 강대하지만 혼란스러운 로마에 대해, 디오클레티아누스 황제*의 전쟁과 엄격한 법률에 대해 이야기해 주었다. 상인들이나 이 먼 북쪽까지 팔려온 노예들에게 조금씩 주워들은 새로운 십자가 신에 대한 물음에도 대답해 주었다. 로마의 강대한 적수 페르시아 인들에 대해, 그들이 만들어 낸 경이로움에 대해 이야기했다. 그의 이야기는 매일 저녁 계속되었다. 남쪽으로 가면 언제나 날씨가 덥고 피부가 검은 사

* 3세기 혼란에 빠져 있던 로마제국의 안정을 회복한 황제(재위 285~305).

람들이 사는 땅이 있고, 살쾡이와 비슷하게 생겼지만 곰만큼 커다란 야수들이 돌아다니고 있다고 했다. 칼이 널빤지 위에 숯으로 그려 준 짐승들의 모습을 보고 사람들은 놀라서 소리를 질렀다. 코끼리에 비하면, 들소나 트롤의 말은 아무것도 아니었다! 동쪽 끝으로 가면 로마나 페르시아보다 더 크고 오래되고 더 놀라운 왕국이 있다고 그는 말했다. 그곳에 사는 사람들은 호박색 피부에 쭉 째진 눈을 하고 있다고 했다. 북쪽의 야만족들이 성가시게 굴었기 때문에 그 사람들은 산맥만큼 긴 성벽을 쌓고 반격에 나섰다. 그 때문에 훈 족이 서쪽으로 온 것이라 했다. 알란 족을 쳐부수고 고트 족을 괴롭히고 있는 훈 족은 중국인의 가느다란 눈에는 오합지졸로 보일 뿐이었다. 세상의 광활함은 그게 다가 아니었다. 갈리아라고 불리는 로마의 속주를 지나 계속 서쪽으로 가면, 전설로 들었던 세계의 바다가 나올 것이다. 거기서 배를 타고 ─하지만 강을 오가는 데 쓰는 배로는 어렵다.─ 항해를 계속하면 현명하고 부유한 마야 족들이 사는 곳을 발견하게 될 것이다.

칼은 남자들과 여자들과 그들이 한 일에 대한 이야기도 알고 있었다. 천하장사 삼손, 아름답지만 불행한 디어더,* 사냥꾼 크로켓**……

빈니타르의 딸, 요리트는 자신이 시집갈 나이라는 걸 잊어버렸다. 그녀는 아이들과 함께 바닥에 앉아, 칼의 발치에서 귀를 기울였다. 이야기를 듣는 그녀의 눈은 불타올랐고 태양처럼 빛났다.

칼은 늘 마을에 머물지는 않았다. 종종 혼자 있어야 한다고 말하면서, 성큼성큼 걸어서 안 보이는 곳으로 사라지곤 했다. 한번은 경솔하지만 미행에 능한 어떤 소년이 그를 따라가 보았다. 칼이 일부러 모른 체해 준 게 아니라면, 그는 들키지 않았다. 소년은 하얗게 질린 채 벌

* 아일랜드 전설에 등장하는 왕비.
** 미국의 전설적인 개척자이며 정치가.

벌 떨면서 돌아와서는 노인이 '티와즈의 숲'으로 들어갔다고 더듬거렸다. 동짓날 전야를 빼고는 아무도 그 어두운 소나무 숲에 들어가지 않았다. 주민들은 거기서 어둠과 추위를 물러가도록 '늑대를 결박한 자'*에게 세 가지 피의 제물——말과 개와 노예——을 바쳤다. 그의 아버지는 소년을 매질했고, 그 뒤 아무도 그 일에 대해 내놓고 이야기하지 않았다. 신들이 허락했다면, 이유를 묻지 않는 게 가장 좋은 일인 것이다.

칼은 며칠이 지나면 새 옷을 입고 선물을 들고 돌아왔다. 작은 물건들이었지만 가치를 따질 수 없는 것들이었다. 희귀한 긴 날을 가진 강철 칼, 광택이 있는 외국의 옷감으로 만든 스카프, 겉을 닦은 놋쇠나 고요한 연못보다 훨씬 잘 보이는 거울 등등. 칼이 끊임없이 보물을 들고 온 덕택에, 결국 남녀와 신분을 가릴 것 없이 모든 사람들이 그것을 하나씩 가지게 되었다. 이에 대해 칼은 그저 "만드는 사람들을 알아"라고 말했다.

봄이 북쪽에 찾아왔고 눈이 녹았다. 싹이 터서 이파리와 꽃이 되었다. 강물은 불어나 시끄러운 소리를 냈다. 고향으로 날아가는 새들의 날개와 울음소리가 하늘을 가득 채웠다. 새끼 양과 송아지와 망아지가 방목장을 아장아장 걸어 다녔다. 갑작스러운 찬란함에 사람들은 눈을 깜빡거리며 밖으로 나와, 자신들의 집과 옷과 영혼을 새로운 공기로 환기시켰다. 봄의 여왕은 쟁기질과 파종을 축복하며 농장에서 농장으로 프리야의 그림자를 좇았다. 화환을 쓴 처녀총각들은 그녀의 달구지를 둘러싸고 춤을 추었다. 열망들은 활기를 띠었다.

칼의 외출은 계속되었지만 이젠 그날 저녁에 돌아왔다. 그와 요리트가 함께 있는 시간은 점점 많아졌다. 그들은 다른 사람들의 눈을 피

* 티와즈를 의미한다.

해 숲 속이나 꽃이 만발한 좁은 길과 들판을 함께 거닐곤 했다. 그녀
는 마치 꿈속을 걷고 있는 듯했다. 요리트의 어머니 살발린디스는 남
편이 말릴 때까지 남부끄러운 짓 — 넌 평판에는 신경을 쓰지 않는
거냐? — 이라고 딸을 꾸짖었다. 족장은 셈이 빠른 사람이었다. 요리
트의 오빠들은 기뻐했다.

마침내 살발린디스는 딸을 조용한 곳으로 데리고 갔다. 그들은 집
안 여자들이 다른 일이 없을 때 천을 짜거나 바느질을 하기 위해 모이
는 별채를 찾았다. 지금은 비어 있었고 그래서 어두침침한 별채 안에
두 사람만이 마주했다. 살발린디스는 꼭 덫에 몰아넣듯, 널찍한 돌로
추를 단 베틀과 자신 사이에 딸을 몰아넣고 퉁명스럽게 물었다.

"넌 칼이라는 놈과 있을 때는 집에 있을 때보다 좀 덜 빈둥거리는
거냐? 그놈과 잤니?"

처녀는 얼굴을 붉히고 손가락을 비틀면서 눈을 내리깔았다.

"아니요."

그녀가 숨을 몰아쉬며 말했다.

"원한다면 그분은 언제든지 그럴 수 있었어요. 그분이 그러기를
제가 얼마나 바랐는데요. 하지만 우리는 그저 손을 잡고, 살짝 입을
맞추고, 그리고 — 그리고 —"

"그리고 뭐?"

"얘기를 나누고, 노래를 불렀어요. 웃었어요. 진지했어요. 아, 어머
니, 그분은 차가운 사람이 아니에요. 나와 함께 있을 때, 그분은 남자
가 그럴 수 있으리라고 생각했던 것보다…… 훨씬 더 다정하고 상냥
해요. 그분은 그저 아내가 아니라 — 생각을 할 수 있는 누군가에게
말하는 것처럼 저한테 말을 했어요."

살발린디스의 입술이 뒤틀렸다.

"내가 시집갈 때 난 절대 생각을 멈추지 않았어. 네 아버지는 칼이

강력한 동맹자가 될 수 있을 거라고 생각하는 모양이다만, 내가 보기엔 땅도 없고 일가붙이도 없는 남자일 뿐이야. 마법사일지는 몰라도 뿌리 없는, 그래, 뿌리 없는. 우리 가문이 그와 이어져서 대체 뭘 얻을 수 있지? 선물들? 아이구야! 그가 아는 것들? 하지만 적들이 쳐들어오면 그런 게 다 무슨 소용이람? 자식들에게 뭘 남길 건데? 젊음이 사라지고 나면 대체 뭐가 그 사람을 너한테 묶어 두겠니? 애야, 넌 바보가 되었구나."

요리트는 주먹을 꼭 쥐고 발을 동동 굴렀다. 그리고 슬프다기보다 화가 나 울면서 소리를 질렀다.

"입 닥쳐요, 늙은 할망구!"

순간 그녀는 살발린디스만큼이나 놀라서 몸을 흠칫했다.

"어미에게 그 따위로 말을 하다니? 아이구, 그놈이 마법을 쓰긴 쓰는구나. 너한테 단단히 주문을 걸었어. 그놈이 준 그 브로치를 당장 강물에 갖다 버려. 내 말 알아들었어?"

살발린디스는 몸을 돌려 밖으로 나갔다.

요리트는 울었지만, 순종하진 않았다.

그리고 곧 모든 일이 바뀌었다.

빗줄기가 창처럼 내리치던 날이었다. 도나르의 마차가 하늘을 쿵쿵 울렸다. 그의 도끼는 눈부시게 빛을 뿜었다. 한 사내가 말을 타고 다급히 마을에 뛰어들었다. 사내는 말안장에 앉은 채 축 늘어졌고 말은 지쳐서 쓰러지기 일보직전이었다. 하지만 그는 자신을 맞으러 진흙땅으로 뛰어나오는 사람들에게 화살을 높이 흔들며 소리쳤다.

"전쟁이요! 반달 족이 몰려오고 있소!"

홀에 안내된 그 남자가 빈니타르 앞에서 말했다.

"제 아버지, 스태그혼데일의 애플리가 전하는 말씀입니다. 아버지는 이 말을 다가라이프네비타손의 한 사람에게서 들었습니다. 그 사람은 경고를 전하기 위해 엘크포크에서 학살자를 피해 달아났습니다. 하지만 우리 애플리 부족은 지평선에서 불그스름한 기운을 보았습니다. 농장이 불타고 있는 게 분명했습니다."

"그럼, 적어도 두 무리겠군. 아마 더 많겠지."

빈니타르가 중얼거렸다.

"어떻게 그놈들은 파종 시기에 땅을 내팽개쳐 놓을 수 있는 거지요?"

빈니타르의 한 아들이 물었다. 빈니타르가 한숨을 쉬었다.

"반달 족은 일손이 남아돈다. 게다가 듣기로 힐다리크 왕이 씨족들을 복속시켰다더군. 그래서 반달 족은 옛날보다 더 많은 군대를 동원할 수 있어. 우리가 할 수 있는 것보다 더 좋은 계획으로 더 빨리 말이야. 아아, 힐다리크가 인구가 너무 늘어난 자기 왕국을 위해 우리 땅을 뺏으려 하는 것일 수도 있어."

"우린 뭘 해야 합니까?"

강철처럼 침착한 늙은 전사 한 사람이 알고 싶어 했다.

"이웃 마을의 남자들을 모으고, 시간이 허락하는 한 애플리 같은 다른 부족들을 불러 모아야겠지. 애플리의 부족이 아직 전멸하지 않았다면 말일세. 예전처럼 '쌍둥이 마부 바위'에서 모일까? 힘을 합치면 반달 족 군대가 우리보다 아주 많지는 않을 수도 있을 걸세."

칼이 앉아 있던 자리에서 일어나 물었다.

"하지만 당신들 마을은 어떡할 겁니까? 침략자들은 당신들 몰래 우회해서 농장을 바로 습격할 수 있습니다."

그는 다른 것들에 대해서는 말하지 않았다. 약탈과 방화, 한창 때의 여자들은 납치되고 나머지는 모두 죽음을 당할 것이다.

"우리는 위험을 감수해야 하네. 그러지 않는다면 우리는 하나씩 각개격파당하고 말 거야."

빈니타르는 입을 다물었다. 불길이 탁탁 튀며 깜빡거렸다. 밖에서 바람이 울고 빗방울이 벽을 때렸다.

"우리한테는 자네에게 맞는 투구와 갑옷이 없네. 자네가 물건을 갖고 오는 곳이 어딘지는 모르지만 거기서 자네 것을 갖고 올 수 있을 걸세."

이방인은 굳은 채 앉아 있었다. 얼굴에 주름이 깊어졌다.

빈니타르의 어깨가 축 처졌다.

"그래, 이 싸움은 자네의 싸움이 아니지? 자넨 테우링 족이 아니니까."

그가 한숨을 쉬었다.

"칼! 오, 칼!"

요리트가 여자들 사이에서 튀어나왔다.

한참 동안 그녀와 회색머리 남자는 서로를 바라보았다. 그리고 남자는 몸을 떨더니, 빈니타르에게 돌아서서 말했다.

"난 두렵지 않습니다. 내 친구들과 함께 있겠습니다. 하지만 나는 내 방식으로 싸울 겁니다. 내 말이 이해되든 안 되든 당신들은 나를 따라야 합니다. 그럴 수 있겠습니까?"

아무도 환호하지 않았다. 바람 같은 소리가 그늘진 홀 가장자리를 훑고 지나갔다.

빈니타르가 기운을 냈다.

"그렇게 하겠네. 말을 타고 전쟁 소식을 알리러 갈 자들은 지금 떠나시게. 허나 나머지 남은 사람들은 잔치를 즐기자."

──다음 몇 주 동안 실제로 무슨 일이 일어났는지 아무도 몰랐다. 남자들은 마을을 떠나 막사를 차리고 싸웠고, 그리고 집으로 돌아오거나 돌아오지 못했다. 무사히 돌아온 대부분의 남자들은 터무니없는 이야기들을 풀어 놓았다. 그들은 푸른 망토를 걸친 창을 든 남자가 말

이 아닌 탈것에 올라타고 하늘을 날아다녔다고 말했다. 그들은 무시무시한 괴물들이 반달 족 군대를 공격했고, 어둠 속에서 소름 끼치는 빛들과 맹목적인 공포가 적들을 엄습했다고 말했다. 어째서인지 반달 족 무리들이 고트 족 마을에 도착하기 전에 항상 그들을 앞서 찾아냈고 패주하게 만들었다. 그들은 승리를 이야기했다.

족장들은 조금 더 많은 이야기를 할 수 있었다. 그들에게 어디로 갈지, 무엇을 기다려야 할지, 전투에서 어떻게 군대를 배치하는 게 가장 좋은지 말해 준 것은 〈방랑자〉였다. 바람보다 빨리 경고를 전하고 군사를 불러 모은 것도, 그레우퉁 부족과 타이팔 부족, 아말링 부족의 지원을 얻어 온 것도 그였다. 〈방랑자〉는 오만한 자들을 위압해서 자신이 명한 대로 어깨를 나란히 하고 싸우도록 만들었다.

이런 이야기들은 다음 한 두 세대가 지나면서 사라졌다. 너무나 이상한 이야기였기 때문이다. 그것들은 더 오래된 이야기들 속으로 가라앉았다. 아스의 신들과 바니르의 신들, 트롤과 마술사와 유령들이야말로 수도 없이 인간들의 싸움에 참가해 온 그런 존재들이 아니었는가? 중요한 것은 십여 년 동안 비스툴라 강 상류에 사는 고트 족들은 평화를 누렸다는 것이었다. 추수를 계속하세, 라고 그들은 말했다. 그들은 살아 가기 위해 원하는 것이면 무엇이든지 계속해 나갔다.

하지만 칼은 요리트에게 구원자로 다시 돌아왔다.

그는 요리트와 정식 결혼을 할 수는 없었다. 그에게는 인정받는 친족이 하나도 없었다. 하지만 능력 있는 남자들은 언제나 정부들을 취했다. 여자와 아이들을 먹여 살릴 수 있으면 고트 족은 그걸 부끄러운 일로 여기지 않았다. 게다가 칼은 평범한 청년도, 종사도, 왕도 아니었다. 꽃으로 장식한 신방에서 기다리는 칼에게 살발린디스가 직접 요리트를 데려갔다. 잔치가 끝나고 나서 훌륭한 선물들이 오고 갔다.

빈니타르는 나무를 베어 강 건너로 싣고 와서 두 사람을 위해 훌륭한 집을 지어 주었다. 칼은 독립된 침실 같은 이상한 것들을 집에 두고 싶어 했다. 다른 방도 하나 만들었는데, 그가 혼자 거기 들어갈 때를 빼곤 늘 잠겨 있었다. 그는 그 방에서 오래 있지는 않았다. 그리고 이제 더 이상 '티와즈의 숲'에 가지 않았다.

자기들끼리만 있을 때 사람들은 칼이 요리트를 지나치게 애지중지한다고 수군댔다. 그들은 볼에 솜털이 보송보송한 소년과 노예 소녀처럼 눈빛을 주고받거나 사람들이 없는 곳으로 사라지곤 했다. 하지만…… 그녀는 살림을 썩 잘 꾸렸다. 그리고 어쨌든 누가 감히 그를 놀린단 말인가?

칼은 남편이 할 일 대부분을 청지기에게 맡겼다. 그는 집에서 필요한 물건이나 그것들을 살 돈을 가지고 왔다. 칼은 큰 상인이 되었다. 이 평화로운 시기는 활력 없는 시기가 아니었다. 아니, 전보다 더 많은 장사꾼들이 왔다. 그들은 북쪽에서 호박, 모피, 꿀, 짐승 기름을, 남쪽과 서쪽에서 포도주, 유리, 금속 세공품, 옷감, 좋은 도기를 가지고 왔다. 새로운 사람을 만나기를 갈망하며, 칼은 여행자들을 후하게 대접하고 시장과 민회에 나갔다.

그런 민회들에서 부족민이 아닌 그는 그냥 지켜보기만 했다. 하지만 그날의 회의가 끝나고 나면 칼의 가게 주변은 활기가 돌았다.

그럼에도 불구하고 남자들은 궁금해 했다. 여자들도 마찬가지였다. 전에는 아무도 몰랐던 반백의 건장한 남자가 다른 고트 부족들 사이에 자주 모습을 드러냈다는 말이 조금씩 흘러나왔다.

요리트가 곧바로 아이를 가지지 못한 것은 아마도 칼이 그렇게 자주 집을 비웠기 때문이었을 것이다. 아니면 그녀가 너무 어렸기 때문이었을 수도 있다. 처음 칼과 잠자리를 했을 때 요리트는 겨우 열여섯 살이었다. 해가 지나자 그녀가 임신했다는 조짐이 뚜렷해졌다.

구역질이 심해졌지만 요리트는 기쁨으로 빛났다. 그의 행동은 이번에도 이상했다. 칼은 뱃속의 자기 자식보다 요리트의 건강에 더 관심을 기울이는 듯 보였다. 그는 심지어 요리트가 먹는 것까지 감독했다. 칼은 그녀에게 계절과 상관없이 외지에서 난 과일을 갖다 주는 반면, 소금은 평소만큼 먹지 못하게 했다. 요리트는 이것이 칼이 자신을 사랑한다는 것을 보여주는 것이라고 하면서 기쁘게 그의 말에 따랐다.

그동안 주변에서 삶은 계속되었다. 그리고 죽음도. 장례식과 장례식 술자리에서 칼에게 스스럼없이 말을 걸 만큼 용감한 사람은 없었다. 그는 미지의 세계와 너무 가까이 있는 존재였다. 다른 한편 칼을 선택한 일가의 우두머리들은, 그가 다음 봄의 여왕과 교접할 남자가 되는 영광을 거절하자 당황했다.

칼이 자신들을 위해 한 일과 하고 있는 일들을 생각하고, 그들은 그것을 받아들였다.

날이 따스해졌다. 추수철이 왔다. 황량한 계절이 왔다가, 다시 재생의 날을 맞았다. 그리고 또 여름이 되었다. 요리트가 출산할 때가 되었다.

진통은 길었다. 그녀는 용감하게 고통을 견뎠다. 하지만 출산을 도와 주는 여인들은 몹시 침울했다. 그런 때 남자가 그녀를 보는 것을 요정들은 좋아하지 않을 것이었다. 칼이 전례 없는 청결을 요구한 것도 별로 좋지 않았다. 그녀들은 자신이 뭘 하고 있는지 칼이 알기를 바랄 뿐이었다.

칼은 자기 집의 큰 방에서 기다리고 있었다. 손님들이 찾아오자 그는 관례대로 벌꿀술과 마실 것을 내놓았다. 하지만 말은 거의 하지 않았다. 해질녘에 손님들이 떠났을 때, 그는 잠을 자지 않고 동이 틀 때까지 어둠 속에 홀로 앉아 있었다. 때때로 산파나 도와 주는 이들 가운데 한 사람이 출산이 어떻게 진행되고 있는지 그에게 알려 주러 오곤 했다. 그녀들이 갖고 온 램프 불빛이 잠긴 방의 문을 쳐다보는 칼의 모습을 비추었다.

이튿날 늦게 산파가 친구들 사이에 있는 칼을 찾아냈다. 침묵이 그들을 내리덮었다. 그리고 그녀가 품에 안고 있던 것이 울음을 터뜨렸다. 빈니타르가 환호성을 질렀다. 칼은 일어섰다. 그의 코끝이 창백했다.

여자는 칼 앞에 무릎을 꿇고 담요를 펼쳤다. 그리고 아비의 발 옆, 흙바닥에 사내아이를 내려놓았다. 아직 핏덩이였지만 활기차게 움직이며 울고 있었다. 칼이 자기 무릎 위로 아기를 안아 올리지 않았다면, 그녀는 아기를 숲 속으로 가져가서 늑대들에게 주었을 것이다. 그는 아기에게 뭔가 잘못된 것이 없는지 보려고 들지 않았다. 칼은 그 조그마한 몸뚱이를 꼭 끌어안은 채, 쉰 목소리로 물었다.

"요리트, 요리트는 어떻게 됐소?"

"안좋아요. 원하신다면 지금 가 보세요."

산파가 말했다.

칼은 그녀에게 자기 아들을 안겨 주고 침실로 달려갔다. 거기 있던 여자들이 자리를 비켜 주었다. 그는 요리트에게 몸을 기울였다. 그녀는 땀범벅이 되어 기진맥진한 채, 창백하게 누워 있었다. 하지만 남편을 보자 힘없이 몸을 일으키려 애쓰며, 유령처럼 미소를 지었다. "다고베르트." 요리트가 속삭였다. 그녀의 집안에서 오랫동안 전해 내려오던 이름이었다. 태어날 아이가 아들일 경우, 요리트는 그렇게 이름 짓기를 바랐다.

"그래, 다고베르트."

칼이 낮게 말했다. 다른 사람들의 눈에는 꼴사나운 모습이었지만 그는 몸을 굽혀 아내에게 키스했다.

그녀가 눈을 감고 지푸라기 위에 몸을 뉘였다. "고마워요." 요리트의 입에서 간신히 들릴 정도의 목소리가 새어나왔다. "신의 아들."

"아니야—"

요리트가 갑자기 몸을 떨었다. 잠시 그녀는 손으로 이마를 움켜쥐었다. 요리트가 다시 눈을 떴다. 확대된 동공은 움직이지 않았다. 그녀는 뼈가 없는 것처럼 흐늘흐늘해지며, 거칠게 숨을 몰아쉬었다.

칼은 벌떡 일어나 몸을 돌려 방에서 뛰어나갔다. 그는 열쇠를 꺼내 잠긴 방을 열고 안으로 들어갔다. 문이 쾅하고 닫혔다.

살발린디스가 딸의 곁에 다가갔다.

"이 아이는 죽어 가고 있어."

그녀가 힘없이 말했다.

"칼의 마법이 애를 살릴 수 있을까? 칼이 그렇게 할까?"

금지된 방의 문이 열렸다. 칼이 방에서 나왔다. 한 사람이 더 있었다. 칼은 문 닫는 것을 잊었다. 남자들은 금속으로 된 물체를 엿보았다. 몇 사람은 그것이 전장에서 칼이 타고 다니던 것이었음을 기억했다. 그들은 서로 꼭 붙어 서서, 부적을 움켜쥐거나 허공에 신호를 그었다.

칼이 데려온 사람은 무지개색으로 빛나는 반바지와 튜닉을 입고 있긴 했지만, 여자였다. 그녀의 얼굴은 전에 본 적이 없는 종족의 것이었다. 훈 족처럼 광대뼈가 넓고 높았지만, 코는 짧았고, 올곧은 짙은 남빛 머리칼 아래 구릿빛 피부를 하고 있었다. 그녀는 손잡이가 달린 상자를 들고 있었다.

두 사람은 침실로 뛰어 들어왔다. "나가, 나가!" 칼이 고함을 지르며, 폭풍이 나뭇잎을 몰듯이 고트 족 여인들을 몰아냈다.

그는 여자들을 따라 나왔다. 그리고 그제서야 자신의 말이 있는 방의 문을 닫는 것을 생각해 냈다. 고개를 돌린 칼은 모두들 잔뜩 움츠린 채 자신을 보고 있다는 것을 알았다.

"두려워하지 마시오. 해될 것은 아무것도 없소. 요리트를 돕기 위해 여자 마법사를 데리고 왔을 뿐이오."

그가 탁한 목소리로 말했다.

잠시 동안 그들 모두 고요히 서 있었다. 음울한 분위기가 점차 커졌다.

낯선 여자가 밖으로 나와 칼을 손짓해 불렀다. 여자의 분위기는 그로 하여금 신음을 내게 하는 무언가가 있었다. 칼이 그녀에게 비틀비틀 다가갔다. 여자는 칼의 팔꿈치를 잡고 침실로 데려갔다. 한동안 침묵이 계속되었다.

잠시 뒤 사람들은 말소리를 들었다. 칼의 목소리는 분노와 비통함으로 가득 차 있었다. 여자의 목소리는 차분하고 냉정했다. 아무도 그들의 말을 알아들을 수 없었다.

그들은 돌아왔다. 칼의 얼굴은 더 나이 들어 보였다.

"요리트는 떠났소."

그가 사람들에게 말했다.

"내가 요리트의 눈을 감겨 주었소. 빈니타르, 장례식과 잔치를 준비해 주시오. 그걸 위해 다시 돌아오겠소."

그와 여자 마법사는 비밀의 방으로 들어갔다. 산파의 품안에서 다고베르트가 울음을 터뜨렸다.

2319

나는 1930년대 뉴욕으로 날아왔다. 기지와 직원들을 알고 있었기 때문이었다. 당직을 서는 젊은 친구는 규정문제를 가지고 야단법석을 떨려고 했다. 하지만 나는 그를 눌러 놓을 수 있었다. 당직 사관은 가장 우수한 의료팀에 비상 전화를 연결해 주었다. 전화에 응답한 사람이 마침 콰이페이 멘도자였다. 하지만 우리는 전에 만난 적이 없었다. 그녀는 내 타임 호퍼에 타기 전에 꼭 필요한 질문 이상의 것은 묻지 않았다. 우리는 고트 족의 땅으로 날아갔다. 하지만 나중에 멘도자는 우리 둘 다 24세기 달에 있는 자신의 병원으로 가기를 원했다. 나는 저항할 수 있는 상태가 아니었다.

멘도자는 펄펄 끓는 물로 목욕을 하게 한 뒤 나를 침실로 보냈다. 전자 머리덮개 덕분에 나는 오랜 시간 동안 잠들 수 있었다.

결국 나는 깨끗한 옷과, 먹을 것(나는 그게 뭔지 알 수 없었다)을 받고 그녀의 사무실로 안내되었다. 멘도자는 큰 책상 뒤에 앉아 내게 의자에 앉도록 손짓했다. 우리 둘 다 2, 3분 동안 아무 말도 하지 않았다.

그녀의 시선을 피하며, 나는 주위를 둘러보았다. 내 몸무게를 평소와 다름없이 유지해 주는 인공중력은 이 장소를 편안하게 느끼도록 도와 주지 못했다. 그리 아름답지 않은 곳이라는 뜻은 아니다. 공기에는 장미향과 갓 베어 낸 건초 향기가 배어 있었다. 진한 보라색 양탄자에는 별무늬가 반짝거리고 있었다. 그게 창문인지 아닌지 모르겠으나 커다란 창문 같은 것을 통해 멀리 웅장한 산들과 분화구들이 보였다. 하늘은 어두웠지만 거의 원형에 가까운 지구가 그 위에 군림하고 있었다. 나는 하얀 소용돌이들이 감싸고 있는 푸른 별을 넋을 잃고 바라보았다. 2000년 전에 바로 저기서 요리트를 잃었다.

멘도자가 마침내 패트롤의 공용어인 시간어로 말을 시작했다.

"자, 파니스 요원, 기분은 어떠세요?"

"멍하지만 머리는 맑습니다. 아니요, 살인자가 된 기분입니다."

내가 자그맣게 말했다.

"당신은 확실히 그 아이를 그냥 내버려 뒀어야 했습니다."

나는 억지로 그녀에게 주의를 돌리며 대답했다.

"요리트는 아이가 아닙니다. 자신이 속한 사회에서, 그리고 대부분의 역사를 통틀어서 말입니다. 우리 관계는 내가 그 사회에서 신뢰를 얻는 데 많은 도움을 주었습니다. 따라서 제 임무를 수행하는 데 도움이 되었구요. 내가 무정했다는 말은 아닙니다. 제발, 날 믿어 주세요. 우리는 서로 사랑했습니다."

"이 문제에 대해 당신 부인은 뭐라고 할까요? 아니면 부인에게 말하지 않을 생각인가요?"

화를 내기에는 너무 지쳐 있었기 때문에 내 변론은 그저 시끄러운 소음으로 들릴 정도밖에 안 되었다.

"아니오, 말했습니다. 나는…… 아내에게 싫으냐고 물어 보았습니다. 아내는 곰곰이 생각해 보고 나서 괜찮다고 말했습니다. 우리는 1960년대와 70년대에 젊은 시절을 보냈습니다. 기억하세요. ……아니, 당신은 거의 들어 보지 못했겠군요. 하지만 그건 성도덕에 있어 혁명적인 시대였습니다."

멘도자가 스산한 미소를 지었다.

"유행은 변하기 마련이죠."

"나와 아내는 보통의 부부로 지냈습니다만, 원칙이라기보다는 기호의 문제였지요. 보세요. 나는 늘 아내를 찾아갔습니다. 나는 아내를 사랑합니다. 진정으로요."

"아내 분은 틀림없이 그걸 중년의 바람기를 해소할 가장 좋은 방법으로 여겼겠군요."

그것은 아픈 일격이었다.

"그렇지 않아요! 나는 요리트, 그 고트 족 소녀를 사랑했다고 말하겠습니다. 나는 그녀도 사랑했습니다."

슬픔이 목구멍까지 차올랐다.

"당신이 할 수 있는 일이 전혀 없었습니까?"

멘도자가 고개를 저었다. 그녀는 손을 조용히 책상 위에 올려놓았다. 멘도자의 목소리가 부드러워졌다.

"이미 말씀드렸을 텐데요. 원하신다면 자세히 설명해 드리겠습니다. 우리 기구들은, 그것들이 어떻게 작동하든 간에, 그 여자아이의 앞 대뇌동맥에 동맥류가 있다는 것을 보여 주었습니다. 평소 증상이 나타날 만큼 심각한 것은 아니었지만, 길고 힘든 초산의 노력이 가한 압박이 그걸 파열시켰습니다. 그런 광범위한 두뇌 손상을 입은 여자를 살릴 방법은 전혀 없었습니다."

"그걸 치료할 순 없었습니까?"

"글쎄요. 시체를 미래로 데려와서 심폐기능을 되살린 다음, 신경복제기술을 사용해서 꼭 닮은 사람을 만들 수는 있겠지요. 하지만 처음부터 거의 모든 것을 다시 배워야 할 겁니다. 우리 부대는 그런 류의 작업을 하지 않습니다, 파니스 요원. 우리가 동정심이 부족해서가 아니라, 요청이 이미 너무 많기 때문입니다. 패트롤 대원이나 대원들의…… 정당한 가족들을 도와달라는. 만약 우리가 예외를 만들기 시작한다면, 우리는 그 때문에 아무것도 못 하게 될 것입니다. 알고 계시겠지만 그걸로 당신이 사랑하는 사람을 되찾을 수도 없는 노릇입니다. 그녀 본인이 돌아오는 것이 아니니까요."

나는 남은 의지력을 모두 끌어모았다.

"요리트가 임신하기 전으로 돌아간다면, 그녀를 여기로 데려와서 동맥을 고치고, 시간 여행에 대한 기억을 모두 지운 다음, 다시 돌려보내—건강하게 살아가도록 할 수 있지 않을까요?"

"그건 당신의 희망일 뿐입니다. 패트롤은 이미 벌어진 사건을 변화시키지 않습니다. 그것을 보호하지요."

나는 의자에 깊숙이 몸을 기댔다. 몸의 곡선을 따라 형태가 변하는 의자가 편안하게 몸을 받쳐 주었지만 헛된 일이었다.

멘도자의 태도가 누그러졌다.

"하지만 너무 죄책감을 느끼지는 마세요. 당신은 알 수 없었으니까요. 만약 그 여인이 다른 남자와 결혼했더라도, 임신했을 때 똑같은 결과가 나타났을 겁니다. 나는 당신이 그 시대 대부분의 여인들보다 그 여인을 더 행복하게 해 주었다는 인상을 받았습니다."

멘도자가 목소리에 힘을 주었다.

"하지만 당신은 오랫동안 낫지 않을 상처를 입었습니다. 그 여자가 살아 있을 때로 돌아가서 그녀를 보고, 그녀와 함께 있고 싶은 궁극적인 유혹을 이겨 내지 못한다면 그 상처는 결코 낫지 않을 겁니다. 그것은 큰 대가를 치르게 될 금지된 일입니다. 그러한 위험뿐 아니라, 시간의 흐름에 혼동을 일으킬 수도 있습니다. 당신은 영혼뿐 아니라 정신까지 파괴될 겁니다. 우리에겐 당신이 필요합니다. 당신의 아내에게도 당신이 필요할 겁니다."

"알겠습니다."

나는 무슨 말인지 이해했다.

"당신과 그녀의 후손들이 겪어야 하는 일을 지켜보는 것은 매우 어려운 일일 겁니다. 당신이 계획에서 완전히 빠질 수 없는지 궁금하군요."

"제발, 안 됩니다."

"왜 안 되는 거지요?"

그녀가 날카롭게 말했다.

"왜냐하면 나 ── 난 그들을 포기할 수 없기 때문입니다. ── 요리트가 헛되이 살다 간 것처럼 만들 수는 없어요."

"그건 당신 상관들이 결정할 문제입니다. 당신이 그런 블랙홀에 가까이 다가간 만큼 호된 질책을 피할 수 없을 겁니다. 절대로 다시는 당신이 한 정도로 과거에 개입해서는 안 됩니다."

멘도자가 말을 멈추고 나에게서 시선을 돌렸다. 그리고 턱을 어루만지며 중얼거렸다.

"만약 균형을 돌려놓기 위해 어떤 행동이 필요하다는 것이 증명되지 않는 한…… 하지만 그건 내 영역이 아니죠."

그녀의 눈길이 비참함에 빠져 있는 내게로 다시 돌아왔다. 그리고 갑자기 책상 앞으로 몸을 기울이며 가까이 다가오려는 듯한 제스처를 취한 후 말했다.

"잘 들어요, 칼 파니스. 나는 당신에 대한 견해를 밝히라는 요구를 받을 겁니다. 그게 내가 당신을 이리로 데려와서 한 두 주 머무르게 하길 원한 이유입니다. 더 좋은 판단을 내리기 위해서지요. 하지만 당신은 패트롤이 활동하는 백만 년의 세월 속에서 특이한 인물은 아닙니다. 나는 이미 당신을, 경험 부족 때문에 큰 실수를 저지르긴 했지만, 훌륭한 사람으로 생각하기 시작했습니다.

그런 실수는 끊임없이 일어나고 있고, 일어났고, 일어날 겁니다. 편안히 쉬면서 나처럼 재미없는 동료들과 접한다 해도 고립감은 듭니다. 사전 준비에도 불구하고 당신은 곤혹스러움, 문화적인 충격, 인간적인 충격을 겪었습니다. 그리고 빈곤, 천박함, 무지, 불필요한 비극—더 나쁘게는, 무정함, 잔인함, 불공평, 무자비한 학살로 보이는 것들을 보았습니다. 상처를 입지 않고서는 그것들과 대면할 수 없습니다. 당신은 당신의 고트 족이 단지 다를 뿐, 당신보다 나쁘지 않다는 사실을 알아야 합니다. 당신은 차이를 너머 바닥에 깔려 있는 동일성을 찾아야 합니다. 그리고 나서 도우려 노력해야 합니다. 그리고 그렇게 하다 보면, 당신은 갑자기 소중하고 멋진 무언가의 문이 열리는 것을 발견하게 됩니다.

그래요. 불가피하게, 패트롤 요원들을 비롯해서 시간 여행자들——
그들 중 많은 사람들이 인연을 맺습니다. 그들은 업무를 수행하고, 때
때로 그들은 친밀한 관계를 가집니다. 그것은 보통 위협이 되지 않습
니다. 심지어 역사적으로 중요한 인물의 바로 그, 희미하고 먼 조상이
라 해도 무슨 문제가 될까요? 시공연속체는 탄력이 있습니다. 만약
압력이 한계를 넘는다면, 글쎄, 그런 사소한 행동들이 과거를 바꾸는
지, '언제나' 과거의 일부가 되어 왔는지, 그 문제는 대답이 불가능한
무의미한 것이 되고 맙니다. 너무 죄책감을 느끼지 말아요, 파니스."

그녀는 아주 조용히 말을 맺었다.

"나는 이 사건에서, 슬픔에서 당신이 회복되었으면 합니다. 당신은
패트롤의 현장요원입니다. 이것은 슬퍼할 이유가 있는 마지막 사건이
아닙니다."

302-330

칼은 약속을 지켰다. 그는 돌처럼 말 없이 창에 의지한 채 요리트
의 친척들이 그녀를 땅에 묻고 무덤을 쌓는 것을 지켜보았다. 그 후
칼과 요리트의 아버지는 그녀를 기리기 위해 장례식 잔치를 열었다.
잔치는 사흘 동안 계속되었다. 칼은 누군가 말을 걸 때만 대답했다.
그런 때에도 그는 위엄 있는 공손한 태도를 잃지 않았다. 칼은 다른
사람들의 즐거움을 해치지 않으려 애썼지만, 잔치는 다른 잔치들보다
조용하게 진행되었다.

손님들이 떠나고 빈니타르와 둘만 불 가에 남게 되었을 때, 칼이 족장에게 말했다.

"내일 나도 떠납니다. 앞으로는 나를 자주 보지는 못할 겁니다."

"뭔지는 몰라도 자네가 여기 온 목적은 달성했나?"

"아니요, 아직은."

빈니타르는 그것이 무엇인지는 묻지 않았다. 칼은 한숨을 쉬고 덧붙였다.

"수호자가 허락하는 한, 나는 당신의 가문을 돌볼 겁니다. 하지만 아직까지는 그렇지 못한 것 같군요."

동틀 무렵 그는 작별인사를 하고 떠났다. 짙고 싸늘한 안개 때문에, 그의 모습은 곧 사람들의 눈에서 사라졌다.

그 뒤 몇 년 사이 이야기는 부풀려졌다. 어떤 사람들은 황혼 무렵 키가 훌쩍한 칼의 그림자가 요리트의 무덤을 문처럼 열고 들어가는 모습을 봤다고 생각했다. 다른 사람들은 그게 아니라, 칼이 손으로 그녀를 끌어냈다고 말했다. 그에 대한 기억은 서서히 인간적인 면모를 잃어 갔다.

다고베르트의 조부모들은 아이를 데리고 와서, 유모를 구해 자기 자식처럼 길렀다. 특이한 출생에도 불구하고 다고베르트는 따돌림을 당하지도 제멋대로 방치되지도 않았다. 그 대신 마을 사람들은 그와 사귀는 것을 매우 가치 있는 일로 생각했다. 다고베르트는 큰일을 할 운명을 타고났기 때문이었다. 그런 이유 때문에 그는 전투와 사냥, 농사짓는 기술뿐 아니라, 명예와 품위 있게 행동하는 방식을 배웠다. 신의 자식들은 전에도 있었다. 그들은 영웅이 되거나, 현명하고 아름다운 여인이 되었다. 그럼에도 불구하고 그들은 불멸의 존재가 아니었다.

3년 뒤, 칼이 잠깐 들렀다. 그는 자기 아들을 보고 조용히 말했다.

"제 엄마를 정말 많이 닮았군요."

"아, 얼굴은 그렇지."

빈니타르가 동의했다.

"하지만 사내다움이 모자라진 않을 걸세. 벌써부터 그건 분명하다네, 칼."

이제 빈니타르를 빼고 누구도 감히 <방랑자>를 칼이라고 부르지 않았다. 그렇다고 자신들이 옳다고 생각하는 이름을 부르지도 않았다. 술 마실 때 사람들은 <방랑자>가 원하는 대로 최근에 들은 이야기와 노래를 읊어 주었다. 그는 그것들의 출처를 물었고, 사람들은 음유시인 한두 사람을 말해 줄 수 있었다. <방랑자>는 자신이 그 시인들을 찾아갈 것이라고 말했고, 나중에 실제로 찾아갔다. 이야기와 시를 만든 사람들은 그의 관심을 끈 것을 행운이라고 여겼다. <방랑자>는 답례로 예전처럼 매혹적인 이야기들을 해 주었다. 하지만 이제 그는 금방 다시 길을 떠나, 몇 년 동안 찾아오지 않았다.

그동안 다고베르트는 빠르게 자라났다. 그는 활기차고 명랑하며 잘생긴, 귀염받는 소년이 되었다. 다고베르트가 의붓 형제들인 빈니타르의 나이 든 두 아들을 따라 상인들의 무리와 함께 남쪽으로 여행을 떠난 것은 겨우 열두 살 때였다. 그들은 거기서 겨울을 지내고 풍성하고 신기한 얘깃거리들을 가지고 봄에 돌아왔다. 그렇다. 거기에는 풍요롭고 광활한 매력적인 땅이 있었다. 그곳을 흐르는 드네프르 강에 비하면 여기 비스툴라 강은 한낱 시냇물처럼 보였다. 북쪽의 계곡들에는 숲이 울창하게 우거져 있었지만 더 남쪽으로 가면 소와 양을 위한 목초지와 농토가 신부처럼 농부의 쟁기를 기다리며 활짝 펼쳐져 있었다. 누구든 그곳을 장악하면, 흑해의 항구들을 통해 들어오는 물건들의 흐름에도 올라타게 될 것이다.

아직 고트 족들이 그쪽으로 많이 간 것은 아니었다. 정말 힘든 여행을 한 것은 서쪽으로 가는 부족들이었다. 그들은 다뉴브 강으로 갔다. 거기에서 그들은 로마 국경에 도달했으며 그것은 많은 교역을 의미했다. 나쁜 점은, 전쟁이 발생할 경우, 로마 인들이 아직 만만치 않은 상대라는 것이었다. 특히 로마 인들이 내란을 종식시킨다면 더더욱 그랬다.

드네프르 강은 제국으로부터 태평스럽게 흘러나왔다. 사실, 북쪽에서 헤룰 족이 와서 아조프 해 연안에 정착했다. 그들은 거친 자들이었고, 골칫덩이가 될 것이 확실했다. 하지만 그들은 갑옷을 입거나 대열을 지어 싸우는 것을 경멸하는 늑대 같은 자들이었기 때문에 반달 족만큼 두렵지 않았다. 헤룰 족의 북쪽과 남쪽은 훈 족의 소굴이 되어 있었다. 그들은 기마민족이자 유목민족이었는데 추하고 불결하고 피에 굶주린 면에서 트롤에 가까웠다. 훈 족은 세상에서 가장 무서운 전사들이라 불렸다. 하지만 그들이 공격해 온다면 그들을 물리치는 영광은 더 클 것이었다. 그리고 고트 족 연맹은 그들을 물리칠 수 있었다. 훈 족은 씨족과 부족으로 분열되어 있어서 농장과 마을을 공격하기보다 자기들끼리 다툴 가능성이 더 높았기 때문이다.

다고베르트는 떠나고 싶었다. 그의 형제들도 그랬다. 빈니타르는 신중해야 한다고 말했다. 떠나고 나서 돌이킬 수 없게 되기 전에 더 많이 배워야 한다고 했다. 또한 때가 오더라도 약탈자들의 먹이가 될 수 있는 소수의 일족이 아니라 많은 사람들이 뭉쳐 함께 움직여야 한다고도 했다. 그리고 그것은 곧 가능할 것처럼 보였다.

왜냐하면 그 당시에 그레우퉁 부족의 게베리크*가 동고트 족들을 끌어모으고 있었기 때문이다. 일부는 싸워서 자신의 뜻을 따르게 했

---

* 4세기 고트 족의 왕. 아리아리크를 계승했고, 340년 경 반달 족의 영토였던 다시아 지방을 정복하고 350년 경에 죽었다.

고, 일부는 위협이든 약속이든 설득을 통해 합류시켰다. 테우링 부족은 후자에 속했다. 다고베르트가 열다섯 살 때 테우링 부족은 게베리크를 자신들의 왕으로 받아들였다.

이는 그에게 세금을 바친다는 것을 뜻했다. 세금은 무겁지 않았다. 씨를 뿌리거나 수확기가 아닌 한, 왕이 원할 때 그를 위해 전쟁에 나갈 남자들을 보내는 것이었다. 그리고 전체 왕국을 위해 대민회가 만든 법들을 따랐다. 대신, 그들은 더 이상 왕에게 합류한 동료 고트 족들을 경계할 필요가 없었고 오히려 공통의 적에 맞서 그들의 도움을 얻었다. 교역도 번성했다. 매해 대민회에 사람을 보내 발언하고 투표하게 했다.

다고베르트는 왕의 전쟁에서 잘 싸웠다. 그러는 사이 그는 행상인 무리의 호위대장으로 남쪽으로 떠나기도 했다. 그는 여행을 다니며 많은 것을 배웠다.

어찌된 일인지 아버지의 드문 방문은 항상 그가 집에 있을 때 이루어졌다. <방랑자>는 그에게 훌륭한 선물을 주고, 현명한 조언을 해주었다. 하지만 그들 사이의 대화는 어색했다. 젊은 청년이 그런 존재에게 어떤 이야기를 할 수 있겠는가?

다고베르트는 옛날 자신이 태어난 집이 있던 곳에 세운 묘당에서 빈니타르가 제사 지내는 일을 주관했다. 그 집은 요리트의 무덤을 세우기 위해 빈니타르가 불태웠다. 이상하게도 이 성전에서 <방랑자>는 피 흘리는 것을 금지했다. 단지 대지에서 나는 첫번째 과일들만을 바칠 수 있었다. 그 묘당 앞에서 불 속에 던져진 사과들은 생명의 사과가 되었다는 이야기가 생겨났다.

다고베르트가 성인이 되자, 빈니타르는 그를 위해 신부감을 찾았다. 발루부르그가 신부가 되었다. 그녀는 건강하고 아름다운 처녀로, 스태그혼데일의 오프타리스의 딸이었다. 그는 테우링 부족에서 두번째로 강력한 사람이었다. <방랑자>는 결혼식에 참석해 축하해 주었다.

그는 발루부르그가 첫 아이를 낳았을 때도 거기 있었다. 그 아이에게 타라스문드라는 이름이 붙여졌다. 같은 해 게베리크 왕의 첫째 아들 에르마나리크가 태어났다. 그는 무사히 어른으로 자라났다.

발루부르그는 성숙했고, 남편에게 건강한 아이들을 낳아 주었다. 하지만 다고베르트는 머무르지 않았다. 부족민들은 그 안에 자기 아버지의 피가 흐르고 있어서 세상의 끝에서 바람이 영원히 부르는 소리를 듣는다고 말했다. 그가 남쪽 여행에서 돌아왔을 때, 그는 콘스탄티누스라는 로마 황제가 마침내 적수들을 물리치고 제국 전체의 지배자가 되었다는 소식을 가지고 왔다.

왕이 아무리 강력하다 해도, 이 소식은 그를 자극했을 것임에 틀림없었다. 그는 동고트 족을 규합하는 데 몇 년을 더 보냈다. 그러고 나서 자신을 따라 반달 족 벌레들을 끝장내자고 동고트 족을 불러들였다.

다고베르트는 이제 정말 남쪽으로 떠날 때라고 생각했고, <방랑자>는 그것이 분별없는 생각은 아니라고 말해 주었다. 그것은 고트 족의 운명이었다. 그리고 서둘러서 더 좋은 땅을 고르는 것이 나을 것이다. 그는 크고 작은 자유민들을 찾아다니며 이에 대해 의논했다. 많은 인원으로 움직여야 한다는 조부의 말이 옳다는 것을 알고 있었기 때문이다. 하지만 전쟁의 화살이 날아왔을 때, 그는 명예롭게 따르지 않을 수 없었다. 다고베르트는 백 명이 넘는 전사들의 우두머리로서 전쟁터로 떠났다.

그것은 처참한 싸움이었다. 늑대들과 까마귀들의 배를 불리고서야 전투는 끝났다. 거기서 반달 족의 왕 비시마르가 쓰러졌다. 다고베르트와 함께 떠나기를 원했던 빈니타르의 장성한 아들들도 죽었다. 다고베르트는 심한 상처 하나 없이 살아서 돌아왔다. 그는 용맹함으로 쟁쟁한 명성을 얻었다. 어떤 사람들은 <방랑자>가 전장에서 적들을 창으로 찔러 죽이며 그를 보호해 주었다고 말했다. 하지만 다고베르트는 그것을 부정했다.

"그래요, 아버지는 거기 나와 함께 계셨습니다. 마지막 전투 전날 밤에요. 하지만 다른 일은 없었습니다. 우리는 신기한 일들에 대해 많은 이야기를 나누었지요. 나는 아버지께 전투에서 나를 위해 힘을 써서 나를 욕되게 하지 말아 달라고 말씀드렸습니다. 아버지께서는 그런 일은 수호자의 뜻에 어긋난다고 말씀하셨습니다."

그 결과 반달 족은 대패하여 괴멸했고, 자기들의 땅에서 쫓겨났다. 여러 해 동안 다뉴브 강을 건너 위험하고 비참하게 이리저리 헤매 다닌 뒤, 그들은 콘스탄티누스 황제에게 그의 영토 내에서 정착해 살게 해 달라고 간청했다. 국경들을 경비할 새로운 전사들을 얻기 위해 그는 기꺼이 그들에게 판노니아* 지방으로 들어오게 했다.

그동안 다고베르트는 결혼과 계승권과 스스로 얻은 명성을 통해 테우링 부족의 우두머리가 되었다. 그는 부족을 준비시키는 데 일정 시간을 보낸 다음, 그들을 데리고 남쪽으로 떠났다.

남는 사람들은 아무도 없었다. 희망은 너무나 찬란했다. 그들 속에 늙은 빈니타르와 살발린디스도 있었다. 마차들이 삐걱거리며 떠났을 때, <방랑자>가 마지막으로 그들 두 사람을 찾아와서 다정한 한때를 보냈다. 옛정을 위해, 그리고 비스툴라 강가에 잠든 그녀를 위해.

---

* 다뉴브 강 중류의 헝가리 분지 지역.

1980

내 무모함을 엄하게 질책한 상관은 맨스 에버라드가 아니었다. 에버라드는 헤르베르트 간츠의 재촉에 시달려 내가 임무를 계속하는 데 마지못해 동의했다. 그는 꽤 투덜댔지만, 나를 대신할 사람이 없었기 때문에 어쩔 수 없었다. 에버라드는 망설일 충분한 이유들을 가지고 있었다. 그것은 결국 그가 내 보고서들을 꼼꼼히 읽고 있다는 사실만큼 명확하게 드러났다.

요리트를 잃은 뒤, 나는 4세기와 20세기를 오가며 실제 생애로 2년 정도의 시간을 보냈다. 그동안 슬픔은 안타까움으로 줄어들었다. 그토록 사랑했고 사랑스럽게 살았던 삶을 그녀가 더 누릴 수 있었어야 했는데! 그래도 가끔 슬픔이 가득 치밀어 올라 다시 나를 사로잡곤 했다. 특유의 조용한 방식으로 로리는 내가 현실을 받아들이도록 도와주었다. 나는 그녀가 얼마나 훌륭한 사람인지 비로소 깨닫게 되었다.

에버라드가 전화해서 또 다시 이야기를 하고자 했을 때, 나는 1932년에 있는 뉴욕의 집에서 휴가를 보내고 있었다.

"몇 가지 물어 볼 게 있네. 한두 시간 정도만 얘기하면 될 거야. 끝나고 나면 놀러나 가세. 물론, 자네 아내도 함께. 전성기의 롤라 몬테즈*

---

* 19세기 중반 선정적인 춤으로 유명한 무희. 아일랜드 태생이지만 에스파니아 귀족의 후예라고 선전하며 유럽 전역에서 큰 인기를 끌었다. 바이에른 왕국의 루트비히 1세의 정부가 됐다가 사치스런 생활로 공분을 샀으며 1848년 혁명에서 분노한 시민들에 의해 강제로 추방당했다.

를 본 적 있나? 나한테 마침 1843년 파리 공연 티켓이 있네."

도착하니 겨울이었다. 에버라드의 아파트 창문 밖으로 눈발이 휘몰아치며, 우리를 위해 백색의 고요한 동굴을 만들고 있었다. 그는 내게 위스키를 한 잔 주면서, 특별히 좋아하는 음악이 있는지 물었다. 우리는 중세 일본의 어떤 악사가 연주한 코토* 연주를 듣기로 했다. 악사의 이름은 역사에서 잊혀졌지만, 지금까지 살았던 이들 중 가장 훌륭한 연주자였다. 시간 여행은 괴로움만큼 이런 보상을 주기도 한다.

에버라드는 야단스럽게 파이프를 채우고 불을 붙였다.

"자넨 요리트와의 관계에 대해 보고서를 제출하지 않았더군."

거의 지나가는 말처럼 그가 말했다.

"그 사실은 자네가 멘도자를 부르러 간 뒤 벌어진 조사 과정에서 밝혀졌을 뿐이야. 왜 그랬나?"

"그건…… 개인적인 문제였네. 그것이 다른 사람들에게 문제가 된다고 생각하지 않았어. 아, 패트롤 학원에서 그런 일에 대해 주의를 받긴 했지. 하지만 실제로 규정상 금지된 일은 아니었네."

검은 머리를 숙이고 앉아 있는 에버라드를 보면서, 나는 그가 틀림없이 내가 쓰게 될 모든 문서를 읽어 봤을 것이라는 기분 나쁜 사실을 깨달았다. 에버라드는 내가 알지 못하는, 내가 직접 겪어야 알 수 있는 내 미래를 알고 있었다. 패트롤 대원인 그 또는 그녀가 자기 운명을 알지 못하도록 하는 것은 결코 변하지 않는 규칙이었다. 인과관계의 순환 고리에 빠지는 것은 너무 쉽게 나타날 수 있는 가장 바람직하지 않은 결과였다.

"뭐, 나는 질책을 되풀이하려는 게 아니네. 사실, 우리끼리 얘기지

* 가야금과 비슷하게 생긴 일본 현악기.

만, 나는 압둘라 조정관이 쓸데없이 팍팍하게 나갔다고 생각하네. 패트롤 대원들은 재량권을 가져야 하네. 아니면 절대 임무를 제대로 해내지 못해. 많은 요원들이 자네가 한 짓보다 더 아슬아슬한 짓을 해왔네."

에버라드는 담배에 불을 당기는 데 1분 정도 쓴 다음, 푸르스름한 연기 사이로 말을 이어나갔다.

"허나, 나는 자네에게 한두 가지 세부적인 상황에 대해 묻고 싶네. 어떤 깊은 철학적 근거에 관해서라기보다 자네의 반응을 알기 위해서네—비록 나 역시 호기심이 있는 건 인정하지만 말이야. 자네도 알다시피, 그걸 기초로 내가 자네에게 몇 가지 유용한 절차상의 제안을 해 줄 수 있네. 난 학자는 아니지만 유사 이전, 유사 이래, 심지어 미래까지 돌아다녀 봤으니까."

"그랬겠지."

나는 큰 존경심을 가지고 수긍했다.

"뭐, 좋아. 제일 명확한 것부터 시작하지. 자네는 고트 족과 반달 족의 전쟁에 개입했네. 그걸 어떻게 정당화하겠나?"

"난 조사받으면서 거기 대답했습⋯⋯ 대답했네, 맨스. 내 목숨이 위험한 상황은 아니었기 때문에, 누군가를 죽일 만큼 어리석진 않았네. 나는 조직을 도왔고, 정보를 모으고, 적들에게 두려움을 주었네. 반(反)중력으로 날아다니며, 환영을 비추고 서브소닉 광선을 쏘았네. 나는 그냥 그들을 두렵게 만들어서, 양편 모두에서 사람들의 목숨을 구했네. 하지만 내 진짜 동기는 내가 연구하려는 사회에서 기반을 잡는 데 많은 노력을 들였기 때문이었네. 그건 패트롤의 노력이었어. 그리고 반달 족은 그 기반에 위협 요인이었네."

"자네는 미래에 벌어질 일에 변화를 주게 되는 것이 두렵지 않았나?"

"아니. 아, 아마 난 더 신중하게 생각했어야 했네. 전문가의 견해를 들어야 했지. 하지만 이 경우는 거의 교과서적인 것으로 보였네. 그건 단지 반달 족이 일으키고 있는 규모가 큰 약탈에 불과했어. 역사의 어디에도 기록되지 않았네. 그 결과도 별로 중요하지 않았네. …… 개인들의 삶을 별개로 하면 말이야. 그중 몇 사람은 나만큼 내 임무에 중요한 사람들이었네. 그리고 그 개인들의 삶과―그리고 거기서 내가 시작한 가계에 관한 문제는―뭐, 그것들은 유전자 풀에 통계학적으로 작은 변동을 일으킬 뿐이네. 그것들은 곧 평균을 되찾을 거야."

에버라드가 못마땅한 표정으로 말했다.

"칼, 자네는 내게 조사위원회에서 한 것과 똑같은 규범적인 주장을 반복하는군. 조사위원회는 자네를 놓아주었지. 걱정할 건 없네. 내가 자네에게 단지 머리로가 아니라 골수 깊이 깨닫게 해 주고 싶은 건 현실은 결코 교과서에 잘 들어맞지 않는다는 거야. 때로는 전혀 들어맞지 않을 때도 있고."

"나는 그것을 깨닫기 시작하고 있다고 생각하네."

내 겸손은 진정이었다.

"내가 과거에서 쫓고 있는 삶들 속에서 말이야. 우리에게 사람들의 운명을 떠맡을 권리는 없네, 그렇지 않나?"

에버라드가 미소를 지었다. 나는 한 잔 죽 들이켜고 술맛을 음미할 여유를 찾았다.

"좋아. 개론적인 문제는 그만하고 자네가 이후에 어떤 존재가 됐는지 자세히 얘기해 보세. 예를 들어, 자네는 그 고트 족들에게 자네가 없다면 결코 얻지 못할 것들을 주었네. 물리적 선물들은 걱정할 것 없지. 그것들은 녹슬거나 썩어서 빠르게 사라질 테니까. 하지만 세계와 다른 나라들에 대한 이야기들이 있네."

"난 내 스스로를 흥미로운 존재로 만들어야 했네. 그렇지? 그렇지 않다면 왜 그들이 나한테 오래되고, 익숙한 것들을 이야기해 주겠나?

"으음. 그래, 그렇군. 하지만 보게, 자네가 그들에게 말해 준 게 뭐든 그게 민간으로 들어가면 자네가 연구하러 간 원래의 이야기를 변화시키지 않겠나?"

나는 킥킥 웃었다.

"아니야. 거기 대해서는 나는 사회심리학적인 계산을 미리 해 보고, 그걸 지침으로 사용했네. 이런 유의 사회는 매우 선택적인 집단 기억을 가지는 것으로 밝혀졌네. 기억하게, 고트 족에게는 문자가 없네. 그들은 신기한 일이 다반사로 일어나는 정신세계에 살고 있네. 내가 그러니까, 로마 인들에 관해 이야기한 것은 그저 이미 그들이 여행자들에게 들은 정보들에 세세한 것을 덧붙인 것일 뿐이네. 그런 세세한 것들은 곧 로마에 대해 그들이 갖고 있는 개념의 일반적인 잡담 차원으로 떨어질 걸세. 더 이국적인 이야기들이라면, 음, 쿠훌린* 같은 비극적인 운명의 영웅이 하나 더 늘어나면 어떤가? 고트 족은 그런 모험담을 수도 없이 들었네. 한 나라 같은 지평선 너머의 전설적인 나라가 하나 더 늘어난다고 해 될 게 있나? 직접 내 이야기를 들은 사람들은 큰 인상을 받겠지. 하지만 나중에 그 사람들이 그 이야기를 다른 사람에게 전하면, 그건 이미 있는 다른 전설 속에 녹아 들어갈 걸세."

"흐으으음."

에버라드가 고개를 끄덕였다. 그는 잠시 담배를 피우다가 갑자기 물었다.

"자네 자신은 어떤가? 자네는 단지 이야기 속의 인물이 아닐세. 자네는 그들의 현실에 반복해서 나타나는 정체불명의 인물일세. 자네는 수세대를 걸쳐 그렇게 하려고 하지. 자네는 신이 돼서 그 일을 하려고

---

* 아일랜드 전설 속의 용사.

하나?"

그것은 어려운 문제였다. 그에 대한 대답을 준비하느라 나는 상당한 시간을 썼다. 나는 술 한 모금으로 목구멍을 축이고 뱃속을 덥히고 나서, 천천히 대답했다.

"그래, 나는 그게 두렵네. 내가 그걸 의도하거나 바란 건 아니지만, 그렇게 된 것 같네."

에버라드는 거의 동요하지 않았다. 사자처럼 나른하게 느릿느릿 말했다.

"그래서 자넨 그게 역사를 개변시키지 않는다고 주장하는 건가?"

"그렇네. 자, 얘기를 좀 들어 보게. 나는 결코 신이라고 주장하지 않았네. 신성한 특권이나 그 비슷한 걸 요구하지도 않았네. 그냥 일이 그렇게 됐을 뿐이네. 일의 성격상, 나는 혼자 갔고, 부랑자가 아니라 부유한 여행자처럼 차려 입었네. 창을 갖고 있었고, 그건 말을 타지 않은 남자가 대개 갖고 다니는 무기였기 때문이었네. 20세기에서 왔기 때문에, 북방계 종족 사이에서도 4세기의 평균 신장보다는 내 키가 훨씬 컸네. 내 머리와 수염은 회색이었네. 나는 이야기를 해 주었고, 먼 나라들에 대해 이야기했네. 그래, 나는 하늘을 날았고 적에게 두려움을 주었네. 그건 변명의 여지가 없군. 하지만 나는…… 새로운 신을 만들어 내지는 않았네. 나는 단지 그들이 오랫동안 숭배해 온 신의 이미지에 들어맞았을 뿐이네. 한 세대쯤 시간이 흐르면서, 그들은 내가 그 신이 틀림없다고 생각하게 되었네."

"그 신의 이름은 뭔가?"

"고트 족 사이에서는 보단. 서게르만 족에게 보탄, 영어로 보덴, 프리슬란드 어로 본스 등등과 같은 말이지. 후기 스칸디나비아 것이 가장 널리 알려져 있네만, 바로 오딘이네."

나는 에버라드가 놀라는 모습을 보고 놀랐다. 글쎄, 물론 내가 패트롤의 감찰부에 제출한 보고서는 간츠를 위해 작성한 문서들보다 훨씬 덜 자세하긴 했다.

"흠? 오딘? 하지만 그는 애꾸이고 대장 신이지 않나. 자네는 애꾸가…… 아니면 자네는?"

"아니."

강의 모드로 다시 돌아오는 건 얼마나 마음을 편하게 하는 일인지.

"자네는 〈에다〉에 나오는 바이킹 족의 오딘을 생각하고 있는 걸세. 하지만 그는 다른 시대에 속하지. 오딘은 수세기 뒤, 북서쪽으로 수백 마일 떨어진 곳의 신이네.

나의 고트 족들에게 자네가 말하는 대장 신은 티와즈네. 바니르의 신들처럼 땅과 연결된 토착 신들과 대조적으로 티와즈는 다른 아스의 신들처럼 인도-유럽계 신들에 기원을 갖고 있네. 로마 인들은 티와즈를 마르스와 동일시했네. 티와즈가 전쟁의 신이기 때문이지. 하지만 다른 점들이 많네.

로마 인들은 스칸디나비아 사람들이 토르라고 부르는 도나르를 주 피터와 같은 신이라고 생각했네. 도나르가 날씨를 지배하기 때문이지. 하지만 고트 족에게 도나르는 티와즈의 아들이네. 보단도 마찬가지지. 로마 인들은 보단을 머큐리와 동일시하네."

"그렇다면 시간이 지나면서 신화는 진화한다는 말이로군?"

"맞네. 티와즈는 아스가르드의 티르로 변했지. 세계를 멸망시킬 늑대를 결박하다가 팔을 잃은 것이 티와즈였다는 것을 빼고는 그에 대한 기억은 거의 남지 않았네. 그러나 보통명사 '티르'는 고대 스칸디나비아 말에서 '신'과 같은 뜻을 갖고 있지.

그동안 보단, 혹은 오딘은 점점 중요해졌네. 마침내 그는 다른 신들의 아버지가 되었지. 내 생각에—이건 언젠가 조사해 봐야 할 일이지만—내 생각에 그건 스칸디나비아 사람들이 극도로 호전적이

됐기 때문인 것 같네. 오딘은 핀 족의 영향으로 주술적인 성격도 가지게 됐는데, 저승사자로서 귀족 전사들에게 숭배의 대상이 되기 적격이었지. 오딘은 전사들을 발할라로 데려갔네. 게다가 오딘은 덴마크에서 가장 인기 있는 신이었네. 아마 스웨덴에서도 그랬을 걸세. 노르웨이와 그 식민지인 아이슬란드에서는 토르가 더 인기 있었지."

"매혹적인 이야기군."

에버라드가 한숨을 쉬었다.

"우리 중 누군가가 살아서 알게 될 것보다 알아야 할 것이 훨씬 더 많군…… 그래, 하지만 4세기 동유럽에서 자네의 보단의 모습에 대해 이야기해 보게."

"보단은 아직 두 눈을 갖고 있네. 하지만 이미 모자와 망토, 사실상 지팡이로 쓰이는 창을 가지고 있네. 알다시피 보단은 <방랑자>라네. 그것이 로마 인들이 보단을 그리스의 신 헤르메스가 그런 것처럼 머큐리의 다른 이름이라고 생각한 이유지. 그건 모두 옛날 인도-유럽의 전통에서 기원하네. 자네는 인도, 페르시아, 켈트와 슬라브 신화에서 그 단서를 찾을 수 있을 걸세. 하지만 그 마지막 것들은 훨씬 더 빈약하게 기록되었지. 결국 내 임무는—

어쨌든 보단-머큐리-헤르메스는 그가 바람의 신이기 때문에 <방랑자>일세. 이 때문에 보단은 여행자들과 상인들의 수호신이 되었지. 많이 돌아다녔기 때문에, 그는 많은 것을 알게 되었을 것이 틀림없네. 그래서 보단은 마찬가지로 지혜와 시…… 그리고 마술과 연결되었네. 그런 속성들은 죽은 자들이 밤바람을 타고 간다는 생각과 합쳐졌네. 그 결과 보단은 저승으로 죽은 자들을 안내하는 저승사자가 되었지."

에버라드가 도넛 모양으로 연기를 내뿜었다. 거기 어떤 상징이 있기라도 한 것처럼 그의 눈은 연기를 좇았다.

"자네는 꽤 강력한 인물에게 붙잡힌 것 같군."

그가 나지막이 말했다.

"그래. 되풀이해서 말하지만, 내가 의도한 바는 아니었네. 그건 단지 내 임무를 끝없이 복잡하게 만들었을 뿐이네. 나는 확실히 조심할 걸세. 하지만…… 그것은 이미 존재하고 있던 신화일세. 인간 세상에 보단이 출현했다는 이야기들은 무수히 많네. 그 대부분은 지어 낸 이야기들이고, 몇 가지는 실제로 일어난 사건들을 반영하고 있네. ─그게 무슨 변화를 만들겠나?

에버라드가 파이프를 세게 빨아들였다.

"모르겠네. 이 사건에 대해 가능한 한 자세히 검토해 봤지만, 모르겠어. 아마 아무것도, 아무 변화도 생기지 않을지 모르지. 하지만 나는 원형들을 신중히 다루라고 배웠네. 그것들은 역사에서 과학이 가늠할 수 있는 것보다 더 강한 힘을 갖고 있네. 그 때문에 이렇게 자네와 퀴즈놀이를 하고 있는 걸세. 명확히 알아야 하는 일에 대해서 말이야. 하지만 저 아래 깊은 곳은 명확히 알 수 없네."

그는 어깨를 으쓱했다기보다 털어 내는 것 같은 동작을 해 보였다. 그리고 짜증 섞인 목소리로 말했다.

"뭐, 형이상학에 대해서는 신경 쓰지 말자고. 한 두 가지 실제적인 문제들을 해결하고 나서 자네 아내와 내 데이트 상대를 데리고 놀러 나 가세."

전투는 하루 종일 치열했다. 훈 족은 절벽에 부딪치는 거센 파도처럼 고트 족 진영을 계속 몰아쳤다. 먼저 훈 족의 화살이 하늘을 뒤덮었다. 그리고 창이 올려지고, 깃발이 물결쳤다. 말발굽 소리가 천둥처럼 대지를 흔들며 기병들이 돌격했다. 말을 타지 않은 고트 족의 투사들은 대형을 굳게 유지했다. 창은 앞을 겨누고, 검과 도끼와 미늘창이 전투태세를 취한 채 번쩍였다. 활시위가 울리고, 돌이 날고, 뿔피리 소리가 울렸다. 충돌과 함께, 목구멍 깊숙한 곳에서 터져 나온 외침이 훈 족의 날카로운 전투 함성에 응답했다.

그리고 그들은 베고, 찌르고, 헐떡이고, 땀 흘리며, 서로 죽이고, 죽였다. 사람이 쓰러지면 다리와 말굽이 몸통을 으깨고 육체를 시뻘건 고깃덩이로 만들었다. 투구와 사슬 갑옷, 나무 방패와 딱딱한 가죽 흉갑에 쇠붙이가 부딪치는 소리가 요란하게 울렸다. 목덜미를 꿰뚫리거나 갈고리에 걸려 쓰러진 말들이 비명을 지르며 뒹굴었다. 상처 입은 자들은 고함을 지르며 상대에게 달려들거나 맞붙어 싸우려 했다. 누구를 찌르고 누구한테 맞았는지 아무도 알지 못했다. 광기에 가득 차 그 화신이 되어 버린 자들에게 세상은 캄캄하게 회오리치고 있을 뿐이었다.

훈 족이 한 차례 적진을 돌파했다. 그들은 환호성을 지르며 이리저리 말을 몰고 다니면서 뒤에서부터 적들을 도륙했다. 하지만 홀연히 새로운 고트 족 부대가 나타나 훈 족을 덮쳤다. 이제 그들이 함정에 빠진 꼴이 되었다. 아무도 달아나지 못했다. 안 그랬더라면, 공격이 실패하는 것을 본 지휘관들이 퇴각 신호를 울렸을 것이다. 훈 족 기병들은 잘 훈련되어 있었기 때문에, 활의 사정거리에서 몸을 빼 물러나왔다. 군사들은 잠시 숨을 거칠게 몰아쉬며, 목을 축이고, 상처를 살폈다. 그리고 적과 자신들의 사이에 있는 전장을 노려보았다.

해가 서쪽으로 기울며, 녹색 하늘을 피처럼 붉게 물들였다. 황혼이 강물과 머리 위를 맴도는, 썩은 고기를 먹는 새들의 날개 위에 희미하게 빛났다. 그림자가 경사진 은빛 초원 위를 길게 드리우며 골짜기를 타고 올라가 숲을 어둡고 흐릿하게 만들었다. 산들바람이 피투성이 대지 위를 차갑게 지나가며, 낙엽 위에 쓰러진 시체들의 머리칼을 헝클어뜨리고, 그들을 저세상으로 부르는 듯한 울음소리를 냈다.

북소리가 울렸다. 훈 족은 대열을 정비했다. 마지막 나팔소리가 날카롭게 울렸다. 훈 족이 최후의 공격에 나섰다.

고트 족들은 몹시 지쳐 있었지만 다시 훈 족의 공격을 격퇴하고 적군 수백 명의 목숨을 거두었다. 다고베르트는 주도면밀하게 함정을 준비했다. 침략군의 소식 — 학살, 강간, 약탈, 방화 — 을 듣자마자 그는 부족민에게 하나의 깃발 아래 모일 것을 요구했다. 테우링 부족뿐 아니라, 가까운 주민들도 그의 명령에 따랐다. 다고베르트는 훈 족을 드네프르 강으로 내려가는 이 계곡 안으로 유인했다. 그의 주력군이 양쪽 산등성이 위로 쏟아져 나와 기병들의 움직임을 묶어 놓고 퇴로를 막았다.

다고베르트의 작고 둥근 방패는 조각났고, 투구는 뭉개졌으며, 갑옷은 누더기가 되었다. 칼날은 둔했고, 몸은 멍투성이였다. 하지만 그는 고트 족 중앙 최선두에 서 있었다. 다고베르트는 머리 위에 자신의 깃발을 휘날리게 했다. 적들이 공격해 오자 그는 살쾡이처럼 움직였다.

말 한 마리가 앞발을 높이 들어 올렸다. 다고베르트는 안장에 앉아 있는 남자를 보았다. 작지만 건장한 남자였다. 갑주 밑에는 가죽 조각들을 걸치고, 민 대머리에 변발을 하고 있었다. 가느다란 턱수염을 두 가닥으로 땋고, 무늬 같은 상처들로 흉측해진 얼굴에 커다란 코를 하고 있었다. 훈 족 사내는 손도끼를 휘둘렀다. 다고베르트는 말발굽이 땅에 닿는 동안 옆으로 물러섰다. 그는 칼을 휘둘렀고 상대방의 무기와 부딪쳤다. 쇳소리가 울리고, 불꽃이 사방으로 튀었다. 다고베르트는 칼날을 돌려 말 탄 사내의 허벅지를 베었다. 칼날이 날카로웠다면 치명상을 입혔겠지만, 가느다란 핏자국을 남겼을 뿐이었다. 훈 족은 큰 소리를 지르며 고트 족 전사의 투구를 힘껏 내리쳤다. 다고베르트는 비틀거리다가 균형을 되찾았다. 그의 적수는 다고베르트를 지나쳐 전투의 소용돌이 속으로 뛰어들었다.

갑자기 나타난 다른 말에서 불쑥 창이 들어왔다. 반쯤 정신이 나간 채, 다고베르트는 목과 어깨 사이로 그것을 받았다. 훈 족은 그가 쓰러지는 것을 보고 그의 몸에 벌어진 구멍에 창을 눌렀다. 땅바닥에서 다고베르트가 칼을 던졌다. 그것이 훈 족의 팔에 맞았고, 창이 느슨해졌다. 가장 가까이 있던 동료가 창으로 그 남자를 마구 찔렀다. 훈 족은 쓰러졌다. 그의 시체는 말등자에 매달려 질질 끌려갔다.

갑자기 싸움이 멎었다. 살아남았지만 패배의 두려움에 사로잡힌 적들은 달아났다. 그들은 뿔뿔이 흩어져 패주했다.

"추격하라!"

다고베르트가 쓰러진 채 헐떡이며 말했다.

"아무도 달아나지 못하게 하라. 죽은 동료들의 원수를 갚아라. 우리 땅을 안전하게 지켜라."

그는 힘없이 기수의 발목을 때렸다. 기수는 깃발을 들고 앞으로 나갔다. 고트 족이 그 뒤를 따르며 달아나는 훈 족을 죽이고 또 죽였다. 살아서 돌아간 훈 족은 거의 없었다.

다고베르트는 목을 만져 보았다. 오른쪽이 움푹 들어가 있었다. 피가 뿜어져 나왔다. 전쟁의 아우성은 멀어지고 있었다. 불구가 된 사람들과 말들의 울부짖음과 낮게 맴돌고 있는 까마귀의 울음소리가 가까이서 들렸다. 그것들도 점점 희미하게 들렸다. 그의 눈은 태양의 마지막 빛을 찾았다.

공기가 희미하게 빛나며 진동했다. <방랑자>가 도착한 것이었다.

그는 이 세상의 것이 아닌 것 같은 말에서 내려, 진창 속에 무릎을 꿇고 아들의 상처에 손을 뻗었다.

"아버지."

다고베르트가 입 속에 차오른 피 때문에 콜록거리며 속삭였다.

엄하고 냉정하게만 기억하던 얼굴은 비통함으로 덮여 있었다.

"나는 구할 수 없어——구할 수 없을 거야——그들이 허락하지 않을 거야——"

<방랑자>가 중얼거렸다.

"우리…… 우리가…… 이겼나요?"

"그래. 우린 수년 동안 훈 족을 몰아냈다. 네가 한 일이다."

고트 족 청년은 미소를 지었다.

"좋아요. 이제 저를 데려가 주세요, 아버지——"

죽음이 올 때까지 칼은 다고베르트를 안고 있었다. 죽은 뒤에도 오랫동안 그렇게 있었다.

1933

"아, 로리!"

"쉿, 여보. 어쩔 수 없는 일이었어요."

"내 아들, 내 아들!"

"이리 와요. 울고 싶은 걸 참지 말아요."

"하지만 그 아이는 그렇게 젊었는데, 로리."

"그래도 다 자란 성인이었어요. 당신은 그의 아이들, 당신의 손자들을 버릴 건가요?"

"아니야, 절대로. 하지만 내가 뭘 할 수 있지? 그들을 위해 내가 뭘 할 수 있는지 말해 줘. 그들은 멸망할 운명이야. 요리트의 후손, 그리고 또 그 후손들은 사라질 거야. 나는 그걸 변화시킬 수 없어. 내가 어떻게 그들을 도울 수 있지?"

"나중에 생각해요, 여보. 우선, 쉬어요. 말하지 말고, 자요."

337-344

다고베르트가 죽었을 때, 그의 아들 타라스문드는 열세 살이었다. 그럼에도 불구하고 테우링 부족은 커다란 무덤에 족장을 안장한 후 그 소년을 족장으로 삼았다. 그는 어렸지만 자질이 있었다. 그리고 타라스문드의 가문 외에 부족을 지배할 다른 가문은 있을 수 없었다.

게다가 드네프르에서의 전투 후 당장의 위협은 사라졌다. 그들이 분쇄한 것은 여러 훈 부족들의 연합이었다. 다른 훈 족들은 당분간 고트 족에게 다가오지 않을 것이었고, 그건 헤룰 족도 마찬가지였다. 누구와의 전쟁이든 먼 일이 될 것이 확실했다. 그것도 방어를 위해서가 아니라 게베리크를 위한 전쟁이 될 가능성이 높았다. 타라스문드는 성장하고 배울 시간이 충분했다. 더구나 그에게는 보단의 호의와 조언이 있을 것 아닌가?

발루부르그는 안스가르라는 남자와 재혼했다. 그녀보다 지체는 떨어졌지만 부유하고 권력욕도 없는 남자였다. 두 사람은 자신들의 영토를 잘 다스렸고, 타라스문드가 성년이 될 때까지 부족민을 훌륭하게 이끌었다. 그들이 조용히 일상으로 물러나기 전까지 그 자리에 머문 것은 타라스문드가 그렇게 하길 바랐기 때문이었다. 그 역시 집안 내력인 방랑벽을 갖고 있었다. 타라스문드는 자유롭게 여행을 다니기를 원했다.

마침 잘된 일이었다. 세상에 많은 변화가 생기고 있는 때였다. 족장이 될 사람은 그런 변화에 대처하기 전에, 그것에 대해 잘 알고 있어야 했다.

콘스탄티누스는 죽기 전에 제국을 동서로 나누었다. 하지만 로마는 다시 평화를 누리고 있었다. 그는 비잔틴이라는 도시를 동쪽의 황제가 있을 곳으로 선택하고, 그곳에 자신의 이름을 갖다 붙였다. 그 도시의 크기와 부는 빠르게 증대했다. 서고트 족은 무력충돌에서 결정적인 승리를 거둔 후, 로마와 조약을 맺었다. 다뉴브 강을 오가는 교역은 활발해졌다.

콘스탄티누스는 그리스도가 제국의 유일한 신이라고 선포했다. 그 종교의 설교자들이 멀리, 널리 퍼져 나갔다. 점점 더 많은 서고트 족 사람들이 거기에 귀를 기울였다. 티와즈와 프리야에 대한 믿음을 지키는 자들은 그것을 몹시 싫어했다. 오랜 신들이 분노해서 감사할 줄 모르는 인간들에게 재앙을 내릴지도 모를 뿐더러, 새로운 신을 취하는 것은 콘스탄티노플이 천천히, 하지만 칼을 뽑지 않고 지배권을 쥐는 길을 열었다. 기독교도들은 구원에 비하면 그런 것은 중요치 않다고 말했다. 게다가 세속적인 관점으로 봐도, 제국 밖보다는 그 안에 있는 것이 나았다. 해가 갈수록 양편 사이에 적의가 생겼다.

동고트 족은 멀리 떨어져 있었기 때문에 이런 문제들을 느리게 인식했다. 그들 중 기독교도는 서쪽에서 온 노예들이었다. 올비아에 교회가 있었다. 하지만 그것은 로마 상인들을 위한 것이었다. 비록 지금은 텅 비어 있긴 했지만 오래된 대리석 신전들에 비하면, 그것은 나무로 만든 초라한 건물이었다. 그러나 상인들이 늘어나면서 내지의 주민들도 기독교도들을 만나기 시작했다. 그들 중에는 성직자들도 있었다. 여기저기서 자유민 여인들이 세례를 받았고, 소수지만 남자들도 그랬다.

테우링 부족에는 이런 일이 없었다. 그들의 신들은 모든 동고트 족에게 그런 것처럼, 그들을 잘 대해 주었다. 넓은 땅은 풍성한 수확을 낳았다. 북쪽과 남쪽의 교역도 많은 이익을 거뒀다. 왕이 정복한 주민들이 바치는 공물에서 분배받는 몫도 만만치 않았다.

발루부르그와 안스가르는 다고베르트의 아들에게 걸맞은 새로운 홀을 세웠다. 그것은 드레프르 강의 오른쪽 기슭, 어슴푸레 빛나는 강물과 바람에 잔물결치는 초원과 농토, 새들이 떼 지어 깃들어 하늘을 가리는 숲이 내려다보이는 언덕 위에 세워졌다. 홀 정면 위쪽에는 뒷발로 일어선 용들이 조각되어 있었다. 사슴과 들소 뿔이 문 위를 장식했다. 기둥들에는 보단을 제외한 신들의 상이 새겨져 있었다. 보단을 위해서는 화려하게 꾸며진 성소가 마련되었다. 홀 주변에는 별채들과 더 작은 집들이 생겨났다. 작은 부락은 큰 마을이라고 할 수 있을 정도가 되었다. 남자, 여자, 아이들, 말, 개, 마차, 무기, 말소리, 웃음소리, 노랫소리, 자갈을 밟는 발자국 소리, 망치, 톱, 바퀴, 불, 맹세, 또는 때때로 누군가 우는 소리. 아래쪽 강가 헛간에는, 해외로 나가 있지 않을 경우, 배가 한 척 보관되어 있었다.

그들은 그 홀에 헤오로트라는 이름을 붙였다. <방랑자>가 비틀린 웃음을 지으며, 그것이 북쪽에 있는 유명한 건물의 이름이라고 말했기 때문이었다. 그는 몇 년마다 한 번씩 찾아와 며칠 동안 머물며 들을 것들을 듣고 갔다.

타라스문드는 아버지보다 거무스름했고, 갈색 머리에 골격과 생김새, 성격이 더 중후하게 자라났다. 테우링 부족은 나쁘지 않은 일이라고 생각했다. 그가 일찌감치 모험에 대한 욕구를 불태우고 그만큼 지식을 얻도록 했다. 그러고 나면 정착해서 침착하게 부족을 이끌어야 할 것이다. 그들은 안정적인 성격을 가진 사람이 자신들의 수장이 되기를 원했다. 훈 족에게도 동고트 족의 게베리크 같은 왕이 나타나 부족들을 끌어모으고 있다는 소식이 들렸다. 북쪽의 모국에서 게베리크의 아들이며 유력한 후계자인 에르마나리크가 잔인무도한 자라는 이야기가 있었다. 게다가 왕실이 늪과 습지를 떠나, 이제 나라의 태반을 이루고 있는 이 양지바른 땅들로 곧 내려올 가능성이 높았다. 테우링 부족은 자신들의 권리를 지킬 수 있는 지도자를 원했다.

타라스문드가 열일곱 살 때, 마지막으로 여행을 떠났다. 그는 흑해를 건너 콘스탄티노플로 갔다. 배가 돌아와서 전한 소식은 그것뿐이었다. 하지만 그들은 걱정하지 않았다. <방랑자>가 계속 손자와 함께 다닐 것이라고 말했기 때문이었다.

나중에 타라스문드와 부하들은 남은 인생 동안 저녁 자리를 즐겁게 만들 얘깃거리를 잔뜩 갖고 돌아왔다. 새로운 로마에서 머무른 후—신기한 일과 사건의 연속이었다—그들은 육로로 모이시아*를 지나 다뉴브 강으로 갔다. 그 끝에서 그들은 한 해 동안 서고트 족과 함께 머물렀다. <방랑자>가 그렇게 하라고 했다. 타라스문드가 그들과 친교를 맺어야 한다는 것이었다.

실제로 젊은이는 아타나리크 왕의 딸 울리카를 만나게 되었다. 강대한 아타나리크 왕은 여전히 옛 신들을 섬기고 있었다. <방랑자>는 예전에 가끔 그의 영토에 나타난 적이 있었다. 그는 동쪽의 족장 가문과 혈맹을 맺는 것을 기뻐했다. 젊은 두 사람은 잘 지냈다. 울리카는 그때에도 이미 오만하고 엄격했지만, 살림을 잘 꾸리고, 건강한 아이들을 낳고, 남편의 일을 잘 내조할 듯했다. 합의가 이루어졌다. 타라스문드는 집으로 돌아갈 것이고, 선물과 서약이 오고 갈 것이다. 그리고 일 년 내에 신부가 도착할 것이다.

<방랑자>는 헤오로트에서 하룻밤만 지내고 작별을 고했다. 타라스문드와 나머지 사람들은 <방랑자>에 대해서는 말을 아꼈다. 그가 자주 잠깐씩 모습을 감추긴 했지만, 자신들을 현명하게 이끌어 주었다고 말할 뿐이었다. 잡담거리로 삼기에 그는 너무나 기이한 존재였다.

하지만 몇 년이 지난 뒤, 에렐리에바 곁에 누운 타라스문드가 말했다.

"나는 그분에게 속을 털어놓았어. 그러기를 바라셨지. 그분은 내 이야기를 다 들으셨어. 왠지 그분의 눈 속에는 사랑과 고통이 함께 들어 있는 것 같았어."

* 고대 로마 제국의 속주. 다뉴브 강 하류 남부로부터 발칸 산맥에 이르는 지역. 현재는 루마니아 · 불가리아 지역에 해당한다.

1858

평요원 이상의 지위에 있는 많은 패트롤 요원들과 달리 헤르베르트 간츠는 자신의 본래 배경을 버리지 않았다. 패트롤에 들어올 당시 중년의 공인된 독신남이었던 그는 베를린의 프리드리히 빌헬름 대학에서 교수님 노릇을 하는 것을 좋아했다. 대체로 간츠는 시간 여행에서 떠난 시간의 5분 내로 돌아와 단정하고 조금 점잖 빼는 학자적 생활을 계속했다. 그는 몇 세기 뒤에 있는 훌륭한 설비를 갖춘 사무실 외에 다른 곳에는 거의 가지 않았고, 연구 영역인 고대 게르만 시간대에도 거의 가지 않았다.

내가 이유를 묻자 간츠가 대답했다.

"평화롭게 사는 늙은 학자에게 적합지 않은 곳이야. 나 역시 그곳에 어울리지 않고 말이지. 난 웃음거리가 되고, 멸시받고, 의심을 사게 될 거야. 그래서 아마 살해당하겠지. 나와 맞는 이 시대에서 인생을 즐기게 해 주게. 이 시대는 곧 끝나고 말 거야. 그래, 물론 서구 문명이 본격적으로 자기 파괴를 시작하기 전에 나는 외모를 늙게 해서 죽을 것처럼 보이게 해야겠지. ……그 다음은? 누가 알지? 나는 물어볼 거야. 아마 다른 곳에서 다시 시작해야 하겠지. 예컨대, 나폴레옹 시대 이후의 본이나 하이델베르크에서."

그는 현장 요원을 직접 만나서 보고를 받을 때 좋은 대접을 해 주어야 한다고 생각했다. 내 인생에서 다섯번째로 간츠와 거나하게 점심 식사를 하고 난 뒤, 낮잠을 자고 일어나서 우리는 운터덴린덴*을 산책했다. 우리는 여름 황혼을 지나 집으로 돌아왔다. 나무들은 향기를 뿜고 있었고, 말이 끄는 탈것들이 따그닥따그닥 소리를 내며 지나 갔다. 신사들은 아는 숙녀들과 마주치면 높은 모자를 살짝 들어 보였 다. 장미 정원에서 나이팅게일이 노래했다. 가끔 제복을 입은 프러시 아 장교가 지나갔다. 하지만 그의 어깨에 짊어진 미래는 불안정했다.

책들과 골동품에 가려져 있었지만 집은 넓었다. 간츠는 나를 서재 로 데리고 가서 하녀를 불렀다. 그녀는 검은 드레스와 하얀 캡, 앞치 마를 입고 바스락 소리를 내며 들어왔다.

"우린 커피와 케이크를 먹을 거야. 그리고, 그래, 쟁반에 코냑 한 병과 잔을 가져와. 그러고는 우리를 방해하지 말게."

하녀가 시킨 일을 하러 나가자 간츠는 뚱뚱한 몸을 소파에 앉혔다.

"엠마는 좋은 아이지."

그가 코안경을 닦으면서 말했다. 패트롤 의료진이 눈을 쉽게 교정 할 수 있었지만, 간츠는 애써 자기에게 렌즈가 더 이상 필요 없는 이 유를 설명했다. 그리고 교정을 해도 별 차이가 없다고 단언했다.

"가난한 소작농 집안의 딸. 아, 그들은 애들을 많이도 낳지. 하지 만 생명의 본질은 과잉이 아닌가? 나는 저애에게 관심이 많네. 그냥 아버지 같은 심정이 든다고 해 두지. 엠마는 3년 뒤에 우리 집일을 그 만두고 좋은 청년을 만나 결혼하네. 나는 결혼 선물을 핑계로 적당히 지참금을 줄 거야. 그리고 그들의 첫아이의 대부가 될 걸세."

살찌고 혈색 좋은 얼굴에 괴로운 표정이 지나갔다.

"엠마는 마흔한 살에 결핵으로 죽네."

그는 손으로 대머리를 어루만졌다.

"나는 저 아이를 편안하게 해 주는 약을 몇 개 주는 것 외에 다른

---

* Unter den Linden. 베를린에 있는 대로. '보리수나무 아래' 라는 뜻으로 베를린에서 가장 유명한 거리 중 하나.

것은 허락받지 못했네. 우리는 감히 슬퍼할 수 없어. 우리는 패트롤이니까. 미리 슬퍼해서는 안 되지. 나는 불쌍하게도 앞일에 대해 아무것도 모르는 내 친구이자 동료인 그림 형제*들을 위해 연민과 죄책감을 눌러야 했네. 그래도 엠마의 인생은 인류 대부분이 살았던 것보다는 나았어."

나는 대답하지 않았다. 우리의 사생활은 보장돼 있기에, 나는 가방 속에 넣어 온 기구를 필요 이상으로 공들여 설치했다. (나는 이곳에 방문 중인 영국 학자로 통했다. 나는 억양을 연습했다. 미국인은 인디언들과 노예에 대한 질문으로 시달릴 게 뻔했다.) 서고트 족과 함께 있을 때, 타라스문드와 나는 울필라스**를 만났다. 나는 특별한 사건이 있을 때 늘 그렇듯이 그 현장을 녹화했다. 간츠는 콘스탄티노플의 대전도자이자 고트 족의 사도인 그를 보고 싶어 했다. 울필라스가 고트 어로 번역한 성경은 시간 여행이 성공하기 전에 고트 어에 대해 알 수 있는 유일한 자료였다.

홀로그램이 나타났다. 갑자기 방— 샹들리에와 책장, 엠파이어 스타일***이라고 알고 있는 최신 가구, 흉상, 동판화와 유화 액자, 도자기, 중국풍 벽지, 적갈색 커튼—은 모닥불을 둘러싼 신비롭고 어둑한 풍경으로 변했다. 그러나 나는, 내 머리와 생각은, 거기에 없었다. 왜냐하면 내가 보고 있는 것은 나 자신이었기 때문이다. 그는 <방랑

---

* 언어학자이자 동화 채록자로 유명한 그림 형제는 베를린에서 1859년과 1863년에 죽었다.
** 고트 족 또는 고트 족 혼혈이라고 알려진 동로마 교회 주교(310~383). 고트 어 알파벳을 만들어 성서를 고트 어로 번역했으며 그들에게 기독교를 전파했다. 그가 정말 아리우스파였는지에 대해서는 해석이 엇갈리고 있지만, 여기서 폴 앤더슨은 울필라스를 열렬한 아리우스주의자로 묘사하고 있다.
*** 나폴레옹 시대에 유행하던 가구 스타일, 전체적으로 절제된 양식이나 계급장처럼 화려한 장식으로 꾸며짐.

자〉였다.

(녹화기는 작고, 분자 차원에서 작동했다. 그리고 감각 정보를 최대한 수집하도록 자동으로 조정되었다. 내가 갖고 다니는 여러 개 중 하나였는데, 나무에 기대 놓은 창 속에 장치되어 있었다. 비공식적으로 울필라스를 만나고 싶었기 때문에, 우리가 로마 인이 철수하기 전에는 다키아라고 부르던 지방을 여행할 때, 우리 일행이 그의 일행을 만나도록 여행로를 짰다. 내가 사는 시대에서 그곳은 루마니아였다. 서로 평화로운 의도를 가지고 있다는 것이 확인된 다음, 나의 동고트 족과 그의 비잔틴 사람들은 천막을 치고 함께 식사를 했다.)

나무들이 삼림지를 어둡게 가렸다. 불꽃과 연기가 일어나 별을 가렸다. 올빼미 한 마리가 계속해서 울어 댔다. 밤은 아직 따스했다. 하지만 풀밭의 이슬 때문에 한기가 돌기 시작했다. 울필라스와 나를 제외한 사람들은 장작불 가까이 책상다리를 하고 앉아 있었다. 울필라스는 열의에 차서 일어나 있었다. 나로서는 다른 사람들 앞에서 그에게 위압당할 수는 없는 노릇이었다. 그들은 우리를 바라보며 귀를 기울이고 있었다. 몰래 도끼나 십자가 모양을 그리고 있었다.

원래 이름이 불필라임에도 불구하고, 그는 작고 땅딸막하며 뭉툭한 코를 갖고 있었다.* 그는 264년 고트 족의 습격 때 끌려간 카파도키아 사람인 조부모를 닮았기 때문이었다. 332년 조약에 따라, 그는 인질 겸 외교사절로 콘스탄티노플에 왔다. 마침내 그는 선교사로 서고트 족에게 돌아왔다. 그가 설파한 교의는 니케아 공의회**의 것이

---

* 울필라스(Ulfilas)는 불필라(Wulfila)의 라틴식 이름이다. 불필라가 늑대를 뜻하기 때문에 이렇게 말하고 있다.
** 325년 콘스탄티누스 황제가 니케아에서 개최한 세계 교회 회의. 예수 그리스도의 신성을 부정하는 아리우스파를 이단으로 단죄하여 분열된 교회를 통일시키고, 로마제국의 안정을 이루기 위해 개최되었다.

아니라, 공의회가 이단으로 내몬 아리우스파의 엄격한 교의였다. 그럼에도 불구하고 울필라스는 공의회 직후, 기독교 세계의 전위로 이곳에 왔다.

"──아니오, 우리는 여행에 관한 이야기들만 나누어서는 안 됩니다. 어떻게 그것들을 우리의 신앙과 분리시킬 수 있겠습니까?"

그의 목소리는 부드럽고 온화했다. 그러나 나를 쏘아보는 시선은 사뭇 날카로웠다.

"그대는 보통사람이 아니구려, 칼. 그대와 그대를 따르는 자들의 눈에 명확히 드러나 있소. 그대가 정말 인간인지 아닌지 물어 본다고, 화를 내진 말아 주시오."

"나는 사악한 존재가 아니오."

내가 말했다.

울필라스에게 모습을 드러낸 저 여위고, 회색 머리에, 망토를 두른, 사멸한 운명, 다가올 운명을 알고 감수하는, 어둠과 바람으로부터 온 인물이 진짜 나일까? 그날 밤으로부터 1500년이 흐른 오늘 밤, 그는 나에게 다른 사람처럼, 진짜 보단처럼 느껴졌다. 영원히 집 없이 떠도는 자 말이다.

울필라스의 열정이 나에게 뜨겁게 와 닿았다.

"그럼 그대는 토론을 두려워하지 않겠군요."

"무슨 소용이요, 사제여! 그대는 고트 족이 그 책에 나오는 민족이 아니라는 것을 잘 알고 있소. 고트 족은 그리스도의 땅에 가면 그리스도에게 절할 거요. 하지만 그대들은 티와즈의 땅에서 티와즈에게 기도하지 않소."

"그렇소. 하느님께서 우리가 그 외의 다른 신을 섬기는 것을 금하고 계시기 때문이요. 우리가 섬길 수 있는 것은 아버지 하느님뿐이오. 그 아들에게는 그에 맞는 공경을 드려야 하오. 허나 그리스도의 본질은——"

그리고 울필라스는 설교를 하기 시작했다.

그의 설교는 광적이지 않았다. 그는 훨씬 영리했다. 울필라스는 침착하고 분별 있게, 상당한 유머까지 구사하며 이야기했다. 그는 이교의 신앙에 빗대 말하는 것을 서슴지 않았고, 사상의 기초를 놓은 후에야 주제를 다른 곳으로 돌렸다. 나는 우리 일행이 생각에 잠겨 고개를 끄덕거리는 것을 보았다. 아리우스주의는 그들이 전혀 알지 못하는 가톨릭주의보다 그들의 전통과 기질에 잘 들어맞았다. 이것은 결국 고트 족이 받아들이게 될 기독교의 형태가 될 것이다. 그리고 이로부터 수세기 동안의 고난이 시작될 것이다.

나는 그리 좋은 모양으로 보이지 않았다. 하지만 그렇다고 내가 어떻게 믿지도 않는 이교의 신앙을 진정으로 옹호할 수 있겠는가? 그렇다고 내가 어떻게 그리스도를 진정으로 옹호할 수 있겠는가?

1858년에서 내 눈은 타라스문드를 보고 있었다. 젊은 그의 얼굴에는 그리운 요리트의 모습이 많이 남아 있었다.

"그리고 문헌 조사는 어떻게 돼 가고 있나?"

녹화해 온 장면이 끝나자 간츠가 물었다.

"잘 되고 있어."

나는 현실 세계로 달아났다.

"새로운 시들을 찾았네. 그 속에 몇 행은 분명 〈위드시드〉와 〈발테르Walthere〉* 시행들의 원형으로 보이네. 구체적으로, 드네프르 전투 이후에——"

---

* 11세기 경 라틴어로 쓰인 영웅서사시 〈발타리우스Waltharius〉를 가리키는 것으로 보인다. 〈니벨룽엔의 노래〉와 마찬가지로 훈 족과 게르만 족 영웅들의 이야기를 담고 있다. 〈발타리우스〉는 실전된 게르만 서사시를 라틴어로 옮긴 것으로 추정되는데, 여기 언급된 〈발테르〉는 그 원본을 가리키는 듯하다.

가슴이 아려 왔다. 하지만 나는 보고서와 기록물들을 건네주며, 힘들게 말을 이어 나갔다.

344-347

타라스문드가 헤오로트에 돌아와 테우링의 족장 자리에 오른 그해, 게베리크는 하이타라 꼭대기에 있는 자기 아버지의 홀에서 죽었다. 그의 아들 에르마나리크가 동고트 족의 왕이 되었다.

다음 해 말, 서고트 족 아타나리크의 딸 울리카가 대규모의 화려한 수행원들을 이끌고 약혼자 타라스문드를 찾아왔다. 그들의 결혼식은 오래 기억되는 잔치가 되었다. 한 주 동안 음식과 술, 선물, 놀이, 떠들썩함과 허풍이 수백 명의 하객들에게 아낌없이 쏟아졌다. 손자가 부탁했기 때문에, <방랑자>가 직접 부부를 정화하고, 횃불을 들고 신랑이 기다리는 지붕 밑 방으로 신부를 인도했다.

테우링 부족이 아닌 사람들 중에는, 타라스문드가 왕에게 서약한 신하 이상의 인물이라도 되는 것처럼 우쭐대는 것 같다고 수근대는 자들도 있었다.

결혼식이 끝나자 타라스문드는 곧 바쁘게 움직여야 했다. 헤룰 족이 자기 영역 밖으로 나와 무서운 기세로 진군했다. 헤룰 족을 물리치고 그들 땅 일부를 황폐화하는 데 겨울 내내 매달려야 했다. 그 일이 끝나자마자 에르마나리크가 모든 부족들의 수장에게 모국으로 와서 자신을 만나라는 말을 전했다.

그것은 유용한 일이었다. 정복과 행동으로 옮겨야 할 것들을 위한 계획이 세워졌다. 에르마나리크는 백성들이 많이 모여 살고 있는 남쪽으로 궁전을 옮겼다. 그의 부족인 그레우퉁 부족 사람들과, 부족장들, 그리고 전사들이 따라왔다. 그것은 화려한 여행이었다. 음유시인들은 그에 대한 노래를 쏟아냈고, 그것들은 곧 <방랑자>의 귀에 들어갔다.

그로 인해 울리카의 임신은 늦어졌다. 하지만 타라스문드는 울리카를 다시 만난 후, 곧 그녀의 배가 불러오게 만들었다. 그녀는 시녀들에게 뱃속의 아기는 당연히 아들일 것이며, 그의 선조들만큼 유명한 인물이 될 것이라고 말했다.

울리카는 어느 겨울 밤 아이를 낳았다. 어떤 이들은 순산이라고 말했고, 어떤 이들은 그녀가 어떠한 고통도 하찮게 물리쳤다고 말했다. 헤오로트는 기쁨에 휩싸였다. 그 아비는 명명(命名) 잔치를 열겠다는 말을 사방에 알렸다.

그것은 우울한 계절에 숨통을 트이게 하는 반가운 일이었다. 사람들 중에는 그것이 한두 가지 약속을 위해 타라스문드 곁으로 사람을 끌어모으는 기회가 될지도 모른다고 생각하는 이들도 있었다. 그들은 에르마나리크 왕에게 앙심을 품고 있었다.

홀은 상록수 가지와 직물, 반들반들 윤을 낸 금속, 로마 유리제품으로 장식되어 있었다. 바깥의 설원은 아직 저물지 않았지만, 등불들이 길쭉한 방을 밝히고 있었다. 테우링 부족 중에서 유력한 자유민들과 그 아내들은 제일 좋은 옷을 차려입고, 높다란 의자들 주위에 모여 있었다. 높은 의자에는 아기 침대가 놓여 있었다. 지위가 낮은 주민들과 아이들, 개들은 벽 쪽에 모여 있었다. 소나무와 벌꿀술의 달콤한 향기가 공기와 사람들의 머리를 채웠다.

타라스문드가 앞으로 나섰다. 그는 도나르의 축복을 빌며, 손에 신성한 도끼를 쥐고 자기 아들 위로 들어올렸다. 그 옆에 울리카가 프리야의 우물에서 가져온 물을 들고 있었다. 왕실의 첫째 아이가 태어났을 때를 빼고 지금까지 누구도 이런 광경을 본 적이 없었다.

"우리는——"

타라스문드가 갑자기 말을 멈췄다. 모든 눈이 문 쪽을 향했다. 숨소리가 파도처럼 높아졌다.

"아, 오셨으면 했어요! 어서 오세요!"

〈방랑자〉가 천천히 창으로 바닥을 짚으며 그에게 다가왔다. 〈방랑자〉는 회색 머리를 아기에게 굽혔다.

"조부님께서 아이에게 이름을 부여해 주시겠습니까?"

타라스문드가 청했다.

"무어라고 지으려 했느냐?"

"우리와 서고트 족의 결속을 더 단단하게 하기 위해, 외가 쪽의 이름을 따서 하타울프라고 지었습니다."

〈방랑자〉는 한동안 꼼짝도 하지 않았다. 시간이 한참 흐른 뒤, 마침내 그가 고개를 들었다. 모자챙이 그의 얼굴에 그림자를 드리우고 있었다.

"하타울프라……"

〈방랑자〉가 자신에게 말하는 것처럼 나지막이 말했다.

"아, 그래. 이제 알겠어."

그리고 조금 큰 소리로 말했다.

"수호자께서 그걸 받아들이실 것이다. 그래, 그렇다면, 내가 이 아이에게 이름을 부여하겠다."

1934

나는 뉴욕의 기지에서 춥고 일찍 어두워진 11월의 거리로 나와, 주택가로 발걸음을 옮겼다. 불빛과 진열창들이 크리스마스라는 것을 느끼게 해 주었다. 그러나 쇼핑객들은 별로 많지 않았다. 바람이 부는 거리의 모퉁이에서는 구세군 악사들이 큰소리로 떠들거나, 산타클로스가 종을 울리고 있었다. 고달픈 행상들은 지나가는 사람들에게 자잘한 물건들을 팔려고 애쓰고 있었다. 고트 족은 공황 같은 건 겪지 않을 것이고 잃을 것도 적다. 적어도 물질적으로는 말이다. 정신적으로도 그럴까? 아무도 모른다. 그것은 내가 아무리 많은 역사를 봐 왔고, 보게 될 것이라고 해도 감히 답할 수 없는 문제다.

로리가 층계참의 내 발소리를 듣고 우리 아파트의 문을 활짝 열었다. 지난번에 집으로 돌아왔을 때, 우리는 그녀가 시카고에서 전시회를 하고 돌아온 뒤에 만나기로 미리 시간을 맞추어 놓았다. 로리는 나를 꼭 안아 주었다.

집 안으로 들어오자 그녀의 들뜬 감정은 가라앉았다. 우리는 거실 한가운데서 멈추어 섰다. 그녀는 두 손으로 내 손을 잡고, 무언의 주문을 걸 듯 나를 바라보다가 나지막이 물었다.

"이번 여행에서…… 뭐가 당신을 마음 아프게 했나요?"

"예상하지 못한 건 아무것도 없었어."

내가 대답했다. 내 목소리는 내 영혼만큼이나 음울하게 들렸다.

"어, 전시회는 어땠어?"

"좋았어요. 실은 벌써 그림을 두 점이나 좋은 값으로 팔았어요."

그리고 걱정이 쏟아져 나왔다.

"그건 그렇고, 일단 앉으세요. 마실 걸 가져올게요. 세상에, 당신 꼴이 정말 엉망이에요."

"난 괜찮아. 내 시중을 들 필요는 없어."

"내가 그렇게 해야겠다고 느끼는데도요? 그건 생각 안 해 봤어요?"

로리는 내가 잘 앉는 안락의자에 나를 밀어 앉혔다. 나는 의자에 주저앉아 창밖을 바라보았다. 멀리서 비친 불빛들이 밤의 끝자락에서 야단스럽게 깜빡이고 있었다. 라디오에서는 캐롤 방송이 흘러나오고 있었다. "오, 베들레헴 작은 골ㅡ"

"신발을 벗어요."

부엌에서 로리가 말했다. 나는 신발을 벗었다. 고트 족이 허리춤에서 칼을 풀어 놓는 것처럼, 그것이 진짜 집으로 돌아왔다는 행위인 것처럼 말이다.

그녀는 진한 스카치레몬을 두 잔 가져왔다. 그리고 내 이마에 입술을 살짝 맞추고 맞은편 의자에 자리를 잡았다.

"잘 돌아왔어요. 언제나 환영이에요."

우리는 잔을 들고 마셨다.

로리는 내가 말할 준비가 되기를 조용히 기다렸다.

나는 서둘러 이야기를 털어놓았다.

"함디르가 태어났어."

"누구요?"

"함디르. 함디르와 그 동생 쇠르리가 여동생의 복수를 하려다가 죽음을 당하지."

"알아요. 오, 칼, 여보."

그녀가 속삭였다.

"그는 타라스문드와 울리카의 첫 아이였어. 실제 이름은 하타울프지만, 이야기가 수세기 동안 북쪽으로 흘러가면서 함디르로 변했다는 건 쉽게 짐작할 수 있지. 그들은 다음에 태어날 아들의 이름을 솔베른이라고 짓고 싶어 해. 시기도 맞아떨어져. 그때──그들은 청년이 될──되어 있을 거야."

나는 더 이상 말을 이을 수 없었다.

손이 와 닿는 것이 의식될 만큼 그녀는 몸을 앞으로 기울였다. 그리고 솔직한 어투로 말했다.

"당신은 이 일을 겪을 필요가 없어요. 안 그래요, 칼?"

"뭐라구?"

순간 놀라서 번민에서 헤어나왔다.

"당연히 나는 그렇게 해야 해. 그건 내 일이고, 내 의무야."

"당신의 일은 사람들이 시와 이야기의 소재로 삼은 것들을 추적하는 일이에요. 실제로 일어난 일이 아니란 말예요. 시간을 건너뛰어요, 여보. 다음에 당신이 거기로 갔을 때, 하타울프가 이미…… 세상을 떠난 뒤가 되도록."

"안 돼!"

나는 소리를 질렀다는 것을 깨달았다. 술 한 모금을 깊이 들이켜 몸을 데우고 나서, 로리를 쳐다보며 차분하게 말했다.

"나도 그렇게 하는 걸 생각해 봤어. 정말이야. 난 그럴 수 없어. 난 그들을 저버릴 수 없어."

"그들을 도와 줄 수도 없잖아요. 그건 모두 운명이에요."

"우린 정확하게 무슨 일이 일어날…… 일어났는지 몰라. 내가 어떻게 할 수 있을는지도……. 아니, 로리, 그 일에 대해 더 이야기하지 말아 줘."

그녀는 한숨을 쉬었다.

"글쎄, 당신을 이해할 순 있어요. 당신은 그들이 성장하고 살아가고 고통 받고 죽어 가는 수세대 동안 그들과 함께 해 왔어요. 하지만 당신에게 그건 그렇게 긴 시간이 아니었지요."

로리는 나에게 요리트가 아주 가까운 때의 추억이라고 말하진 않았다.

"그래요, 당신이 꼭 해야 한다면, 칼, 당신이 할 일을 하세요."

그녀가 희미하게 미소 지었다.

"그래도 당신은 지금 휴식을 취해야 해요. 일 생각은 잠시 제쳐 둬요. 오늘 밖에 나가서 작은 크리스마스 트리를 사 왔어요. 이따 저녁 때 내가 맛있는 저녁을 해 놓고 나면, 우리 같이 그걸 장식하는 게 어때요?"

"평강의 왕이 오시니, 다 평안하여라——"

348-366

서고트 족의 왕, 아타나리크는 기독교를 싫어했다. 그는 조상들의 신앙을 굳게 지켰을 뿐 아니라 교회를 로마 제국의 간교한 앞잡이로 보고 두려워했다. 아타나리크는 교회를 오래 내버려 두면, 백성들이 로마의 군주들에게 스스로 무릎을 꿇는 꼴을 보게 되리라고 말했다. 따라서 그는 교회에 맞서 사람들을 선동했고, 살해된 기독교도들의 친족들이 보상금을 요구했을 때 받아들이지 않았다. 마침내 어떤 일이 화를 불러일으키거나, 혹은 왕이 그렇게 생각할 경우, 기독교도들을 집단적으로 학살시킬 수 있는 법을 대민회를 통해 통과시켰다. 이제 소수가 아닌 세례 받은 고트 족들은 단결하여 '만군의 주 하느님'께 그 결과를 심판하게 하자고 말했다.

울필라스 주교는 그들이 현명하지 못하다고 했다. 그는 순교자들은 성인이 된다는 것에 동의했다. 하지만 지상에 말씀이 살아 있도록 하는 것은 바로 신자의 육체다. 울필라스는 콘스탄티누스 황제에게 청원하여 자신의 양 떼들을 모이시아 땅으로 데려갈 수 있도록 허락을 얻었다. 그는 기독교도들이 다뉴브 강을 건너도록 이끌어, 해무스 산맥 아래에 정착하도록 했다. 거기서 그들은 평화로운 나무꾼과 농부의 무리가 되었다.

이 소식이 헤오로트에 전해지자 울리카는 크게 웃으며 말했다.

"결국 아버지께서 그놈들한테서 벗어나셨군!"

하지만 그녀는 너무 빨리 웃었다. 이후 30여 년 동안, 울필라스는 자신의 포도밭에서 일을 계속했다. 서고트 족의 모든 기독교도들이 그를 따라 남쪽으로 온 것은 아니었다. 일부는 자기 땅에 남았고, 그들 중 부족장들은 자신과 부하들을 지킬 수 있을 만큼 강력했다. 이들은 선교사들을 받아들였고, 선교사들의 노력은 결실을 맺었다. 아타나리크의 박해는 기독교도들이 자신의 지도자를 찾아 나서게 만들었다. 그들은 왕족인 프리티게른을 지도자로 내세웠다. 전쟁에까지 이르진 않았지만, 두 집단 사이의 충돌은 다반사로 일어났다. 자신의 적들보다 젊었지만, 로마 제국에서 온 상인들의 지지를 받았기 때문에 곧 더 부유하게 된 프리티게른은 시간이 갈수록 많은 서고트 족을 교회로 끌어들였다. 그것이 앞으로 희망이 될 것으로 보였기 때문이었다.

그러한 일들이 동고트 족에게 끼친 영향은 미미했다. 기독교도의 수는 증가했다. 하지만 속도는 매우 느렸고 별다른 문제를 일으키지 않았다. 에르마나리크 왕은 신들이나, 다음 생에 대해 어떤 것이든 전혀 관심이 없었다. 그는 이 세상에서 가능한 많은 것을 손아귀에 넣느라고 너무 바빴다.

동유럽의 위아래로 그는 전쟁에 몰두했다. 여러 계절 동안의 격렬한 전투 끝에 그는 헤룰 족을 분쇄했다. 굴복하지 않은 자들은 같은 이름을 가진 서쪽 부족에 합류하기 위해 떠났다. 에스티 족과 벤디 족은 에르마나리크에게 더 손쉬운 먹잇감이었다. 만족을 모르는 에르마나리크는 자기 아버지가 속국으로 만든 땅들을 너머 북쪽으로 군대를 끌고 갔다. 결국 엘베 강에서 드네프르 강 입구에 이르는 지역 일대가 그를 지배자로 인정했다.

이러한 원정들에서 타라스문드는 명성과 부를 얻었다. 하지만 그는 왕의 거친 방식을 좋아하지 않았다. 민회에서 그는 자주 자기 부족뿐 아니라, 고래로부터 내려온 권리를 위해 다른 부족들의 입장을 대변했다. 그럴 때 에르마나리크는 물러설 수밖에 없었다. 하지만 몹시 언짢았다. 테우링 부족은 아직 매우 강력했고, 왕도 그들을 적으로 삼을 만큼 강하지 못했다. 게다가 많은 고트 족들이, 그 기이한 선조가 때때로 찾아오는 가문에 맞서 칼을 뽑는 것을 여전히 두려워할 것이기 때문에, 더더욱 맞서기 어려웠다.

<방랑자>는 타라스문드와 울리카의 세번째 아이, 솔베른에게 이름을 붙일 때 나타났다. 두번째 아이는 요람에 있을 때 죽었다. 솔베른은 형처럼 강하고 잘생긴 남자로 성장했다. 네번째 아이는 여자아이였다. 그녀의 이름은 스완힐드였다. 스완힐드가 태어날 때에도 <방랑자>가 나타났지만, 아주 잠깐 동안만 머물렀을 뿐이었고, 그 뒤 몇 년 동안 모습을 드러내지 않았다. 스완힐드는 상냥하고 명랑한 성격에 매우 아름다운 여인으로 성장했다.

울리카는 세 명의 아이를 더 낳았지만, 한참 뒤에 태어났고, 모두

오래 살지 못했다. 타라스문드는 전투나 교역, 중요 인물들과의 협의, 테우링 부족의 공사 등을 이끄느라고 집을 떠나 있을 때가 많았다. 또 마을에 돌아온다 해도 대개 에렐리에바와 함께 잤다. 그녀는 스완힐드가 태어나고 얼마 안 있어 타라스문드가 데리고 온 정부였다.

에렐리에바는 노예나 비천한 태생이 아니라 부유한 자유민의 딸이었다. 사실 외가 쪽으로는 그녀도 빈니타르와 살발린디스의 피를 이어받고 있었다. 타라스문드는 말을 타고 부족민들의 집을 돌다가 에렐리에바를 만났다. 집을 떠나 있을 때, 그는 부족민들의 생각을 듣기 위해 매년 관례적으로 그렇게 하고 있었다. 타라스문드는 그 집에 오래 머물렀다. 두 사람은 함께 많은 시간을 보냈다. 그리고 그 후에 그는 사자들을 보내 에렐리에바가 자신에게 올 것인지 물었다. 사자들은 그녀의 부모에게 값비싼 선물들과 함께 그녀를 위해 명예를 지킬 것과 집안 사이에 유대를 맺겠다는 약속을 가지고 왔다. 가볍게 거절할 수 없는 제안이었다. 그리고 당사자가 떠나기를 열망했다. 그래서 에렐리에바는 곧 타라스문드의 부하들과 함께 떠났다.

타라스문드는 약속을 지켰고 그녀를 아껴 주었다. 그녀가 아들 알라윈을 낳았을 때, 그는 하타울프와 솔베른만큼 성대한 잔치를 베풀었다. 에렐리에바는 그 뒤 자식을 두지 못했다. 그녀가 낳은 아이들은 모두 병으로 일찍 죽었다. 그렇지만 타라스문드의 애정은 식지 않았다.

울리카는 그것을 몹시 싫어했다. 그것은 타라스문드가 다른 여자를 취해서가 아니었다. 그렇게 할 수 있는 대부분의 남자들이 그렇게 했고, 그녀 역시 그가 누린 것 이상으로 많은 일을 해 왔다. 울리카를 화나게 한 것은 그가 에렐리에바에게 준 지위였다. 집안에서는 그녀 다음 두번째 자리에 있었고, 남편의 마음속에 차지하는 위치는 그 위였다. 울리카는 패배할 수밖에 없는 싸움을 시작하기엔 너무 자존심이 강했다. 하지만 감정은 감출 수 없었다. 타라스문드가 그녀와 잠자리를 하려 할 때도 그녀는 차갑게 대했다. 이 때문에 그는 더욱 뜸하게 울리카를 찾게 되었고, 단지 자식을 더 낳고 싶은 생각에서만 그녀를 찾을 뿐이었다.

그가 오랫동안 집을 비울 때, 울리카는 의도적으로 에렐리에바를 멸시했고 악담을 퍼부었다. 젊은 에렐리에바는 얼굴을 붉혔지만 조용히 그것을 감내했다. 그리고 친구들을 얻었다. 점점 외롭게 된 것은 '거만하기 짝이 없는' 울리카였다. 때문에 그녀는 자식들에게 더 많이 관심을 기울였고, 아이들은 어머니와 더 가깝게 결속되었다.

게다가 그들은 남자다운 모든 것을 빠르게 배우는 혈기왕성한 소년들이었고, 어디에서나 귀여움과 사랑을 받았다. 두 형제는 기질이 많이 달랐다. 하타울프는 다혈질이었고 솔베른은 생각이 깊은 편이었다. 하지만 형제들은 우애로 결속되어 있었다. 누이동생 스완힐드는 테우링 부족의 모든 사람들——에렐리에바와 알라윈 포함해서——에게 사랑받았다.

그동안 〈방랑자〉의 방문은 계속되었고 더 잦아졌으며, 이것은 부족민들에게 그에 대한 경외심을 더 크게 만들었다. 그의 뾰족한 그림자가 언덕을 성큼성큼 걸어오는 모습이 보이면 사람들은 뿔피리를 불어 그의 방문을 알렸다. 헤오로트의 기수들이 말을 타고 달려 나가 그를 영접해서 모셔왔다. 〈방랑자〉는 예전보다 더 말수가 적어졌다. 아무도 무엇 때문인지 감히 물어 보지 못했지만, 무언가 내밀한 슬픔이 그를 짓누르고 있는 것 같았다. 그런 모습은 막 사랑스러움이 싹트기 시작한 스완힐드가 그의 곁을 지나가거나, 그녀가 어머니의 허락을 얻어 도도하면서도 두려워하는 태도로 손님에게 포도주를 가져올 때, 혹은 그가 이야기를 하거나 지혜로운 말들을 해 주는 걸 다른 아이들과 함께 그의 발치에 앉아 들을 때 더욱 심해졌다. 언젠가

<방랑자>가 그녀의 아버지에게 한숨을 쉬며 말했다.

"저 애는 증조할머니를 꼭 닮았구나."

타라스문드는 옷 속에서 몸을 떨었다. 그 여인이 죽은 것은 얼마나 오래 전의 일인가?

그 전에 방문했을 때 <방랑자>는 놀라는 모습을 보였다. 에렐리에바가 헤오로트에 와서 아들을 낳은 것은 그가 마지막으로 방문한 뒤의 일이었다. 그녀는 수줍게 장로에게 아기를 데려와 보여 주었다. 그는 심장이 아주 여러 번 고동칠 동안 말 없이 앉아 있다가 에렐리에바에게 물었다.

"이 아이의 이름은 무엇이냐?"

"알라윈입니다." 그녀가 대답했다.

"알라윈!"

<방랑자>는 손으로 이마를 짚었다.

"알라윈이라고?"

다시 한참이 지난 후, 그가 거의 속삭이는 소리로 말했다.

"하지만 네 이름이 에렐리에바로구나. 에렐리에바—에르프—그래, 애야, 너는 그렇게 기억될 것이로구나."

아무도 그가 무슨 말을 하는지 몰랐다.

세월이 흘러갔다. 그 사이 에르마나리크 왕의 힘은 강해졌다. 그의 탐욕과 잔인함도 커졌다.

왕과 타라스문드가 마흔이 되었을 때 <방랑자>가 다시 찾아왔다. 마주치는 사람들의 표정은 험악했고 말투는 무뚝뚝했다. 헤오로트는 무장한 남자들로 가득 차 있었다. 타라스문드도 어두운 얼굴을 하고 있었지만 기쁘게 손님을 맞이했다.

"할아버님, 저희를 도우러 오셨군요. 할아버님은 옛날 고트 족의 땅에서 반달 족을 몰아내지 않으셨습니까?"

〈방랑자〉는 돌처럼 꼼짝도 하지 않았다.

"무슨 일이 벌어지고 있는지 내게 처음부터 이야기해 주는 것이 좋겠다."

"우리 생각을 정리하기 위해 말입니까? 하지만 그건, 글쎄요…… 말씀하신 대로 하겠습니다."

타라스문드는 곰곰이 생각에 잠겼다가 말했다.

"두 사람을 더 불러오겠습니다."

그들은 기묘한 한 쌍이었다. 반백의 건장한 남자 리우데리스는 족장이 가장 신뢰하는 사람이었다. 리우데리스는 타라스문드가 없을 때 그의 땅을 관리하고 전사들을 지휘하는 역할을 맡았다. 또 한 사람은 빨간 머리의 소년이었다. 그는 열다섯 살밖에 안 된 수염도 나지 않은 애송이였지만, 굳센 녹색 눈에 담긴 분노는 나이를 넘어선 것이었다. 타라스문드는 구트리크의 아들 란드와르라고 그를 소개했다. 그는 테우링 부족이 아닌 그레우퉁 부족 사람이라 했다.

네 사람은 은밀하게 이야기를 나눌 수 있는 지붕 밑 방으로 자리를 옮겼다. 짧은 겨울 해가 저물어 가고 있었다. 등잔불이 어렴풋이 방을 밝히고 화로가 약간의 온기를 주고 있었다. 하지만 남자들은 모피로 몸을 감싸고 있었고, 그들의 숨결은 어두침침한 방에 하얀 김을 내뿜었다. 방의 가구들은 화려했다. 진주로 상감해 넣은 로마제 탁자와 의자들이 있었다. 벽에는 태피스트리가 걸려 있고, 창의 덧문들은 부조로 장식되어 있었다. 하인들이 커다란 포도주 병과 유리잔을 가지고 왔다. 사방에서 생명의 소리들이 나무 바닥을 통해 울려 왔다. 〈방랑자〉의 아들과 손자는 그들을 위해 잘 해 왔다.

하지만 타라스문드는 얼굴을 찌푸린 채 의자에서 이리저리 움직이다가, 손가락으로 흐트러진 갈색 머리카락을 빗고 짧게 깎은 턱수염을 가다듬고 나서야, 방문자에게 고개를 돌려 초조하게 말했다.

"우리는 군사 오백 명을 데리고 왕에게 달려갈 겁니다. 그가 최근에 저지른 짓은 참을 수 있는 한도를 넘었습니다. 우리가 살해당한 사람들을 위해 정의를 쟁취하지 않으면, 그 붉은 수탉은 더욱 기고만장할 겁니다."

그는 무력을 쓰려 하고 있었다. 그것은 봉기, 고트 족에 대한 고트 족의 전쟁, 반란과 죽음을 의미했다.

타라스문드는 란드와르를 향해 딱딱하게 고개를 끄덕해 보였다.

"말해 보거라, 젊은이. 우리한테 이야기한 대로."

"아시겠습니다만, 장로님 — 이미 알고 계시리라 생각되지만 — 에르마나리크 왕에게는 엠브리카와 프리틀라라는 조카가 둘 있었습니다. 그들은 왕의 동생 아이울프의 아들들이었습니다. 아이울프는 북쪽에서 앵글 족과 전쟁이 났을 때 전사했습니다. 엠브리카와 프리틀라도 언제나 잘 싸웠지요. 여기 남쪽에서 2년 전, 두 사람은 훈 족과 알란 족의 연합군에 맞서서 동쪽으로 군사를 이끌고 갔습니다. 그들은 막대한 전리품을 가지고 집으로 돌아왔지요. 훈 족이 곳곳에서 약탈한 공물을 보관하던 창고를 빼앗았기 때문이었습니다. 에르마나리크는 이 소식을 듣고 그게 왕인 자신의 재산이라고 선언했습니다. 조카들은 아니라고 맞섰습니다. 그 공격은 그들 자신들의 힘으로 한 것이었기 때문이었습니다. 왕은 조카들에게 자신에게로 와서 그 문제를 논의하자고 했습니다. 조카들은 그렇게 하겠다고 했지만 떠나기 전에 보물을 숨겼습니다. 에르마나리크는 안전을 보장하겠다고 약속했지만 그들이 오자 가두고 말았습니다. 조카들이 보물이 있는 곳을 이야기하지 않자, 처음에는 조카들을 고문하다가 끝내 처형해 버렸습니다. 그리고는 조카들의 땅으로 부하들을 보내 보물을 뒤지게 했지만, 찾지 못했습니다. 하지만 에르마나리크의 부하들은 그 주변 지역을 파괴하고 아이울프의 아들들의 집들을 불태우고, 가족들을 살해했습니다. 그자는 복종하는 법을 가르치기 위해서라고 말하더군요. 장로님, 그게 올바른 일인가요?"

란드와르가 외쳤다.

"왕들은 흔히 그렇게 하곤 한다. 이 일과 너는 무슨 관련이 있느냐?"

<방랑자>의 목소리는 강철같이 단호했다.

"제…… 제 아버지도 아이울프의 아들이었습니다. 젊은 나이에 돌아가셨지요. 삼촌인 엠브리카와 숙모님이 저를 키웠습니다. 저는 오랫동안 사냥 여행을 떠나 있었습니다. 제가 돌아왔을 때 농장은 잿더미가 되어 있었습니다. 사람들은 에르마나리크의 부하들이 제 양어머니의 목을 베기 전에 어떻게 취급했는지 이야기해 주었습니다. 숙모님은…… 이 가문의 일족입니다. 그래서 이리로 찾아왔습니다."

그는 의자에 깊이 주저앉았다. 울지 않으려고 애쓰면서 포도주 잔을 단숨에 들이마셨다.

타라스문드가 무거운 목소리로 말했다.

"이 아이의 숙모, 마타스웬타는 제 사촌동생입니다. 조부님도 아시다시피 지체 높은 가문들은 흔히 부족을 뛰어넘어 통혼하곤 하지요. 여기 란드와르는 저와 좀더 먼 친척이 됩니다. 그래도 우리는 같은 피를 나누었습니다. 또 우리는 보물이 드네프르 강 어디에 가라앉아 있는지 압니다. 수호자께서 마침 그때 이 아이를 떠나게 해서 잡히지 않도록 한 것은 잘된 일입니다. 그 황금은 왕에게 너무 많은 힘을 가지게 할 겁니다."

리우데리스가 고개를 저었다.

"저는 이해가 안 됩니다. 모든 얘기를 다 들었어도, 여전히 모르겠습니다. 에르마나리크는 왜 이런 짓을 하는 걸까요? 마귀한테 씌인 걸까요? 아니면 그냥 미쳤기 때문에?"

"둘 다 아니라고 생각하네."

타라스문드가 말했다.

"나는 어느 정도는 왕의 참모 노릇을 하고 있는 시비코 때문이라고 생각하네. 그놈은 고트 족도 아니고 반달 족이지. 하지만 에르마나리크는 늘 그놈의 말을 귀담아듣지, 아, 그래."

그는 〈방랑자〉에게 말했다.

"수년 동안 에르마나리크는 우리가 내야 하는 세금을 올려 왔습니다. 그리고 자유민 여인을 그녀의 의사와 상관없이 잠자리로 부르고, 그러지 않으면 백성들을 함부로 대하고 있습니다. 저는 에르마나리크가 자신에게 반항하는 부족장들의 의지를 깨부수려 한다고 생각합니다. 이번 사태를 그냥 넘어간다면, 다음번에 일어날 일은 더 쉽게 넘어가게 될 것입니다."

〈방랑자〉는 고개를 끄덕였다.

"그래, 틀림없이 옳은 말이다. 덧붙여 말하면, 에르마나리크는 로마 황제의 권력을 부러워하며, 자신도 동고트 족에게서 그런 권력을 누리고 싶어 하지. 더구나 그는 서고트 족 사이에서 프리티게른이 아타나리크에 대립하고 있다는 이야기를 듣고 있다. 그래서 자신의 왕국에서는 어떤 적대자도 뭉개 놓으려 하는 거다."

"우리는 정의를 요구하러 갈 겁니다. 에르마나리크는 보상금을 두 배로 내야 합니다. 그리고 대민회에서 앞으로는 예부터 내려오는 법과 권리를 지키겠다고 티와즈의 돌에 맹세해야 합니다. 그렇지 않으면 저는 온 나라가 그에게 들고 일어나도록 만들 겁니다."

타라스문드가 말했다.

"그의 편은 많다. 어떤 자들은 맹세 때문에, 어떤 자들은 탐욕과 두려움 때문에, 어떤 자들은 영토를 지키려면 강력한 왕이 있어야 한다고 생각하기 때문에. 지금 훈 족은 공격하기 전에 또아리를 트는 뱀처럼 뭉쳐들고 있다."

<방랑자>가 경고했다.

"맞습니다. 하지만 왕이 꼭 에르마나리크일 필요는 없습니다!"

란드와르가 발끈해서 말했다.

타라스문드의 얼굴이 희망으로 빛났다. 그는 <방랑자>에게 말했다.

"할아버님, 할아버님께서는 반달 족을 물리치셨습니다. 다시 한 번 저희 일족을 지켜 주실 순 없으시겠습니까?"

<방랑자>의 대답에는 괴로움이 실려 있었다.

"난…… 너희들의 전장에서 싸울 수 없다. 수호자께서 허락하지 않으실 거다."

타라스문드는 잠시 침묵하고 있다가 물었다.

"그럼 저희와 함께 가 주실 수는 없으시겠습니까? 분명 왕은 **할아버님**의 말이라면 따를 겁니다."

<방랑자>는 더 오랫동안 침묵하다가 마지못해 말했다.

"그래, 내가 뭘 할 수 있는지 보자꾸나. 하지만 약속은 할 수 없다. 알겠느냐? 나는 어떠한 약속도 해 줄 수 없다."

이렇게 해서 <방랑자>는 다른 이들과 함께 무리의 선두에 서서 떠났다.

에르마나리크는 왕국 곳곳에 여러 궁전을 두고 있었다. 왕과 호위병, 마술사와 하인들은 그 사이를 옮겨 다녔다. 소식에 따르면 학살이 있자마자 에르마나리크는 대담하게도 헤오로트에서 말을 타고 사흘 거리에 있는 곳으로 옮겨 왔다.

고요한 사흘이었다. 딱딱하게 얼어붙은 눈이 땅을 덮고 있어서, 말 발굽에 밟힐 때마다 찍찍거리는 소리를 냈다. 낮게 깔린 하늘은 온통 회색이었다. 공기는 고요하고 스산했다. 초가집들이 옹기종기 모여 있었고, 전나무가 우거진 곳을 제외하고 나무들은 벌거벗고 있었다. 말을 많이 하는 사람은 없었고, 노래를 부르는 사람도 없었다. 침낭에 들기 전, 모닥불 가에 둘러 앉아 있을 때조차 조용했다.

하지만 목적지가 보이자 타라스문드는 뿔피리를 불었다. 그들은 전속력으로 달려갔다.

테우링 족 사람들이 궁전의 안뜰에 도착해서 말고삐를 당기자, 조약돌이 차르륵 소리를 내고 말이 울었다. 그들과 대략 비슷한 수의 호위병들이 창끝을 번쩍이며 창기를 늘어뜨린 채 대열을 짓고 홀 앞에 서 있었다.

"우리는 너희 주인과 이야기를 하러 왔다!"

타라스문드가 외쳤다.

그것은 의도된 모욕이었다. 저들이 자유로운 것이 아니라, 개나 로마 인들처럼 비위를 맞추는 자들인 양 한 말이었다. 호위대장은 얼굴을 붉히고 큰 소리로 외쳤다.

"그대들 중 몇 사람만 들어갈 수 있소. 나머지는 일단 뒤로 물러서 있으시오."

"좋아, 그렇게 하게."

타라스문드가 리우데리스에게 뭔가 속삭이자, 나이 많은 전사는 큰소리로 외쳤다.

"아, 우리가 그대 군사들을 불안하게 했다면 그렇게 하겠다. 하지만 우리 지도자들이 배신당하지 않을 것이라는 것을 확신하기 전에는 멀리 가지도 긴장을 풀지도 않을 거다."

"우리는 대화를 하러 왔다."

<방랑자>가 서둘러 말했다.

그와 타라스문드, 란드와르는 말에서 내렸다. 문지기가 옆으로 비켜 주었고, 그들은 안으로 들어갔다. 홀 안에는 밖보다 더 많은 호위

병들이 긴의자들에 꽉 차게 앉아 있었다. 그들은 통상적인 관례를 어기고 무장하고 있었다. 신하들이 늘어서 있는 동쪽 벽 한 가운데 에르마나리크가 앉아서 기다리고 있었다.

그는 완고해 보이는 덩치 큰 남자였다. 검은 머리칼과 뾰족한 수염이 엄격하고 주름진 얼굴을 둘러싸고 있었다. 화려한 옷차림에, 이마와 팔목에 묵직한 황금 밴드를 두르고 있었다. 불빛이 금속 표면에 희미하게 반짝이고 있었다. 외국에서 들여온 염색천에 담비와 흰족제비 모피로 가장자리를 장식한 옷을 입고 있었다. 손에는 포도주 잔을 들고 있었는데, 유리가 아니라 수정을 깎아 만든 것이었다. 손가락에는 루비 반지들이 빛나고 있었다.

여독에 지치고, 흙투성이가 된 세 사람의 방문객이 왕좌로 다가올 때까지 그는 침묵을 지켰다. 에르마나리크는 입을 열기 전에 한참 동안 그들을 못마땅한 표정으로 쳐다보았다.

"흠, 타라스문드, 자네는 이상한 자들을 끌고 왔군그래."

"이 사람들이 누군지는 그대도 알잖소. 우리 용건이 뭔지도 알 테고."

테우링 부족의 족장이 대답했다.

왕의 오른쪽에 있는 수척하고 재처럼 창백한 남자, 반달 족인 시비코가 왕에게 뭐라고 귓속말을 했다. 에르마나리크는 고개를 끄덕였다.

"앉게. 그리고, 술을 마시고 식사를 하지."

"됐소. 우리와 화해하기 전에는 그대의 소금도 물도 먹지 않겠소."

타라스문드가 말했다.

"자네 너무 무엄하게 말을 하는군."

〈방랑자〉가 창을 높이 들어 올렸다가 쿵하고 바닥을 찧자, 불길이 더 큰 소리를 내며 타오르는 것 같았다.

"그대가 현명하다면, 왕이여, 이 사람들의 말을 들어 보라. 그대의 영토는 피를 흘리고 있다. 상처가 곪아 터지기 전에 그것을 씻고 약초로 묶어야 할 것이다."

에르마나리크가 그와 눈빛을 마주치며 대답했다.

"짐은 조롱을 참지 않는다, 늙은이. 타라스문드가 입을 조심한다면, 짐도 귀 기울여 들을 것이다. 원하는 게 뭔지 간단히 말해라, 타라스문드."

그의 태도는 뺨을 얻어맞는 것 같은 충격을 주었다. 테우링의 족장은 침을 몇 번이나 삼키고 난 뒤에야, 자신의 요구 조건을 말할 수 있었다. 그의 이야기가 끝나자 에르마나리크가 말했다.

"짐은 네가 그런 걸 요구하리라고 생각했다. 엠브리카와 프리틀라는 자신들이 저지른 짓 때문에 멸망했다. 그들은 왕이 마땅히 가져야할 것을 가로챘다. 도둑놈들과 거짓 맹세를 한 자들은 죄인이다. 하지만 짐은 그들을 용서하고 있다. 짐은 기꺼이 그들의 가족과 토지에 보상을 해 줄 것이다 ……짐이 보물을 넘겨받은 후에 말이다."

"뭐라고? 감히 그렇게 말을 하다니, 이 살인자!"

란드와르가 외쳤다.

호위병들이 웅성거렸다. 타라스문드는 경고의 표시로 소년의 팔을 붙잡아 제지했다. 그가 왕에게 말했다.

"우리는 그대가 저지른 잘못에 대한 대가로 두 배의 보상금을 요구하오. 그 정도라면 받아들일 수 있고, 우리도 명예를 지킬 수 있을거요. 허나, 보물의 소유권 문제라면, 그건 대민회가 결정하도록 해야하오. 대민회가 어떤 결정을 내리더라도, 우리 모두는 화해를 맺은 것을 축하해야 할 것이오."

"짐은 거래를 하지 않는다. 짐이 너희들의 무례를 후회하게 하지 않기 위해서는, 짐의 제안을 받아들이고 가든지, 거절하고 가든지 둘

중의 한 가지밖에 없다."

에르마나리크가 냉정한 목소리로 대답했다.

〈방랑자〉가 앞으로 나섰다. 그는 주위를 조용히 만들기 위해 다시 창을 들었다. 모자가 〈방랑자〉의 얼굴에 그림자를 드리우며 그를 쳐다보는 것을 두 배로 어렵게 만들고 있었다. 파란 망토는 어깨에서 날개처럼 흘러내렸다.

"내 말을 들어라. 신들은 정당하다. 누구든 법을 무시하고 힘없는 자들을 학대한다면, 신들은 그자를 멸망으로 끌고 갈 것이다. 에르마나리크, 너무 늦기 전에 귀담아 들어라. 너의 왕국이 갈가리 찢기기 전에 귀담아 들어라."

웅성거림이 홀을 휩쓸었다. 사람들은 동요하며 위안을 찾으려는 듯 신호를 긋거나 칼자루를 움켜쥐었다. 그것은 〈방랑자〉의 말이었기 때문이다.

시비코가 왕의 소매를 잡아당기며 무언가를 속삭였다. 에르마나리크는 고개를 끄덕였다. 그는 앞으로 몸을 숙이고 가운뎃손가락을 칼처럼 내밀며, 서까래가 쩌렁쩌렁 울리도록 큰소리로 외쳤다.

"넌 지금까지 이곳의 손님으로 대접받았다, 늙은이. 감히 짐을 위협하다니 배은망덕하기 짝이 없는 일이다. 아이들과 광대들과 몸도 못 가누는 늙은이들이 너에 대해 뭐라고 지껄이든, 넌 어리석다. 짐이 너를 두려워한다고 생각한다면, 너는 어리석다. 그래, 사람들은 네가 보단이라고 하더군. 그게 짐과 무슨 상관인가? 짐은 힘없는 신들 따위는 믿지 않는다. 짐은 짐이 가진 힘을 믿을 뿐이다."

그는 벌떡 일어나서, 칼을 휙 뽑아 번쩍 치켜들었다.

"나와 한번 싸워 보겠느냐, 늙은 약골? 우리는 지금 당장 밖에서 한판 붙어 볼 수 있다. 거기서 일 대 일로 나와 싸우자. 네 창을 두 쪽으로 쪼개고, 울부짖으며 도망가게 만들어 주겠다!"

<방랑자>는 꿈쩍도 하지 않았다. 그의 무기가 살짝 떨렸다.

"수호자께서 그렇게 하도록 허락지 않으신다. 하지만 나는 모든 고트 족을 위해서 그대에게 아주 진지하게 경고한다. 그대가 괴롭히고 있는 이 사람들과 화해하라."

"그들이 화해하겠다면, 나도 그렇게 하겠다."

에르마나리크가 비웃으며 대답했다.

"너는 내 제안을 들었다, 타라스문드. 받아들이겠느냐?"

테우링 족은 각오를 다졌다. 란드와르는 궁지에 몰린 늑대처럼 으르렁거렸다. <방랑자>는 석상처럼 우뚝 서 있었다. 시비코는 의자에 앉아 곁눈질로 상황을 살폈다.

"싫소. 그렇게는 할 수 없소."

그가 쉰 목소리로 대답했다.

"그럼 너희들은 꺼져라. 내가 너희들을 매질해서 소굴로 쫓아 보내기 전에."

그 순간 란드와르가 칼을 뽑았다. 타라스문드와 리우데리스도 칼자루를 붙잡았다. 사방에서 쇠붙이가 번뜩였다. <방랑자>가 큰소리로 말했다.

"지금은 돌아가겠다. 하지만 단지 고트 족을 위해서일 뿐이다. 그대, 왕이여, 네가 아직 임금 자리를 유지하는 동안, 다시 생각해 보라."

그는 동행자들을 재촉해서 떠났다. 에르마나리크는 웃기 시작했다. 웃음소리는 홀에서 나오는 내내 그들을 쫓아왔다.

1935

로리와 나는 센트럴 파크를 걷고 있었다. 사방에서 3월의 기운이 완연히 술렁이고 있었다. 눈이 군데군데 남아 있긴 했지만, 잔디는 이미 푸르게 변하기 시작했다. 관목들과 나무들에는 새싹이 돋고 있었다. 나뭇가지들 너머 마천루들은 봄 날씨에 젖어 새것처럼 빛났다. 푸른 하늘에는 구름 몇 개가 경주를 하고 있었다. 추위는 그저 좀 으슬으슬한 정도였다. 나만 겨울 속에 빠져 알아차리지 못했을 뿐이었다.

로리는 내 손을 잡았다.

"당신은 그러지 말아야 했어요, 칼."

나는 그녀가 가능한 나의 고통을 나누려 애쓰고 있음을 느꼈다.

"아니면 내가 뭘 할 수 있었겠어? 말했다시피, 타라스문드가 함께 가자고 부탁했어. 내가 그걸 거절하고서 어떻게 편하게 잠을 잘 수 있었겠어?"

난 혼란을 느끼며 대답했다.

"지금은 편한가요?"

그녀는 그렇게 묻고 재빨리 스스로 답했다.

"좋아요. 그게 당신에게 조금이라도 위안을 준다면, 어쨌든 상관없는 일일지 몰라요. 하지만 큰소리를 쳤어요. 당신은 갈등을 막으려 했어요."

"주일학교에선 화평케 하는 자는 복을 받는다고 가르치지."

"충돌은 불가피한 일이에요. 그렇지 않나요? 당신이 과거에 가서 연구하는 그와 똑같은 이야기와 시들 속에서."

나는 어깨를 으쓱했다.

"이야기, 시. 그 속에 얼마나 많은 사실이 들어 있을까? 아, 그래, 역사는 에르마나리크가 결국에 가서 어떻게 됐는지 이야기해 주지. 하지만 스완힐드와 하타울프, 그리고 솔베른은 전설처럼 됐을까? 그런 일이 일어났다 해도——그것이 수세기 뒤에 역사가들이 우연찮게 진지하게 받아들인 낭만적인 상상이 아니라 해도——그들에게 그 일이 꼭 일어나야 할 필요가 있을까?"

나는 뻑뻑해진 목을 가다듬었다.

"패트롤에서 내 업무는 그것을 보존하기 위해 실제로 무슨 일이 일어났는지를 알아내는 걸 돕는 거요."

"이런, 이런."

그녀가 한숨을 쉬었다.

"당신은 너무나 많이 상처를 받고 있고, 그것이 당신의 판단력을 흐리게 만들고 있어. 생각해 봐요. 나는 생각해 봤어요——나는 이미 생각해 봤다구요——물론 나는 거기 직접 가 보지 못했어요. 하지만, 그 점이 내게 당신이…… 당신이 버리기로 한 관점을 갖게 한 것 같아요. 모든 일을 겪으며 당신이 보고한 모든 것들은, 사건들이 한 가지 결과를 향해 나아가고 있다는 걸 보여 주고 있어요. 당신이, 신으로서 왕을 위협해서 화해를 하게 할 수 있었다면, 당신은 분명 그렇게 했을 거예요. 하지만 아니에요. 그건 시공연속체의 양식이 아니에요."

"하지만 거기에는 탄력이 있어! 야만인 몇 사람의 목숨이 거기 무슨 차이를 만들 수 있다는 거지?"

"당신은 억지를 부리고 있어요, 칼. 당신도 그걸 알고 있어요. 난…… 당신이 휘말리게 될지도 모를 일을 생각하며 잠을 이루지 못하고 있어요. 당신은 금지된 일에 다시 너무 가까이 가고 있어요. 당신은 벌써 선을 넘어 버렸는지도 몰라요."

"시간선(時間線)은 조정될 거야. 언제나 그랬어."

"정말 그렇다면, 우린 패트롤이 필요하지 않겠죠. 당신은 지금 하고 있는 일의 위험성을 깨달아야 해요."

나도 알고 있었고, 그 사실을 직시해 보았다. 결절 지점들이 나타난다. 거기서는 주사위가 어떻게 떨어지는가가 문제가 된다. 그것들은 대개 명확하게 나타나지 않는다.

익사한 시체가 물 위에 떠오르듯, 한 가지 예가 머릿속에 떠올랐다. 패트롤 학원에서 강사 한 사람이 내 시간대에 속한 생도들에게 적절한 예로 제시한 것이었다.

세계 2차대전은 역사에 커다란 영향을 끼쳤다. 우선 그것은 유럽의 절반을 소련의 지배 아래 들어가게 했다. (핵무기는 부차적인 것이었다. 원리는 이미 알려져 있었기 때문에, 어찌됐든 그 무렵 등장하게 될 것이었다.) 궁극적으로 그러한 군사 정치적 상황은 향후 수백 년 동안, 다시 말해 영원히 인류의 운명에 영향을 끼칠 사건들을 불러일으켰다. 뒤의 세기들 또한 그 자신의 결절 지점들을 갖고 있기 때문이다.

윈스턴 처칠이 1939~1945년의 전쟁을 "불필요한 전쟁"이라고 한 것은 옳았다. 민주주의의 약점이 그 전쟁을 초래하는 데 중요한 원인이 된 것은 사실이었다. 그럼에도 불구하고 나치즘이 독일을 지배하지 않았더라면 그것에 대한 위협은 결코 존재하지 않았을 것이다. 그 운동은 원래 미약했고, 조롱거리에 지나지 않았으며, 바이마르 정부의 (비록 너무 온건한 것이긴 했지만) 탄압을 받았다. 나치즘은 아돌프 히틀러라는 독창적인 천재가 없었다면, 결코 바흐와 괴테의 나라에서 권력을 잡지도 못했고, 잡을 수도 없었을 것이다. 히틀러의 아버지는 알로이스 쉬클크루버였다. 그는 오스트리아의 한 부르주아와 그

집 하녀의 우연한 정사의 결과로 잉태된 사생아였다.

하지만 만약 그 은밀한 관계를 가로막았다면, 누구에게도 해를 끼치지 않고 쉽사리 그 이후의 모든 역사를 일어나지 못하게 만들 수 있었다. 그럼 이미 1935년에 세계는 달라졌을 것이다. 그것은 원래의 역사보다 (어떤 한 관점에서, 잠시 동안) 더 나았을 수도 있고, 더 나빴을 수도 있다. 예를 들어 나는 인간이 결코 우주로 진출하지 않았을 거라고 생각한다. 분명 가까운 장래에 그렇게 하지 않았을 것이다. 그 결과, 당연히 지친 지구를 구하는 일은 너무 늦어졌을 것이다. 모종의 평화로운 유토피아에 도달했을 거라고는 생각할 수 **없다**.

상관없다. 나 때문에 저 로마 시대의 역사가 심각하게 변화한다 해도, 나는 여전히 거기 존재할 것이다. 하지만 내가 이 시대로 돌아왔을 때, 내가 살고 있는 문명 전체는 존재하지 않게 될 것이다. 로리는 결코 존재하지 않았을 것이다.

"내……가 사태를 위험하게 만들고 있다는 데 동의하지 않아. 상관들은 내 보고서들을 읽었어. 그건 정직한 보고서였어. 내가 궤도를 이탈하고 있다면, 알려 줄 거야."

정직? 잘 모르겠다. 글쎄, 맞다. 그것들은 내가 관찰하고 말한 것을 전혀 거짓이나 숨김없이, 단지 건조한 스타일로 설명할 뿐이다. 패트롤은 감정적으로 슬퍼하는 것을 바라지 않았다. 그렇지? 그리고 나는 모든 최후의 사소한 일들까지 보고하도록 요구받지는 않았다. 안 그런가? 어쨌든 그것은 불가능한 일이다.

나는 숨을 들이켰다.

"봐. 나는 내 위치를 알아. 나는 그저 문학자고 언어학자일 뿐이야. 하지만 내가 도울 수 있는 게 무엇이든──내가 무사히 그렇게 할 수 있는 곳 어디에서나──나는 일을 해야 해. 그렇지 않아?"

"당신은 당신일 뿐이에요, 칼."

우리는 계속 걸었다. 그녀가 밝은 목소리로 외쳤다.

"이봐요, 남편. 당신은 쉬고 있는 중이에요. 휴가라구요. 기억해요? 편히 쉬며 인생을 즐길 때예요. 나는 우리를 위해 여러 가지 계획을 세우고 있었어요. 들어 봐요."

나는 그녀의 눈에서 눈물을 보았다. 그리고 그녀가 계획을 짜면서 느낀 즐거움을 되살려 주기 위해 최선을 다했다.

366-372

타라스문드는 부하들을 이끌고 헤오로트로 돌아왔다. 그들은 거기서 무리를 해산하고 각자 집으로 돌아갔다. 〈방랑자〉도 작별을 고했다.

"급하게 움직이지 마라. 때를 기다려라. 무슨 일이 일어날지 누가 알겠느냐?"

"저는 할아버님이 아신다고 생각합니다."

타라스문드가 말했다.

"나는 신이 아니다."

"전에도 몇 번이나 같은 말씀을 하셨지요. 하지만 더 이상의 설명은 없으셨습니다. 그럼 할아버님은 어떤 분이십니까?"

"그건 말할 수 없다. 하지만 오랜 세월 동안 내가 해 온 일에 너희 가문이 빚진 것이 있다면, 이제 그걸 갚으라고 요구하겠다. 천천히 조심해서 무리를 모아라."

타라스문드가 고개를 끄덕였다.

"어쨌든 그렇게 할 겁니다. 에르마나리크가 맞설 수 없을 만큼 사람들을 한편으로 만들려면 시간과 수완이 필요할 겁니다. 결국, 대부분은 자기 농장에 가만히 앉아 고생스런 시기가 지나가길 바라겠지요. 왕은 준비가 됐다고 느끼기 전에는 공공연히 불화를 일으키는 위험을 무릅쓰진 않을 겁니다. 저는 그보다 앞서 나가야 합니다. 하지만 사람은 달릴 수 있기 전에 먼저 걸을 수 있어야 한다는 걸 전 잘 알고 있습니다."

<방랑자>는 그의 손을 잡고, 꼭 무슨 말을 하려는 것처럼 하다가, 그냥 눈을 한 번 꾹 감았다 뜬 후 돌아서 떠났다. 타라스문드가 마지막으로 본 것은 그의 모자와 망토와 창이 겨울 길 아래로 멀어져 가는 모습이었다.

란드와르는 헤오로트에 눌러앉아, 왕이 저지른 잘못들의 살아 있는 증거물이 되었다. 하지만 슬픔을 오래 끼고 있기에 그는 너무 젊고 생기에 가득 차 있었다. 란드와르, 하타울프, 솔베른은 금세 굳건한 친구가 되었다. 그들은 사냥, 운동과 놀이 등, 모든 즐거움을 함께했다. 란드와르는 스완힐드도 자주 만났다.

춘분이 지나자 얼음이 녹고 새싹과 꽃, 잎사귀가 돋아났다. 추운 계절 동안 타라스문드는 테우링 부족과 그 외의 다른 부족들을 널리 찾아다니며 유력한 인물들과 은밀히 이야기를 나누었다. 봄에는 집에 머물며 자기 땅을 돌보며 바쁘게 일했다. 타라스문드와 에렐리에바는 밤마다 즐거운 시간을 보냈다.

그날이 오자 그는 큰 소리로 즐겁게 외쳤다.

"우리는 밭을 갈고 씨를 뿌렸다. 청소를 하고 집을 새로 짓고, 암소가 새끼 낳는 것을 돌봤다. 잠시 일에서 벗어나자! 내일 우리는 사냥을 떠난다."

그날 새벽 그는 안장에 올라 사람들을 이끌고 떠나기 전에, 동행하는 모든 사람들 앞에서 에렐리에바에게 키스했다. 개들이 짖고, 말들이 울었다. 말발굽이 땅을 쿵쿵 울리고, 뿔피리 소리가 울려 퍼졌다. 길이 작은 숲을 끼고 굽어지는 곳에서, 시야에서 벗어나기 전에 타라스문드는 그녀를 돌아보며 손을 흔들었다.

에렐리에바는 저녁에 그를 다시 보았다. 하지만 타라스문드는 피투성이 시체가 되어 있었다.

창대 두 개에 망토를 묶어 만든 들것에 그를 싣고 온 사람들은 잠긴 목소리로 무슨 일이 일어났는지 이야기했다. 그들은 이곳에서 수 마일 떨어진 곳에 있는 숲에 들어가서, 멧돼지의 흔적을 발견하고 그 뒤를 쫓기 시작했다. 긴 추적 끝에 그들은 멧돼지를 따라잡았다. 멧돼지는 아주 큰 놈으로, 은빛 털에 엄니가 칼날처럼 휘어져 있었다. 타라스문드는 환호성을 질렀다. 하지만 그 짐승은 덩치만큼이나 대담한 놈이었다. 사냥꾼 몇 사람이 몸을 웅크리고 공격을 준비하고 다른 사람들은 막대기로 모는 동안, 멧돼지는 가만히 있지 않았다. 갑작스런 그놈의 공격에 뱃가죽이 찢어진 타라스문드의 말이 비명을 지르며 쓰러졌다. 족장은 바닥으로 세게 팽개쳐졌다. 멧돼지가 그것을 보고 그를 덮쳤고 괴물같이 울부짖으며 엄니로 사정없이 찔렀다. 피가 솟구쳤다.

사람들이 곧 그 짐승을 죽였지만, 그 돼지가 악마이거나 귀신에 홀린 것이 틀림없다고 수근거렸다. ── 에르마나리크나 그의 교활한 모사꾼 시비코가 보낸 것일까? 어찌됐든, 타라스문드의 상처는 너무 깊어서 피를 멈추게 할 수 없었다. 그는 손을 뻗어 자식들의 손을 잡을 시간도 가지지 못했다.

마을의 집들에서 여인들은 통곡했다. 울리카와 에렐리에바를 제외하고. 울리카는 돌처럼 무표정했고, 에렐리에바는 밖에 나가 홀로 울었다.

울리카가 아내의 권리로 시체를 씻고 염하는 동안, 에렐리에바의 친구들은 그녀를 서둘러 다른 곳으로 보냈다. 얼마 지나지 않아 그들은 그녀를 자유민에게 시집보냈다. 헤오로트에서 멀리 떨어진 곳에 사는, 아이들을 위해 어미를 찾는 홀아비였다. 겨우 열 살밖에 안 되었지만 그녀의 아들 알라윈은 남자답게 엄마를 따라 떠나지 않고 남았다. 하타울프와 솔베른, 스완힐드는 어머니가 너무 지나치게 그를 구박하지 않도록 막아 주었다. 그 덕에 그들은 알라윈의 진정한 사랑을 얻었다.

한편, 그들의 아버지가 죽었다는 소식은 널리 퍼졌다. 부족민들은 홀에 모였다. 거기서 울리카는 남편과 자신의 명예를 드높였다. 화려한 옷차림을 한 채, 얼음 창고에서 쉬고 있던 시체가 앞으로 모셔져 나왔다. 리우데리스가 전사들을 이끌고 칼, 창, 방패, 투구, 사슬갑옷과 금, 은, 호박, 유리, 로마 동전 같은 귀중품과 함께 시체를 통나무로 만든 묘실에 눕혔다. 가문의 장남인 하타울프가 저승길에 타라스문드를 따라갈 말과 개들을 죽였다. 보단을 모신 성소에서 불이 맹렬하게 타오르는 동안, 남자들은 무덤에 흙을 쌓아 올려 높다랗게 만들었다. 그리고 칼로 방패를 두드리며 늑대 울음소리를 흉내 내면서 말을 타고 무덤 주위를 빙빙 돌았다.

장례식 잔치가 사흘 동안 계속되었다. 그 마지막 날 〈방랑자〉가 나타났다.

하타울프는 높다란 의자를 그에게 양보했다. 울리카는 〈방랑자〉에게 포도주를 가지고 왔다. 침울한 분위기가 내려덮은 침묵 속에서 그는 혼령을 위해, 어머니 프리야를 위해, 그리고 가문의 안녕을 위해 잔을 들었다. 그 외에 그는 말을 거의 하지 않았다. 얼마 후 그는 울리카를 불러내 귓속말을 했다. 그들 두 사람은 홀을 떠나 여인들의 방을 찾아갔다.

황혼이 가까워지고 있었다. 열린 창문 밖 하늘은 짙푸른 빛을 띠고 있었다. 방 안은 캄캄했다. 서늘한 공기는 나뭇잎과 흙 냄새, 나이팅게일의 울음소리를 머금고 있었다. 하지만 울리카에게 그것들은 멀고 비현실적으로 느껴졌다. 그녀는 잠시 베틀에 걸린 반쯤 짜놓은 천들을 바라보았다.

"수호자께서 다음에 짜실 것은 무엇일까요?"

울리카가 나지막하게 물었다.

"수의가 될 거다. 네가 베틀의 북을 새로운 방향으로 돌리지 않는다면."

<방랑자>가 말했다.

울리카가 고개를 돌려 그를 마주 보았다. 그리고 조롱기 섞인 목소리로 대답했다.

"제가요? 허나 저는 계집일 뿐입니다. 테우링 부족을 이끌 사람은 제 아들 하타울프입니다."

"너의 아들이지. 그 아이는 어리다. 게다가 그 나이 때의 제 아비보다 세상을 많이 보지 못했다. 너, 울리카, 아타나리크의 딸이며, 타라스문드의 아내는 지식과 힘 모두를 가지고 있다. 그리고 여인으로서 배워야 했던 인내심까지 갖고 있지. 네가 하려고 든다면 하타울프에게 현명한 충고를 해 줄 수 있다. 그리고…… 하타울프는 네 말을 잘 들어 왔다."

"제가 다시 결혼한다면 어떻게 하시려구요? 그 아이의 자존심은 우리 사이에 벽을 만들 텐데요."

"왠지 네가 그럴 거라고는 생각되지 않는구나."

울리카가 황혼을 내다보았다.

"그래요, 제가 그걸 바라지 않긴 하지요. 결혼 생활의 쓰라림은 맛볼 만큼 봤으니까요."

그녀는 그늘진 얼굴을 다시 돌아보았다.

"당신은 제게 여기 머물며 하타울프와 솔베른에게 가진 영향력을 유지하라고 명하십니다. 그럼 〈방랑자〉여, 저는 그 애들에게 무엇을 말해야 하지요?"

"지혜를 말하라. 자존심을 누르고 에르마나리크에 대한 복수를 꾀하지 않는 건 너에게 힘든 일일 게다. 하타울프에게는 더 힘든 일이겠지. 하지만 너는 분명 이해할 게다, 울리카. 타라스문드가 이끌지 않는다면, 분쟁의 결과는 하나뿐이다. 네 아들들에게 왕과 타협하지 않는다면, 이 가문은 멸망할 것이라는 걸 알게 하라."

울리카는 오랫동안 침묵에 잠겼다. 마침내 그녀가 입을 열었다.

"당신이 옳습니다. 노력해 보지요."

다시 울리카의 눈이 깊어진 어둠 속에서 그의 눈을 찾았다.

"하지만 그건 필요에 의해서지 원해서 하는 일이 아닙니다. 만약 에르마나리크에게 해를 끼칠 수 있는 기회가 온다면, 저는 그 기회를 놓치지 말라고 촉구하는 데 앞장설 것입니다. 그리고 우리는 결코 그 도깨비 같은 자에게 고개를 숙이지 않을 것이며, 그가 앞으로 줄 고통을 순순히 감수하지도 않을 겁니다."

그녀의 말은 먹이를 덮치는 매처럼 날카로웠다.

"당신도 그걸 아시지요. 제 아들들은 당신의 피를 이어받고 있습니다."

"나는 내가 해야만 하는 것을 말했다. 이제 네가 할 수 있는 일을 해라."

그들은 잔치로 돌아갔다. 그는 아침에 떠났다.

울리카는 〈방랑자〉의 조언을 진정으로, 그러나 쓰라리게 받아들였다. 하타울프와 솔베른이 그에 동의하게 하는 것은 쉬운 일이 아니었다. 그들은 명예와 자신들의 명성에 대해 소리 높여 외쳤다. 그녀는 하타울프와 솔베른에게 용기와 만용은 같은 것이 아니라고 말했다. 젊고, 미숙하고, 지도력을 갖추지 못한 그들이 많은 수의 고트 족들을 설득해서 반란에 끌어들일 가능성은 전혀 없었다. 울리카가 불러들인 리우데리스는 마지못해 그녀를 지지해 주었다. 울리카는 자식들에게 아버지의 가문에 파멸을 가져올 권리가 없다고 말했다.

그녀는 대신 거래를 하라고 아들들에게 말했다. 이 사건을 대민회로 가져가서, 왕이 대민회의 결정에 따른다면 그들도 따르라고 말했다. 부당한 일을 당한 사람들은 가까운 친척이 아니었다. 후계자들은 제안 받은 보상금을 누군가의 복수에 사용하는 것보다 더 좋은 곳에 사용할 수 있을 것이다. 많은 족장들과 자유민들이 타라스문드의 아들들이 왕국을 분열시키는 데서 물러선 것을 기뻐할 것이다. 그리고 앞으로 몇 년 내로 존경심을 갖고 그들을 따를 것이다.

"하지만 아버님이 우려하시던 것은 어떡합니까? 우리가 왕에게 굴복한다면, 에르마나리크는 더 강하게 우리를 핍박할 겁니다."

하타울프가 말했다.

울리카의 입매가 굳어졌다.

"네가 그걸 참아야 한다고 말하진 않았다. 아니, 그렇게 했다간 티와즈가 결박한 늑대에 의해 전쟁을 하게 되리란 걸 그자도 알 거다! 하지만 나는 왕이 몹시 약삭빠른 자라고 생각한다. 그자는 싸움을 피하려 들 거다."

"그자가 우리를 압도할 만한 힘을 가질 때까지만 그렇겠죠."

"아, 그건 시간이 걸릴 거다. 그동안 물론 우리도 조용히 우리의 힘을 길러야겠지. 기억해라, 너는 젊다. 별일 없는 한, 넌 그자보다 오래 살 거다. 하지만 그렇게 오래 기다릴 필요는 당연히 없을 거다. 에르마나리크가 늙어 갈수록——"

이렇게 해서 하루하루, 한 주 한 주, 울리카는 자식들이 그녀에게 굴복할 때까지 그들의 진을 빼놓았다.

란드와르는 비겁한 자들의 배신에 격노했다. 거의 싸울 뻔하기까지 했다. 스완힐드가 오빠들과 그 사이에 끼어들었다.

"오빠들은 모두 친구잖아요!"

그녀가 외쳤다. 그들은 투덜대며 화를 풀 수밖에 없었다.

스완힐드는 나중에 란드와르를 더 달래 주었다. 두 사람은 검은 딸기가 자라는 오솔길을 함께 걸었다. 나무들이 살랑거리며 햇빛을 받고 있었고, 새들이 울고 있었다. 스완힐드의 머리칼은 금빛으로 출렁거렸고, 윤곽이 섬세한 얼굴에 커다란 눈은 하늘빛으로 띠고 있었다. 그녀는 사슴처럼 움직였다.

"늘 슬퍼할 필요는 없잖아요? 그러기엔 날이 너무 좋아요."

그녀가 말했다.

"하지만 그분들은, 나를 길러 주셨고, 아직 원한을 풀지 못하고 누워 계셔."

그가 더듬더듬 말했다.

"분명 그분들도 오빠가 원수를 갚을 수 있게 되자마자 그렇게 하리라는 걸 아시고 인내심을 가질 거예요. 그분들의 원한은 세상이 끝날 때까지 계속되지 않겠어요? 오빠는 그분들을 기억되게 만들 명성도 얻게 될 거예요. 그러니까 기다려 봐요. ─저것 보세요! 나비들이에요! 저녁놀이 저렇게 아름답잖아요!"

란드와르가 다시는 하타울프와 솔베른에게 마음속에 있는 걸 다 털어놓지는 않았지만, 그 이후로도 충분히 잘 지내게 되었다. 결국, 그들은 스완힐드의 오빠들이었기 때문이다.

부드럽게 말하는 법을 아는 자들이 헤오로트와 왕 사이를 오갔다. 에르마나리크는 지금까지보다 더 많은 것을 양보함으로써 그들을 놀라게 했다. 적이었던 타라스문드가 죽었으니, 좀더 온화함을 보여도 된다고 생각하는 것 같았다. 그는 잘못을 시인하는 게 될 것이기 때문에 보상금을 두 배로 내려고 하지는 않았다. 하지만 보물이 숨겨진 곳을 아는 자들이 그것을 대민회에 가져간다면, 그 보물이 주인을 결정하도록 하겠다고 말했다.

이렇게 해서 합의가 이루어졌다. 하지만 흥정이 계속되는 동안 하타울프는 울리카의 지시를 받아, 돌아다니는 일은 다른 사람에게 맡기고 자신은 많은 가문의 수장들과 만나 이야기했다. 이것은 추분이 지난 후 회의가 열릴 때까지 계속되었다.

회의에서 왕은 보물에 대한 소유권을 주장했다. 왕에게 서약한 자들이 왕을 위해 싸우는 동안 획득한 귀중한 물건들은 무엇이든 왕에게 바치는 것이 오랜 관례라고 그는 주장했다. 그럼 왕은 그것을 받을 가치가 있는 사람들이나 자신이 필요로 했던 자들의 선의에 대한 보상으로 전리품을 분배할 것이다. 그렇지 않으면, 전쟁은 용사들 각각의 이해를 위한 것이 될 것이다. 영광보다 탐욕이 중요해지고, 전리품에 대한 다툼이 진영을 분열시킬 것이기 때문에, 군대의 힘은 약화되고 말 것이다. 엠브리카와 프리틀라도 이 사실을 잘 알고 있었지만, 그들은 법을 따르지 않는 쪽을 택했다.

그런데 울리카가 고른 대변자들은 일단은 그 말을 받아들임으로써 왕을 놀라게 했다. 왕은 그들의 숫자가 이 정도나 되리라고 예상하지 못했다. 대변자들은 각기 다른 방식으로 똑같은 생각을 이야기했다. 맞다. 훈 족과 그들의 똘마니 알란 족들은 고트 족의 적이다. 하지만 에르마나리크는 그해 그들과 싸우고 있지 않았다. 그 공격은 엠브리카와 프리틀라가 교역의 위험 요인을 제거하려고, 자신들을 위해 독자적으로 감행한 것이었다. 그들은 공정하게 그 보물을 획득했고, 따라서 보물은 그들의 것이다.

논쟁은 회의장뿐 아니라 들판에 세워진 노점들 주위에서까지 길고 열띠게 진행되었다. 여기에는 단순히 법 이상의 문제가 있었다. 그것은 누구의 의지가 더 우세해져야 하는가의 문제였다. 자식들과 대변자들의 입에서 나온 울리카의 주장은, 많은 사람들로 하여금 타라스문드가 죽었음에도 불구하고——아니, 타라스문드가 죽었기 때문에——왕을 견제하는 것이 신상에 이롭다는 결론을 내리게 만들었다.

모든 사람들이 울리카에 동의하진 않았다. 또는 동의한다고 밝힐 만큼 대담하지 않았다. 그래서 고트 족들은 마침내 보물을 똑같이 세 등분으로 나누기로 결정했다. 3분의 1은 에르마나리크에게, 나머지는 엠브리카와 프리틀라의 아들들에게 돌아가게 되었다. 왕의 부하들이 그들을 살해했기 때문에, 보물의 3분의 2는 양자인 란드와르의 손에 떨어지게 되었다. 하룻밤 사이에 그는 부자가 되었다.

에르마나리크는 격노해서 입을 꾹 다물고 회의장을 떠났다. 누군가 그에게 말을 걸 용기를 내는 데 오랜 시간이 걸렸다. 시비코가 그 첫번째 사람이었다. 그는 왕을 옆으로 데리고 가서 몇 시간 동안 얘기를 나누었다. 그들이 무슨 얘기를 했는지 다른 사람들은 듣지 못했다. 하지만 그러고 나서 에르마나리크의 기분은 훨씬 나아졌다.

이 얘기가 헤오로트에 전해졌을 때, 란드와르는 그 족제비가 행복해 하는 것은 새들에게는 나쁜 징조라고 말했다. 하지만 그해의 나머지 시간들은 조용히 흘러갔다.

역시나 평화로웠던 그 다음 해 여름, 이상한 일이 벌어졌다. 〈방랑자〉가 늘 그러듯이 서쪽 길에서 모습을 드러냈다. 리우데리스가 사람들을 이끌고 그를 맞이하러 나갔다.

"타라스문드와 그 일족들은 잘 지내느냐?"

방문객이 인사말을 건넸다.

"예?"

리우데리스가 깜짝 놀라 말했다.

"족장님은 돌아가셨습니다, 장로님. 잊으셨습니까? 장례 잔치에도 오셨었는데요."

회색의 남자는 깜짝 놀란 사람처럼 창에 기대 움직이지 않았다. 사람들은 갑자기 날씨가 전보다 덜 따뜻하고 태양도 빛을 잃는 듯 느껴졌다.

그가 거의 들리지도 않을 정도로 자그맣게 말했다.

"사실은, 내가 말실수를 했구나."

그는 어깨를 흔들고, 말을 탄 사람들을 올려다보았다. 그리고 더 크고 빠르게 말을 이었다.

"생각할 게 많아서 말이다. 나를 용서하거라. 하지만 아무래도 이번에는 여기 묵지 못하겠구나. 사람들에게 내 인사를 전하거라. 나중에 보도록 하자."

〈방랑자〉는 몸을 돌려 왔던 길로 다시 돌아갔다.

사람들은 어리둥절해서 서로 쳐다보며 악마를 떨치기 위해 신호를 그었다. 잠시 뒤, 목동 한 사람이 집에 와서 들판에서 〈방랑자〉를 만났다고 말했다. 그는 타라스문드의 죽음에 대해 꼬치꼬치 물었다고 했다. 기독교 신자인 홀의 하녀가 그것은 낡은 신들이 쇠약해지고 있다는 것을 보여 주는 것이라고 말하긴 했지만, 누구도 이 사건이 무엇을 의미하는지 알 수 없었다.

그럼에도 불구하고, 타라스문드의 아들들은 〈방랑자〉가 가을에 찾아오자 극진히 맞이했다. 그들은 그 전에 무슨 문제가 있었는지 감히 물어 보지 못했다. 〈방랑자〉는 지금까지보다 더 많이 밖을 돌아다녔다. 그리고 이번에는 하루나 이틀이 아니라 2주일이나 머물러 있었다. 사람들은 그가 더 어린 자손들, 스완힐드와 알라윈을 유심히 살펴보고 있다는 사실을 알아차렸다.

물론 〈방랑자〉가 진지하게 이야기를 나누는 대상은 하타울프와 솔베른이었다. 그는 두 형제 중 한 사람 또는 둘 다, 그들의 아버지가 젊은 시절 그랬듯이 서쪽으로 여행을 떠나야 한다고 권했다.

"로마 제국에 대해 견문을 넓히고, 서고트 족의 친족들과 교분을 쌓는 것은 너희들에게 많은 득이 될 거다. 내가 직접 너희들을 이끌고 가서 조언을 주고, 통역을 해 줄 수 있다."

하타울프가 무거운 목소리로 대답했다.

"아무래도 못 갈 것 같습니다. 지금은 안 될 것 같습니다. 훈 족은 점점 강대해지고 대담해지고 있습니다. 그놈들은 우리 국경을 다시 약탈하고 있습니다. 우리가 왕을 아무리 싫어한다 해도, 내년 여름에 왕이 전쟁을 하자고 한다면, 우리는 그가 옳다고 동의해야 합니다. 솔베른과 저는 거기서 빠질 수 없습니다."

"그렇습니다. 명예를 위해서만 그런 게 아닙니다. 지금까지 왕이 손을 놓고 있긴 하지만, 그가 우리를 사랑하지 않는다는 것은 비밀이 아닙니다. 우리가 비겁자라든가 잘 못 싸우는 자라는 소문이 나면 위협이 일어날 겁니다. 그럼 누가 감히 우리 편을 들려고 하겠습니까?"

그의 동생이 말했다.

<방랑자>는 생각했던 것보다 더 크게 실망하는 기색을 보였다. 마침내 그가 말했다.

"좋다. 알라윈은 이제 열두 살이 될 거다. 너희들과 함께 가기는 너무 어리지만, 나와 함께 가기에는 괜찮은 나이다. 그 애가 가도록 해 다오."

그들은 허락했다. 알라윈은 뛸 듯이 좋아했다. 그가 땅에서 재주를 넘는 모습을 보면서 <방랑자>는 고개를 가로저으며 중얼거렸다.

"저 애도 요리트와 많이 닮았구나. 하긴 양쪽 핏줄을 다 받았으니 그녀와 가까운 건 당연하겠지."

그리고 하타울프에게 날카롭게 물었다.

"너와 솔베른은 저 애와 잘 지내고 있느냐?"

"뭐, 사실은 아주 잘 지내는 편입니다."

부족장이 당황해 하며 말했다.

"저 애는 착한 아이죠."

"너희들과 저 애 사이에 다툼은 전혀 없었느냐?"

"아, 가끔씩 저 애가 경솔하게 행동해서 일어나는 것들뿐이죠."

하타울프가 젊은이답게 부드러운 턱수염을 쓰다듬으며 말했다.

"예, 저희 어머님이 저 애한테 나쁜 감정을 갖고 계시긴 합니다. 어머님은 원한을 잘 풀지 않는 양반이니까요. 하지만 몇몇 바보들이 떠드는 것과 무관하게, 어머님이 자식들에게 굴레를 씌우고 있진 않습니다. 만약 어머님의 조언이 우리한테 현명하게 들리면, 저희는 따르는 거고, 그렇지 않다면 안 따르는 거죠."

"서로 우애를 굳게 지키거라."

〈방랑자〉의 말은 충고나 명령이라기보다 간청처럼 느껴졌다.

"이 세상에는 그것이 너무나 드물다."

──자신의 말에 충실하게 그는 봄에 다시 찾아왔다. 하타울프는 알라윈에게 적당한 여장과 말, 부하들, 물건을 거래할 때 쓸 금과 모피들을 챙겨 주었다. 〈방랑자〉는 갖고 온 귀중한 선물들을 풀어 놓았다. 그것들은 바깥세상을 보다 잘 이해하는 데 도움이 될 것들이었다. 떠날 때, 〈방랑자〉는 두 형제와 그들의 여동생을 안아 주었다.

그들은 여행자들이 떠나는 것을 오랫동안 지켜보았다. 알라윈은 조그맣게 보였다. 그의 머리칼은 옆에 앉아 있는 회색과 푸른 색의 남자에 비해 너무나 찬란하게 휘날리고 있었다. 그들은 마음속의 생각을 입 밖에 내지 않았다. 그 광경이 보단이 죽은 자들의 영혼을 데리고 가는 신이라는 사실을 새삼 떠올리게 한다는 것을.

──그러나 꼭 한 해가 지난 뒤, 모든 사람들이 무사히 돌아왔다.

알라윈는 훌쩍 자랐고, 목소리는 깊어졌다. 그는 자신이 보고 듣고, 행한 일에 대해 잔뜩 들떠 있었다.

하타울프와 솔베른 쪽은 좀 기운 빠지는 소식을 이야기해 주었다. 지난해 여름 훈 족과의 전쟁은 잘 되지 않았다. 말을 탄 전사들은 특유의 기마술과 말등자로 항상 두려운 존재였지만, 이제 평원의 주민들은 영리한 지도력의 엄격한 통제 아래 움직이는 법까지 배웠다. 그들은 정면 대결에서 고트 족을 괴멸시키지 못했다. 하지만 커다란 타격을 입혔다. 누구도 훈 족이 패배했다고 말할 수도 없었다. 기습 공격에 시달리며 기진맥진한 에르마나리크의 군대는 굶주리고 전리품을 챙기지도 못한 채, 결국 끝없는 초원을 지나 고향으로 힘들게 돌아와야 했다. 에르마나리크는 이번 해에 다시 원정을 시도하지 않을 것이었다. 그는 그럴 수 없었다.

때문에 매일 저녁 모여 술을 마시며 알라윈의 이야기를 듣는 것은 주민들에게 위로가 되었다. 로마라는 전설적인 왕국은 꿈을 불러일으켰다. 그럼에도 불구하고 그 이야기의 일부는 하타울프와 솔베른의 이마를 찌푸리게 만들었고, 란드와르와 스완힐드를 의아하게 만들었으며, 울리카를 분노로 냉소 짓게 했다. 대체 왜 〈방랑자〉는 그런 방식으로 여행을 한 것일까?

그는 타라스문드가 처음에 했던 것처럼 해상로로 콘스탄티노플에 가지 않았다. 대신 〈방랑자〉는 그들이 육로로 서고트 족에게 가게 했다. 그들은 거기서 몇 달 머물렀다. 무리들은 이교도 아타나리크에게 경의를 표했다. 하지만 그들은 기독교도 프리티게른의 궁전에 더 오래 있었다. 사실 프리티게른이 더 젊었을 뿐 아니라, 이제는 예전보다 더 많은 사람들을 이끌고 있었다. 아타나리크가 다스리는 지역에서 여전히 기독교도를 박해하고 있음에도 불구하고 말이다.

마침내 〈방랑자〉가 제국의 영역으로 들어가기 위해 길을 떠나 다뉴브 강을 건너 모이시아 지방으로 들어섰을 때, 그는 다시 울필라스의 정착지에 사는 기독교화된 고트 족들 사이에서 시간을 보냈다. 그리고 알라윈에게 이곳에서 친구를 만들도록 권했다. 그 뒤 무리는 콘스탄티노플을 방문했지만 오래 있지는 않았다. <방랑자>는 소년에게 로마의 길들을 설명하는 데 많은 시간을 썼다. 그들은 늦가을에 다시 북쪽으로 가서 프리티게른의 궁전에서 겨울을 났다. 서고트 족은 그들이 세례 받기를 바랐다. 알라윈은 골든 혼을 따라 늘어선 교회들과 다른 장관들을 보고 난 뒤, 그렇게 할 수도 있었지만 결국 거절했다. 하지만 공손하게, 자신은 형제들과 불화를 일으키지 말아야 한다고 설명했다. 프리티게른은 그저 "그대의 사정이 달라지는 날이 곧 올 것이다"라고 하면서 순순히 수긍했다.

봄이 와서 길에 진창이 마르자 <방랑자>는 소년과 그 부하들을 집으로 데리고 왔다. 그는 마을에 머무르지 않았다.

그해 여름, 하타울프는 타이파이 부족장의 딸 안슬라우그와 결혼했다. 에르마나리크는 이 결연을 방해하려 애썼다.

얼마 뒤, 란드와르가 하타울프를 찾아와 둘이 조용히 이야기할 수 있을지 물었다. 그들은 말을 타고 초원을 달렸다. 바람이 부는 날이었다. 수마일에 걸쳐 펼쳐진 황갈색 초원은 꽃이 피고 잔물결이 잔잔히 일고 있었다. 눈부시게 하얀 구름이 하늘을 질주하고, 그 그림자가 지상을 달렸다. 소 떼들은 넓게 흩어져서 열심히 풀을 뜯고 있었다. 발 아래서 새들이 갑자기 나타났다. 머리 위로 매 한 마리가 높이 날고 있었다. 시원한 바람에는 햇볕에 마른 흙과 성장의 냄새가 물씬 흐르고 있었다.

"자네가 뭘 원하는지 짐작할 수 있네."

하타울프가 영리하게 말했다.

란드와르가 손으로 빨간 머리칼을 빗어 내렸다.

"그래. 스완힐드를 아내로 맞고 싶네."

"흐음. 자네가 가까이 있으면 좋아하는 것 같긴 하더군."

"우리는 서로 사랑하고 있어!"

란드와르가 외쳤다. 그는 자신을 억눌렀다.

"이 일은 자네한테도 좋은 일이 될 걸세. 난 부자야. 그리고 그레우퉁 부족의 땅에 가면 손대지 않는 넓은 땅이 나를 기다리고 있네."

하타울프가 얼굴을 찌푸렸다.

"거기는 여기서 멀어. 우리가 함께 일어설 수 있는 곳은 여기야."

"그곳에 사는 많은 자유민들이 나를 환영할 거야. 자네는 동지를 잃지 않을 걸세. 자네는 동맹을 얻을 거야."

그러나 하타울프는 주저했다. 란드와르가 퉁명스럽게 말했다.

"어쨌든 일어날 일이야. 우리의 마음이 그렇게 시키는 일이거든. 수호자와 사이좋게 지내는 게 좋을 걸세."

"자네는 늘 성급했지."

족장이 말했다. 그의 목소리는 매정하진 않았지만 고민이 실려 있었다.

"건실한 결혼을 이루는 데 남녀간의 감정만 있으면 충분하다는 자네의 신념 ―그건 자네의 분별력을 의심스럽게 하네. 자네는 홀몸이라 무슨 어리석은 일을 시작할지도 모르지 않나?"

란드와르의 숨결이 거칠어졌다. 하지만 그가 미처 화를 낼 틈도 주지 않고, 하타울프는 란드와르의 어깨에 손을 얹고 조금 슬픈 미소를 지으면서 말을 계속했다.

"내가 모욕을 하려고 하는 건 아니네. 난 단지 자네가 한 번 더 생각했으면 할 뿐이야. 그게 자네 성격에 맞지 않는 일이란 건 알지만, 나는 한번 그렇게 해 보라고 부탁하네. 스완힐드를 위해 말일세."

두 남자가 돌아왔을 때, 스완힐드가 마당으로 뛰어나왔다. 그녀는 오빠의 무릎에 매달려 열렬히 말했다.

"아, 하타울프 오빠. 괜찮죠? 오빠는 허락했죠. 오빠가 그럴 줄 알았어요. 이보다 더 저를 행복하게 만들 수는 없을 거예요."

결국 그해 가을 헤오로트에서 성대한 결혼 잔치가 떠들썩하게 벌어졌다. 스완힐드에게 단 한 가지 우울한 일은 〈방랑자〉가 보이지 않았다는 것이다. 그녀는 당연히 〈방랑자〉가 자신과 남편을 정화시켜 줄 것이라고 생각하고 있었다. 그는 이 가족의 보호자가 아닌가?

그 사이 란드와르는 부하들을 동쪽에 있는 자신의 땅으로 보냈다. 그들은 엠브리카의 집이 있던 곳에 새 집을 짓고 집에서 일할 사람들을 잘 갖추어 놓았다. 젊은 부부는 호화로운 무리를 이끌고 그곳에 도착했다. 스완힐드는 프리야의 축복을 비는 뜻에서 상록수 가지들을 가지고 문지방을 넘었다. 란드와르는 이웃들을 위해 잔치를 열었다. 그리고 거기서 살았다.

하지만 얼마 지나지 않아, 그는 신부를 몹시 사랑했음에도 불구하고 며칠 동안씩 자주 집을 비웠다. 란드와르는 말을 타고 그레우퉁 부족의 시골을 돌아다니며 주민들과 안면을 텄다. 그리고 올바른 생각을 가진 것 같은 사람이 있으면, 한쪽으로 데려가서 암소나 물물거래, 훈 족 외의 다른 문제들에 대해 의견을 나누었다.

얼어붙은 땅에 눈송이가 조금 흩날리던 동지 전의 어느 을씨년스러운 날이었다. 개들이 홀 밖에서 짖는 소리가 들렸다. 란드와르는 문가에 있는 창을 집어 들고 무슨 일인지 보기 위해 밖으로 나갔다. 기운 센 머슴 두 사람이 똑같이 무장한 채 그를 따랐다. 하지만 그는 키가 큰 그림자가 마당으로 성큼성큼 걸어오는 것을 보고, 창을 바닥에 내던지고 큰 소리로 외쳤다.

"우와! 어서 오세요!"

아무런 위험이 없다는 걸 듣고 스완힐드도 서둘러 뛰어나왔다. 그녀의 눈과 부인들이 쓰는 머릿수건 아래 흘러나온 머리칼, 그리고 유연한 몸을 감싼 하얀 드레스는 주변에서 유일하게 빛나는 것들이었다. 스완힐드의 입에서 기쁨이 노래처럼 흘러나왔다.

"오, <방랑자>여, 사랑하는 <방랑자>여, 기뻐요, 어서 오세요!"

<방랑자>는 모자로 가려진 얼굴이 보일 만큼 가까이 다가왔다. 그녀는 손을 들고 입을 열었다.

"그런데 할아버님 얼굴엔 시름이 가득 차 있어요. 그렇죠? 뭐가 잘못됐나요?"

"미안하구나."

그가 돌처럼 딱딱하게 대답했다.

"어떤 일은 비밀로 덮어 두어야 한다. 나는 우울한 분위기를 가져가기 싫어서 네 결혼식에 가지 않았다. 이제―그래, 란드와르, 나는 힘든 길을 여행했다. 얘기를 하기 전에 좀 쉬게 해 다오. 뜨거운 걸 마시고 지난 일들에 대해 이야기하자."

<방랑자>의 옛 취미가 그날 저녁 자리의 흥을 북돋았다. 한 남자가 지난번 훈 족 땅을 공격한 일에 대한 시를 읊자, 그는 답례로 새로운 이야기들을 해 주었다. 하지만 예전보다는 밝지 않은 분위기로 이야기를 했다. 꼭 일부러 그렇게 하려고 애쓰는 것 같았다. 스완힐드가 행복한 한숨을 쉬었다.

"저는 제 아이들이 앉아서 할아버님 이야기를 듣게 될 날이 오기를 손꼽아 기다리고 있어요."

아직 아기 소식은 전혀 없었지만 그녀가 말했다. 그리고 그가 주춤하는 걸 보고 조금 놀랐다.

다음 날 <방랑자>는 란드와르를 데리고 밖으로 나갔다. 그들은 단 둘이 오랜 시간 이야기를 나누었다. 나중에 그레우퉁 사람 란드와르는 아내에게 어떤 이야기가 오갔는지 말해 주었다.

"<방랑자>는 내게 에르마나리크가 우리에게 얼마나 큰 원한을 품고 있는지 거듭 경고했어. 우리는 여기, 왕의 부족 땅에 와 있고, 우리의 힘은 아직 굳건하지 못하다고 말씀하셨지. 반면 우리가 가진 부는 눈을 멀게 할 정도로 유혹적이라고. <방랑자>는 우리가 여기를 떠나 멀리 가기를 바라셨어. 멀리, 서고트 족이 사는 땅으로 말이야. 되도록 빨리. 물론 나는 그 말을 따르지 않을 거야. <방랑자>가 누구든 간에, 권리와 명예가 더 중요해. 그러자 <방랑자>는 내가 이미 왕의 거만함에 저항하기 위해, 필요하다면 맞서 싸우기 위해 사람들의 뜻을 떠보고 있다는 사실을 안다고 말했어. <방랑자>는 내가 그걸 숨길 수 없고, 그건 미친 짓이라고 말했어."

"당신은 뭐라고 대답했어요?"

그녀가 두려워하며 물었다.

"뭐, 나는 자유로운 고트 족이라면 서로 마음을 열 권리가 있다고 말했지. 그리고 내 양부모님들의 원한을 아직 갚지 못하고 있다고 말했어. 만약 신들이 정의를 실현하지 못하다면, 인간들이 할 수밖에 없지."

"당신은 할아버님의 말씀을 귀담아 들어야 해요. 그분은 우리보다 많은 걸 알고 계시니까요."

"글쎄, 무모한 짓을 할 생각은 없어. 나는 기회를 엿볼 거야. 더 많은 것이 필요하지 않을 수도 있어. 사람들은 흔히 때 아닌 죽음을 맞기도 해. 장인어른처럼 좋은 분이 그랬다면, 에르마나리크같이 나쁜 놈은 왜 그렇게 되지 않는 거지? 아냐, 여보. 우린 결코 우리 땅에서 달아나지 않을 거야. 여기는 아직 태어나지 않은 우리 아이들의 것이기도 해. 그래서 우리는 여기를 지킬 준비를 해야 하는 거야. 그렇잖아?"

란드와르는 스완힐드를 자기 쪽으로 끌어당겼다.

"이리 와. 그 아이들을 위해 뭔가 좀 해 보자구."

<방랑자>는 그를 설득하지 못했다. 그는 며칠 더 머무르다가 작별을 고했다.

"언제 할아버님을 다시 뵙게 될까요?"

스완힐드가 문가에 서서 물었다.

"나는——"

<방랑자>가 말을 더듬었다.

"나는——아, 요리트를 꼭 닮은 아이야!"

그는 스완힐드를 포옹하고 입을 맞춘 뒤 놓아주었다. 그리고 서둘러 떠났다. 사람들은 <방랑자>가 흐느끼는 소리를 듣고 깜짝 놀랐다.

하지만 테우링 부족에게 왔을 때, 그는 다시 근엄한 모습으로 돌아왔다. 그리고는 몇 달 동안 <방랑자>는 마을에 머물면서 헤오로트뿐 아니라, 자유민, 상인 또는 농장일꾼, 평범한 일꾼들, 뱃사람들 사이를 널리 돌아다녔다.

아무리 <방랑자>의 말이라 해도, 그가 사람들에게 권한 일은 즉각 동의하기 어려운 것이었다. <방랑자>는 그들이 서고트 족과 더 가까운 유대를 맺기를 바랐다. 그것은 단순히 교역을 강화함으로써 이득을 얻기 위한 것이 아니었다. 만약 여기서 테우링 부족에게 슬픈 일이 벌어진다면——예를 들어, 훈 족 등에 의해——그들은 찾아갈 곳이 있어야 한다. 다음 여름, 그는 프리티게른에게 사람들과 물건들을 보내도록 했다. 프리티게른이 그들을 보호해 줄 것이었다. 그리고 배, 마차, 가재도구, 음식을 준비하도록 하고, 많은 사람들에게 그 사이에 있는 땅들에 대해, 그리고 피해를 입지 않고 그곳들을 통과하는 법을 배우도록 하였다.

동고트 족은 의아하게 생각했고 불평했다. 그들은 그런 먼 거리를 사이에 두고 교역이 빠르게 성장할 수 있을까 의심스러워했다. 따라서 불확실한 일에 자신들의 노동과 재산을 투여하는 것을 기꺼워하지 않았다. 고향을 떠난다는 건 생각할 수도 없는 일이었다. 과연 〈방랑자〉가 진실을 말하는 걸까? 흔히 그는 신으로 불렸고, 매우 오랜 세월 동안 살고 있는 것 같긴 했다. 하지만 〈방랑자〉는 자신을 위해 아무것도 요구하지 않았다. 그는 도깨비나 흑마술사, 아니면——기독교도들이 말하듯이——사람들을 나쁜 길로 유혹하기 위해 보내진 악마일지도 모른다. 아니면 단지 너무 나이가 들어서 정신이 나간 것일 수도 있었다.

〈방랑자〉는 일을 계속 추진했다. 그의 말에 귀 기울인 몇몇 사람들은 그것이 생각해 볼 가치가 있는 제안이라는 것을 알았다. 〈방랑자〉는 특히 젊은이들의 열정을 자극했다. 후자 중 으뜸가는 사람은 헤오로트의 알라윈이었다. 그러나 하타울프는 오래 생각했고, 솔베른은 망설였다.

〈방랑자〉는 이리저리 대지를 오가며, 이야기를 하고, 계획을 짜고, 명령을 했다. 추분쯤 되었을 때, 그는 원했던 것의 최소 물량을 확보했다. 금과 물건들, 일에 참가했던 사람들이 이제 서고트 족의 프리티게른 앞에 당도했다. 어린 나이에도 불구하고, 알라윈이 더 많은 교역을 추진하기 위해 다음 해 그곳에 가기로 했다. 헤오로트를 비롯해 많은 집들에서 필요할 때는 언제든 떠날 수 있는 사람들이 준비하고 있었다.

"우리를 위해 너무 애를 쓰셨습니다."

〈방랑자〉가 마지막으로 홀에 머물렀을 때, 하타울프가 말했다.

"할아버님이 아스의 신들 중 하나라 해도, 신들도 지치지 않는 건 아니니까요."

"그렇다. 그들 역시 세계가 파괴될 때 멸망할 것이다."

<방랑자>가 한숨을 내쉬며 말했다.

"하지만 그건 분명 먼 미래의 일일 겁니다."

"아들아, 지금 이 세계는 멸망하고 있다. 수년 내로 그렇게 될 것이고, 새로운 수천 년이 올 거다. 나는 너희들을 위해 내가 할 수 있는 일을 했다."

하타울프의 아내 안슬라우그가 작별인사를 하기 위해 들어왔다. 그녀는 첫아이에게 젖을 물리고 있었다. <방랑자>는 한참 동안 아기를 바라보았다. "저기 미래가 있다." 그가 속삭이듯 말했다. 아무도 그가 뜻하는 바를 이해하지 못했다. 곧 그는 방금 떨어진 나뭇잎이 차가운 바람에 흩날리는 길을, 창을 지팡이 삼아 짚으며 걷고 있었다.

얼마 뒤, 끔찍한 소식이 헤오로트에 날아왔다.

에르마나리크 왕은 훈 족의 땅을 기습하겠다고 공표했다. 이번 것은 전에 실패한 것과 같은 전면전이 아니었다. 그래서 왕은 수백 명의 전사로 이루어진 자신의 호위부대만을 소집하도록 명했다. 그들은 왕이 잘 알고 있고 믿을 수 있는 자들이었다. 훈 족은 다시 국경지대를 황폐하게 만들고 있었다. 왕은 그들을 응징할 것이었다. 빠르고 강력한 공격으로 최소한 그들이 키우는 소들을 대량으로 죽여야 한다. 운이 좋으면, 그들의 천막 한두 군데를 습격할 수 있을지도 모른다. 집에서 그 소식을 전해 받은 고트 족들은 고개를 끄덕였다. 동쪽의 살찐 까마귀들과 초원 지대의 더러운 떠돌이들은, 어딘지는 몰라도 그들의 조상들이 살던 곳으로 물러가도 된다.

하지만 왕의 군대가 모였을 때, 에르마나리크는 그들을 멀리 데려가지 않았다. 군대는 갑자기 란드와르의 홀에 나타났다. 그 친구들의 집들은 지평선 곳곳에서 불타오르고 있었다.

전혀 경고를 받지 못한 젊은이에 비해 왕이 끌고 온 군사가 많은 만큼, 싸움은 금세 끝났다. 손을 뒤로 묶인 란드와르가 마당으로 끌려

나왔다. 머리에는 피가 엉겨 있고, 핏방울이 떨어지고 있었다. 그는 자신을 잡으러 온 병사 셋을 죽였다. 하지만 생포 명령을 받은 병사들은 란드와르가 쓰러질 때까지 곤봉과 창 자루만을 휘둘렀다.

바람이 울부짖는 황량한 저녁이었다. 연기 조각들이 날리는 잔해들과 섞였다. 저녁놀이 지고 있었다. 홀을 지키다 죽은 시체 몇 구가 자갈 위에 널브러져 있었다. 스완힐드는 말에 탄 에르마나리크 가까운 곳에서 말문이 막힌 채 병사 두 사람에게 붙잡혀 있었다. 그녀는 무슨 일이 일어났는지 이해하지 못하는 것 같았다. 자신의 뱃속에 든 아기 외에 현실적인 것은 아무것도 없는 것 같았다.

왕의 부하들은 란드와르를 에르마나리크 앞에 끌고 왔다. 그는 포로를 내려다보며 말했다.

"그래. 하고 싶은 말이 있느냐?"

다친 머리를 꼿꼿이 들고 있긴 했지만 란드와르의 목소리는 분명치 못했다.

"나는 내게 아무 잘못도 하지 않은 사람을 몰래 습격하지 않았다."

"뭐, 그래."

에르마나리크는 손으로 희끗희끗해지고 있는 수염을 쓰다듬었다.

"뭐, 그럼, 왕에게 맞서 역적모의를 한 건 잘했다는 거냐? 발꿈치를 물어뜯으려고 살금살금 돌아다닌 건 옳은 일이냐?"

"나는…… 그런 일을 하지 않았다. 나는 단지…… 고트 족의…… 명예와 자유를 지키려 했다."

란드와르의 바싹 마른 목구멍은 더 이상 말을 잇지 못했다.

"반역자!"

에르마나리크가 외쳤다. 그리고 긴 비난을 쏟아 붓기 시작했다. 란드와르는 고개를 숙이고 서서, 그 말을 듣지 않는 것처럼 보였다.

그걸 보고 에르마나리크는 말을 멈추었다.

"됐다. 이놈을 목매달고, 시체는 도둑들처럼 까마귀가 쪼아 먹게 놔둬 버려라."

스완힐드가 비명을 지르며 바둥거렸다. 란드와르는 흐릿한 눈으로 그녀를 쳐다보고 나서, 왕에게 시선을 돌려 대답했다.

"만약 네가 내 목을 매단다면 나는 내 조상인 보단에게 갈 거다. 보단은…… 복수를——"

에르마나리크는 발을 날려 란드와르의 입을 걸어찼다.

"이놈을 매달아라!"

헛간에서 건초를 들어 올리기 위한 들보가 하나 튀어나와 있었다. 남자들은 이미 그 위에 밧줄을 걸쳐 놓았다. 그들은 란드와르의 목에 올가미를 걸고 밧줄이 팽팽해지도록 높이 잡아당겼다. 그는 축 늘어져서 바람에 이리저리 흔들리기 전까지 오랫동안 버둥거렸다.

스완힐드가 소리쳤다.

"그래. <방랑자>가 널 잡고 말 거다, 에르마나리크! 나는 너에게 과부의 저주를 내리겠다, 살인자. 나는 네게 맞서 보단을 부를 거다! <방랑자>, 저놈을 지옥에 가장 차가운 동굴로 끌고 가 주시오!"

그레우퉁 사람들은 몸을 떨며 성호를 긋거나 부적을 꽉 움켜쥐었다. 에르마나리크도 불안한 기색을 보였다. 왕 옆의 말 등에 웅크리고 있던 시비코가 꽥 소리를 질렀다.

"저년이 자기의 마술사 조상을 불렀느냐? 저년을 살아 있지 못하게 해라! 저년의 피로 대지를 깨끗이 정화시켜라!"

"그렇게 해라."

에르마나리크가 살기등등하게 명령을 내렸다.

무엇보다 두려움이 남자들을 서두르게 만들었다. 스완힐드를 잡고 있던 남자들은 제대로 설 수 없을 때까지 그녀를 때렸다. 그리고 마당 한가운데로 그녀를 걸어찼다. 그녀는 정신을 잃은 채 자갈돌 위에 쓰러져 있었다. 말 탄 자들이 그 주위에 모여, 억지로 말들을 울게 해서 앞발을 번쩍 들게 만들었다. 그들이 물러섰을 땐, 곤죽이 된 핏덩어리와 하얀 부스러기들 외에 아무것도 남아 있지 않았다.

밤이 왔다. 에르마나리크는 승리를 자축하기 위해 군사를 이끌고 란드와르의 홀로 들어갔다. 아침이 되자 그들은 보물을 찾아내 그것을 가지고 돌아갔다. 스완힐드의 모습이었던 것 위로 란드와르가 매달려 있었다. 밧줄이 삐꺽삐꺽 소리를 내고 있었다.

사람들이 헤오로트에 전한 소식은 이러했다. 사람들은 서둘러 죽은 사람들을 묻었다. 감히 그 이상은 하지 못했지만, 몇몇 그레우퉁 사람들과 모든 테우링 부족 사람들은 복수심에 불탔다.

분노와 슬픔이 스완힐드의 형제들을 사로잡았다. 울리카는 보다 냉정했고, 스스로를 자제했다. 많은 부족 사람들이 그들의 집에 모여들었음에도 불구하고, 형제들은 자신들이 무엇을 할 수 있을지 생각하고 있을 때…… 그녀는 자식들을 조용한 곳으로 데려가 불안한 밤이 올 때까지 이야기를 나누었다.

세 사람이 홀에 들어왔다. 그리고 결정한 바를 말했다. 곧바로 기습하는 것이 최선이었다. 사실 왕은 신중을 기할 것이기 때문에 한동안 호위병들을 물리지 않을 것이다. 그러나 그들이 말을 타고 지나가는 모습을 본 사람들의 말에 의하면, 그들은 오늘 밤 여기 모인 무리보다 그다지 많지 않았다. 용감한 사내들이 갑작스럽게 공격하면 그들을 쳐부술 수 있을 터였다. 공격을 늦추는 것은 에르마나리크에게 필요한 시간을 벌게 하고, 그것은 틀림없이 자유로운 동고트 족의 마지막 한 사람까지 짓밟을 시간이 될 것이다.

남자들은 환호성으로 화답했다. 젊은 알라윈이 그들에 합세했다. 하지만 갑자기 문이 열리고 〈방랑자〉가 나타났다. 그는 준엄하게 타라스문드의 막내아들이 이곳에 머물러야 한다고 명령했다. 그리고는 밤과 바람 속으로 다시 사라졌다.

　하타울프와 솔베른과 그들의 부하들은 새벽에 말을 타고 용감하게 출발했다.

1935

　나는 로리의 품으로 달아났다. 하지만 다음 날, 내가 오랫동안 산책을 하고 나서 집에 돌아왔을 때 그녀는 집에 있지 않았다. 대신, 맨스 에버라드가 내 안락의자에서 몸을 일으켰다. 그의 파이프는 공기를 탁하고 맵게 만들고 있었다.

　"하아?"

　나는 놀랄 수밖에 없었다.

　에버라드가 가까이 다가왔다. 나는 그의 발걸음을 느꼈다. 나만큼 키가 크고 체격은 더 좋은 그는 평소보다 더 크게 보였다. 에버라드의 얼굴은 무표정했다. 등 뒤의 창문이 그를 하늘 속에 가두고 있었다.

　"로리는 괜찮네. 내가 자리를 좀 피해 달라고 부탁했지. 로리가 충격받고 상처받는 것을 보지 않아도 이건 자네한테 충분히 힘든 일이 될 걸세."

　에버라드가 기계처럼 말했다.

　"앉아, 칼. 그냥 보기에도 마음고생을 많이 한 것 같군. 휴가를 받아야겠다고 생각하고 있겠지? 안 그런가?"

　그가 내 팔꿈치를 잡고 말했다.

　나는 자리에 풀썩 주저앉아 바닥의 깔개를 내려다보았다.

"그래. 아, 나는 매듭짓지 못한 일이 없나 다 확인할 걸세. 하지만 우선—빌어먹을, 정말 지독한 경험이었어—"

내가 우물우물 말했다.

"안 돼."

"뭐라고?"

나는 고개를 들었다. 그는 다리를 벌리고 주먹을 허리에 갖다 댄 채 서서 내게 그림자를 드리우고 있었다.

"나는 못한다고 자네한테 말했네."

"할 수 있고, 할 거야."

그가 으르렁거렸다.

"자넨 나와 함께 기지로 돌아가야 하네. 지금 당장. 자네는 하룻밤 푹 잤지. 이 일이 끝나기 전에 자네가 얻을 건 그게 다야. 진정제도 안 돼. 자네는 그 일이 벌어졌을 때 온전한 정신으로 모든 걸 느껴야 하네. 세심한 주의가 필요해. 게다가, 교훈을 영원히 새기는 데 고통만한 게 없네. 가장 중요한 건, 아마—자네가 자연이 정한 방식대로 그 고통을 겪지 않는다면, 결코 진정으로 그걸 제거하지 못할 거라는 걸세. 자네는 계속 고뇌하게 될 거야. 패트롤에는 더 좋은 사람이 필요하네. 로리도 그렇고. 자네 자신에게도 마찬가지야."

"무슨 얘기를 하는 건가?"

내가 공포에 휩싸인 채 물었다.

"자넨 스스로 시작한 이 일을 마무리 지어야 한다는 거지. 빠르면 빠를수록 좋아. 아니, 지금 당장 일을 하게. 자네의 세계선 위에 남겨놓고 온 일을 처리하라구. 그리고 난 다음에야 쉬면서 회복을 시작할 수 있을 거네."

나는 고개를 저었다. 부정하려 한 것이 아니라 당황했기 때문이었다.

"내가 잘못한 건가? 어째서? 나는 정기적으로 보고서를 제출했네. 내가 다시 금지된 구역에서 표류하고 있었다면, 상관들은 왜 나를 불러 설명해 주지 않았나?"

"그게 지금 내가 하고 있는 일이네, 칼."

에버라드의 목소리가 약간 부드러워졌다. 그는 맞은편에 앉아 부지런히 파이프를 만지작거렸다.

"인과의 사슬은 참으로 미묘한 것이지."

부드러운 목소리에도 불구하고, 그 말은 나에게 정신이 버쩍 들도록 충격을 주었다. 그가 고개를 끄덕였다.

"그래. 우리는 여기 하나를 갖고 있네. 시간 여행자는 자기가 연구하거나 다루고 있는 사건과 동일한 것의 원인이 되지."

"하지만──아냐, 맨스. 어떻게? 나는 원칙들을 잊지 않았네. 난 현장에서나, 다른 곳에서나 그것들을 절대 잊어 본 적이 없어. 다른 곳 어디에서도. 확실히 난 과거의 일부가 되었네. 하지만 이미 존재하고 있는 것에 들어맞는 것이었어. 우리는 그때 질의응답을 하면서 그걸 자세히 검토해 보았어. 그리고 난 내가 저지르고 있던 실수를 바로잡았네."

나는 항변했다.

에버라드의 라이터가 찰칵하고 방에 큰 소리로 울렸다.

"나는 그것들이 매우 미묘하다고 말했네. 나는 주로 어떤 예감, 무언가 잘못됐다는 불안한 느낌 때문에 자네 경우를 더 깊이 연구했네. 그건 자네 보고서들을 읽는 것보다 훨씬 더 많은 노력을 필요로 했지. ──그런데 보고서들은 만족스러웠네. 그저 조금 불충분했을 뿐이었어. 그걸 비난할 수는 없네. 오랜 경험을 가지고 있었다 해도, 자네처럼 사태에 깊이 말려들어 있었다면 그 의미를 포착하지 못했을 거야. 나는 그 시간대를 잘 알기 위해 깊이 몰두해야 했네. 그리고 상황이 내게 명확해질 때까지, 끝에서 끝까지 거듭거듭 그걸 검토해 보았네."

그는 파이프를 세게 빨아 당겼다.

"기술적인 세부 문제들은 신경 쓰지 말게. 기본적으로 자네의 <방랑자>는 자네가 생각한 것보다 훨씬 강력해져 버렸네. 수세기 동안 내려온 시, 이야기, 전설들은 변형되고, 서로 뒤섞이며 사람들에게 영향을 끼친다는 사실이 드러나 있네. ─ 많은 것들이 보단에게 기원을 갖고 있네. 그건 신화 속의 보단이 아니라 육체적으로 실존한 인물, 바로 자네란 말이야."

그의 지적은 변명을 불러일으켰다.

"처음부터 계산한 위험이었어. 흔치 않은 일도 아니야. 그것은 재난이 아니야. 우리 팀이 쫓고 있는 것은 구전과 기록된 말이네. 그것들에 영감을 준 원래 사건들…… 그건 이후의 역사에 아무런 변화를 일으키지 않아…… 어떤 개인들이 잠시 신들 중 하나로 받아들인 사람이 있든 없든, 그자가 자신의 지위를 남용하지 않는 한."

내가 머뭇거렸다.

"그렇지 않나?"

에버라드는 내 가냘픈 희망을 부수어 버렸다.

"꼭 그런 건 아니지. 이 경우에는 더욱 그렇지 않아. 알다시피 최초의 인과사슬은 항상 위험하네. 그건 반향을 만들고, 그것이 낳는 역사의 변화는 눈덩이처럼 불어나 파멸적인 결과를 일으킬 수 있네. 그걸 안전하게 만드는 단 한 가지 방법은 그걸 끝내는 것뿐이야. 자기 꼬리를 물고 있는 우로보로스 뱀*은 다른 걸 먹을 수 없네."

"하지만…… 맨스, 나는 하타울프와 솔베른이 사지로 가도록 내버려 두었네……. 좋아, 내가 그걸 막으려 했다는 사실을 고백하지. 인류 전체의 관점에서 볼 때 별로 중요하지 않은 일이라고 생각하면서 말이야. 난 실패했네. 그렇게 사소한 일들에서도, 시공연속체는 너무 튼튼했어."

"자네가 실패했다는 걸 어떻게 아나? 세대를 걸쳐 자네의 존재, 즉 보단의 현신은 그 가문에 자기 유전자를 집어넣는 것보다 많은 일을 했네. 그건 그 가문 사람들에게 기운을 불어넣었고, 그들이 강성해지도록 고무했지. 이제 그 결과——에르마나리크에 맞선 전투는 승패를 알 수 없게 되었네. 보단이 자기들 편이라는 확신을 가진 반란자들은 그날 너무 잘 싸우게 될지도 몰라."

"뭐라고? 자네 말은——아, 맨스!"

"그래서는 안 돼."

그가 말했다. 훨씬 더 큰 고통이 찾아왔다.

"왜 안 되지? 천오백 년은 고사하고, 몇 십 년 뒤에 누가 상관하겠나?"

"그야, 자네가 상관할 문제지. 자네와 자네 동료들이."

동정 어린, 그러나 무자비한 목소리가 단언했다.

"자네는 함디르와 쇠를리에 관한 이야기의 뿌리를 찾는 일에 착수했지. 기억하나? 자네 전에 <에다>의 시인들과 <뵐숭사가>의 저자들은 말할 것도 없고, 그 전에 커다란 최종 결과물이 만들어지는 데 얼마나 많은 이야기꾼들이 조금씩 기여했는지 아무도 모르네. 그럼에도 그가 기록된 가장 주요한 이유는 에르마나리크가 역사적 인물이고, 자기 시대에서 유명한 사람이었기 때문이네. 에르마나리크가 죽은 날짜와 죽은 방식은 역사 기록의 문제야. 그자가 죽자마자 세상이

* 그리스어로 '자신의 꼬리를 무자비하게 집어삼키다'라는 의미를 지니고 있다. 자기 꼬리를 물고 있는 뱀, 벌레, 용을 지칭한다. 그리스를 비롯한 여러 문화권에서 시간, 삶의 연속, 무한, 완전, 순환, 부활 등을 의미하는 상징이다.

뒤집어졌네.

그래. 이건 결코 시간 흐름에 잔물결을 일으키는 정도가 아닐세. 이건 엄청난 파문을 일으킬 거야. 우리는 그걸 막아야 하네. 그 유일한 방법은 인과사슬을 완성하고, 고리를 닫는 것뿐이야."

내 입술이 헛되이 "어떻게?"라는 모양을 만들었다. 하지만 목구멍과 혀가 따라 주지 않았다.

에버라드가 내게 최후 판결을 내렸다.

"칼, 난 자네가 생각하는 것보다 훨씬 더 유감스럽게 생각하고 있네. 하지만 〈뵐숭사가〉에는 함디르와 쇠를리가 거의 승리할 뻔했다고 나와 있네. 오딘이 나타나서 그들을 배신했지. 그게 바로 자네야. 자네 말고는 누구도 될 수 없네."

372

밤이 되었다. 만월을 지나지 않은 달은 아직 뜨지 않았다. 별빛이 언덕과 숲을 희미하게 비추었다. 돌이 이슬에 젖어 반들거리기 시작했다. 공기는 차가웠다. 질주하는 말들의 발굽소리를 제외하면 주위는 조용했다. 희미하게 번득이는 투구와 창들이 폭풍에 몰아치는 파도처럼 일렁거리고 있었다.

자신의 홀 중에 가장 큰 곳에서 에르마나리크 왕은 자식들과 전사들과 더불어 술자리를 벌이고 있었다. 불은 구덩이 안에서 바지직 소리를 내며 활활 타오르고 있었다. 연기 사이로 등잔불이 빛났다. 기둥과 벽판을 장식하고 있는 사슴뿔, 모피, 태피스트리, 조각들이 움직이고 있는 것처럼 보였다. 어둠 역시 마찬가지였다. 사람들의 팔과 목에서 황금 장신구들이 번쩍거렸다. 잔들이 서로 부딪쳤고, 사람들의 목소리는 시끌벅적했다. 노예들은 주위에서 시중을 들며 종종걸음으로 돌아다니고 있었다. 서까래 위에는 어둠이 도사리고 앉아 지붕 깊은 곳을 가득 채우고 있었다.

에르마나리크는 거리낌 없이 즐기고 싶었지만 시비코가 그를 성가시게 했다.

"—전하, 머뭇거려선 안됩니다. 저는 테우링 족의 족장을 정면에서 공격하는 것이 위험하다는 점을 인정합니다. 하지만 지금 당장 그들 사이에서 족장의 위치를 약화시키는 작업을 시작할 수 있습니다."

그는 더 이상 참지 못하고 말했다.

"내일 얘기해, 내일. 자네는 음모와 계략이 지겹지도 않나? 오늘 밤은 내가 산 저 탐스러운 노예 계집들을 위한 거야—"

밖에서 뿔피리 소리가 요란스럽게 울려 퍼졌다. 전실(前室)을 지나 한 남자가 비틀거리며 들어왔다. 얼굴은 온통 피범벅이 되어 있었다. "적들이—공격을—" 바깥의 왁자한 소리가 그의 외침을 삼켜 버렸다.

"지금 시간에?"

시비코가 부르짖었다.

"기습인가? 그놈들이 이리로 오던 말들을 죽여 버린 게 분명하군—그래, 길에서 자신들을 앞질러 올 수 있는 자들을 없애고—"

남자들이 의자를 박차고 일어나 갑옷과 무기를 찾아 허둥거렸다. 그들이 갑자기 몰려드는 바람에, 전실은 몸뚱이들로 북새통을 이루었다. 욕설과 주먹질이 난무했다. 무장을 풀지 않고 있던 호위병들은 재빨리 앞으로 나서 왕과 측근들을 견고하게 막아 섰다. 왕은 언제나 스무 명 정도는 완전 무장을 시켜 놓고 있었다.

안뜰의 왕실 전사들은 목숨을 바쳐 안에 있는 동료들이 준비를 할 시간을 벌고 있었다. 적들은 수적으로 그들을 압도하고 있었다. 도끼가 쿵쿵 울리고, 검이 챙챙 소리를 냈다. 단검과 창은 좀더 낮은 소리를 냈다. 떠밀린 군사들은 죽어도 바로 쓰러지지 못했고, 넘어진 부상자들은 다시 일어나지 못했다.

공격자들의 선두에서 덩치 큰 젊은 남자가 소리쳤다. "보단이 우리와 함께 있다! 보단! 아아아!" 그의 칼날이 살기등등하게 날았다.

서둘러 무장을 마친 호위병들은 정문에서 대열을 갖추었다. 덩치 큰 젊은 남자가 가장 먼저 그들과 격돌했다. 그 좌우에서 부하들도 대열로 뛰어들었다. 그들은 때리고, 찌르고, 차고, 밀며, 대열을 찢었고 거기서 떨어져 나온 적들을 짓밟았다.

선봉이 안으로 뚫고 들어왔다. 뒤에 서 있던 무장하지 못한 병사들이 비틀거리며 밀려났다. 지휘자가 "뒷사람들을 기다려라!"라고 명령하자, 공격자들은 움직임을 멈추고 숨을 몰아쉬었다. 바깥에서는 여전히 치열한 싸움이 벌어지고 있었지만, 안은 일시에 조용해졌다.

에르마나리크는 높다란 의자 위로 뛰어 올라가, 호위병들의 투구를 너머 앞을 바라보았다. 어둠이 일렁이고 있었지만, 그는 누가 문간에 서 있는지 보았다.

"타라스문드의 아들, 하타울프. 넌 또 무슨 잘못을 저지르고 있는 거냐?"

에르마나리크가 건너편을 향해 소리쳤다.

테우링 족은 피가 뚝뚝 떨어지는 칼을 높이 치켜들었다.

"우리는 이 땅에서 너를 청소하러 왔다."

그의 말이 쩌렁쩌렁 울렸다.

"조심해라. 신들은 배신자를 싫어하신다."

"맞다."

형의 어깨 옆에서 솔베른이 대답했다.

"오늘 밤 보단께서 너, 서약을 깬 자를 데려가실 거다. 보단이 너를 끌고 갈 그 집은 결코 좋은 곳이 아닐 것이다."

더 많은 침입자들이 쏟아져 들어왔다. 리우데리스가 들쭉날쭉해진 대열로 그들을 밀어붙였다.

"앞으로!"

하타울프가 큰소리로 외쳤다.

에르마나리크는 명령을 내렸다. 그의 부하들은 대부분 투구와 갑옷, 방패와 긴 무기를 지니고 있지 않았지만 적어도 단검은 모두 갖고 있었다. 많은 쇠붙이를 지니지 않는 건 테우링 부족들도 마찬가지였다. 그들은 주로 자유민들이었고, 철모와 딱딱한 가죽 옷을 걸치는 것 이상 할 수 없었다. 그들은 왕이 소집령을 내릴 때만 전투에 나가는 사람들이었다. 에르마나리크가 부른 자들은 직업 전사들이었다. 그들 중에는 농장이나 배, 그 비슷한 것을 가진 자도 있긴 했지만, 그들은 무엇보다 먼저 전사였다. 동료들과 어깨를 나란히 하고 싸우는 데 잘 훈련된 자들이었다.

왕의 군사들은 버팀다리들과 그 위를 덮은 널빤지들을 잡아챘다. 그들은 자신을 지키기 위해 그것들을 사용했다. 침입자들 앞에서 뒤로 물러난 도끼 든 자들은 동료들을 위해 벽판과 기둥을 쪼개 몽둥이를 만들었다. 단검 외에, 벽에서 떼어 낸 사슴 뿔, 뿔잔의 뾰족한 끝, 깨진 로마 유리잔, 불구덩이에서 꺼낸 장작이 무서운 무기가 되었다. 싸움이 육박전으로 변하면서——육체와 육체가 부딪치고, 같은 편끼리 앞을 가로막고, 밀고, 뒹굴고, 피와 땀에 미끄러지는——검과 도끼는 더 이상 별 도움이 되지 않았다. 무장한 호위병이 아래를 향해 공격할 수 있도록 벤치 위에 올라서 높은 위치를 확보하지 않는 한, 창과 미늘창도 소용이 없었다.

이렇게 해서 싸움은, 결박에서 풀려난 늑대의 분노처럼 무질서하고 맹목적으로 변했다.

하지만 하타울프와 솔베른, 그리고 가장 뛰어난 부하들은 앞으로 길을 뚫었다. 그들은 외침과 비명, 도끼와 칼이 부딪치는 소리 속에서 밀고, 들이받고, 자르고, 베고, 찌르며 살아 있는 폭풍이 되어 앞으로 나갔다. ——마침내 그들의 목표에 도달할 때까지.

거기서 그들과 왕의 병사들은 방패에 방패를 부딪치고, 쇠붙이에 쇠붙이를 내려쳤다. 에르마나리크는 앞 대열에 있지 않았다. 하지만 그는 대담하게도 모든 사람의 시선을 받으며 의자 위에 서서 창을 휘둘렀다. 종종 그는 하타울프나 솔베른과 눈이 마주쳤다. 그때마다 그의 얼굴에는 적의에 찬 미소가 떠올랐다.

대열을 뚫은 것은 늙은 리우데리스였다. 허벅지와 팔뚝에서 피가 솟구쳤지만, 그의 도끼는 좌우를 마구 쳐부수었다. 긴 의자가 있는 곳까지 가까스로 뚫고 나아간 그는, 쓰러지기 직전 시비코의 머리통을 쪼갰다. 리우데리스는 세상을 뜨면서 한마디 거칠게 내뱉었다.

"쪽뱀 한 마리는 처치했군."

하타울프와 솔베른은 그의 시체를 넘어 앞으로 나아갔다. 에르마나리크의 아들 하나가 아버지 앞을 막아섰다. 솔베른이 그를 베었다. 하타울프가 그 앞을 향해 칼을 휘둘렀다. 에르마나리크가 탕 소리를 내며 그것을 막았다. 하타울프가 다시 칼을 휘둘렀다. 왕은 비틀거리며 벽으로 물러섰다. 그의 오른팔은 반쯤 잘려 축 늘어졌다. 솔베른이 낮게 칼을 휘둘러 그의 왼쪽 다리를 베어 못 쓰게 만들었다. 에르마나리크는 여전히 으르렁거리며 주저앉았다. 형제는 그를 죽이기 위해 뛰어들었다. 부하들은 마지막 왕실호위병이 그들의 등을 치지 못하도록 막아섰다.

누군가 나타났다.

돌이 연못에 떨어졌을 때 파문이 이는 것처럼 싸움이 중지됐다. 사람들은 입을 딱 벌리고 숨을 헐떡이며 서 있었다. 몰려든 사람들로 인해 더 짙어진 어둠을 통해, 그들은 어렴풋이 높다란 의자 위로 무언가 공중에 떠 있는 것을 보았다.

뼈만 남아 있는 말이었다. 그 뼈는 강철로 되어 있었다. 그 위에 키가 큰 회색 수염의 남자가 타고 있었다. 모자와 망토가 그의 본모습을 숨겨 주고 있었다. 오른손에는 창이 들려 있었다. 다른 모든 무기들 위로 높이 추켜올려진 그 창끝에는 지붕 아래 어둠에 맞서 불덩어리가 타오르고 있었다. ─슬픔의 징조인 혜성일까?

하타울프와 솔베른은 칼을 밑으로 내렸다.

"할아버님."

형이 갑작스러운 침묵 속에서 숨을 몰아쉬었다.

"저희를 도우러 오셨습니까?"

인간의 것 같지 않은 목소리가 깊고, 크게, 그리고 무정하게 흘러나왔다.

"형제들아, 너희의 운은 다했다. 순순히 운명에 복종해라. 너희들은 이름을 남기리라.

에르마나리크, 아직 네가 죽을 때는 오지 않았다. 네 부하들을 뒤로 보내 테우링 족을 포위해라.

여기 있는 모든 자들이여, 수호자께서 너희를 위해 마련한 운명을 향해 가라!"

그는 사라졌다.

하타울프와 솔베른은 멍하게 서 있었다.

팔다리를 못 쓰게 된 에르마나리크가 피를 흘리며 외쳤다.

"저 말을 따르라! 적들에 맞서 위치를 굳게 지켜라 ─나머지는 뒷문으로 나가 뒤로 돌아가라 ─보단의 말을 따르라!"

친위병들이 가장 먼저 정신을 차렸다. 그들은 환호성을 지르며 적들을 덮쳤다. 테우링 부족은 주춤주춤 물러났다. 솔베른은 그 자리에 남았다. 그는 높다란 의자 밑 피바다 속에 널부러져 있었다.

왕의 부하들이 작은 샛문을 통해 빠져나갔다. 그들은 재빨리 건물을 지나 정문으로 갔다. 테우링 부족들은 대부분 홀 안에 있었다. 그레우퉁 부족들은 뜰에 있던 테우링 족을 격파했다. 더 좋은 무기가 없었기 때문에, 그들은 땅에서 조약돌을 파내어 적에게 던졌다. 떠오른 달이 필요한 빛을 내려 주고 있었다.

전사들은 늑대처럼 울부짖으며 전실에 있던 적들을 괴멸시켰다. 그들은 무장을 갖추고 앞뒤에서 침입자들을 공격했다.

무서운 전투였다. 어떻게 되든 죽을 거라는 사실을 알기 때문에 테우링 족은 쓰러질 때까지 싸웠다. 앞에 시체를 산처럼 쌓아 놓고 하타울프 홀로 남았다. 그가 쓰러졌을 땐 그의 죽음을 기뻐할 자들도 거의 남아 있지 않았다.

부하들이 재빨리 상처를 지혈하지 않았더라면 왕도 남은 자들 속에 끼지 못했을 것이다. 부하들은 거의 정신을 잃은 왕을 죽은 자들 외에 아무도 살지 않는 홀에서 데리고 나갔다.

1935

로리, 로리!

아침은 비를 불렀다. 울부짖는 바람에 날려 차고 세차게 몰아치는 비가, 옹기종기 모여 있는 마을 외에 모든 것을 집어삼키고 있었다. 나머지 세계는 전부 멸망으로 가라앉고 있는 것 같았다. 지붕에 떨어지는 세찬 빗소리가 텅 빈 헤오로트를 울렸다.

공허함은 홀 안의 어둠을 더 깊게 만드는 것 같았다. 불들이 타오르고, 등잔불이 어둠 가운데 거의 쓸데없이 빛나고 있었다. 공기는 쌀쌀했다.

홀 가운데 세 사람이 모여 서 있었다. 그들이 나누는 대화의 내용은 그들을 그 자리에 얼어붙게 만들었다. 그들의 입술에서 유령처럼 하얀 숨결이 뿜어져 나왔다.

"죽었다고요? 마지막 한 사람까지 모두?"

알라윈이 무감각하게 중얼거렸다.

<방랑자>가 고개를 끄덕였다.

"그렇다. 하지만 테우링 부족만큼 그레우퉁 부족에도 많은 슬픔이 있을 것이다. 에르마나리크는 살았다. 하지만 팔다리가 잘려 불구가 되었다. 두 아들도 잃었다."

울리카가 <방랑자>를 날카롭게 쳐다보았다.

"그게 지난밤에 일어난 일이라면, 당신은 우리한테 그 소식을 전하기 위해 이 세상의 말을 타고 온 것이 아니로군요."

"너는 내가 누군지 알지 않느냐."

<방랑자>가 대답했다.

"제가요?"

울리카는 그를 향해 발톱처럼 구부린 손가락을 쳐들었다. 그녀의 목소리는 신랄했다.

"당신이 정말 보단이라면, 하찮은 신이로군. 내 아들들에게 도움이 필요할 때, 도와줄 수도 없고, 도와주지도 않는 신이라니."

"진정하세요, 진정하세요."

알라윈이 그녀를 말렸다. 그는 <방랑자>를 곤혹스러운 눈길로 바라봤다.

<방랑자>가 부드러운 목소리로 말했다.

"나도 너희들처럼 슬프다. 하지만 수호자의 뜻은 변할 수 없는 것이다. 무슨 일이 벌어졌는지 소문이 서쪽에서 떠돌 때, 너희들은 내가 거기 있었을 뿐 아니라, 에르마나리크를 구해 주기까지 했다는 말을 듣게 될 것이다. 신들도 시간에 맞서서는 무력하다는 걸 알아야 한다. 나는 나에게 운명지워진 일을 했다. 그들은 자신에게 정해진 결말을 맞았다는 점을 기억해라. 하타울프와 솔베른은 가문의 명예를 되찾았다. 그리고 그들의 종족이 계속되는 한, 그들의 이름도 남을 것이다."

"하지만 에르마나리크는 땅 위에 살아 있소. 알라윈, 복수의 임무는 이제 너에게로 넘어왔다."

울리카가 날카롭게 말했다.

"안 된다! 알라윈의 임무는 그보다 큰 것이다. 그것은 가족의 혈통, 일족의 생명을 구하는 것이다. 이것이 내가 온 이유다."

<방랑자>가 말했다.

그는 눈을 크게 뜨고 지켜보고 있는 소년에게로 고개를 돌렸다.

"알라윈, 나에게는 예지력이 있다. 그것은 무거운 짐이지. 하지만 난 때로 해악을 피하기 위해 그것을 쓰기도 한다. 잘 들어라. 왜냐하면 이번이 네가 내 말을 듣는 마지막 기회가 될 것이기 때문이다."

"<방랑자>여, 안 됩니다!"

알라윈이 울부짖었다. 울리카가 이빨 사이로 '쉿' 하고 야유를 보냈다.

회색 수염의 남자는 창을 들지 않은 손을 들어올렸다.

"겨울이 곧 닥칠 것이다. 하지만 봄과 여름이 뒤따를 것이다. 너희 일족의 나무는 잎사귀를 빼앗긴 채 서 있다. 하지만 그 뿌리는 강하게 잠들어 있다. 그것은 새롭게 푸르러질 것이다. ─ 도끼가 그것을 베어 쓰러뜨리지 않는다면.

서둘러라. 상처를 입었다 해도, 에르마나리크는 골칫덩이인 너희 일족을 이번에 끝장내려고 할 것이다. 너희들은 그자보다 큰 힘을 일으킬 수 없다. 여기에 있으면 목숨을 잃고 말 것이다.

생각해라. 너희들은 서쪽으로 갈 준비가 되어 있다. 서고트 족은 너희를 환영할 거다. 올해 아타나리크가 드네스트르 강*에서 훈 족에게 참패를 당했기 때문에 너희를 더 따뜻하게 맞을 것이다. 그들 모두는 참신하고 유망한 사람들을 필요로 하고 있으니까. 며칠 내로 너는 사람들을 데리고 떠날 수 있을 것이다. 에르마나리크의 부하들이 여기 왔을 때, 그들은 잿더미가 된 이 홀밖에 찾을 수 없을 것이다. 너는 왕에게서 이 홀을 지키고 너희 형제들의 명예를 기리기 위해 여기에 불을 지를 것이다.

너희들은 달아나는 것이 아니다. 그래, 너희들은 더 강대한 내일로 나아가기 위해 떠날 것이다. 알라윈, 너는 이제 네 조상들의 피를 이어야 한다. 그걸 잘 지켜라."

울리카의 얼굴이 분노로 뒤틀렸다.

"그래, 당신은 늘 말은 잘했지."

* 서부 우크라이나에 있는 강.

그녀가 몸을 부르르 떨었다.

"이 교활한 자의 말을 따르지 말아라, 알라윈. 흔들리지 마라. 내 자식들—타라스문드의 자식들의 원수를 갚아라."

소년은 숨을 삼켰다.

"할아버님은 정말…… 내게 떠나라고 명하시는 건가요? ……스완힐드, 란드와르, 하타울프, 솔베른을 죽인 자가—그자가 아직 살아 있는데요?"

그가 더듬거리며 말했다.

"넌 여기 있어서는 안 된다."

<방랑자>가 진지하게 말했다.

"네가 여기 있으면, 너는 네 아버지의 마지막 혈통을 포기하는 것이 될 것이다—하타울프의 아들과 아내, 네 친모와 함께 가문의 혈통을 왕의 손에 넘겨주게 될 것이다. 힘이 모자랄 때 물러서는 것은 불명예가 아니다."

"……저는 서고트 족 군대를 고용할 수 있어요—"

"그럴 필요가 없을 거다. 말을 들어라. 3년 내로 너를 기쁘게 할 에르마나리크의 소식을 듣게 될 것이다. 신들의 심판이 그자에게 떨어질 것이다. 이건 내가 너에게 맹세하겠다."

"그게 무슨 가치가 있나?"

울리카가 비웃었다.

알라윈은 숨을 한껏 들이마시고 어깨를 편 다음, 잠시 가만히 있다가 조용히 말했다.

"어머님, 가만히 계세요. 저는 이 가문의 남자입니다. 우리는 <방랑자>의 말씀을 따를 겁니다."

그리고 다음 순간 그의 안에 있는 어린아이가 갑자기 모습을 드러냈다.

"아, 하지만 할아버님, 우리의 조상이시여—정말 다시는 당신을 뵐 수 없는 건가요? 저희를 버리지 마세요!"

"나는 그럴 수밖에 없다. 그건 너한테도 필요한 일이다."

그리고 갑자기 말했다.

"그래. 지금 가는 것이 좋겠구나. 잘 있어라. 잘 있어라."

<방랑자>는 성큼성큼 어둠을 지나 문 밖으로 나갔다. 그리고 비와 바람 속으로 사라졌다.

43

타임 패트롤은 시대 이곳저곳에 대원들이 쉴 수 있는 장소들을 만들어 놓고 있었다. 그중에는 폴리네시아 인들이 들어오기 전의 하와이도 있었다. 그 휴양지는 수천 년 동안 존재하는 곳이지만, 로리와 나는 한 달 동안 오두막을 얻은 것을 행운으로 여겼다. 사실 우리는 맨스 에버라드가 우리를 위해 손을 써 둔 것이 아닐까 의심했다.

에버라드는 휴가 말미에 우리를 방문했지만 그에 대해서는 아무 말도 하지 않았다. 그는 붙임성 좋게 우리와 소풍을 가거나 파도타기를 하러 다녔다. 그가 우리의 세계선에서 우리 뒤와 우리 앞에 펼쳐진 일들에 대해 이야기한 것은 한참 뒤였다.

우리는 건물에 붙어 있는 테라스에 앉아 있었다. 어스름이 지면서 정원과 그 너머 꽃이 만발한 숲은 쌀쌀해지고 어둠이 몰려들었다. 동쪽 편의 육지는 은빛으로 빛나는 바다로 가파르게 기울어지고, 서쪽에는 저녁별이 마우나케아 산* 위에 흔들리고 있었다. 시냇물이

졸졸 소리를 내며 흐르고 있었다. 여기에는 사람을 치유하는 평화가 있었다.

"복귀할 준비가 된 것 같나?"

에버라드가 물었다.

"그래. 이제는 일도 훨씬 쉬워질 테니까. 기초를 놓고, 기본 정보도 수집해서 소화했네. 나는 그냥 사람들이 지어내고 발전시키는 노래와 이야기들을 기록하기만 하면 돼."

"그냥!"

로리가 외쳤다. 그녀의 놀림은 부드럽고 위안이 되는 것이었다. 로리는 자기 손을 내 손 위에 포갰다.

"글쎄, 적어도 당신은 슬픔에서 벗어났어요."

에버라드의 목소리가 낮아졌다.

"그걸 확신하나, 칼?"

나는 침착하게 대답할 수 있었다.

"그래, 아, 가슴 아픈 추억은 늘 존재하겠지. 하지만 그건 인간의 일반적인 운명 아닌가? 좋은 추억이 더 많았네. 나는 다시 그 추억을 떠올릴 수 있어."

"물론, 자네처럼 거기에 사로잡혀서는 안 된다는 걸 깨달았겠지. 그건 우리들이 많이 빠지게 되는 위험이라네——"

그의 목소리가 약간 떨렸나? 에버라드의 목소리가 유쾌해졌다.

"그렇게 됐을 때, 희생자는 그걸 이겨내고 회복해야 하네."

"나도 알아."

나는 그렇게 말하고 나서, 살짝 킥킥거리며 소리 내어 웃었다.

"내가 안다는 걸 자네도 아나?"

---

* 하와이에 있는 높이 4,205미터의 휴화산. 산 정상이 1년에 반 이상 눈으로 덮여 있다.

에버라드가 파이프에서 연기를 뿜었다.

"정확히는 모르겠네. 자네의 남은 경력에서 현장 요원이 보통 겪는 것보다 더 많은 혼란을 겪진 않을 걸로 보이기 때문에, 난 그 조사에 더 이상 시간과 패트롤의 자원을 소모하는 것을 정당화시킬 수 없었네. 이것은 공식적인 일이 아니네. 나는 여기 친구로 왔네. 단지 자네가 어떻게 하고 있는지 보고 싶어서 말이야. 얘기하고 싶지 않은 건 아무것도 할 필요가 없네."

"당신은 정말 상냥하고 늙은 곰 같아요. 정말."

로리가 그에게 말했다.

나는 완전히 편안한 맘으로 있을 순 없었다. 하지만 럼 콜린스* 한 모금이 기분을 풀어 주었다.

"글쎄, 확실히 자네가 그 정보를 들어도 괜찮네. 나는 알라윈이 괜찮을 거라고 확인했네."

에버라드가 몸을 움직였다.

"어떻게?"

"걱정 말게, 맨스. 나는 조심스럽게, 대부분 간접적으로 일을 진행했네. 다른 시대 다른 인물로 말이야. 알라윈이 날 몇 번 보긴 했지만, 전혀 알아차리지 못했네."

나는 매끄럽게 면도한 턱을 만지작거렸다. 짧게 깎은 머리처럼 로마 스타일이었다. 필요가 생길 때 쓸 수 있도록 패트롤 요원은 변장술을 발전시켜 왔다.

"아, 그래. 나는 <방랑자>를 편안히 쉬게 만들었다네."

"좋아! 그 소년은 어떻게 됐지?"

에버라드가 의자에 편히 기대앉았다.

---

* 럼주에 레몬 주스, 소다수 등을 섞은 칵테일.

"알라윈 말인가? 글쎄, 그 아이는 자기 어머니와 그녀의 집을 포함해 꽤 큰 규모의 사람들을 이끌고 떠났네. 그는 그들을 서쪽으로 데려가서 프리티게른에 합류했지. (정확히 말하면 알라윈은 지금부터 3세기 뒤에 그들을 데리고 이동할 것이었다. 하지만 우리는 모국어인 영어로 이야기하고 있었다. 시간어에는 그에 적합한 시제가 있었다.) 알라윈은 거기서 환영받았네. 특히 세례를 받은 뒤엔 더 그랬지. 그게 바로 <방랑자>를 사라지게 만든 이유일세. 자네도 이해하겠지. 기독교도가 어떻게 이방의 신과 가까이 있을 수 있겠나?"

"흠. 난 그 친구가 훗날 자기가 겪은 일에 대해 어떻게 생각했는지 궁금하군."

"나는 그 아이가 입을 다물고 있으리란 인상을 받았네. 당연히, 알라윈의 후손들이—그 아이는 결혼을 잘 했네—알라윈의 후손들이 그에 대한 어떤 전설을 보존했다 해도, 그들은 그걸 옛 고향에서 떠돈 도깨비 같은 걸로 생각했을 걸세."

"옛 고향? 아, 그렇군. 알라윈은 우크라이나로 다시 돌아가지 않았지?"

"그래, 결코. 자네를 위해 역사를 대략 이야기해 주어도 될까?"

"음, 그래 주게. 나도 자네 사건에 관해 조금 연구하긴 했지만, 그 뒤로는 별로 하지 않았네. 게다가 내 시간선에서 그건 꽤 옛날에 일어난 일이라서."

나는 '그 이후로 사실 자네한테는 많은 일이 있었겠지'라고 생각하면서 소리 내어 말을 이었다.

"그러니까 374년에 프리티게른 쪽 사람들은 로마 황제의 허락을 받고 다뉴브 강을 건너, 트라키아*에 정착했네. 아타나리크도 곧 뒤

---

* 발칸반도 동부 일원에 걸쳐 있는 지방.

따랐지. 하지만 그들은 트란실바니아로 갔네. 훈 족의 압박은 너무 심해지고 있었지.

로마 관리들은 수년 동안 고트 족들을 핍박하고 착취했네. 다른 말로 하자면 지배한 것이지. 결국 고트 족은 참을 만큼 참았다고 생각한 끝에 반란을 일으켰네. 훈 족은 그들에게 기마병을 양성해야 한다는 생각과 그것을 실현하기 위한 기술을 전수했네. 그것은 그들을 강하게 만들었지. 378년 아드리아노플 전투에서 고트 족 기마병들은 로마인들을 패배시켰네. 알라윈은 그 전투에서 능력을 보였고, 그로 인해 명성을 얻기 시작했어. 새로운 황제 테오도시우스는 381년에 고트 족과 화평을 맺었네. 고트 족 전사 대부분은 포에데라티, 즉 우리가 동맹이라고 말하는 것으로 로마 군에 들어갔지.

뒷날 다시 갈등과 전투와 이주가 시작되었지. 게르만 족의 대이동이 시작되었네. 알라윈의 인생에 대해서 말하자면 파란만장했지만, 행복한 삶을 살다가 천수를 다하고 죽었다고 요약할 수 있네. 알라윈은 당시 서고트 족이 골 지방의 남부에서 건설한 왕국에서 죽었네. 알라윈의 후손들은 스페인의 국민을 이루는 데 주도적인 역할을 했지.

이제 자네는 내가 그 일족을 어떻게 떠나보내고, 내 일을 계속할 수 있었는지 알았을 걸세."

로리의 손이 내 손을 꼭 잡았다.

황혼은 밤으로 변하고 있었다. 별이 반짝였다. 에버라드의 담배 파이프 끝도 빨갛게 빛나고 있었다. 그 자신도 지평선 서쪽 위로 보이는 산처럼 거무스름한 형체가 되어 있었다.

그가 생각에 잠겨 말했다.

"그래. 약간이지만 이제 생각이 나기 시작하는군. 허나 자네는 서고트 족에 대해서 이야기했네. 동고트 족, 알라윈의 원래 동포들——그들은 이탈리아를 정복하지 않았나?"

"결국엔 그렇게 됐네. 하지만 그러기 전에 그들은 끔찍한 시련을 겪었지."

나는 잠시 입을 다물었다. 내가 말하려는 것이 완전히 낫지 않은 상처를 건드릴 것이기 때문에.

"＜방랑자＞는 진실을 말했네. 스완힐드를 위한 복수가 이루어졌으니까."

374

에르마나리크는 홀로 별빛 아래 앉아 있었다. 바람이 휘이잉 불었다. 멀리서 늑대들의 울음소리가 들렸다.

전령들의 소식이 불러일으킨 두려움과 소란은 참을 수 없는 것이 되었다. 그의 명령을 받은 두 사람의 전사가 요새의 평평한 지붕으로 가는 계단을 오르는 것을 도와주었다. 그들은 왕을 난간 앞 의자에 앉히고 굽은 어깨에 모피 망토를 둘러 주었다. "꺼져!" 왕이 소리쳤다. 전사들은 자리를 떴고 공포가 그들을 엄습했다.

에르마나리크는 서쪽으로 저녁놀이 지는 것을 보았다. 하지만 동쪽에는 시커먼 구름이 모여들고 있었다. 그것들은 이제 하늘의 4분의 1을 덮고 있었다. 동트기 전에 폭풍이 여기 당도할 것이다. 하지만 아직은 그 전조를 알리는 바람이 도착했을 뿐이었다. 한여름인데도 겨울처럼 차가운 바람이었다. 하늘 다른 쪽에서 여전히 별무리가 빛나고 있었다.

별들은 작고 낯설고 무정했다. 에르마나리크는 보단의 전차*를 보지 않으려고 애써 눈길을 피했다. 그것은 언제나 북쪽에서 세상을 내려다보는 티와즈의 눈 주위를 돌고 있었다. 하지만 그의 눈은 항상 <방랑자>의 상징으로 다시 끌려왔다. "나는 그대들, 신들을 개의치 않았지." 에르마나리크가 중얼거렸다. "나는 내 자신의 힘을 믿었어. 당신들은 내 생각보다 훨씬 교활하고 잔인하군."

강대한 그는 손발이 불구가 된 채 이곳에 앉아, 적들이 어떻게 강을 건너 그들을 막으려 하는 자신의 군대를 말발굽으로 짓밟는지 듣고 있을 수밖에 없었다. 에르마나리크는 다음에 뭘 해야 할지를 생각하고, 명령을 내리고, 백성들을 모아야 했다. 올바른 지휘를 받는다면, 그들은 멸망하지 않는다. 하지만 왕의 머리는 텅 빈 것처럼 느껴졌다.

그냥 텅 빈 것이 아니라 완벽한 공백이었다. 죽은 자들이 저 시체의 홀을 채웠다. 하타울프와 솔베른과 함께 죽은 사람들, 동고트 족의 꽃. 지난 며칠 동안 그들이 살아 있었다면, 그들은 선두에 에르마나리크를 세운 채 함께 훈 족을 물리쳤을 것이다. 하지만 그 살육의 날에 에르마나리크 역시 죽었다. 남겨진 것은 한낱 불구자뿐이었다. 끝없는 고통이 그의 정신을 좀먹고 있었다.

자신의 왕국을 위해 그가 할 수 있는 일은, 살아남은 제일 나이 많은 아들이 생각보다 능력 있는 녀석일지도 모른다는, 그가 승리할지도 모른다는 희망을 품는 것밖에 없었다. 에르마나리크는 별들을 보며 이빨을 드러냈다. 그 희망이 얼마나 헛된 것인지 너무나 잘 알고 있었다. 동고트 족의 앞날에는 패배와 약탈, 학살과 굴종밖에 없었다. 비록 그들이 다시 자유롭게 된다 해도, 그건 자신이 흙으로 다시 돌아가고 나서 한참 뒤의 일일 것이다.

* 북두칠성을 의미한다.

그에겐 얼마나 축복인가, 아니면 육신만 그럴 뿐일까? 저 어둠 뒤에 무엇이 자신을 기다리고 있을까?

에르마나리크는 칼을 뽑았다. 별빛과 번갯불이 쇠붙이에 희미하게 와 닿았다. 칼을 든 그의 손이 잠시 떨렸다. 바람이 불었다.

"끝내자!" 그가 외쳤다. 에르마나리크는 칼끝으로 턱수염을 헤치고 턱 끝 오른쪽 아래 지점을 드러냈다. 눈은 마치 의지를 가진 것처럼 또다시 보단의 전차로 향했다. 하얀 것이 저기서 반짝이고 있었다. 저건 구름 조각일까, 아니면 〈방랑자〉의 뒤에 타고 있는 스완힐드일까? 에르마나리크는 남아 있는 모든 용기를 쥐어짰다. 그는 칼을 찌른 다음 옆으로 그었다.

베인 목에서 피가 솟구쳤다. 그의 몸이 기울어지며 바닥에 쓰러졌다. 그가 들은 최후의 소리는 천둥소리였다. 그것은 서쪽으로 훈 족의 어둠을 데려오고 있는 말발굽 소리처럼 들렸다.

바다의 별

I

낮에 니애르드는 자신이 만든 물개와 고래와 물고기들 사이를 거
닐었다. 그녀의 손끝에서 나온 갈매기와 물보라가 바람을 타고 날아
갔다. 세계의 가장자리에서 니애르드의 딸들이 그녀의 노래에 따라
춤을 추었고, 그것은 하늘에서 비를 부르거나 물을 가로질러 흔들리
는 빛을 쏘아 보냈다. 동쪽으로부터 어둠이 밀려오면 니애르드는 한
편에 놓인 자신의 침대를 찾아 어둠을 이불 삼고서 잠을 청했다. 하지
만 종종 해가 뜨기 훨씬 전에 자신의 바다를 지켜보기 위해 일찍 일어
났다. 그녀의 이마 위에 아침 샛별이 반짝였다.

그때, 프래가 물가에 당도했다. "니애르드, 나는 그대를 부른다!"
그가 외쳤다. 파도가 대답할 뿐이었다. 프래는 입술에 뿔피리 '그러
모으는 자'를 대고 불었다. 가마우지들이 날카롭게 울부짖으며 바위
들에서 날아올랐다. 마지막으로 그는 칼을 뽑아 그 평평한 부분으로
자신이 타고 있는 황소 '지축을 울리는 자'의 옆구리를 때렸다. 소의
울음소리가 퍼져나가자 샘이 솟아오르고, 죽은 왕들이 무덤 속에서
눈을 떴다.

그러자 니애르드가 프래를 찾아왔다. 화가 난 그녀는 안개를 두르
고 배를 잡을 때 쓰는 그물을 한 손에 든 채 빙산을 타고 왔다.

"왜 감히 나를 귀찮게 구는가?"

니애르드가 그에게 우박처럼 차갑게 쏘아붙였다.

"나는 그대와 결혼하고 싶다. 멀리서부터, 그대의 가슴에서 뿜어내
는 빛이 내 눈을 멀게 했노라. 나는 내 누이를 내쫓았다. 내 그리움의

열기 속에서 대지는 병이 나고, 모든 것이 시들어 버렸다."

프래가 그녀에게 말했다.

니애르드가 웃었다.

"그대는 내 형제가 주지 못한 무엇을 내게 줄 수 있느냐?"

"지붕이 높은 집과 풍성한 선물, 그대의 쟁반에는 따스한 고기를, 그대의 잔에는 뜨거운 피를, 그리고 파종과 수확, 임신과 출산, 노년에 대한 지배권을."

"대단한 것들이로군."

그녀가 인정했다.

"그래도 내가 거절한다면?"

"그럼 땅에서 생명이 죽을 것이며, 죽어 가면서 그대를 저주하리라. 내 화살은 '태양의 마차' 의 말들에게 날아가 그들을 죽일 것이고, 태양이 불타며 떨어지면 바다는 끓어오를 것이다. 그러고 나면 새벽이 오지 않는 밤이 이어지다 바다는 꽁꽁 얼어붙고 말리라."

프래의 경고에 니애르드가 대답했다.

"아니지. 그 전에 내가 먼저 파도를 불러와 그대의 왕국을 뒤덮고 물에 잠기게 할 테니까."

그들은 잠시 말을 하지 않았다.

그러다 마침내 니애르드가 입을 열었다.

"우리는 둘 다 강하다. 그대와 나의 문제로 세계를 멸망시키는 일은 일어나지 않는 것이 가장 좋겠지. 나는 봄에 지참금으로 비를 가지고 그대에게 가겠다. 그리고 함께 육지를 돌아다니며 축복할 것이다. 그대는 지금 타고 있는 황소를 내게 선물로 달라."

"너무 큰 선물을 바라는군. 이놈 안에는 대지의 자궁을 채울 수 있는 힘이 들어 있다. 이놈은 적들을 쫓아내고, 뿔로 받아 짓밟고, 그들의 땅을 황폐하게 만들지. 이놈의 발굽 아래선 지축이 흔들린다."

프래가 말했다.

"그대는 그 소를 해변에 두고 이전처럼 쓸 수 있을 것이다. 내가 필요로 할 때만 빼고……. 어쨌든 그것은 나의 것이 될 것이고, 나는 그것을 영원히 내게로 부를 것이다."

한참 뒤 그녀가 말을 이었다.

"가을마다 나는 그대를 떠나 나의 바다로 돌아올 것이다. 하지만 봄이 되면 다시 돌아갈 것이다. 이것이 한 해가 될 것이고, 지금부터 매해 되풀이될 것이다."

"나는 더 많은 것을 바랐다. 게다가 우리가 행동을 둘로 나눈다면, 전쟁의 신들이 전보다 더 활개 치며 돌아다닐 것이다. 하지만 그대가 이렇게 하는 것은 운명으로 정해진 일, 태양이 북쪽으로 향할 때 나는 그대를 기다릴 것이다."

프래가 말했다.

"나는 무지개를 건너 그대에게 갈 것이오."

니애르드가 약속했다.

그렇게 약속은 이루어졌다. 그리고 지금까지도 이루어지고 있다.

1

'오래된 요새*'의 누벽에서 바라본 세상은 꽤 무시무시해 보였다. 올해는 가뭄 때문에 동쪽에 있는 라인 강의 강물이 줄어들어 있었다.

---

* 오늘날 독일의 크산테 지방에 건설된 로마군 기지. 라틴어 지명은 '카스트라 베테라 Castra Vetera'로 '오래된 요새Old Camp'라는 뜻을 가지고 있다.

게르만 족은 쉽사리 강을 건넜다. 반면 강 왼쪽 기슭의 전투부대들로 갈 보급선들은 자꾸 뭍으로 올라왔다. 그것들은 미처 빠져나오기 전에 적의 손아귀에 떨어졌다. 한때 제국의 방어선이었던 그 강이 이제 로마를 버리고 있는 것 같았다. 저쪽 편 숲과, 이쪽의 삼림지가 평야에 불쑥 솟아 있었다. 말라붙은 나뭇잎들은 이미 갈색으로 변해 떨어지고 있었다. 농장의 땅뙈기들은 이미 말랐고, 전쟁은 그것을 진흙이 아니라, 놋쇠빛 하늘 아래 타버린 집들을 회색으로 뒤덮는 흙먼지로 만들었다.

이제 흙은 새로운 작물을 낳아, 갈등의 씨앗이 싹텄으니 그것은 야만족의 무리였다. 덩치 큰 금발 남자들이 신성한 숲과 피의 의식에서 가져온 상징물 주위에 모여 있었다. 해골이나 곰, 멧돼지, 들소, 사슴, 살쾡이, 늑대의 조잡한 조각들이 걸려 있는 막대기나 가마였다. 저무는 햇빛이 창머리와 방패에 반사되어 번쩍였다. 간혹 투구를 쓰거나, 드물게 사슬갑옷이나 죽은 로마 군인에게 뺏어온 흉갑을 걸치고 있는 자들도 있었다. 대부분은 갑옷이 아니라, 위쪽 지방의 털 많은 짐승 가죽으로 만든 헐렁한 윗도리와 꽉 끼는 바지를 입거나, 아예 상체를 벌거벗고 있었다. 야만족들은 으르렁거리고, 짖고, 외치고, 고함치고, 발을 구르며 멀리서 울리는 천둥소리에 가까운 소리를 내고 있었다.

게르만 족들은 실제로 매우 멀리 있었다. 그들 쪽으로 드리워진 그림자 저편의 적들을 엿보고 있던 무니우스 루페르쿠스는 관자놀이나 머리 위에서 매듭을 묶은 긴 머리를 알아보았다. 그것은 게르마니아 가장 깊은 곳에 사는 수에비 족의 머리 양식이었다. 수에비 족이 이곳까지 나타나는 일은 흔하지 않은 일이었다. 아마 모험을 좋아하는 지휘자들을 따라 이곳까지 쫓아온 소규모 부대임이 분명했다. 하지만 그것은 키빌리스의 소식이 얼마나 멀리까지 퍼졌는지를 보여주었다.

대다수는 머리칼을 땋아 내리고 있었다. 일부는 갈리아 족의 방식으로 빨간색으로 물들이거나 기름을 바르고 있었다. 그들은 바타비, 칸니네파티, 퉁그리, 프리스, 브루크테리 및 기타 이 지방의 원주민들이었다. 그들은 좀더 두려운 존재들이었다. 숫자 때문이라기보다는 그들이 로마인들의 방식을 잘 알고 있었기 때문이었다. "호오오" 하는 소리와 함께 텡크테리 족 부대가 당도했다. 조랑말을 타고 창과 군기를 높이 휘날리면서 켄타우루스처럼 안장 앞에 도끼를 차고 있었다. 그들은 반란자들의 기병대였다!

"바쁜 밤이 되겠군."

루페르쿠스가 말했다.

"어떻게 아십니까, 각하?"

당번병의 목소리는 불안했다. 그는 아직 소년에 불과했다. 경험 많은 루틸리우스가 죽은 뒤 급하게 차출된 친구였다. 전장에서 밀려난 5천 명의 군사들이 그보다 두세 배 많은 딸린 식구들을 데리고 가장 가까운 요새로 들어오면 일을 맡을 사람은 있기 마련이다.

루페르쿠스가 어깨를 으쓱했다.

"분위기를 보면 느낌이 오지."

모든 징조가 미묘한 것만은 아니었다. 남자들이 소란을 떨고 있는 이쪽 편 뒤로, 강 건너에서 가마솥과 꼬챙이들 위로 연기가 피어오르고 있었다. 지방의 여자들과 아이들이 전투에 나가는 남편들을 격려하기 위해 찾아왔다. 이제 다시 그들 사이에 비가(悲歌)가 시작되었다. 그가 귀 기울이는 동안 '하-바-다 하-바, 하-바-다-다'라는 박자 아래 그 소리는 들쭉날쭉 널리 퍼지며 커져 갔다. 점점 더 많은 귀가 그 소리를 듣게 되고, 더 많은 혼란이 그 소리의 길을 회오리치게 했다.

"전 키빌리스가 공격을 원치 않을 거라고 생각합니다."

알레투스가 말했다. 루페르쿠스는 잔존한 사령부에서 살아남은 그 베테랑 백인대장(百人隊長)을 빼내, 참모 장교 겸 조언자로 삼았다.

알레투스는 공사장 위를 덮은 목책을 가리켰다.

"그자는 지난 두 번의 공격으로 군사를 많이 잃었습니다."

내장과 군은 피, 부러진 무기, 야만족들이 성문에 돌진할 때 머리에 쓰는 조잡한 방패들의 잔해들 가운데 부풀어 오르고 변색된 시체들이 널브러져 있었다. 벌어진 입 안에서 개미와 딱정벌레들이 혀를 먹고 있었다. 까마귀가 눈을 파낸 시신들도 많았다. 새들은 여전히 시체들을 쪼아 먹으며 밤이 오기 전에 저녁을 만끽하고 있었다.

"키빌리스는 여유 병력이 많아."

루페르쿠스가 말했다.

"하지만, 각하. 키빌리스는 바보도, 무식꾼도 아닙니다. 그렇지 않습니까?"

백인대장은 자기 주장을 굽히지 않았다.

"듣기로, 키빌리스는 우리와 20년 이상 함께 행군했고, 이탈리아로 내려와 보조군에서 높은 직위를 얻었습니다. 키빌리스는 우리에게 식량과 물자가 부족하다는 사실을 알고 있을 겁니다. 정규 군대와 장비를 공격하는 것보다 우리를 굶기는 것이 더 합당한 전술입니다."

"맞아. 그게 키빌리스의 의도는 아닐 걸세. 하지만 자네도 알다시피, 키빌리스는 저 야만족들에게 로마군 같은 군율을 강제하지 못해. 아무리 요즘 우리 로마 군단들이 제멋대로라곤 하지만 말일세."

루페르쿠스는 얼굴을 찌푸리며 말했다.

그의 시선은 어지러운 적진 가운데 견고한 중앙을 찾았다. 병사들이 자기 부대의 군기 아래 가지런히 놓아둔 무기들이 번쩍이고 있었다. 묶어 놓은 말들은 그들이 가져다 준 귀리를 조용히 먹고 있었다. 생나무로 만들긴 했지만 목수들이 단단하게 새로 만든 2층짜리 공성탑이 바퀴 위에 대기하고 있었다. 저곳에 한때 로마군에 복무했고, 자신과 나란히 출정하며 전술을 배웠던 야만족 클라우디스 키빌리스가 있다.

"뭔가가 게르만 족들을 다시 흥분하게 만들었어. 어떤 소식인지, 영감인지 변덕인지 뭔지 몰라도……. 나는 그게 알고 싶다. 아무튼 다시 한 번 말하지만, 우리는 오늘 바빠질 거야. 준비하도록."

군단장 루페르쿠스는 이렇게 말하고 앞장서 망루에서 내려왔다. 평안 속으로 내려오는 것이나 다름없었다. 오래된 요새, '카스트라 베테라'는 세워진 이후 수십 년 동안 확장되었고, 그 결과 일종의 마을이 되었다. 따라서 모든 곳이 군사적 취락 양식은 아니었다. 지금 이 요새는 원정군의 생존자들뿐 아니라 피난민들로 꽉 차 있었다. 하지만 그는 군인들을 적당한 곳에 숙영 주둔시키고, 시민들은 유용한 일에 종사하거나 적어도 방해가 되지 않도록 명령을 내렸다.

그림자들 속에 고요함이 내려와 있었다. 잠시 그는 야만인들의 노랫소리에서 벗어날 수 있었다. 그의 마음은 시간과 공간을 초월해 멀리 날아갔다. 알프스 산을 넘어 푸른, 푸르른 바다를 따라 남쪽으로, 만과 거대한 산으로. 그리고…… 도시, 집과 장미 정원, 율리아와 아이들에게로……그래, 푸블리우스는 사내로 자라고 있겠지. 루페르실라는 어엿한 숙녀가 되어 있을 것이고, 마르쿠스는 이제 읽기를 잘할까?…… 편지는 너무 드문드문 부정기적으로 도착했다. 그들은 무엇을 하고 있을까, 지금 이 시간 폼페이에서 그들은 어떻게 지내고 있을까?

'가족들 생각은 하지 말자. 해야 할 일이 있다.' 그는 주위를 돌아다니며, 시찰하고, 계획하고, 명령을 내렸다.

밤이 왔다. 요새 주변에 불들이 커다랗게 피어올랐다. 게르만 족 전사들은 그 앞에 앉아 잔치를 벌이고 술을 마셨다. 그들은 포도주 항아리를 수도 없이 약탈해 갔다. 그들은 곧 거친 군가를 부르기 시작했다. 뒤에서 그들의 여자들이 매처럼 날카롭게 소리를 질렀다.

한 명 한 명, 한 무리 한 무리 씩, 그들은 육중하게 걸어와 무기를 들고 성벽을 향해 돌진했다. 어둠 속에서 그들의 창과 화살, 도끼가 공기를 가르고 날아왔다. 게르만 족이 피운 불빛 덕에 그들의 모습이 똑똑히 보였다. 로마군은 투창, 투석, 쇠뇌로 그들을 하나씩 쏘아 맞혔다. 가장 화려하게 차려입은, 가장 용감한 자들이 가장 먼저 표적이 되었다.

"이거야말로 헤라클레스가 이집트 새를 잡는 거나 마찬가지군!"

알레투스가 기뻐했다.

"키빌리스도 그걸 알아."

루페르쿠스가 대답했다.

몇 시간 뒤, 불꽃은 높이 소용돌이치다가 깜빡거리며 꺼졌다. 갈퀴로 불붙은 나무와 숯을 흩뜨리고, 신발과 담요로 불꽃을 마저 꺼뜨렸다. 공격에 대해 방비하고 있었다는 사실이 게르만 족들을 더 화나게 만든 것 같았다. 달이 없는 밤이었고, 안개가 별빛을 흐리고 있었다. 전투는 암흑 속에서 벌어지는 백병전으로 변했다. 소리가 들리는 곳을 치고, 다가오는 더 짙은 어둠을 노렸다. 하지만 로마 군인들은 규율을 지키고 있었다. 성벽 위에서 그들은 가능한 한 잘 겨냥해서 징을 박은 말뚝과 돌을 던졌다. 사다리가 올라오는 소리가 들리면, 방패로 밀어내고 투창을 내리 꽂았다. 성벽 위로 올라온 자들은 검으로 찔렸다.

자정이 지나고 곧 전투가 중지됐다. 죽어 가는 자들이 내는 소리 외에는 정적에 가까웠다. 게르만 족들은 위험을 무릅쓰고 부상자들을 찾아내어 끌고 돌아갔다. 로마 인 부상자들은 램프 불빛 옆에 누워 의사들의 보살핌을 받았다. 루페르쿠스는 전망대에 다시 올라가 귀를 기울였다. 곧 열변을 토하는 목소리가 들렸고, 함성소리와 함께 다시 죽음의 노래가 들렸다. 그는 고개를 저었다. "다시 오겠군." 루페르쿠스는 한숨을 쉬었다.

여명이 성문을 향해 흔들흔들 다가오는 공성탑을 비추었다. 공성탑은 전사 2, 30명의 힘으로 천천히 움직이고 있었다. 나머지는 그 뒤에서 초조하게 떼 지어 오고 있었다. 키빌리스의 정예병들은 옆에서 대기하고 있었다. 루페르쿠스는 상황을 파악하고, 결정을 내릴 시간이 충분했다. 그는 부하들과 전투 장비들을 배치했다. 그는 진작부터 병사들과 피난민 기술자들에게 전투 장비들을 만들도록 임무를 부여해 왔다.

공성탑이 문으로 다가왔다. 게르만 족 전사들은 거기 올라타, 무기를 휘두르고 던지며 뛰어내릴 준비를 했다. 성벽 위의 로마 인들은 막대와 기둥을 진입 지점에 가지고 왔다. 방패와 투석기의 엄호 아래, 그들은 밀고, 때리고, 두들기며 공성탑의 전진을 막고 그것을 때려 부수기 시작했다. 그 사이, 그들의 동료들이 양쪽에서 주위의 적들을 공격했다.

키빌리스가 정예부대를 이끌고 지원에 나섰다. 로마 기술자들은 성벽 꼭대기에서 기중기의 팔을 뻗었다. 쇠사슬 끝에 달린 강철 집게가 아치 모양을 그리며 날아가, 한 남자를 덥석 잡아챘다. 기술자들은 환호성을 지르며 평형추를 이동시켰다. 팔이 다시 돌아와 집게를 벌려 포로를 요새 안으로 떨어뜨렸다. 분대 하나가 기다리고 있었다.

"생포하라! 나는 포로들을 원한다!"

루페르쿠스가 외쳤다.

기중기가 다시 앞으로 나갔다. 그리고 다시. 그것은 둔하고 느리게 움직이는 장치였다. 하지만 새롭고 괴이하고 사기를 꺾는 데 한몫 톡톡히 하는 물건이었다. 루페르쿠스는 그것이 적들을 얼마나 당황하게 만드는지 몰랐다. 아마 누구도 자신 있게 이야기할 수 없을 것이다. 공성탑의 파괴와 일사불란하게 움직이는 훈련된 보병들의 공격은 적에게 심한 타격을 주었다.

홀륭한 군대였다면 흔들림 없이 위치를 지키며 숫자가 적은 적의 돌격대를 포위하여 섬멸했을 것이었다. 그러나 야만족들은 직접 따르는 무리들 외에는 누구도 명확한 지휘권을 갖고 있지 않았다. 어디로 가야 하는지조차도 아는 사람이 없었다. 죽음에 직면한 자들은 새 힘을 얻을 곳이 없었다. 그들은 기나긴 밤을 보내는 동안 지쳤고, 많은 피를 흘렸다. 동료도 신도 도우러 오지 않았다. 그들은 용기를 잃은 채 달아났고, 나머지 무리들도 눈사태처럼 허겁지겁 뒤를 따랐다.

"각하, 쫓아가야 하지 않겠습니까?"

당번병이 물었다.

"그건 위험하다."

루페르쿠스는 자기가 왜 이 소년에게 그냥 닥치라고 말하지 않고 설명을 해 주는지 이해하지 못했다.

"적들은 진짜 공황 상태에 빠진 게 아니다. 봐라, 강가에서 멈춰 서고 있지 않느냐. 저들의 대장들은 무리를 모을 것이고, 키빌리스는 저들이 어느 정도 정신을 차리게 만들 것이다. 하지만 난 그자가 더 이상 이런 공격을 하게 할 거라고 생각하지 않는다. 키빌리스는 눌러앉아 우리를 봉쇄할 것이다."

'그리고 우리들 중에 있는 동포들을 꾀어 내려 하겠지.' 군단장은 속으로 덧붙였다. '하지만 적어도 이젠 잠을 좀 잘 수 있겠군.' 그는 매우 지쳐 있었다. 머릿속에 모래가 가득 찬 것 같았고, 혀는 가죽 조각처럼 느껴졌다.

그 전에 먼저 할 일이 있었다. 루페르쿠스는 계단을 내려가 요새 안의 통로를 따라 기중기가 먹이를 떨어뜨린 곳으로 갔다. 저항이 너무 심했던 탓인지, 분대원들이 너무 홍분했던지 탓인지 둘은 이미 죽어 있었다. 한 명은 땅바닥에서 신음하며 약하게 몸부림치고 있었지만, 다리는 전혀 움직이지 않았다. 척추가 부러진 것이 분명했다. 목을 베어 주는 게 최선이었다. 세 명은 묶인 채 병사들의 감시를 받으며 고개를 숙이고 있었다. 일곱번째 포로 역시 손발이 묶여 있었지만, 꼿꼿이 몸을 세우고 있었다. 그자는 커다란 체격에 바타비 족 보조 부대의 복장을 하고 있었다.

루페르쿠스는 그자의 앞에 가서 조용히 물었다.

"그래, 병사여, 하고 싶은 말이 있나?"

수염을 기른 입가에서 흘러나온 라틴어는 후두음 악센트가 강했지만 또렷이 들렸다.

"너희들은 우리를 붙잡았다. 하지만 그게 전부다."

한 로마 병사가 칼을 반쯤 들어 올렸다. 루페르쿠스가 손을 흔들어 제지했다.

"태도를 조심하는 게 좋을 게다. 너희들에게 몇 가지 물어볼 게 있다. 협력하면, 반역도가 겪어야 하는 최악의 징벌은 면하게 해 주겠다."

그가 충고했다.

"네가 뭘 하든, 나는 대장을 배신하지 않는다."

바타비 족이 말했다. 기진맥진했기 때문에 반항에는 억양이 없었다.

"보엔, 도나르, 티우가 증인이 되어 주실 것이다."

'머큐리, 헤라클레스, 마르스. 이들의 주신들이지. 아니면 우리 로마 인들이 그렇게 생각하는 건지 모르겠지만 상관없다. 어쨌든 이 자가 맹세한 이상 고문도 통하지 않겠군. 물론 시도는 해 봐야겠지. 이 자의 동료들은 결심이 덜 굳을 거야. 허나 이놈들이 쓸모 있는 걸 알고 있을 것 같진 않군. 완전 헛일이었어. 흠, 그러나 한 가지.'

희미한 희망이 군단장의 피부를 움찔거리게 했다.

'그건 말하려 들지 모르겠군.'

"하여튼 말해 봐라. 뭐가 너희들을 사로잡았지? 우리한테 돌격한 건 미친 짓이었다. 키빌리스는 분명 머리를 쥐어뜯고 있을 거야."

"키빌리스는 우리가 그러지 않기를 바랐다."

포로가 인정했다.

"하지만 전사들을 통제할 수 없었다. 키빌리스는——우리는 그들을 효율적으로 만들려고 애쓰는 것밖에 할 수 없었다."

그는 개처럼 이빨을 드러내고 씩 웃었다.

"이제 그들도 교훈을 얻었을 것이고, 제대로 일을 할 거다."

"헌데 뭐가 공격을 감행하게 만들었나?"

갑자기 포로의 목소리가 떨리며 눈이 빛났다.

"그들은 전술에서 잘못을 저질렀다. 그래. 하지만 그 말은 진실이다. 그건 진실이다. 우리에게 합세한 브루크테리 족을 통해 소식이 왔다. 벨레다께서 말씀하셨다."

"응, 벨레다?"

"무녀님이시다. 그분이 모든 부족들에게 떨쳐 일어나라고 분부하셨다. 로마의 운은 다했다고 여신께서 말씀하셨다고 했다. 승리는 우리 것이 될 것이다. 로마 인, 나를 마음대로 해라. 너는 죽은 자다. 너와 너의 그 냄새 나는 제국 모두."

바타비 족은 어깨를 폈다.

2

20세기의 마지막 몇십 년 동안, 타임 패트롤의 암스테르담 사무소는 작은 무역 회사로 위장하고 있었다. 사무소에 부속된 창고는 인디스허 뷔르트에 있었는데, 거기에선 이국적인 분위기를 풍기는 사람들도 거의 눈길을 끌지 못했다.

5월의 어느 이른 아침, 그 건물의 비밀 장소에 맨스 에버라드의 타임 사이클이 모습을 드러냈다. 그는 출구에서 잠시 기다려야 했다. 그것이 그냥 벽이 아니라는 사실을 알면 안 되는 사람이 지나가고 있다는 표시가 문에서 보였기 때문이다. 보나마나 회사의 평직원일 것이다. 그 사람이 지나간 다음, 에버라드는 열쇠로 문을 열었다. 조금 불편한 방식이었지만 그는 이곳 상황에는 적합한 것이려니 생각했다.

에버라드는 그 회사의 사장을 찾아갔다. 그는 유럽 이 일대의 패트롤 업무를 총괄하는 임무를 겸하고 있었다. 이곳에서 수행되는 업무들은 대개 일상적인 것들이었다. 역사의 통로를 오르락내리락하는 여행자들을 다루는 업무도 일상적인 범위를 넘어서지 않았다. 이곳은 결국 하나의 시간 지역을 담당하는 본부가 아니었다. 특별히 중요한 지역을 감시하고 있는 것으로 보이지도 않았다. 지금까지는.

"지금 오실 줄은 몰랐습니다. 플로리스 대원을 불러드릴까요?"

빌렘 텐 브린크가 놀라면서 말했다.

"아니요, 괜찮습니다. 원래 약속대로 조금 있다가 플로리스 대원을 만날 겁니다. 그 전에 잠시 이 도시를 좀 둘러볼까 합니다. 난 여기에, 음…… 1952년 이후로 와 보지 못했습니다. 휴가 여행 때 며칠 여기 있었는데, 마음에 들었었지요."

"네, 좋은 시간 보내시기 바랍니다. 많이 변했죠. 가이드나 차나, 다른 도움은 필요 없으신가요? 괜찮다고요? 회의 장소는요?"

"필요 없을 것 같습니다. 플로리스 대원은 자기 집에서 문제를 가장 잘 설명할 수 있다고, 적어도 얘기를 가장 잘 시작할 수 있을 거라고 했습니다."

상대방이 실망하는 기색이 역력했지만 에버라드는 어떤 문제가 발생했는지에 대해서는 언급하지 않았다. 패트롤 대원들은 아주 조심스럽게 일을 했다. 필요하지 않은 사람에게 정보를 흘리지 않았고 자신이 태어난 시대를 벗어나서 활동하지 않았다. 게다가 그 자신도 무엇이 문제가 되고 있는지 정확하게 알지 못했다.

에버라드는 지도와 홀덴*을 가득 채운 지갑, 그리고 실용적인 정보 몇 가지를 들고 길을 나섰다. 담배 가게에서 담뱃대에 넣을 가루담배와 대중교통을 이용할 수 있는 스트립펜카르트**를 한 장 구입했다. 네덜란드 어를 배운 적은 없었지만, 그가 만난 모든 사람들은 완벽한 영어를 구사했다. 그는 특별한 목적지 없이 돌아다녔다.

34년은 긴 세월이었다. (물론 자신의 세계선에서는 그보다 더 오랜 시간이 흘렀다. 그 사이 에버라드는 패트롤에 입대했고, 무임소 대원이 되어 시대들을 넘나들며 이 행성의 대부분의 지역을 돌아다녔다. 그가 오늘 걸어 다닐 길거리보다 엘리자베스 1세의 런던이나 키루스 대왕의 파사르가다에***가 지금 자신에게 더 가까운 과거의 기억이었다. 그해 여름은 정말 그렇게 빛나는 것이었던가, 아니면 단지 그가 많은 것을 알지 못했던 젊은 시절이었기 때문이었을까?) 자신이 무엇

---

* gulden. 네덜란드 화폐 단위.
** strippenkart. 지하철과 버스를 탈 때 사용할 수 있는 회수권 형태의 표.
*** 페르시아 제국을 건설한 키루스 2세(BC 585?~BC 529)가 세운 도시. 오늘날 이란의 파르스 주에 있는 페르세폴리스에서 북동쪽으로 87km 떨어진 곳에 위치한다.

을 보게 될지 에버라드는 약간 두려운 마음이 들었다.

시간이 지나자 점차 마음이 놓였다. 어떤 사람들은 암스테르담을 하수구라고 불렀지만 그렇지 않았다. 담Dam 광장에서 중앙역까지 껄렁한 젊은이들로 가득했지만 말썽을 일으키는 사람은 볼 수 없었다. 담락 거리 바로 옆 골목에는 카페나 다양한 종류의 맥주를 파는 작은 바가 있어서 달콤한 시간을 보낼 수 있었다. 평범한 상점들과 독특한 서점들 사이에 싸구려 가게들이 띄엄띄엄 있었다. 운하 관광을 하면서 가이드가 무심하게 홍등가를 가리켰을 때, 그는 오래된 도시의 위엄을 보여주는 수백 년 된 집들을 보았다. 소매치기를 조심하라는 얘기를 들었지만 특별히 그럴 필요는 없었다. 에버라드는 뉴욕에서 이보다 더한 스모그를 겪었고, 그래머시 공원*에서 이곳의 주택가보다 더 많은 개똥을 피해 다녔었다.

점심은 뱀장어 요리를 그럭저럭 괜찮게 하는 친절하고 조그만 식당을 찾아서 먹었다. 시립미술관은 실망스러웠다. 현대 미술에 관한 한 그는 자신이 어쩔 수 없는 속물임을 인정해야 했다. 하지만 그는 국립미술관에 매료되어 다른 모든 것을 잊은 채 문을 닫을 때까지 그곳에 있었다.

곧 플로리스 대원의 집에 갈 시간이 되었다. 약속시간은 미리 전화통화를 할 때, 에버라드가 제안한 것이었다. 그녀는 반대하지 않았다. 플로리스는 현장요원이자 2급 전문요원으로 직위가 상당히 높은 편이었지만, 아직 무임소 대원과 정식으로 일해 본 적이 없었다. 어느 시간에 있든 곧바로 날아올 수 있다면, 어쨌든 낮 시간이 무난할 것이다. 아마도 플로리스 대원은 아침을 먹고 나서 살짝 시간을 건너뛸 것이다.

* Gramercy Park. 뉴욕 유일의 사유 공원.

느긋한 시간적 여유가 에버라드의 정신까지 느슨하게 만들지는 않았다. 오히려 그 반대였다. 플로리스 대원의 고향, 그녀가 자라난 배경에 대해 약간의 정보를 얻는 것 역시, 플로리스 대원이 어떤 사람인지 파악하기 위한 출발점이었다. 그에게는 그런 정보가 필요했다. 그들은 앞으로 아주 밀접하게 일을 하게 될지도 몰랐다.

박물관 광장에서 시작된 그의 여정은 싱겔 운하를 지나 본델 공원의 한쪽을 가로지르면서 이어졌다. 물은 반짝거렸고 나뭇잎과 잔디는 햇살로 빛났다. 한 소년은 머리에 리본을 단 여자 친구를 태우고 배의 노를 젓고 있었다. 백발의 노부부는 자기들보다 더 나이 든 나무 아래서 손을 잡고 걸었다. 자전거를 탄 사람들이 소리치고 웃으면서 그를 스쳐 지나갔다. 에버라드는 암스테르담 구교회와 렘브란트의 생가, 아직 보지 못한 반 고흐 미술관, 이 도시에서 오늘 그리고 과거와 미래에 숨 쉬고 있는 모든 생명들, 이 도시를 구성하고 채우는 모든 것들을 다시 되돌아보았다. 그는 알고 있었다. 이 모든 현실은 허공에서 명멸하는 빛이며 손에 잡히지 않는 불안정한 시공간에 걸쳐 있는, 회절하는 파동이라는 것을. 언제든지 그 존재 사실 자체마저 지워질 수 있는 여러 겹의 빛이라는 것을.

저 구름 위에 솟은 탑과 웅장한 궁전과 엄숙한 신전과 이 커다란 지구도
그래, 지구상의 삼라만상도 마침내 용해되어, 지금 사라져 버린 환영처럼,
흔적도 남기지 않는 거야—*

아니다! 이렇게 생각의 갈래를 따라가는 것은 금물이다. 그것은 자

---

* 셰익스피어, 『템페스트』 4막 1장, 이어진 문장은 "우리도 꿈과 같은 물건이어서, 이 보잘것없는 인생은 잠으로 끝나는 거지."

신의 임무를 방해할 뿐이었다. 그는 이러한 존재들을 지키기 위해서 필요한 작전이라면, 아무리 독단적이고 재미없는 일이라도 해야만 한다. 그는 발걸음을 재촉했다.

에버라드가 찾는 아파트는 조용한 거리에 나란히 들어선 건물들 사이에 있었다. 모두 1910년부터 있던 멋진 유물들이었다. 입구에 있는 주소록을 보니 얀너 플로리스는 4층에 살고 있다고 했다. 주소록에 그녀의 직업은 매니저라고 애매모호하게 나와 있었다. 플로리스는 이곳에서 신분을 위장하기 위해 텐 브린크의 회사에 고용되어 있었다.

그 밖에 에버라드가 알고 있는 사실은 그녀가 로마 철기 시대* 북유럽의 고고학적 유물들이, 기록된 역사와 불규칙하게 융합하고 있던 시기의 현장 탐사를 했다는 것뿐이었다. 그가 가진 권한 내에서 그 여자의 근무 실적을 뒤져 보고 싶기도 했었다. 그 시대는 미래에서 온 과학자는 말할 것도 없고, 모든 여성들에게 결코 쉬운 시간 지역이 아니었다. 하지만 만나서 얘기를 해보기 전까지는 보지 않기로 마음먹었다. 솔직한 첫인상을 주는 게 낫겠다고 생각했다. 더구나 일이 정말 심각한 사건이 아닌 것으로 밝혀질 수도 있었다. 조사를 해보면 교정할 필요 없는 단순한 실수나 오해였던 것으로 드러날지도 몰랐다.

에버라드는 플로리스의 집을 찾아서 초인종을 눌렀다. 그녀가 문을 열었다. 두 사람은 잠시 말 없이 서 있었다.

---

* 로마 철기 시대(Roman Iron Age)는 스웨덴의 고고학자 O. 몬텔리우스(1843~1921)가 서기 1년에서 400년까지 스칸디나비아, 북부 독일, 네덜란드 지방의 철기 문명을 일컫기 위해 붙인 이름이다. 그 이름은 로마 제국이 북유럽 게르만 부족들에게 영향력을 행사하기 시작한 것에서 나왔다. 그 이전의 시대는 전로마 철기시대(Pre-Roman Iron Age, BC 5세기~1세기)이고 그 뒤의 시대는 게르만 철기 시대(Germanic Iron Age, 서기 400~800년)라고 불렸다.

플로리스도 당황한 걸까? 무임소 대원이라면 이보다는 더 강렬한 인상을 풍길 거라고 생각했을까? 아직 온통 '미국 중서부 사람' 티가 나는 수수한 남자보다는 큰 덩치에 싸움으로 주저앉은 코에, 온갖 산전수전을 겪은 사내를 기대한 것일까? 에버라드는 솔직히 이렇게 우아하고 옅은 색의 실내복을 입은 키 큰 금발머리 여성을 만나게 되리라고는 예상하지 못했다.

"안녕하세요," 그는 영어로 겨우 인사를 건넸다. "저는……"

그녀는 커다란 이를 드러내며 환하게 웃었다. 들창코에 찡그린 듯한 얼굴, 여러 빛깔이 나는 파란 눈을 제외하고는 흔히 예쁘다고 할 만한 생김새는 아니었지만 에버라드는 아름답다고 느꼈다. 플로리스의 몸매는 건강한 주노*를 연상시켰다.

"에버라드 요원이시죠. 만나 뵙게 되어 영광입니다."

그녀가 대신 말했다. 따뜻하면서도 아부의 기색이 없는 말투였다. 플로리스는 동등한 위치의 사람과 하듯이 악수를 했다.

"어서 오세요."

안으로 들어서려고 가까이 다가가자 그녀가 그리 젊지는 않다는 것을 알 수 있었다. 깨끗한 피부는 여러 계절에 노출이 되면서 눈과 입술 주위에 잔주름이 생겼다. 하긴, 그녀의 지위는 단 몇 년간의 노력으로 얻을 수 있는 것이 아니었다. 그리고 젊어 보이는 시술이 모든 세월의 흔적을 없애지는 못했다.

그는 거실을 살짝 둘러보았다. 자신의 집처럼 소박하고 안락하게 꾸며져 있었다. 가구들이 망가지거나 색이 바래지 않았고 기념품 따위를 볼 수 없다는 점을 빼면 말이다. 오고 가는 손님들——그리고 애인들에게 굳이 설명하기 귀찮았기 때문일까? 벽에는 코이프**의 풍경

---

* 로마 신화에서 주피터의 아내. 그리스 신화의 헤라에 해당한다.

화 모작 한 점과 면사포성운***을 찍은 천문학 사진이 붙어 있었다. 바닥에서 천장까지 닿는 책장에 있는 책들 중에는 디킨스, 마크 트웨인, 토마스 만, 톨킨의 이름들이 보였다. 네덜란드 어로 된 제목은 이해할 수 없는 것이 안타까웠다.

"앉으세요. 담배를 피우셔도 됩니다. 방금 커피를 만들었어요. 아니면 차도 금방 내드릴 수 있습니다."

플로리스가 말했다.

"고맙소. 커피면 돼요."

에바라드는 안락의자에 앉았다. 그녀는 부엌에서 커피포트와 찻잔, 크림과 설탕을 가져와서 낮은 탁자에 올려놓고 맞은편에 있는 소파에 자리를 잡았다.

"영어를 쓸까요, 아니면 시간어를 쓰는 게 나을까요?"

그는 직접적이면서도 퉁명스럽지 않게 이야기를 꺼내는 그녀의 태도가 좋았다.

"지금은 영어를 쓰는 게 좋겠소."

그가 답했다. 패트롤 언어에는 시간조정과 가변시간, 그리고 관련 패러독스들을 표현할 수 있는 어법이 있었지만, 인공적인 언어가 대체로 그렇듯이 일상을 나타내는 데에는 한계가 있었다(에스페란토를 쓰는 사람이 망치에 엄지손가락이 찍혔을 때 "엑스크레멘토!"라고 소리치지는 않을 것이다).

"문제가 무엇인지 미리 대략적으로 파악하려고 왔소."

"이런, 다 알고 오실 줄 알았어요. 여기에 있는 것들 중에 사무소에 없는 건—아, 사진들과 작은 물건들, 임무에서 돌아올 때 가져오

** 네덜란드의 화가(1620~1691).
*** Veil Nebula. 백조자리 근처에 있는 얇은 레이스 그물 모양의 성운.

는 그런 것들이요. 과학적으로나 다른 사람에게는 특별한 가치가 없는데 추억이 담긴 것들 있잖아요. 그런 물건들 있지 않나요?"

에버라드는 고개를 끄덕였다.

"서랍에서 그것들을 가져오면 당신이 그 시간 지역을 더 쉽게 이해하거나 제가 유용한 기억들을 떠올릴 수도 있을 거라고 생각했어요."

그는 커피를 한 모금 마셨다. 뜨겁고 진해서 평소 그의 입맛에 맞았다.

"잘 생각했소. 그것들은 나중에 훑어보도록 하겠소. 하지만 가능하면 직접적이고 1차적인 말로 사건에 대해 듣는 것부터 시작했으면 하오. 구체적인 사항이나 학문적인 분석, 전반적인 상황, 이런 것들은 그 뒤에 더 의미가 있으니까."

'다시 말하면 나는 인텔리가 아니오. 농촌에서 자라 기술자가 된 다음에 경찰이 된 사람이지.'

"하지만 저도 현장에 가 보지 않았어요."

플로리스가 말했다.

"알고 있소. 아직 부대에서 아무도 가지 않았죠? 그렇지만 당신은 이 문제에 대해서 꽤 상세하게 보고받았고 당신의 경험이나 전문 지식을 바탕으로 많은 고민을 했을 거요. 우리에게는 당신이 목격자나 다름없소."

에버라드는 몸을 앞으로 숙이고 말을 이어갔다.

"좋소. 당신에게 이건 얘기해 줄 수 있소. 중앙사령부에서 내게 수사를 하겠냐고 물어 왔소. 타키투스의 기록에 모순이 있다는 보고를 받고 걱정했다고 하더군. 관련된 사건들은 주로 기원후 1세기의 베네룩스 지역을 중심으로 발생했소. 마침 당신 분야이고 당신과 나는 비교적 동시대의 사람이니까 ('한 세대 정도 차이가 났던가?') 효과적으로 협력할 수 있을 거요. 그들은 그래서 무임소 대원 중에서 나에게 연락을 한 거요."

그는 손짓으로 『데이비드 코퍼필드』를 가리켰다. 둘 사이에 더 많은 공통점이 있다는 것을 보여주고 싶었다.

"바키스는 기꺼이.* 텐 브린크에게 전화한 다음에 곧장 당신에게 전화를 하고 가까이에서 뒤쫓았소. 타키투스 책을 먼저 보고 올 걸 그랬나 보오. 물론 읽어 보긴 했지만 나의 세계선에선 오래된 일이라 기억이 가물가물하오. 자료를 다시 훑어보긴 했는데 정말 대충 훑어봤소. 그리고 좀 복잡하게 꼬여 있어서, 그렇지 않소? 어서 처음부터 하나씩 설명해 봐요. 내가 이미 알고 있는 사실을 당신이 되풀이한다 해도 해가 될 건 없으니까."

플로리스는 미소를 지었다.

"사람을 무장해제하는 방법을 아시는군요. 일부러 그러시는 건가요?"

그녀는 낮게 중얼거렸다. 순간 에버라드는 그녀가 자신을 은근히 유혹하고 있는 게 아닌지 아리송했다. 그러나 플로리스는 다시 긴장해서, 사무적인 말투로, 학자 같은 말투로 말을 계속했다.

"『연대기』와 『역사』가 미완의 상태로 후세기에 전해져 온 것은 알고 계시죠. 『역사』 중에서 가장 오래 남아 있었던 사본은 열두 권의 원본 중에서 네 권, 그리고 다섯째 권의 일부만을 포함하고 있었어요. 타키투스의 『역사』는 지금 문제가 되고 있는 사건을 설명하다가 끊겼지요. 물론 시간 여행이 개발됐을 때, 그 시대로 원정대가 파견되어 분실된 부분을 되찾아 올 겁니다. 많은 사람들이 그렇게 되길 바라고

---

* 디킨스의 소설 『데이비드 코퍼필드』에 나오는 인물로, 어머니의 하녀 클라라에게 기꺼이 결혼하겠다고 선언했다. 무슨 일이든 기꺼이 해내고자 할 때 쓰는 표현이다.

있어요. 타키투스가 역사상 가장 훌륭한 역사가는 아니지만 주목할
만한 문장가이자 윤리학자입니다. 그리고 몇몇 사건에 있어서는 유일
하게 의미 있는 문서를 남긴 사람이지요."

에버라드는 고개를 끄덕였다.

"맞소. 탐험가들은 무엇을 찾고 무엇을 주의해야 하는지에 대한
정보를 얻기 위해 조사를 떠나기 전에 역사가들의 자료를 읽곤 하
지."

그는 헛기침을 했다.

"내가 왜 당신이 하는 일을 얘기하고 있는 거지? 실례했소. 담배를
피워도 되겠소?"

"네, 그러세요."

플로리스는 짧게 대답하고는 말을 이어갔다.

"그렇죠, 『역사』 전권과 『게르마니아』는 저를 안내해 준 주요 책자
들이었어요. 그가 서술한 것과 다른 사실들도 무수히 발견했지만 그
건 예상된 바였어요. 특히 대반란과 그 영향에 대한 서술은 전반적인
윤곽이나 대부분의 세부 사항까지도 꽤 신뢰할 만합니다."

그녀는 잠시 숨을 돌렸다. 그리고는 지나치다 싶을 정도로 솔직하
게 말했다.

"아시다시피 저는 혼자서 조사하지는 않았습니다. 어림도 없는 일
이죠. 다른 사람들은 제가 맡은 시대 전후의 백 년 동안 러시아에서
아일랜드까지 무슨 일이 있었는지를 조사하느라 바쁩니다. 집에서 우
리의 보고서를 수집하고 연결 짓고 분석하고 있는 사람들은 없어서는
안 될 사람들이죠. 그런데 마침 저는 지금의 네덜란드, 그리고 벨기에
와 독일 인근 지역을 중심으로, 그러니까 로마가 갈리아를 정복하고
난 뒤 켈트 족의 영향력이 사그라지고 게르만 족 고유의 문화를 발전
시키기 시작한 때에서 활동하고 있어요. 우리가 알게 된 사실들은 그

다지 많지 않습니다. 아직 모르는 사실들이 훨씬 많으니까요. 너무 적은 인원이에요."

'정말 적은 인원이지.' 에버라드는 생각에 잠겼다. '50만 년 이상을 지켜야 하는 상황에서 패트롤은 계속되는 인원 부족에 시달리면서 엷게 퍼진 채 인정받지 못하고 임시방편으로 일하고 있으니. 민간 과학자들에게 도움을 조금 받고 있지만 그들 대부분은 문명 시기를 몇천 년이나 벗어난 시기를 연구하잖아. 그들의 관심사는 항상 우리와는 너무 다르단 말이야. 그럼에도 불구하고 우리는 역사의 숨겨진 진실을 파헤쳐야 해. 너무 쉽게 변해 버릴 수도 있는 순간이 어떤 건지 감을 잡으면서……. 신의 관점에서 보면 얀너 플로리스, 당신은 우리를 존재하게 했던 현실을 지켜 내는 임무를 나보다 잘 해낼 거요.'

플로리스의 쓸쓸한 웃음소리에 그는 공상에서 깨어났다. 자신을 자꾸 괴롭히는 생각에서 빠져나올 수 있게 해준 것이 고마웠다.

"참 전문가답죠, 안 그래요?"

그녀가 큰 소리로 말했다.

"그리고 참 진부하고도 뻔한 이야기죠. 다른 때에는 이보다 훨씬 더 조리 있게 말한답니다, 정말이에요. 오늘은 긴장이 되네요."

웃음기가 사라졌다. 떨고 있었을까?

"이런 상황에 익숙지가 않아요. 죽음에 맞선 적은 있지만 멸망, 내가 알아왔던 세상이 무로 돌아가는 것은……."

플로리스는 입술을 깨물고 자세를 바로 고쳤다.

"죄송합니다."

에버라드는 성냥을 그어 담배에 불을 붙이고는 한 모금 빨아들였다.

"당신이 얼마나 강인한 사람인지 알게 될 거요. 이미 그것을 증명했잖소. 당신의 현장 경험에 대해 들어보고 싶소."

그가 그녀를 격려했다.

"나중에요."

플로리스는 잠시 고개를 돌렸다. 뭔가에 홀린 사람 같았다. 그녀는 다시 시선을 돌리면서 목소리에 힘을 실었다.

"3일 전에 한 특별 요원이 자문을 구하려고 저를 호출했어요. 어떤 연구팀이 타키투스의 『역사』를 손에 넣었대요. 들으셨어요?"

"들었소."

그는 아주 간단한 보고를 받았지만 그 사실은 들어서 알고 있었다. 순전히 우연이었다, 아닌가? (우연은 이상한 방법으로 되돌아올 때가 있다.) 기원후 2세기 초를 연구하는 사회학자들은 상류계급이 몇십 년 전에 죽은 도미티아누스 황제*를 어떻게 평가하고 있는지 파악하라는 갑작스런 통보를 받았다. 그들은 정말 도미티아누스 황제를 스탈린으로 기억하고 있었을까, 아니면 몇 가지 업적은 인정하고 있었을까? 타키투스는 나중에 그의 저서에 부정적인 관점을 분명하게 피력했다. 개인 서재에서 그의 저서를 빌려 몰래 복제하는 것이 데이터 파일을 가지러 미래로 가는 것보다 쉬울 것 같았다.

"그들은 자신들이 기억하는 표준 번역본, 그러니까 그게 표준 번역본이 맞는다면, 그것과 다른 부분이 있다는 것을 알게 됐어요. 비교를 해 본 결과 그 차이는 극명했어요. 복사하는 사람의 실수나 작가의 교정, 그런 합당한 이유로 설명할 수 있는 정도가 아니었어요."

플로리스는 강조했다.

"탐문 수사를 통해 그 책은 위조본이 아니라 타키투스가 쓴 원고의 진본으로 판명됐어요. 두 판본 사이에 표현상의 변화가 나타났어

---

* 로마 황제(서기 51~96년, 재위 81~96년)로 베스파시아누스 황제의 아들이다. 형인 티투스 황제를 뒤이어 즉위했다. 전제적 경향이 짙어 기독교를 박해하고 원로원을 제압하였으나 속주 통치와 변경 방위에서는 치적을 올렸다.

요. 두 개가 각기 다른 결론으로 나갈 것이 예상되었죠.──그 기록, 서술의 가닥은 다섯째 권에서 갈라졌어요. 남아 있는 판본이 끊긴 바로 그 장면 즈음에서요. 단순한 우연의 일치일까요?"

"모르겠소. 그 질문은 그냥 넘어가는 게 낫겠소. 뭔가 소름 끼치는 일이로군. 그렇지 않소?"

에버라드가 대답했다. 그는 어렵게 몸을 뒤로 기대어 다리를 꼬고 남은 커피를 마신 뒤 담배 연기를 길게 내뿜었다.

"그 이야기, 두 개의 이야기에 대한 줄거리를 나한테 알려주는 게 어떻겠소? 당신에게는 아주 기초적인 내용일지라도 다시 설명해 주시오. 고백하건대 내가 기억하는 건 네덜란드 사람들과 몇몇 갈리아 인들이 로마의 지배에 반대하여 봉기를 일으켜서 진압당할 때까지 강력한 전투를 벌였다는 것뿐이오. 그 이후에 그들, 그리고 그들의 후손은 얌전한 백성들로 살았고 결국 로마 시민이 되었지."

좀더 명확한 대답이 돌아왔다.

"타키투스는 구체적으로 설명을 하고 있어요. 저는, 아니 우리는 그가 전반적으로는 꽤 훌륭한 보고를 했다고 믿고 있습니다. 반란은 바타비 족이 시작했어요. 바타비 족은 라인 강과 바알 강 사이에, 지금의 남부 네덜란드 지역에 살던 부족이에요. 그들과 이 지역에 사는 다른 많은 부족들은 정식으로 로마 제국의 지배하에 들어가지 않았고 강제로 공물을 바치는 신세가 되었어요. 군사와 보조 병력을 로마로 보내야 했지요. 그들은 로마의 군대와 함께 복무를 했고 제대한 곳에서 자리를 잡든 고향으로 돌아가든 많은 연금을 받고 퇴역했어요.

하지만 네로 밑에서 로마 지배세력의 착취는 점점 더 심해졌어요. 예를 들어서, 프리시 족 사람들은 방패를 만들기 위한 가죽을 일정량 바쳐야 했어요. 그런데 이제 지배자는 자그마한 국내 소의 피혁 대신 더 크고 더 두꺼운 야생 황소의 피혁을 요구했어요. 점점 귀해지고 있는데도 불구하고 말이죠. 아니면 그와 같은 질의 피혁을 달라고 했어요. 터무니없는 요구였죠."

에버라드는 왼쪽 입꼬리를 올리며 웃었다.

"세금 징수라. 낯익은 상황이군. 계속 말씀하시오."

플로리스의 목소리가 높아졌다. 그녀는 주먹을 무릎 위에 올려놓은 채 눈앞을 응시했다.

"기억나시죠, 네로를 황제의 즉위에서 끌어내리자마자 내전이 일어났어요. 갈바, 오토, 비텔리우스, 세 황제에 이어서 근동 지역에 있던 베스파시아누스까지 권력 투쟁에 끼어들면서 로마 제국을 파괴하고 있었어요. 그들 각각이 모을 수 있는 병력은 다 모았어요. 누구든, 어디에서든, 어떤 수단을 써서라도, 강제 징집을 통해서라도 병력을 모았어요. 그런데 특히 바타비 족은 자기 아들들이 억지로 끌려가는 것을 목격했죠. 그들은 자신에게 무의미한 전쟁에 싸우러 간 것뿐만이 아니었어요. 몇몇 공직자들은 미소년을 탐했거든요."

"그렇소. 틈만 보이면 지배 세력은 항상 민중을 그렇게 대하지. 미국의 헌법 제정자들이 그래서 연방정부의 권력을 제한하려고 했었소. 그런 효과가 오래가지 않아서 참으로 안타깝지만. 미안하오. 끼어들려고 한 건 아니었는데."

"음, 바타비에 귀족 가문이 있었어요. 막대한 재산과 영향력, 신에게 부여받은 혈통…… 그들은 로마에 많은 병력을 공급했었죠. 그중에 출중한 사람이 있었는데 라틴 이름은 클라우디우스 키빌리스였어요. 우리는 그가 고향에서 부르문드라고 불린 것을 알았어요. 그는 군대에 오래 있으면서 여러 가지 활약으로 유명해졌어요. 그러다가 때가 되자 바타비 족과 그 이웃 부족들에게 싸우자고 호소했습니다. 순진하기만 한 시골뜨기가 아니었던 거죠. 이해하시겠죠."

"알겠소. 그 사람은 어느 정도 문명인이었을 것이고, 틀림없이 똑똑하고 기민한 유형의 사람이었을 거요."

"표면적으로 그는 비텔리우스에 반대해서 베스파시아누스를 지지했어요. 그리고 부하들에게 베스파시아누스는 정의로운 황제가 될 것이라고 얘기했어요. 그래야 다른 곳에 있는 게르만 부대도 쉽게 자신의 대열을 뒤로 하고 합류할 수가 있었거든요. 그는 몇 번의 전투에서 큰 승리를 거두었어요. 북동부 갈리아에서는 열광했지요. 율리우스 클라시쿠스와 율리우스 투토르 하에서 갈리아의 보조 부대들은 키빌리스에게 합류하면서, 자기 지역이 독립적인 제국임을 선언했어요. 게르만 족인 브루크테리 족의 벨레다라는 점성술사는 로마의 멸망을 예언했고요. 그것이 사람들을 더욱 자극해서 용맹스러운 전사로 만들었고 그들도 곧 독립적인 연합국이 되고자 했어요."

'미국인한테는 꽤 익숙한 상황이로군. 우리도 1775년에 영국인으로서의 권리를 획득하기 위해 싸우기 시작했지. 그러다가 사건들이 꼬리를 물고 일어났지.' 에버라드는 말을 하려다가 삼켰다.

플로리스는 한숨을 쉬었다.

"어쨌든 베스파시아누스의 세력이 우세해졌어요. 그는 몇 달 동안 근동 지역에서 머물러 있었어요. 거기에서도 할 일이 많아 무척 바빴지만 베스파시아누스는 키빌리스에게 서신을 보내서 적대적인 관계를 청산하자는 제안을 했어요. 물론 거절당했지요. 그 뒤에 그는 유능한 장군이었던 페틸리우스 케리알리스를 급파하여 북쪽 지역을 책임지도록 했어요. 그러는 동안에 갈리아 족과 게르만 족은 서로 협력하지 못하고 싸우느라고 자신들에게 온 기회를 다 놓쳐 버렸어요. 통일된 지휘권이라는 것은 그들의 상식으로는 받아들일 수가 없는 일이었던 거예요. 로마는 그들을 하나하나 몰락시켰어요. 결국 키빌리스는 케리알리스를 만나서 협상을 하기로 했어요. 타키투스의 책에서 아주 극적인 장면이에요. 에이셀 강* 위에 다리가 놓여 있었는데 인부들이 가운데 부분을 미리 없앴어요. 두 사람은 각각 끊어진 다리의 끝에서 마주보며 이야기를 했는데……"

"생각나는군. 그게 원고가 끝난 부분이었소, 나머지 부분을 찾아내기 전까지는. 내 기억이 맞는다면 반역자들은 꽤 괜찮은 제안을 받고 수락했었지."

에버라드가 말했다.

플로리스는 고개를 끄덕였다.

"네. 폭력 행위 중단, 미래에 대한 보장, 그리고 형벌 면제였어요. 키빌리스는 개인의 일상으로 돌아갔어요. 벨레다는――타키투스는 언급하지 않고 있어요. 휴전 협정이 맺어지는 데에 기여한 것 같다고만 했지요. 저는 그 여자가 이후에 어떻게 됐을지 궁금해 하곤 해요."

"생각해 본 바 없소?"

"추측만 해 볼 뿐이죠. 발헤런 섬의 레이덴이나 미델뷔르흐에 있는 박물관에 가보면 제단과 봉헌대 같은 2~3세기의 석조물들을 볼 수 있어요. 그것들에는 라틴 어가 새겨져 있는데――." 플로리스는 어깨를 으쓱했다. "아무것도 아니에요. 우리 네덜란드의 조상들은 지방의 로마 인들이 되어서 상당히 만족스럽게 살았다는 게 진실이죠. 진실이었죠."

그녀의 눈이 커졌다. 플로리스는 쿠션 가장자리를 꽉 움켜쥐었다.

그들 사이에 침묵이 흘렀다. 유리창 너머로 비추는 늦은 오후의 햇빛과 차들이 지나가는 소리가 금방이라도 흩어져 버릴 것 같았다.

"그게 『타키투스 1』의 내용이죠?"

잠시 뒤에 에버라드가 낮은 목소리로 말했다.

---

* 네덜란드 헬더를란트(Gelderland) 주와 오버레이설(Overijssel) 주의 국경을 이루며 흐르는 강으로 에이셀 호로 흘러들어간다.

"우리가 지금까지 써 왔고 내가 어제 훑어본 책이지. 『타키투스 2』에 대해서는 잘 모르오. 그건 무슨 얘기를 하고 있소?"

플로리스도 작은 목소리로 대답했다.

"『타키투스 2』에서 키빌리스는 굴복하지 않았어요. 벨레다가 평화에 반대했기 때문이죠. 전쟁은 그 다음 해에 부족들이 완전히 정복당할 때까지 계속됐어요. 키빌리스는 로마의 승리를 알리기 위해 쇠사슬에 묶여 끌려가느니 자살하는 편을 택했어요. 벨레다는 자유로운 게르마니아*로 달아났어요. 많은 사람들이 그녀를 따라갔어요. 『타키투스 2』는 그 마지막 부분에서 자신이 『역사』를 쓰는 사이에 야만적인 게르만 족이 개종을 했다고 언급하고 있어요. 어떤 여신, 그러니까 타키투스가 『게르마니아』에서 묘사한 네르투스의 존재가 두드러지는 종교로 말이죠. 그리곤 그 여신을 페르세포네, 미네르바, 벨로나 같은 여신들과 비교하고 있어요."

에버라드는 턱을 끌어당겼다.

"죽음, 지혜, 그리고 전쟁의 여신 말이오? 이상하군. 아스인지 애시르인지 하는 하늘의 남자 신들이 이미 오래전에 그 옛 땅의 신들을 자신들 밑으로 복속시켰을 텐데…… 로마나 다른 곳에서 일어난 사건들에 대해서 그 책은 뭐라고 하고 있소?"

"본질적으로는 첫번째 본문과 같은 얘기예요. 표현이 다른 부분이 많긴 해요. 대화나 사건도 마찬가지로 조금씩 달라요. 하지만 고대와 중세의 연대기 기록자들은 그런 것들을 마음대로 창작해 내기도 했어요. 아니면 전해져 내려오는 이야기 중 사실에 기반을 둔 것들을 활용하기도 했어요. 내용에 차이가 있다고 실제 사건이 달랐을 거라고 판단할 수는 없어요."

* 라인 강 오른편의 로마 제국에 지배받지 않는 땅.

"게르마니아의 경우는 예외지. 뭐, 깡시골이었으니까. 거기에서 무슨 일이 있었든, 처음 몇 십 년 동안은 그다지 고도의 문명에 닿는 일이 없었소. 하지만 장기간에 걸쳐 나온 그 결과들은……"

"그렇게 중대한 건 아니겠죠, 그렇죠? 우리는 아직 여기 있잖아요. 우리는 아직도 존재하잖아요, 그렇지 않아요?"

플로리스의 목소리가 떨렸다.

에버라드는 담배를 깊게 빨아들였다.

"지금까지는. 그리고 '지금까지' 라는 말은 무의미하오. 그 말을 영어로 하든 네덜란드 어로 하든 상관없이. 하지만 아직 시간어는 사용하지 맙시다. 우리는 지금 수사가 필요한 아주 이례적인 사건을 접하고 있소. 고대의 일이어서 우리가 더 일찍 알아차리지 못한 것 같소. 물론 '더 일찍' 이라는 말도 무의미하지만. 거의 모든 관심은 다른 곳에 가 있으니."

'기원후 69년과 70년. 그 2년 동안 북부의 반란만 있었던 건 아니지. 광무제가 후한의 지배권을 공고히 하기만 한 것도, 사타바하나 왕조가 인도를 정복하기만 한 것도, 볼로가세스 1세가 페르시아에서 반역자와 침입자에 맞서 싸우기만 한 것도 아니었어. (여기로 오기 전에 기록들을 확인해 봤지. 어떤 일도 단독으로 일어나지는 않아.) 황제를 로마가 아닌 다른 곳에서도 세울 수 있다는 것을 알게 된 로마의 군대가 로마를 산산조각 내고 있던 때만도 아니었지. 그래, 그때는 그 무엇보다 유대 전쟁의 시기였다. 베스파시아누스와 그 아들 티투스가 비텔리우스와의 전투에서 승리를 거두고 난 뒤에도 그들을 묶어 놓았던 것이 그것이었지. 승승장구하는 유대인들, 이들에 대한 피비린내 나는 진압과 제3성전의 파괴.* 그것이야말로 인류의 미래와 유대교,

---

* 66년에 시작된 1차 유대반란은 73년까지 7년 동안 계속되었다.

기독교, 로마 제국, 유럽, 전 세계에 엄청난 중요성을 가진 사건이었어.'

"그렇다면 그것은 하나의 결절지점인 거죠, 그렇지 않아요?"

플로리스는 속삭이다시피 말했다.

에버라드는 천천히 고개를 끄덕였다. 어찌된 일인지 그는 겉보기로는 평정심을 유지하고 있었다.

"패트롤 병력은 주로 팔레스타인을 지키는 데에 집중하고 있소. 수세기에 걸쳐서 어떤 감정들이 얽히게 됐는지 짐작이 갈 거요. 예루살렘에서 있었던 일을 뒤엎고 싶어 하는 광신도와 자유로운 시간 여행자들, 계속 모여들면서 치명적인 실수가 생길 확률을 높이는 연구자들, 그리고 그곳의 정세, 그 시기로 들어가려는 끝없이 많은 이유들과 거기에서 파생되는 결과들……. 나는 물리학을 잘 이해하지는 못하지만 내가 배웠던 내용은 사실이라고 생각하오. 시공연속체는 그런 시기에 더욱 공격받기 쉽다는 사실 말이오. 현실은 야만족의 땅 게르마니아가 멀리 있는 만큼이나 불안정해요."

"하지만 무엇이 현실을 변하게 했을까요?"

"우리가 알아내야 하는 것이 바로 그거요. 패트롤이 다른 곳에 신경을 쓰지 못하는 틈을 노리는 사람일 수도 있어요. 그냥 사고였을 수도 있고, 또…… 모르겠소. 데이넬리아인들이라면 모든 가능성을 고찰해 볼 수 있을지 모르지. 우리가 할일은……"

에버라드는 숨을 들이쉬었다.

"예를 들면 위조처럼, 그럴듯하면서도 우리가 안심할 수 있는 설명 방식이 없는 점으로 미뤄 봤을 때 서로 다른 이 두 개의 본문은…… 어떤 경고요. 하나의 징조이거나 변화의 파동일 거요. 어떤 일로 인해 역사가 전혀 다른 방향으로 흘러가면서, 결국 당신과 나, 우리 주위에 있는 모든 것들이 단 한 번도 존재한 적이 없었다는 결론이 나올 수도 있어요. 우리는 이 경고에 귀를 기울이고 이런 일이 결코 없었음을 확인하는 조치를 취해야 하오. 아, 이런. 시간어로 말하는 게 낫겠군."

플로리스는 자기 찻잔을 들여다보았다.

"조금 이따가 하면 안 될까요?"

그녀는 들릴락말락한 목소리로 물었다.

"거기에 대해서 생각하고 받아들일 만한 시간이 필요해요. 저에게 이런 일은 항상 이론의 영역으로만 존재했거든요. 저는 현장 조사를 어떻게 했냐면, 아프리카 오지에 있는 19세기 탐험가처럼 했어요. 사전에 유의할 점은 있었지만 사건의 형식이 쉽게 어그러지지는 않는다고 들었어요. 제가 무슨 일을 하든, 이성적인 상태에서 한 일이라면 그것은 '언제나' 과거의 일부가 되어 있을 거라는 얘기도요. 그런데 오늘은 지구가 제 발 밑에서 사라져 버린 기분이에요."

"그런 기분 알아요." '악몽처럼 선명하게 떠오르는걸. 두번째 포에니 전쟁……'

"그래요, 천천히 시간을 가지시오." '시간이라니!'

"마음을 좀 가다듬어요. 나도 아직 정신이 없군. 일단 긴장을 풀고 편하게 수다를 떨어 보는 게 어떻겠소? 당면한 문제에 대해서, 혹은 다른 일에 대해 얘기해도 좋아요. 나가서 저녁 먹고 한잔 하면서 즐거운 시간도 보내고, 서로에 대해 알아보도록 해요. 일은 내일부터 본격적으로 착수하면 되니까."

에버라드는 자기도 모르게 진심 어린 미소를 지었다.

"고맙군요."

플로리스는 레게 머리를 한 숱 많은 금발을 쓸어 넘겼다. 에버라드는 고대 게르만 족의 여성들이 머리를 길게 길렀다는 사실을 떠올렸다. 사람들이 인간의 긴 머리털에 깃들어 있다고 믿은 마법을 느낀 것처럼, 플로리스는 내면에서 새로운 힘이 솟아나는 것을 느꼈다.

"맞아요, 내일부터 우리는 이 상황을 헤쳐 나갈 거예요."

3

겨울은 거센 바람과 함께 비를, 눈을, 다시 비를 불러왔다. 날씨는 봄까지 극성을 부렸다. 강이 불어나 초지는 물에 잠겼고 늪은 범람했다. 사람들은 저장해 둔 곡식을 꺼내 먹고, 웅크려 떨고 있는 가축들을 계획보다 많이 잡았으며, 예년보다 자주 사냥을 나갔다. 그들은 신들이 지난해의 가뭄에 싫증이 나서 땅을 갈아엎고 있는 것이 아닌지 궁금했다.

브루크테리 족이 신성한 숲에서 모임을 가진 밤은 춥지만 날씨는 맑았다. 좋은 징조였다. 유령처럼 창백한 구름 조각들이 바람에 흘러갔다. 그 사이에 만월이 빠르게 달렸다. 별 몇 개가 희미하게 반짝였다. 숲의 나무들은 커다란 어둠을 이루고 있었다. 하늘에 드리워진 벌거벗은 가지들을 제외하고 그 모습을 제대로 알아볼 수 없었다. 가지들이 흔들리는 소리는 마치 미지의 언어처럼 들렸다. 그것들은 날카롭게 으르렁거리는 바람 소리에 응답했다.

모닥불이 높이 타올랐다. 불길은 하얀 속불꽃으로부터 붉고 노랗게 타올랐다. 불씨들이 높이 회오리치며 별들을 희롱하다가 사라졌다. 빛은 늪지대 주변의 큰 나무줄기에 거의 닿지 않고 움직이는 것처럼, 흔들리는 그림자로 보이게 했다. 그것은 모인 사람들의 창과 눈을 빛나게 하고, 그늘에서 굳은 표정의 얼굴들을 드러냈다. 하지만 수염과 털 윗도리 속에서 빛은 사라졌다.

모닥불 뒤에 통나무를 거칠게 잘라서 만든 신상들의 모습이 어렴풋이 보였다. 보엔, 티우, 도나르는 갈라지고 회색으로 변했다. 이끼와 버섯이 웃자라 있었다. 네라 상은 좀더 새것이었다. 그것은 새롭게 칠해져서 달빛 아래 빛나고 있었다. 그 조각에는 남쪽 땅에서 온 노예의 기술이 녹아 있었다. 흔들리는 불빛 속에 그녀, 여신이 살아 있는 것 같았다. 숯불 위에 구워지고 있는 멧돼지는 다른 신들보다 그녀를 위해 잡은 것이었다.

그들, 남자들의 수는 많지 않았다. 젊은 사람들 몇밖에 없었다. 모두 지난 여름 바타비 족의 부르문드와 함께 로마인들과 싸우기 위해, 족장들을 따라 라인 강을 건너갔을 수도 있는 사람들이었다. 그들은 아직 여기 있었다. 고향에서 몹시 아쉬워했다. 밸-에드는 브루크테리 족 가문의 우두머리들에게 오늘 밤 모여서 제물을 바치고 자신의 말을 들어야 한다는 명을 돌렸다.

밸-에드가 모습을 드러냈을 때, 그들의 이빨 사이에서 숨결이 쇄하고 새어나왔다. 그녀는 짙은 색 모피로 가장자리를 장식한 달처럼 하얀 옷을 입고 있었다. 가슴 위에서 호박으로 만든 목걸이가 빛나고 있었다. 바람이 그녀의 치마를 물결치게 했다. 그녀의 망토는 커다란 날개처럼 펄럭였다. 저 두건 속에 무슨 생각이 들어 있는지 누가 알겠는가? 그녀는 두 팔을 치켜들었다. 팔을 감고 있는 황금 고리들이 뱀처럼 번쩍였다. 그녀를 향해 모든 창이 기울어졌다.

멧돼지 준비를 감독하고 있던 헤이딘은 다른 사람들과 떨어져 불에서 제일 가까운 곳에 서 있었다. 그는 단검을 뽑아 입술에 가져갔다가 다시 칼집에 집어넣었다.

"어서 오십시오, 신녀님이시여. 보십시오. 당신이 명한 대로 사람들이 모였습니다. 이 사람들은 부족민들을 대표하며 신들은 그대를 통해 이들에게 이야기할 수 있습니다. 말씀하실 것이 있으시면 말씀하십시오."

에드가 손을 내렸다. 큰 목소리는 아니었지만, 그녀의 말은 밤의 소음을 뚫고 듣는 이들에게 가 닿았다. 에드의 말은 헤이딘보다 더 많이, 어느 먼 해변의 파도처럼 높았다 낮아졌다 하는 외지의 억양을 띠고 있었다. 언제나 그녀를 둘러싸고 있는 두려운 분위기는 어느 정도 여기서 오는 듯했다.

"내 말을 들으시오. 브루크테리의 자손들이여. 내가 전하는 소식이 대단한 것이기 때문이오. 칼은 높이 뽑아졌소. 늑대와 까마귀가 배를 채웠고, 네라의 마녀들이 자유로이 날아다녔소. 영웅들에게 찬사를!

우선 그대들에게 더 오래된 진실을 이야기하겠소. 내가 그대들을 이리 불렀을 때, 난 단지 그대들의 말을 듣고 싶었을 뿐이었소. 시간은 오래 지났고 집들은 굶주렸으며 적들은 아직도 굳건하게 버티고 있었소. 그대들 중 많은 이들이 우리가 왜 강 건너에 있는 우리 친척과 손을 잡아야 하는지 의아해하기 시작했소. 우리에게는 갚아야 할 치욕은 있지만 벗어야 할 굴레는 없소. 우리는 그들과 함께 왕국을 건설하려 하지만 그들이 실패한다면 불가능하오.

그렇소. 갈리아의 부족들 역시 일어섰소. 하지만 그들은 많이 경솔하오. 그렇소. 우비 족, 로마 인의 개들 속에서 부르문드가 떨쳐 일어났소. 하지만 로마 인들은 우리 친구인 쿠게르니 족*의 나라를 황폐하게 만들었소. 그렇소, 우리는 모군티아쿰**과 카스트라 베테라를 포위했소. 하지만 처음에 우리는 물러서야 했고, 그 다음엔 한 달 한 달 버티고 있었소. 그렇소, 우리는 전장에서 승리하기도 했지만, 패배

---

* 보쿨라는 바타비 족과 동맹을 맺은 것에 대한 보복조치로 이 종족의 부락들을 공격했다고 타키투스의 『역사』에 기록되어 있다.
** 오늘날의 마인츠. 보쿨라는 게르만 족의 공격에서 마인츠를 지켜냈다.

하기도 했소. 우리의 피해는 언제나 컸소. 그래서 나는 그대들에게 나의 약속을 새롭게 상기시키곤 했소. 로마는 멸망할 것이며, 로마 군단의 뼈는 땅에 뿌려질 것이고, 모든 로마 인의 지붕에서 붉은 수탉이 울부짖을 것이라고——네라가 복수할 것이라고, 우리는 오로지 계속 싸워야만 한다고 말이오.

그리고 나서 오늘에 와서야, 분명 여신의 뜻에 의해 부르문드 본인으로부터 내게 전령이 당도했소. 카스트라 베테라, 적들의 '오래된 요새'가 항복했소. 모군티아쿰에서 승리한 군단장 보쿨라는 죽었소. 보쿨라가 죽음을 당한 노베시움*도 마찬가지로 항복했소. 콜로니아 아그리피넨시스**, 오만한 우비의 도시는 교섭을 요청하고 있소.

네라는 신의를 지켰소, 브루크트의 자손들이여. 이것은 네라가 이행할 약속의 시작이요. 로마는 멸망할 것이오."

함성이 하늘을 찔렀다.

그녀가 더 길게 연설을 했다. 하지만 많이 길지는 않았고, 조용히 마무리되었다.

"우리의 전사들이 마침내 고향에 돌아올 때, 네라가 그들의 허리에 축복을 내려 세계를 지배할 자들의 아버지가 되게 할 것이오. 이제 여신 앞에 잔치를 벌이시오. 그리고 내일 그대들의 여인들에게 희망을 전해 주시오."

그녀가 한 손을 들었다. 다시 한 번 그들은 창을 기울였다. 에드는 길을 밝히기 위해 모닥불에서 장작불 하나를 꺼내 들고, 어둠 속으로 떠났다.

---

* 오늘날의 노이스. 보쿨라는 노이스에서 카스트라 베테라를 포위에서 구원하기 위한 공격을 준비하던 중 로마 병사로 위장하고 침투한 게르만 족 전사들에게 암살당했다.
** 오늘날의 쾰른.

헤이딘은 사람들로 하여금 석쇠에서 제물로 받쳤던 냄새 좋은 고기를 가져와 나눠 먹게 했다. 하지만 사람들이 자신들이 들은 이야기의 경이로움에 대해 서로 수군거리고 있을 때, 그는 거의 말을 하지 않았다. 그러한 침묵의 주문이 헤이딘을 사로잡는 일은 자주 있었고, 사람들은 거기에 익숙해져 있었다. 헤이딘은 영리하고 민첩한 지도자였다. 게다가 밸-에드가 신뢰하는 사람이었다. 그는 마르고, 좁다란 이목구비에 하얀 가닥들이 섞인 검은 머리칼, 그리고 수염은 짧게 깎고 있었다.

뼈다귀를 쓰레기더미에 버리고 불이 꺼진 다음, 헤이딘은 사람들을 대표해서 신들에게 인사를 고했다. 눈을 붙이고 아침에 돌아가려는 사람들은 근처의 오두막을 찾아갔다. 헤이딘은 다른 길로 갔다. 그의 횃불은 희미한 흔적을 따라가는 것을 도와주었다. 헤이딘은 나무 아래에서 넓은 공터로 나왔다. 그는 횃불을 떨어뜨려 껐다. 달은 마녀같아 보이는 구름들과 바람 속에서 서쪽 숲을 향해 기울고 있었다.

헤이딘의 앞에 둥그스름한 집 한 채가 서 있었다. 이엉 위로 서리가 빛나고 있었다. 그는 그 안 한쪽 벽에 암소들이 줄지어 자고 있고, 다른 쪽 벽을 따라 사람들이 자기 짐들과 뒤섞여 자고 있다는 걸 알고 있었다. 다른 데에 있을 곳이 없었기 때문이었다. 하지만 이들은 밸-에드에게 봉사하고 있었다. 그녀의 탑은 저 너머에 커다란 형체를 드러내고 있었다. 큰 나무로 만들어 쇠를 씌운 그 탑은 그녀가 홀로 꿈꾸며 살 수 있도록 세워져 있었다. 헤이딘은 앞으로 나아갔다.

사내 하나가 창을 겨누고 그를 막아서며 소리쳤다.

"서라!"

그리고, 달빛에 비친 얼굴을 보고나서 말했다.

"아, 대장님이셨군요. 잠자리를 찾으십니까?"

헤이딘이 말했다.

"아니다. 새벽이 다 됐다. 오두막에 집으로 타고 갈 말을 준비해 났다. 그 전에 신녀님을 뵙고 가려 한다."

보초는 망설였다.

"신녀님을 깨우게 되지 않겠습니까?"

"신녀님께서 주무시고 계시리라고 생각하지 않는다."

헤이딘이 말했다. 보초는 어쩔 수 없이 그를 지나가게 해 주었다.

헤이딘은 탑의 문을 두드렸다. 노예 소녀가 깨어나 문을 열어 주었다. 소녀는 그를 보자, 진흙 등잔에 소나무 조각을 대고 불을 붙여 잠시 길을 밝히는 데 사용했다. 헤이딘은 그것을 받았다. 그는 사다리를 타고 꼭대기 방에 올라갔다.

헤이딘이 기다리는 동안──그들은 서로를 너무나 오랫동안 알고 있었다──에드는 자신의 높은 의자에 앉아 등잔불이 만들어 내는 그림자들을 바라보고 있었다. 서까래와 궤짝들, 크고 작은 짐승의 가죽들, 마술도구들과 여행에서 가져온 물건들 사이에서 크고 이지러진 그림자들이 흔들리고 있었다. 추위 때문에 그녀는 망토로 몸을 감싸고 두건을 뒤집어쓰고 있었다. 그래서 에드가 헤이딘 쪽을 쳐다보았을 때, 그녀의 얼굴은 짙은 그림자로 가려져 있었다.

"어서 와요."

에드가 나지막이 말했다. 그녀의 입술에서 나오는 영적인 기운이 희미한 빛 속에서 번쩍거렸다.

헤이딘은 바닥에 앉아 침대방 판자에 등을 기댔다.

"당신은 잠을 자야 해요."

"내가 이렇게 빨리 잠들 수 없다는 걸 알잖아요."

그가 고개를 끄덕였다.

"그래도 자야 해요. 이렇게 여위도록 자신을 혹사하고 있잖아요."

헤이딘은 반쯤 미소 짓는 표정을 봤다고 생각했다.

"나는 오랫동안 이렇게 살았지만, 아직 살아 있어요."

그는 어깨를 으쓱했다.

"뭐, 그럼 잘 수 있을 때 자도록 해요."

그것은 불규칙한 선잠이 될 것이리라.

"뭘 생각하고 있었습니까?"

"물론, 모든 것에 대해서요. 이 승리들이 무엇을 의미하는지, 우리는 다음에 무엇을 해야 하는지."

그녀가 힘없이 말했다.

헤이딘이 한숨을 쉬었다.

"그럴 줄 알았습니다. 하지만 왜죠? 명확한 일인데."

에드가 머리를 감싸쥐자, 두건이 그림자를 오그라들게 했다가 폈다.

"그렇지 않아요. 나는 당신을 알아요, 헤이딘. 로마군 한 무리가 포로로 잡혔다는군요. 당신은 우리가 옛 전사들이 한 대로 모두 다 신에게 바쳐야 한다고 생각하겠지요. 목을 베고, 무기를 부러뜨리고, 마차를 부숴서, 티우가 만족하도록 몽땅 늪에 던져 버려야 한다고요."

"대단한 제물이 되겠군요. 그건 우리 편의 사기를 북돋아 줄 겁니다."

"그리고 로마 인들을 격분하게 만들겠지요."

헤이딘이 웃었다.

"나는 당신보다 로마 인들을 잘 알고 있어요, 나의 에드."

그녀가 주춤했을까? 그가 서둘러 말을 이었다.

"내 말은, 내가 로마 인들과 그 군대를 상대해 왔다는 겁니다. 나는 전쟁 지휘관입니다. 여신님께서는 그런 일상적인 것들에 대해서까지 당신께 말씀해 주진 않겠지요? 난 로마 인들이 우리 종족과 같지 않다고 말하겠습니다. 그들은 냉정하고 신중한——"

"그래서 당신이 로마 인들을 잘 이해하는 거겠지요."

"사람들은 날 보고 교활하다고 하지요."

그가 태연하게 말했다.

"그럼 내 지혜를 이용하도록 하세요. 나는 당신에게 학살이 적들에게 복수하는 것 이상으로, 부족들을 분기시키고 새로운 전사들을 불러올 계기가 될 것이라고 말했습니다."

헤이딘이 엄숙한 태도를 취했다.

"신들 역시 기뻐하실 겁니다. 신들은 기억할 것입니다."

에드가 말했다.

"난 그 점에 대해 생각해 봤어요. 부르문드는 그들을 살려 줄 작정이라고 말—"

헤이딘이 굳어졌다.

"하. 그렇군. 부르문드, 결국 반 로마 인이지."

"단지 그가 당신보다 로마 인들을 더 잘 알기 때문일 뿐이지요. 부르문드는 학살이 현명하지 않은 일이라고 판단했어요. 그건 로마 인들을 격분하게 해서 제국의 다른 곳을 희생하더라도 우리를 상대하는 데 전력을 다하게 만들 거예요."

에드가 손바닥을 들어 보였다.

"잠깐 기다려요. 부르문드도 신들이 원할지도 모른다는 점을 알고 있어요. ── 여기 후방에 있는 우리가 신들이 원한다고 생각할지도 모르는 그것 말이지요. 부르문드는 로마 군의 우두머리를 나에게 보내고 있어요."

헤이딘이 똑바로 앉았다.

"뭐, 그건 괜찮군요."

"부르문드는 꼭 필요하다면 우리가 그 자를 신성한 장소에서 죽여도 된다고 말했어요. 하지만 부르문드는 우리가 그를 가만 내버려 두는 게 좋을 거라고 충고했어요. 더 가치 있는 것과 교환할 인질로—"

그녀는 잠시 가만히 있었다.

"나는 요즈음 조용히 니애르드 님을 부르고 있었어요. 니애르드 님이 그 피를 원할까요, 아닐까요? 그녀는 아무런 징표도 주지 않았어요. 나는 그게 아니라는 대답이라고 생각해요."

"아스의 신들은—"

그의 위로 높이 앉은 채, 에드는 갑자기 딱딱하게 말했다.

"보엔과 나머지 신들이 니애르드, 네라에게 마음대로 불평하도록 내버려 둬요. 내가 섬기는 건 그녀예요. 나는 포로를 살려둘 거예요."

헤이딘은 바닥에서 얼굴을 찡그리고 입술을 씹었다.

그녀는 말을 계속했다.

"당신은 내가 로마의 적이라는 걸 알지요. 그리고 그 이유도 알고요. 하지만 로마를 멸망시킨다는 말은—전쟁을 질질 끌수록, 점점 더 호언장담일 뿐이라는 걸 알게 됐어요. 그건 진정으로 여신께서 나에게 말하게끔 명한 것이 아니에요. 그건 여신께서 내가 말하기를 바란다고 내가 스스로에게 말한 것일 뿐이죠. 나는 오늘 밤 꼭 다시 그 말을 해야 했어요. 아니면 모인 사람들은 당황하고 동요했겠지요. 하지만 우리가 진짜 로마 인들이 이 땅에서 철수하는 것 이상으로 뭘 할 수 있을까요?"

"우리가 신들을 버린다면 그렇게 많은 걸 얻을 수 있을까요?"

그가 무뚝뚝하게 말했다.

"아니면 그건 우리가 버려야 할 권력과 명성에 대한 당신의 희망이겠지요?"

그녀가 말을 잘랐다. 헤이딘은 눈을 부릅떴다.

"나는 당신 이외에 누구에게서도 그것을 참지 않을 겁니다."

에드가 의자에서 일어섰다. 그녀의 목소리가 부드러워졌다.

"헤이딘, 오랜 벗이여. 미안해요. 감정을 상하게 할 생각은 없었어요. 우리는 사이좋게 지내야만 해요. 우리 둘은."

그도 일어났다.

"나는 전에 맹세했지요……. 나는 당신을 따를 거요."

에드는 두 손으로 그의 손을 잡았다.

"그리고 당신은 잘 해 왔어요. 정말 잘."

그녀가 머리를 뒤로 젖히고 헤이딘을 보았다. 두건이 벗겨졌고 헤이딘은 등잔불로 에드의 얼굴을 보았다. 그림자가 주름을 메우고 광대뼈 아래 그림자를 드리웠다. 하지만 그것은 갈색 머리칼에 섞인 회색을 숨겨 주었다.

"우리는 먼 여정을 함께해 왔지요."

"나는 무조건 복종하겠다고 맹세하진 않았습니다."

그가 중얼거렸다. 그는 그렇게 하지 않았다. 때때로 헤이딘은 그녀의 희망을 정면으로 반대하곤 했다. 나중에 그는 자신이 옳았다는 걸에드에게 보여 주었다.

"멀리, 멀리."

그녀가 말을 듣지 못한 것처럼 속삭였다. 황갈색 눈들은 헤이딘 뒤쪽의 어둠을 향하고 있었다.

"세월과 거리가 우리를 지치게 했기 때문에, 우리가 여기, 큰 강의 동쪽에서 여행을 멈추었던 건가요? 우리는 계속 갔어야 했어요. 아마도 바타비 족이 있는 곳까지. 그들의 땅은 바다로 열려 있지요."

"브루크테리 족은 우리를 몹시 환대해 주었습니다. 이 사람들은 당신을 위해 요구하는 것이면 뭐든지 해 주었습니다."

"아, 그래요. 고마워하고 있어요. 하지만 언젠가──모든 부족들이 하나의 왕국을 이룬다면──나는 다시 바다 위에서 니애르드의 별이 빛나는 것을 지켜볼 거예요."

"우리가 먼저 로마 인들의 피를 말려 버리지 않으면 그런 왕국은 있을 수 없습니다."

"그런 말 하지 말아요. 우리가 나중에 그렇게 해야 하더라도. 지금은 좋은 일만 생각하도록 해요."

그가 작별인사를 고했을 때, 일출이 하늘을 붉게 물들이고 있었다. 바깥의 진흙 위에서 이슬이 반짝거렸다. 헤이딘은 어둡고 신성한 숲을 지나 오두막과 말이 있는 곳으로 향했다. 에드의 이마에는 평화가 내려왔고 그녀는 잠들 준비가 되어 있었다. 하지만 헤이딘의 손가락은 칼자루를 꽉 쥐고 있었다.

4

카스트라 베테라, 즉 오래된 요새는 라인 강 근처 에버라드와 플로리스가 태어날 무렵 독일의 크산텐이 있던 곳에 자리 잡고 있었다. 하지만 이 시대에는 이 땅 전체가 게르만 족의 땅, 즉 게르마니아였다. 그것은 유럽 상부를 가로질러 북해에서 발트 해까지, 셸드 강에서 비스툴라 강과 남쪽으로 다뉴브 강까지 이르렀다. 스웨덴, 덴마크, 노르웨이, 오스트리아, 스위스, 네덜란드 등 게르만 국가들은 앞으로 거의 2천 년의 세월을 거치며 일어날 것이다. 지금 이곳에서는 황야가 사라지고, 부족들의 경작지와 목초지, 마을과 농장이 들어서 있었다. 부족들은 전쟁과 이주와 영원한 소란 속에서 오고 갔다.

프랑스, 벨기에, 룩셈부르크와 라인 지방의 많은 부분이 속할 서쪽에는 켈트 족의 말과 풍습을 가진 갈리아 족이 살고 있었다. 케사르가 갈리아를 정복하기 전까지 높은 문화와 군사적 능력을 지닌 갈리아 족은 인접한 게르만 족들을 지배했다. 하지만 그들 사이의 구분은 절대적인 것이 아니고, 경계 지역에서 구분은 흐릿했다. 옛날 자유로운 시절의 기억이 모든 사람들의 머릿속에서 완전히 사라지기에는 그것이 그리 오래 전의 일이 아니었고, 로마로의 동화도 아직 그렇게 많이 진행되지 않았다.

동쪽에 있는 그들의 적수들에게도 같은 일이 벌어질 것 같았다. 하지만 아우구스투스는 토이토부르거 숲에서 군단 셋을 잃었다. 그는 제국의 국경을 엘베 강이 아니라 라인 강으로 당기기로 결정했다. 몇몇 게르만 부족만이 로마의 지배를 받았다. 바타비 족과 프리시 족 같은 가장 외곽의 부족들에게도 그것은 실제적인 점령이 아니었다. 영국 식민통치기의 토착 국가들처럼 그들은 조공과, 대개 가장 가까운 곳에 있는 지방 총독의 시휘를 따르기를 요구받았다. 그들은 보조 부대에 상당히 많은 병사를 제공했다. 원래는 자원병이었으나, 나중에는 강제 징집이 되었다. 봉기를 가장 먼저 일으킨 것은 그들이었다. 그리고 그들은 동쪽의 친족들에게서 동맹군을 얻었다. 그 사이 남서쪽에서 갈리아 족이 봉기를 일으켰다.

"반란, 나는 로마가 아예 멸망할 것이라고 예언한 여자 예언자가 있다고 들었소. 그 여인에 대해 말해 보시오."

율리우스 클라시쿠스가 말했다.

부르문드의 몸이 말안장 위에서 불편하게 움직였다.

"그 여자는 그 예언으로 브루크테리 족과 텡크테리 족, 카마비 족을 우리 대의에 끌어 들였소."

기대한 것보다 별다른 열정 없이 그가 말했다.

"그 여자의 명성은 강을 넘어 우리에게까지 영향을 미치고 있소."

부르문드가 에버라드를 보았다.

"여기 오는 동안 그 여자에 대해 들어 봤겠군. 당신은 그 여자가 왔던 길을 지나왔을 테고, 저쪽의 부족들은 그 여자를 잊어버리지 않았으니까. 그들의 전사들이 그 여자가 이곳에 있는 걸 알고, 전쟁을 부르짖으며 우리에게 오고 있소."

"확실히 듣긴 했소. 하지만 나는 그 이야기들을 어떻게 생각해야할지 몰랐소. 좀더 이야기해 주시오."

패트롤 요원은 거짓말을 했다.

세 사람은 회색 하늘 아래 말을 타고 있었다. 스산한 바람이 불고 있는 '오래된 요새' 근처의 길이었다. 그 길은 군사용 도로였다. 포장된 도로는 화살처럼 똑바로 라인 강을 따라 남쪽으로 콜로니아 아그리피넨시스로 향해 있었다. 로마 군단들은 오랜 세월 이곳에 주둔해 있었다. 이제 가을과 겨울 동안 이 요새를 지키던 로마군의 생존자들은 감시를 받으며 노베시움으로 이동하고 있었다. 노베시움은 훨씬 더 일찍 항복했다.

더러운 누더기 차림에 해골처럼 비쩍 마른 패잔병들의 모습은 보기에 심히 민망했다. 대부분 공허한 눈빛을 하고 비틀비틀 걸으며, 대열을 지으려는 생각은 전혀 하지 않고 있었다. 정규군이나 보조부대나 모두 대부분이 갈리아 족이었다. 클라시쿠스의 대변인들의 요구와 달콤한 말을 따라 그들이 항복하고 협력을 맹세한 대상은 갈리아 제국이었다. 포위당한 초기에 여러 번 그랬던 것처럼 결연한 공격을 막을 힘이 그들에겐 없었다. 봉쇄를 통해 그들은 풀을 뜯고 먹고, 손에 잡히는 것이라면 바퀴벌레라도 먹게 되었다.

소수의 갈리아 동족에 의한 감시는 형식적인 것이었다. 그들은 영양상태가 좋았고 말쑥하게 차려입고 있었다. 클라시쿠스와 그의 동료들을 따르기 전에는 그들 역시 로마군이었다. 더 많은 사람들이 그 뒤에서 무겁게 움직이고 있는 황소가 끄는 마차를 지켜보고 있었다. 마차들은 전리품을 싣고 있었다. 그들은 게르만 족들이었다. 군단의 고참병 몇 사람이 창과 도끼, 장검 등으로 무장한 시골뜨기들을 지휘하고 있었다. 클라우디우스 키빌리스——바타비 족의 부르문드——가 자신의 켈트 족 동맹자들을 그리 믿지 않고 있다는 것은 분명해 보였다.

그는 얼굴을 찌푸렸다. 키빌리스는 덩치가 크고 무뚝뚝한 얼굴을 한 남자였다. 감염 때문에 멀어 버린 왼쪽 눈은 우윳빛을 하고 있었지만, 오른쪽 눈은 차가운 파란색이었다. 로마와 절연한 이후로 키빌리스는 수염을 길렀다. 갈색 수염에 흰색이 섞여 있었고, 자르지 않은 머리칼 역시 야만족 풍으로 붉게 염색하고 있었다. 하지만 몸에는 절걱거리는 사슬 갑옷을 걸치고 있었고, 머리에는 번쩍거리는 로마 투구를 쓰고 있었다. 허리에는 베는 용도가 아니라 찌르기 위해 만들어진 로마 군단의 칼이 매달려 있었다.

"밸-에드——벨레다——에 대해 말하려면 하루 종일 걸릴 거요. 그게 행운인지 난 잘 모르겠소. 그 여자는 이상한 여신을 섬기고 있소."

그가 말했다.

"밸-에드! 그게 그 여자의 진짜 이름이었군요. 라틴어를 쓰는 사람들은 당연히 약간 다르게 발음했을 거예요."

에버라드의 귀에 작은 소리가 들렸다. 세 사람은 그들의 공용어인 로마 어를 말하고 있었다.

에버라드는 긴장하고 있는 중에 깜짝 놀라 자기도 모르게 위를 쳐다보았다. 구름만이 보일 뿐이었다. 그 위에 얀너 플로리스를 태운 타임 사이클이 떠 있었다. 여자가 반란자들의 진영에 말을 타고 들어올 수는 없는 일이었다. 만약 그녀의 존재를 잘 설명해 낼 수 있다 하더라도, 가뜩이나 위험한 임무에 말썽이 일어날 소지를 떠안는 것은 어리석은 짓이었다. 게다가 플로리스는 지금 위치에 있는 게 가장 유용했다. 그녀가 가진 기구들은 무대 전반을 살피면서, 넓은 범위를 주시하며, 원하는 대로 확대하거나 축소했다. 장식물처럼 보이는 머리띠 속의 전자장치를 통해, 그녀는 그가 하는 일을 보고 듣고 두개골에 음파를 직접 전도시켜 자신의 말을 전했다. 그가 심각한 어려움에 처할 경우, 그녀는 그를 구조할 수도 있을 것이다. 다만 특별한 사건을 일으키지 않고 그렇게 할 수 있는가가 문제였다. 이 사람들이 어떻게 반응할지 알 수 없었고——가장 세련된 로마인조차 적어도 신탁은 믿었다——패트롤의 목적은 역사를 보존하는 것이었다. 필요할 경우 파트너를 죽게 내버려두어야 했다.

"어쨌든," 부르문드가 말을 이었다. 그는 이 화제에 대해 그만 이야기하고 싶은 게 분명했다. "그 여자의 살벌함은 줄어들고 있소. 아마 여신 자신이 전쟁을 끝내고 싶어 하는지도 모르지. 우리가 전쟁을 시작한 목적을 이룬 뒤에 더 얻을 게 뭐겠소?"

부르문드는 바람 속으로 깊이 한숨을 내쉬었다.

"나 역시, 전쟁이라면 할 만큼 했소."

클라시쿠스가 입술을 살짝 깨물었다. 그는 키가 작은 사람이었다. 그것이 아마도 몸 안에서 불타오르는 야심의 원동력이 되고 있을지 모를 일이다. 하지만 독수리 같은 용모는 자신이 주장하는 대로 왕족의 후손임을 나타내고 있었다. 로마군에서 클라시쿠스는 트레베리 족 기마부대를 지휘했다. 나중에 트리어*가 되는 갈리아 족의 도시에 있는 부대였다. 그와 다른 사람들은 처음에 게르만 족의 봉기를 이용하기로 공모했다.

"우리는 지배를 확립해야 하오. 위대함과 부와 영예도."

클라시쿠스가 날카롭게 말했다.

* 현재 독일 남서부 라인란트팔츠 주에 있는 도시.

"글쎄요, 저도 평화로운 쪽이 좋습니다만."

에버라드가 충동적으로 말했다. 오늘 일어날 일을 막을 수 없다 해도 적어도 작고 하찮은 방식으로나마 그것에 저항해야만 했다.

그는 자신에게 쏟아지는 의심스런 눈초리들을 느꼈다. 잘 얼버무리는 편이 좋을 것 같았다. 자신은 평화주의자인가? 에버라드가 가장한 인물은 고트 족이었다. 그는 언젠가 폴란드가 될, 지금도 고트 족이 살고 있는 땅에서 왔다. 아말라리크의 아들 에버라드는 그 왕의—그 전쟁 지도자의—무수히 많은 자식들 중 하나였다. 그래서 그는 부르문드와 자유롭게 이야기를 나눌 만한 사회적 지위가 되었다. 말할 만한 가치가 있는 유산을 얻기에는 너무 늦게 태어난 탓에, 그는 호박 무역에 나서서 직접 값비싼 물건들을 아드리아 해로 가져왔다. 거기서 그는 억양이 강한 라틴어를 배웠다. 결국 그는 새로운 일에 도전해 보고 싶다는 생각과 함께, 이쪽 지방에서 한몫 잡을 수 있다는 소문을 듣고서 일을 그만두고 서쪽으로 왔다. 그는 또 잠잠해질 때까지 몇 년간 고향을 떠나 있어야 하는 몇 가지 문제가 발생했다고 은근히 내비쳤다.

흔하진 않지만 믿지 못할 이야기도 아니었다. 빼앗을 만한 값진 물건이 없는, 덩치 크고 만만찮아 보이는 남자가 지금까지 습격을 당하지 않고 혼자서 여행할 수 있었다는 것은 어쩌면 당연한 일이었다. 사실, 그는 대부분의 지방에서 일상의 단조로움을 깨고, 새로운 소식과 이야기와 노래들을 전해 주는 사람으로 환대받았다. 클라우디우스 키빌리스도 그가 왔을 때, 이 나그네를 기쁘게 맞아 주었다. 에버라드가 도움이 될 만한 소식을 갖고 있든 말든, 그는 오랜 출정에서 약간의 기분전환이 되었다.

하지만 에버라드가 한 번도 전투에 참가해 본 적이 없다거나, 인간을 칼로 도살한 뒤 잠을 잘 못 자거나 한다는 것은 믿을 수 없는 일이었다. 첩자로 의심받기 전에, 패트롤 대원은 재빨리 덧붙였다.

"아, 나도 많은 전투와 결투를 겪어 왔습니다. 나를 겁쟁이라고 욕하는 자는 누구든 밤이 오기 전에 까마귀밥이 되고 말거요."

그는 말을 멈추었다.

'부르문드의 속마음에 있는 무언가에 호소해서, 내게 조금 마음을 열게 만들 수 있을 것이다. 우리와 우리 세계를 위해 시간 흐름이 어떻게 갈라지게 된 것인지—그래서 어느 것이 올바른 과정이고, 어느 것이 잘못된 과정인지—발견하려면, 이 모든 사태에서 핵심적인 인물인 이 사람이 어떻게 생각하는지 알 필요가 있다.'

"하지만 나는 분별이 있는 사람입니다. 할 수만 있다면, 교역이 전쟁보다 낫습니다."

"당신은 앞으로 우리에게서 교역할 거리를 풍부하게 찾게 될 거요."

클라시쿠스가 단호하게 말했다.

"갈리아 제국은—왜 안 그렇겠소? 해로를 통하는 것처럼 호박을 서쪽으로 직접 육로로 가져오면…… 시간이 날 때 그에 대해 한번 생각해 보겠소."

그가 생각에 잠겨 말했다.

"잠깐. 할 일이 있소."

부르문드가 끼어들었다. 그는 말의 옆구리를 발로 차 앞으로 빠르게 나아갔다.

클라시쿠스의 시선이 신중하게 그의 뒤를 따랐다. 바타비 족 남자는 항복한 군대의 대열 쪽으로 다가갔다. 서글픈 행렬의 끝부분이 막 옆을 지나고 있는 중이었다. 그는 한 남자의 곁으로 가까이 다가갔다. 꼿꼿이 몸을 세우고 긍지 있게 걷고 있는 거의 유일한 사람이었다. 그 남자는 실용성을 무시한 채, 굶어서 홀쭉해진 몸에 하얗게 광을 낸 깨끗한 토가를 두르고 있었다. 부르문드는 몸을 기울여 그와 이야기를 나누었다.

"저자의 머릿속엔 대체 뭐가 든거지?"

클라시쿠스가 중얼거렸다. 그는 에버라드 쪽으로 머리를 돌려 언짢은 표정을 지었다. 방문객이 그 말을 들었을 거라는 데 생각이 미친 것이 틀림없었다. 동업자들 사이의 불화를 남에게 보여서는 안 되는 것이었다.

'저자의 주의를 딴 데로 돌리는 게 좋겠군. 안 그러면 분명 나에게 가라고 명령할 거야.' 패트롤 요원은 그렇게 생각하고, 큰 소리로 말했다.

"갈리아 제국이라고 말씀하셨습니까? 로마 제국의 그 지방을 말씀하시는 것이겠지요?"

그는 대답을 예상하고 있었다.

"그건 갈리아 사람들의 독립된 국가요. 나는 그것을 선포했소. 내가 그 제국의 황제요."

에버라드가 둔하게 놀란 척을 했다.

"뭐라구요, 각하! 도착한 지 얼마 안 된 탓에 저는 미처 그 얘기를 듣지 못했습니다."

클라시쿠스는 냉소적인 미소를 지었다. 그에게는 허영심 이상의 것이 있었다.

"제국은 아주 최근에 세워졌소. 얼마 뒤엔 말안장이 아니라 왕좌에서 제국을 통치하게 될 거요."

에버라드는 그에게서 이야기를 끄집어냈다. 쉬운 일이었다. 이 고트 족 사람은 무뚝뚝하고 위세는 없었지만 대화상대로는 괜찮았다. 아무튼 꽤 강한 인상을 가졌고, 견문이 넓은 그가 내비치는 관심은 미묘하고 독특하게 클라시쿠스의 비위를 맞춰 주는 데가 있었다.

클라시쿠스의 꿈은 구체적이고 매혹적이었으며, 결코 몽상이 아니었다. 그는 갈리아를 로마에서 떼어내려 하고 있었다. 그것은 브리튼섬을 고립시킬 것이며, 주둔병이 많지 않고 반항적이며 성마른 주민들이 사는 그 섬은 곧 클라시쿠스의 손에 떨어질 것이다. 에버라드는 그가 로마의 힘과 결의를 지나치게 과소평가하고 있다는 것을 알고 있었다. 그것은 당연한 실수였다. 클라시쿠스는 로마의 내전이 끝났으며, 베스파시아누스가 앞으로 제국을 어떤 도전도 없이 합법적으로 통치하게 되리라는 것을 알 수 없었다.

"하지만 우리는 협력이 필요했소. 키빌리스는 주저하는 기색을 보였ㅡ"

그가 또 다시 너무 많은 말을 하고 있다는 것을 깨닫고 얼른 입을 다물었다.

"당신 의도는 뭐요, 에버라드?"

클라시쿠스가 물었다.

"저는 그냥 세상 구경을 하고 있을 뿐입니다."

패트롤 요원은 그를 안심시켰다. '적당한 말투로 말해야 해. 너무 낮추지도, 너무 오만하지도 않게.'

"각하는 계획을 말씀해 주시는 영광을 베풀었습니다. 교역의 전망은ㅡ"

클라시쿠스가 말을 물리치는 손짓을 하고 시선을 돌렸다. 그의 얼굴은 딱딱하게 굳어졌다. '이자는 뭔가를 생각하고 있군. 앞으로 진지하게 고려하게 될지도 모를 결론으로 나아가고 있어. 뭔지 짐작할 수 있을 것 같군.' 에버라드는 등골이 서늘해졌다.

부르문드는 로마 인과 짧은 대화를 마쳤다. 그는 감시병에게 명령을 내렸다. 그는 게르만 족이 요새를 포위하고 있는 동안 자기들을 위해 대충 지어 놓은 임시 수용소로 포로와 함께 갔다. 그 사이 부르문드는 백 미터쯤 떨어진 곳에서 말을 타고 있는 스무 명 정도의 체격 좋은 소년들에게 다가갔다. 그들은 부르문드의 가병들이었다. 그는 그중 가장 작고 마른 소년에게 말을 걸었다. 그 소년은 순종의 뜻으로 고개를 끄덕이고, 로마 인을 버려진 요새로 호송했다. 게르만 족 몇 사람이 요새에 남아 거기 있는 로마 시민들을 감시하고 있었다. 그들 은 그가 요청할 수 있는 여분의 말들과 보급품, 장비들을 가지고 있었 다.

부르문드가 동행들에게 돌아왔다. 클라시쿠스가 날카롭게 물었다.

"무슨 일이오?"

"내가 생각한 대로, 저들의 군단장이요. 나는 그런 지위에 있는 자 를 벨레다에게 보내주기로 마음먹었소. 우리 중 제일 빠른 기수인 구 틀라프가 그 여자에게 소식을 알리기 위해 먼저 떠날 거요."

부르문드가 말했다.

"이유는?"

"부하들이 불평하는 소릴 들었소. 나는 고향에 있는 사람들도 똑 같이 느끼고 있다는 걸 알고 있소. 우리는 승리했지만, 패배를 겪기도 했소. 이 전쟁은 오래 계속되고 있소. 아스키베르기움에서—솔직히 말하겠소—우리는 핵심 병력을 잃었소. 난 며칠 간 꼼짝도 못할 정 도로 상처를 입었소. 적들에게는 신병들이 도착하고 있소. 사람들은 지금이 신들에게 피의 축제를 열어 줄 제일 좋은 때라고 말하고 있소. 여기 적들이 우리 손에 떨어져 있소. 우리는 그들을 죽이고, 그들이 가진 장비들을 부순 다음, 모든 것들을 신들에게 바쳐야 하오. 그럼 우리는 승리할 거요."

에버라드는 구름 위 어딘가에서부터 시작된 숨 막히는 비명을 들 었다.

"그게 당신 부하들을 만족시킬 수 있다면, 그럴 수 있지."

로마 인들이 갈리아 족에게 인신공양의 풍습을 버리게 했음에도, 클라시쿠스의 말은 냉정하다기보다 어딘지 열성적으로 들렸다.

부르푼드가 한쪽 눈으로 그에게 강철같이 냉엄한 시선을 던졌다. "뭐라구요? 저들 수비병들은 바로 당신에게 항복하고, 당신에게 충성을 서약했소."

부르푼드는 분명 인신공양을 좋아하지 않았다. 그는 꼭 그렇게 해야 할 경우에만 그에 동의했다.

클라시쿠스가 어깨를 으쓱했다.

"잘 먹이지 않는 한 저들은 쓸모가 없을 거요. 설령 그렇다 해도 믿을 수 없지. 바란다면 저들을 죽이시오."

부르푼드가 정색했다.

"난 바라지 않소. 그건 로마 인들을 더 자극하게 될 거요. 현명치 않은 짓이지. 하지만, 시늉만이라면 괜찮을 거요. 나는 벨레다에게 저 높은 사람을 보낼 거요. 그를 갖고 뭘 할지는 그 여자가 결정할 거요. 그리고 그것이 올바른 일이라고 사람들을 설득할 수 있을 거요."

"뜻대로 하시오. 자, 난 할 일이 있어서. 이만."

클라시쿠스가 말에게 쯧쯧 혀를 차는 소리를 내서 남쪽 방향으로 가볍게 걸어가게 했다. 그는 빠르게 마차들과 포로들을 지나 시야에서 점점 작아지더니, 길이 우거진 숲으로 접어드는 곳에서 모습을 감추었다.

게르만 족 대부분이 저기에 숙영하고 있다는 것을 에버라드는 알고 있었다. 일부는 최근 부르푼드의 군대로 들어온 자들이었고, 일부는 수개월 동안 카스트라 베테라 밖에서 진을 치고 있으면서 점점 더 러워지는 막사에 진저리를 내고 있는 자들이었다. 아직 나뭇잎이 무성하지 않았음에도 그 숲은 바람막이가 되어 주었다. 그것은 고향의 숲처럼 깨끗하고 생기가 있었다. 나무들 위로 지나가는 바람이 어두운 신들의 목소리로 말하고 있었다. 에버라드는 몸서리가 치는 것을 꾹 눌러 참았다.

부르문드는 가늘게 눈을 뜨고 자신의 제휴자가 물러가는 모습을 지켜보았다.

"흠, 무슨 일인지 궁금하군."

그는 모국어로 말했다. 그것은 의식적으로 떠오른 생각이 아니라 모호한 예감이었을 것이다. 그는 방향을 돌려 토가를 입은 남자와 호송병을 쫓아가며 자신의 호위병들에게 손짓했다. 그들은 부르문드를 맞으러 달려 나왔다. 에버라드는 슬쩍 그들 속에 끼어들었다.

전령인 구틀라프가 막사들 사이에서 나타났다. 그는 새 조랑말을 탄 채, 갈아탈 말 세 마리를 끌고 가고 있었다. 그는 강가로 다가가서 대기하고 있는 나룻배에 올라탔다. 배는 강물에 떠 있었다.

에버라드는 군단장에게 가까이 다가가서 그를 자세히 보았다. 초췌한 모습에도 불구하고 가무잡잡하고 잘생긴 용모를 볼 때, 군단장은 이탈리아 태생이었다. 그는 명령에 따라 멈추어 서서 자신에게 닥칠 일이 무엇이든, 체념에 익숙해진 태도로 기다리고 있었다.

"나는 잘못이 일어나지 않도록 지금 즉시 이 일이 처리되길 바란다."

부르문드가 갈리아 인에게 라틴 어로 말했다.

"넌 원래 임무로 돌아가라."

그리고 자신의 전사 두 사람에게 말했다.

"새페르트와 흐내프, 너희들이 이 사람을 브루크테리 족과 함께 있는 밸-에드에게 데려다 주도록 해라. 구틀라프가 이 소식을 가지고 지금 막 출발했다. 하지만 그래도 마찬가지다. 너희는 로마 인을 죽이지 않고 원래 상태 그대로 데려가기 위해, 훨씬 더 쉬운 길로 가야만 할 것이다."

약간 친절한 태도로 그는 포로에게 라틴 어로 이야기했다.

"당신은 성녀에게 가게 될 거요. 예의 있게 행동하면 좋은 대접을 받을 거라고 생각하오."

위엄에 눌린 전사들은 임무를 수행하기 위해 서둘러 야영지로 달려가 여행을 준비했다. 에버라드의 머리에서 플로리스의 떨리는 목소리가 들렸다. "오, 이런. 저 사람은 무니우스 루페르쿠스가 틀림없어요. 저 사람에게 무슨 일이 일어날지 알고 계시죠."

패트롤 요원은 최대한 목소리를 죽이고 대답했다.

"나는 이곳에서 무슨 일이 일어날지 모조리 알고 있소."

"우리가 할 수 있는 일은 없나요?"

"빌어먹을, 아무것도 없소. 이건 기록된 역사요. 마음 단단히 먹어요, 얀너."

"얼굴이 안 좋아 보이는군, 에버라드."

부르문드가 게르만 말로 말했다.

"그저 좀…… 피곤해서."

에버라드가 대답했다. 그 말에 대한 지식은 20세기를 떠나기 전 그에게 입력된 것이었다. (만약의 경우를 대비해 고트 어도 준비했다.) 그것은 4세기 쯤 뒤, 북해 연안에 사는 부족들의 후손이 브리튼을 침략했을 때 그가 브리튼에서 썼었던 말과 비슷했다.

"나도 그렇소." 부르문드가 중얼거렸다. 그는 잠시 묘하게 친밀감이 드는 약해진 태도를 보였다.

"우리 둘 다 오랫동안 떠돌아다니지 않았소? 설 수 있을 때 잠간 좀 쉽시다."

"당신의 행로가 나보다 훨씬 힘들었을 겁니다."

에버라드가 말했다.

"뭐, 혼자서 여행 다니는 것이 제일 편하긴 하지. 피가 땅을 질척하게 하면 발에 자꾸 달라붙거든."

한 줄기 설레임이 에버라드에게서 불길한 예감들을 떨쳐내게 했다. 지금이 바로 그가 바라던 순간이었다. 이틀 전 여기 도착한 이후로 줄곧 붙잡으려고 애쓰던 기회였다. 게르만 족은 여러 면에서 어린 아이처럼 순진한 데가 있었고 솔직했다. 사생활의 개념 같은 것은 아직 갖고 있지 않았다. 자기 야심만을 드러내 보인 율리우스 클라시쿠스와는 달리 클라우디우스 키빌리스는 보다 이해심 있는 귀가 자기 얘기를 들어주기를 바랐다. 자기에게 아무런 요구도 하지 않는 누군가에게 짐을 풀어놓고 싶어했다.

"얀너, 잘 듣도록 해요. 뭐라도 이상한 게 있으면 바로 이야기하세요."

에버라드가 플로리스에게 말을 전했다. 짧지만 강도 높은 준비 기간 동안, 그는 플로리스에게 사람들을 빠르게 이해하는 능력이 있다는 사실을 알았다. 두 사람이 힘을 합친다면, 어떤 통찰력, 즉 무슨 일이 벌어지고 있고, 앞으로 그것이 어떻게 전개될 것인지 느낌을 얻을 수 있을 것이다.

"알겠어요. 하지만 클라시쿠스도 계속 지켜보는 게 좋을 것 같아요."

그녀가 고르지 않은 목소리로 대답했다.

"당신은 젊었을 때부터 줄곧 로마를 위해 싸웠다고 하더군요. 맞습니까?"

에버라드가 게르만 어로 말을 걸었다. 부르문드가 웃음을 터뜨렸다.

"아아, 행군하고 훈련하고 도로를 닦고 병영에서 생활하고, 다투고 노름하고 여자를 사고, 술 마시고 병들고 끝없는 지루함에 하품하고――군 생활이란 그런 거요."

"하지만 부인과 아이들도 있고, 땅도 좀 갖고 계시다고 들었습니다."

부르문드가 고개를 끄덕였다.

"군 생활이라는 게 짐을 꾸려서 돌아다니는 일만 있는 건 아니오. 다른 사람들보다, 나와 내 가까운 일족들은 더 그랬지. 알다시피, 우리 집안은 왕족이었소. 로마는 군사로서뿐 아니라 우리 부족을 잠잠하게 하기 위해 우리를 원했소. 그래서 우리는 빠르게 장교가 되었고, 남부 게르마니아에 주둔할 때는 긴 휴가를 받곤 했소. 휴가는 대개 말썽이 생길 때까지 계속되었지. 우리는 휴가 때 고향으로 돌아가서 가족들을 보는 일 외에, 민회에 참가해 로마를 두둔하곤 했소. 하지만 우리의 봉사가 가져다준 감사의 대가가 뭔지 보시오!"

그가 침을 뱉었다.

옛날 얘기가 그에게서 강물처럼 흘러나왔다. 네로가 보낸 대리인들의 부당한 요구는, 점점 커지고 있던 속주민들의 분노에 불을 붙였다. 반란이 일어났고, 세금 징수관과 다른 성가신 개들이 살해되었다. 키빌리스와 그의 한 형제는 음모죄로 체포되었다. 부르문드는 말이 좀 거칠긴 했지만 그들은 그저 항의를 했을 뿐이었다고 말했다. 그의 형제는 목이 잘렸다. 키빌리스는 심문을 더 받기 위해 쇠사슬에 묶여 로마로 압송되었다. 고문당할 것은 확실했고, 십자가형에 처해질 가능성이 높았다. 그런데 네로가 타도되자 그에 대한 처리는 지연되었다. 갈바는 여러 유화 조치들 중 하나로 키빌리스를 사면하고 다시 원대 복귀시켰다.

얼마 뒤 오토가 다시 갈바를 타도했다. 하지만 게르마니아의 군대는 비텔리우스를 황제로 추대했다. 이집트에서는 군대가 베스파시아누스를 밀었다. 갈바가 베푼 은혜 덕에 그는 다시 처형될 위기에 처했다. 하지만 14군단이 키빌리스가 지휘하는 보조부대를 데리고 링고네스 족의 영토*에서 철수하자 그 일은 잊혀졌다.

갈리아 지방을 안정시키기 위해, 비텔리우스는 트레베리 족의 땅으로 들어왔다. 그의 군대는 훗날 메스**로 불리게 되는 디보두룸에서 약탈과 살육을 일삼았다. (그것은 클라시쿠스가 반란을 일으켰을 때 그가 즉각적으로 대중적 지지를 얻었을 수 있었던 이유 중 하나였다.) 바타비 족과 정규군 사이의 다툼은 크게 번질 수도 있었지만, 적당한 때에 진정되었다. 키빌리스는 사태를 안정시키는 데 주도력을 발휘했다. 군대는 자신들의 장군인 파비우스 발렌스와 함께 오토에게 맞서 비텔리우스를 돕기 위해 남쪽으로 진군했다. 행군을 하면서 발렌스는 지역 사람들에게서 군대가 자신들을 약탈하지 않게 해달라는 명목으로 막대한 뇌물을 받았다.

그가 바타비 족에게 갈리아 남부의 나르보네즈 지방으로 가서 포위된 군사들을 구원하리고 명령하자, 군단병들은 반발했다. 그들은 그 조치가 가장 용감한 병사들을 빼앗아 가는 것이라고 부르짖었다. 의견 차이는 수습되었고 바타비 족은 전과 같이 진군을 계속했다. 발렌스가 알프스를 넘은 뒤 플라켄티아에서 아군이 다시 패배했다는 소식이 전해지자, 군인들은 다시 반발했다. 이번에는 그가 아무것도 하지 않는다는 것이 이유였다. 그들은 가서 도와주기를 원했다.

부르문드가 목구멍 깊숙한 곳에서 쿡쿡 웃음을 터뜨렸다.

"그는 우리 소원을 들어주었지."

전사 두 사람이 오두막에서 말을 타고 나왔다. 그들 가운데 로마인이 여행 복장을 하고 있었다. 그들은 라인 강 쪽으로 내려갔다. 나

---

* 오늘날 프랑스의 상파뉴 지방.
** 프랑스 로렌 주에 위치한 도시. 파리의 동쪽 약 312km, 모젤 강과 세유 강의 합류점에 있다.

룻배가 다시 돌아왔다. 그들은 배에 올라탔다.

부르문드가 말했다.

"오토의 추종자들은 포 강에서 우리를 저지하려고 했소. 그때 발렌스는 게르만 족을 그냥 두게 한 군단병들의 요구가 옳다는 것을 깨달았지. 우리는 강을 헤엄쳐 건너가 거점을 만들었소. 우리는 나머지 사람들이 따라올 수 있을 때까지 그곳을 지켰지. 우리가 강을 건너는 데 성공하자 적들은 흩어져 달아났소. 베드리아쿰에서 대학살이 벌어졌지. 얼마 뒤 오토는 자살했소."

그가 얼굴을 찌푸렸다.

"하지만 비텔리우스는 자기 군대를 통제할 수 없었소. 그들은 이탈리아 전역을 광기로 휩쓸었소. 나는 그중 일부를 직접 목격했소. 추악한 일이었지. 그들이 점령한 건 적의 땅이 아니었소. 그건 그들이 지켜야 할 땅이었소. 그렇지 않소?"

그것은 14군단이 동요하고 혼란에 빠진 이유 중 하나였을 것이다. 정규군과 보조군 사이의 소요는 큰 싸움이 될 뻔했다. 키빌리스는 그것을 진정시킨 장교들 중 한 사람이었다. 새로운 황제 비텔리우스는 군단병들에게 브리튼으로 가라고 명령했다. 그리고 바타비 족은 자신의 궁정부대에 부속시켰다.

"하지만 그것도 좋은 생각이 아니었소. 비텔리우스는 사람을 다룰 줄 몰랐소. 내 부대는 군율이 해이해졌고, 근무 중에 술을 마셨으며, 병영에서 자기들끼리 싸웠소. 결국 비텔리우스는 게르마니아로 우리를 돌려보냈소. 피를 보지 않으려면 그 수밖에 없었지. 그게 자기의 소중한 피가 될 수도 있었으니까. 우리는 그자에게 넌더리가 났소."

배가 강을 건넜다. 선폭이 넓고 노가 딸린 나룻배였다. 배에서 내린 여행자들이 숲 속으로 사라졌다.

"베스파시아누스는 아프리카와 아시아를 장악했소. 그의 장수 프리무스가 이탈리아에 상륙해서 내게 편지를 보냈소. 아하, 그 무렵 나는 명성을 꽤 얻고 있었지."

부르문드는 자신의 넓은 인맥들에게 말을 전했다. 무능한 로마 군단장 한 명이 동의했다. 군사들이 알프스의 요로들을 막기 위해 떠났다. 비텔리우스를 지지하는 갈리아 족이나 게르만 족은 결코 북쪽으로 건너갈 수 없었다. 이탈리아 사람들과 이베리아 반도의 사람들은 신경 쓸 일이 너무 많았다. 부르문드는 부족 회의를 소집했다. 비텔리우스의 징집 명령은 그들이 참을 수 있는 마지막 모욕이었다. 그들은 칼로 방패를 두드리며 소리를 질렀다.

바타비 족에 이웃하고 있는 칸니네파티 족과 프리시 족은 이미 무슨 일이 진행되고 있는지 알고 있었다. 그들의 민회는 대의에 동참할 것을 자기 부족 사람들에게 호소했다. 퉁그리 족 보병부대가 진지를 떠나 합세했다. 비텔리우스에게 합류하러 남쪽으로 가던 게르만 족 보조병들은 그 소식을 듣고 탈영했다.

두 개의 군단이 부르문드에게 맞섰다. 그는 로마군을 물리치고 생존자들을 카스트라 베테라에 몰아넣었다. 라인 강을 건넌 부르문드는 본나* 근처에서 벌어진 전투에서 승리를 거두었다. 그가 보낸 사절들은 '오래된 요새'의 수비병들에게 베스파시아누스를 위해 밖으로 나올 것을 촉구했다. 그들은 거절했다. 부르문드가 독립을 선언하고, 자유를 위한 전쟁을 공공연히 표명한 것은 그 무렵이었다.

브루크테리 족, 텡크테리 족, 카마비 족이 그의 편으로 들어왔다. 그는 게르마니아 곳곳으로 널리 전령들을 보냈다. 거친 땅으로부터 모험을 좋아하는 자들이 부르문드의 깃발 아래로 모여들었다. 밸-애드는 로마의 멸망을 예언했다.

---

* 독일 도시 본의 옛 라틴어 이름.

"그러고 나서 갈리아 족이 합류했소. 클라시쿠스와 그의 친구들이 저들을 불러일으킬 수 있었소. 지금까지는 겨우 세 부족에 불과하지만—무슨 일이오?"

부르문드가 말했다.

혼자 비명을 들은 에버라드가 움찔했기 때문이었다.

"아무것도 아닙니다. 뭔가 움직이는 걸 본 것 같았는데 아무것도 아니군요. 아시다시피 피곤하면 가끔 헛것이 보이지요."

그가 말했다.

"숲 속에서 포로들이 살해되고 있어요. 너무 끔찍한 광경이에요. 왜 하필 이날 온 거죠?"

플로리스가 목이 멘 소리로 말했다.

"당신도 이유를 알지 않소? 보지 말아요."

에버라드가 그녀에게 말했다.

전반적인 사태를 파악하기 위해 몇 년을 허비할 순 없었다. 패트롤로서는 자신들의 수명을 거기서 그렇게 많이 할애할 여유가 없었다. 게다가 시공의 이쪽 부분은 불안정한 상태였다. 에버라드는 사건의 분기점이 나타나기 몇 달 전으로 가서 키빌리스를 만나 보는 것으로부터 시작해 보기로 결정했다. 예비탐사 결과, 카스트라 베테라로부터 항복을 받았을 때 그 바타비 족에게 접근하기 가장 쉬울 것이라는 결론이 내려졌다. 그리고 그때에는 클라시쿠스를 만날 기회도 있을 것이다. 에버라드와 플로리스는 타키투스가 서술한 사건이 일어나기 전에 충분한 정보를 얻고 떠나기를 희망했다.

"클라시쿠스가 선동한 거요?"

그가 물었다.

"확실치 않아요."

플로리스가 울음 섞인 목소리로 대답했다. 그녀를 나무랄 수 없는 일이었다. 자신도 살육의 현장을 눈으로 보는 건 싫었다. 그래도 그는 그런 일에 단련된 사람이었다.

"그래요, 클라시쿠스가 게르만 족들 속에 있어요. 하지만 나무가 시야를 가리고 바람 때문에 소리가 잘 들리지 않아요. 클라시쿠스는 게르만 어를 할 줄 아나요?"

"내가 알기로는 거의 못할 거요. 하지만 게르만 족 중 일부는 라틴 어를 알 거요──"

"마음이 딴 데 가 있군, 에버라드."

부르문드가 말했다.

"뭔가…… 안 좋은 예감이 들었습니다."

패트롤 대원이 대답했다. '내가 요정의 특성인 예지력을 약간 갖고 있다는 인상을 주는 게 좋겠군. 이건 나중에 편리하게 써먹을 수 있을 거야.'

부르문드의 얼굴이 굳어졌다.

"나도 그렇소. 내 경우엔 더 현실적인 이유이긴 하지만. 믿을 수 있는 자들을 모으는 게 좋겠군. 물러나 계시오, 에버라드. 당신의 칼은 물론 날카롭소. 하지만 당신은 군대 생활을 해 보지 않았소. 내겐 엄격한 규율이 필요하오."

그는 '규율'이란 단어를 라틴 어로 말했다.

숲 속에서 뛰쳐나온 한 기수가 상황을 전했다. 갑작스럽게 폭동이 일어나 성난 게르만 족 병사들이 포로들을 덮쳤다. 갈리아 족 감시병들은 앞을 다투어 달아났다. 게르만 족들은 무장하지 않는 자들을 모조리 학살하고 보물들을 약탈하고 있었다. 그들은 신들에게 대학살을 제물로 바칠 것이다.

에버라드는 클라시쿠스가 그들을 부추겼을 거라고 의심했다. 이런 짓을 저지른 이유는 간단했다. 클라시쿠스는 부르군드가 개별적으로 로마 인과 평화 교섭을 할 여지를 두지 못하게 하고 싶었던 것이다.
부르군드 역시 분명 그런 의심을 하고 있었다. 그는 몹시 분노했다.
하지만 대체 무엇을 할 수 있겠는가?

그는 피에 굶주린 무리들이 숲 속에서 '오래된 요새'로 몰려가는
것조차 막을 수 없었다. 성벽 뒤에 불길이 치솟았다. 살이 타는 악취
와 비명이 뒤섞였다.

부르문드는 전혀 겁을 먹지 않았다. 이런 일들은 그의 세계에서 다
반사로 일어나는 것이었다. 그를 화나게 한 것은 그 일을 일으킨 불복
종과 음흉함이었다.

"저들을 병사회의로 끌고 갈 거요."

그가 성난 목소리로 말했다.

"저들에게 치욕을 줄 거요. 저들로 하여금 내 뜻을 알게 하겠소.
저들이 보는 앞에서 다시 로마 인처럼 머리를 짧게 자르고 물들인 것
을 씻어 버릴 거요. 클라시쿠스와 그자의 제국에 충성을 맹세한 것에
대해서라면──내가 그 문제에 대해 이야기하려는 것을 그자가 싫어
한다면, 나한테 칼을 들이대야만 할 거요."

"나는 떠나는 게 좋을 것 같군요. 여기 있어봐야 방해만 될 테니까
요. 아마 우린 다시 만나게 될 겁니다."

에버라드가 말했다.

'당신에게 닥칠 불운한 나날중 언제가 될진 모르지만.'

5

바람이 지독하게 불었다. 낮게 뜬 구름들은 연기처럼 흩날렸다. 빗발이 흔들리는 나뭇가지 사이를 뚫고 비스듬히 내려쳤다. 고개를 축 늘어뜨리고 터벅터벅 걷는 말들은 발굽으로 흙탕물을 튀겼다. 새페르트가 앞장을 섰고, 흐내프가 짐을 진 예비 말들을 끌면서 뒤를 따랐다. 로마 인은 중간에 있었다. 식사를 하거나 쉬려고 멈출 때, 손짓 등에 의해 그들은 로마 인의 이름이 루페르쿠스라는 것을 알았다.

주위에서 다섯 명의 남자가 나타났다. 브루크테리 족이 분명했다. 여행자들이 그들의 영역에 도착했기 때문이었다. 하지만 그들은 아직 게르만 부족들이 흔히 마을 주변에 남겨두는 사람이 살지 않는 지대에 있었다. 정면에 나타난 남자는 족제비처럼 말랐고, 세월이 만든 흰 가닥 몇 개를 빼면 머리칼과 수염이 까마귀처럼 새카맸다. 그는 오른손에 창을 쥐고 있었다. "멈춰라!" 그 남자가 외쳤다.

새페르트가 말을 세웠다.

"우린 좋은 뜻으로 왔소. 우리는 부르문드 대장이 뱀-에드 신녀님께 보낸 사람들이오."

흑발의 남자가 고개를 끄덕였다.

"소식은 들었다."

"소식이 온 지 얼마 안 됐겠구려. 우린 전령 뒤를 따라 바로 출발했으니까. 우리가 더 천천히 와야 했긴 했지만."

"그렇다. 나는 비두하다의 아들이자 뱀-에드 님의 제일의 충복, 헤이딘이다."

"기억나오. 작년에 대장님이 신녀님을 찾았을 때 뵈었소. 우리한테 뭘 원하는 거요?"

흐내프가 말했다.

"당신들이 데려온 남자, 저 사람은 부르문드가 신녀님에게 바친 자가 아닌가?"

헤이딘이 말했다.

"그렇소."

그들이 자신에 대해 말하고 있는 걸 알고 루페르쿠스는 긴장했다. 자신을 둘러싸고 후두음이 강한 말들이 오가는 동안, 그의 시선은 사람들의 얼굴에서 얼굴로 불안하게 움직였다.

"신녀님께서는 다시 저자를 신들께 바치려 하신다."

헤이딘이 말했다.

"그 의식을 수행하기 위해 그대들을 기다리고 있었다."

"여기는 그대들의 신성한 숲도 아닌데, 축연은 또 어떻게 하시려고?" 새페르트가 의아해했다.

"서두를 이유가 있다. 우리 중 여러 큰 어른들이 이 사실을 알고, 몸값을 받을 요량으로 저 자를 살려두고 싶어 하신다. 우리는 그 분들의 심기를 상하게 할 순 없다. 하지만 신들께서 화를 내고 계시다. 주위를 봐라."

헤이딘이 창을 좌우로 흔들며 흠뻑 젖어 신음하고 있는 숲을 가리켰다.

새페르트와 흐내프는 그를 거부할 수 없었다. 브루크테리 족들은 그들보다 수가 많았다. 게다가, 모든 사람들이 헤이딘이 저 아득한 그들의 고향으로부터 신녀와 줄곧 함께 해 왔다는 사실을 알고 있었다.

"우리가 신녀님을 찾으려 충분히 노력한 끝에, 이것이 신녀님의 뜻이라는 그대의 말씀을 들었다는 사실을 모두들 증언해 주시오." 새페르트가 말했다.

"일을 끝내도록 하지."

흐내프가 얼굴을 찌푸리며 말했다.

그들은 다른 사람들처럼 말에서 내려 루페르쿠스에게 말에서 내려 오도록 손짓했다. 로마인은 도움을 요청했다. 하지만 그것은 굶주림으로 몹시 허약해져 있었기 때문이었다. 그들이 루페르쿠스의 손목을 뒤에서 결박하고 헤이딘이 올가미가 달린 밧줄을 풀어내자, 루페르쿠스는 눈을 크게 뜨고 날카롭게 숨을 한 번 들이쉬었다. 그러고 나서 그는 두 발로 단단히 서서 아마도 자신이 믿는 신들에게 하는 말인 듯싶은 것을 나지막이 중얼거렸다.

헤이딘이 하늘을 올려다보았다.

"아버지 보엔과 전사 티우, 그리고 천둥의 도나르시여. 제 말을 들어주시옵소서."

그가 느릿느릿 무게 있는 목소리로 말했다.

"이 제물이 무엇을 위한 것인지 알아주시옵소서. 네라께서 그대들에게 드리는 선물이옵니다. 네라는 결코 그대들의 적이 아니며 그대들의 명예를 훔치지도 않았다는 것을 알아주시옵소서. 사람들이 근래에 예전보다 제물을 덜 바쳤다면, 여신께서 받으신 것들이 모든 신들을 대신해서 받은 것이었나이다. 강력한 신들이시여, 다시금 여신의 편에 서시옵소서. 그리고 저희들에게 승리를 내려주시옵소서."

새페르트와 흐내프가 루페르쿠스의 팔을 붙잡았다. 헤이딘이 그 앞으로 다가왔다. 창끝으로 그는 로마인의 이마에 망치 표시를 그렸다. 그리고 튜닉을 자르고 가슴에는 만(卍)자 표시를 그렸다. 피가 으슴푸레한 공기 속으로 붉게 솟구쳤다. 루페르쿠스는 아무 소리도 내지 않았다. 그들은 루페르쿠스를 헤이딘이 고른 물푸레나무로 데려가, 밧줄을 가지에 걸고, 그의 목에 올가미를 둘렀다.

"아, 율리아."

루페르쿠스가 나직하게 중얼거렸다. 다른 사람들이 칼로 방패를 두드리며 울부짖는 가운데, 헤이딘의 부하 두 사람이 밧줄을 잡아 당겼다. 헤이딘이 그의 배 위쪽으로 창을 심장에 찔러 넣을 때까지 루페르쿠스는 공중에서 다리를 버둥대고 있었다.

사람들이 해야 할 일들을 다 마쳤을 때, 헤이딘이 새페르트와 흐내프에게 말했다.

"따라 오너라. 그대들이 부르문드 대장한테 돌아가기 전에 내 홀에서 대접해 주겠다."

"대장님께는 뭐라고 말해야 되겠습니까?" 흐내프가 물었다.

"사실 그대로를 말하라." 헤이딘이 대답했다. "모든 군사들에게 말하라. 마침내 신들이 옛 관례에 따라 자신의 정당한 몫을 받아 갔다고. 이제 신들은 틀림없이 성의를 다하여 우리를 위해 싸울 것이다."

게르만 족들은 말을 타고 떠났다. 까마귀 한 마리가 죽은 자의 주위를 날아다니다가 시체의 어깨 위에 앉아 쪼아 먹기 시작했다. 한 마리, 또 한 마리, 또 다시 한 마리. 바람에 루페르쿠스의 시신을 앞뒤로 흔들리고 까마귀들의 울음소리가 거칠게 울려 퍼졌다.

6

에버라드는 플로리스에게 이틀간 집에서 쉬면서 몸을 추스르도록 했다. 그녀는 결코 나약한 사람이 아니었다. 하지만 플로리스는 양심 있는 문명인이었고 끔찍한 광경을 직접 목격했다. 다행히도 희생자들 중에 아는 사람은 없었기 때문에, 생존자의 죄책감을 겪을 일은 없을 것이다.

"악몽이 계속되면 심리치료를 요청해요. 물론, 우리 역시 직접 관찰해 본 사실에 입각해서 문제를 검토해 보아야만 하오. 그리고 앞으로 우리가 어떻게 할지 계획을 짜 봅시다."

에버라드는 강인한 사람이었지만, 그 역시 '오래된 요새'에서 본 광경과 소리, 냄새를 떨쳐 버릴 시간을 갖게 된 걸 기쁘게 생각했다. 그는 여러 시간 암스테르담의 거리들을 돌아다니며 20세기 네덜란드의 평화로움을 만끽했다. 그 외 시간에는 패트롤 사무실에 앉아 역사, 인류학, 정치, 물리적 지형 등, 이용할 수 있는 모든 것들에 관한 데이터 파일들을 검색하고, 제일 중요해 보이는 항목들을 출력했다.

에버라드의 사전 준비는 겉핥기 수준에 머물렀다. 그는 백과사전적인 지식을 얻을 수 없었다. 불가능한 일이었다. 게르만 족의 선사시대는 패트롤 조사원들의 관심을 끌지 못했다. 그들은 광범위한 시간과 공간에 걸쳐 흩어져 있었고, 그보다 훨씬 더 흥미롭고 중요해 보이는 일이 너무 많았다. 구체적인 정보는 빈약했다. 그와 플로리스를 제외하고 키빌리스를 개인적으로 조사해 본 사람은 아무도 없었다. 그 반란은 잘 알려지지 않은 몇몇 민족들에 대한 로마인들의 처우를 개선시키는 것 외에 아무 변화도 낳지 않았다. 그 때문에 현장 방문이라는 상당히 위험한 일을 감수할 가치가 없어 보였다.

'그리고 이게 끝이겠지. 아마도 여러 가지 판본들 가운데 패트롤 수사관들이 찾지 못한 확실한 원본이 있을 거야. 뜬구름 잡는 일이로군. 누군가 장난을 쳤다는 확실한 증거도 없고. 뭐, 해답이 뭐든 찾아내야 하겠지.'

사흘째 되는 날, 그는 자신이 묵고 있는 호텔에서 플로리스에게 전화를 걸었다. 그리고 첫 만남 때와 마찬가지로 저녁 식사를 함께 하자고 했다.

"편하게 잡담이나 하면서, 가능한 한 가볍게 우리 임무에 대해 애

기해 봅시다. 내일 계획을 세우는 게 어때요? 괜찮겠소?'

에버라드의 제안에 그녀는 식당을 정하고, 거기서 그와 만났다.

암브로시아는 수리남-카리브 지방 음식을 전문으로 하고 있었다. 그곳은 무제움 광장 근처 조용한 지역에, 스타드하우데르스카더 거리에 있었다. 운하 오른쪽에 있는 아늑한 곳이었다. 예쁜 웨이트리스와 흑인 요리사가 나와서 유창한 영어로 음식에 대해 미리 상의했다. 와인도 딱 좋았다. 아마도 덧없음의 감각, 끝없는 어둠 속에 단 한 순간뿐인 온도와 빛깔과 향기, 결코 존재하지 않은 것이 될 즐거움에 깊이를 주는 어떤 것.

"난 걸어서 돌아가겠어요."

식사를 마칠 무렵 플로리스가 말했다.

"너무 아름다운 저녁이네요."

그녀의 집은 2~3킬로미터 거리에 있었다.

"괜찮다면, 내가 집까지 바래다 드리겠소."

에버라드는 기꺼이 그러겠다는 어조로 말했다.

플로리스는 미소를 지었다. 그녀의 머리칼은 어두워지는 창밖을 배경으로 햇빛을 간직한 것처럼 반짝였다.

"고마워요. 그래 주었으면 했어요."

그들은 따스한 바깥으로 나갔다. 봄 냄새가 물씬 풍기고 있었다. 좀 전에 내린 비가 공기를 씻어내고, 지나다니는 차는 거의 없었다. 차 소리는 멀리서 들렸다. 운하의 배가 반짝거리는 항적을 남기며 지나가고 있었다.

"고마워요. 즐거웠어요. 기분 풀기에 딱 좋은 저녁이었어요."

플로리스가 말했다.

"뭐, 나도 좋았소. 난 당신이 그래도 빠르게 회복될 거라고 확신하고 있었소."

그가 주머니에서 담배쌈지를 꺼내 파이프를 채우기 시작했다.

그들은 운하에서 몸을 돌려 오래된 건물들 사이를 걸어갔다.

"그래요, 예전에도 끔찍한 일들을 겪어왔죠."

그녀가 순순히 시인했다. 그들 두 사람이 저녁 식사 때 애써 만들었던 느긋한 분위기는 사라지고 있었다. 하지만 플로리스의 목소리는 여전히 차분했고, 표정은 침착했다.

"그 정도의 폭력은 아니었어요. 그래요. 하지만 전투를 치르고 나서 죽거나 부상당한 사람들, 치명적인 병들, 그리고 ─ 수많은 잔혹한 운명."

에버라드가 고개를 끄덕였다.

"그렇소, 우리가 살고 있는 이 시대는 지옥 같은 일들이 극단으로 치닫는 걸 보아 왔소. 하지만 다른 시대들보다 더 하진 않아요. 큰 차이점은 요즘 사람들은 세상이 더 좋아질 수 있다고 생각한다는 거지."

그녀가 한숨을 쉬었다.

"처음에는 로맨틱한 일이었어요. 과거를 산다는 건. 하지만 나중엔 ─"

"글쎄, 당신 굉장히 험난한 시간대를 골랐소. 거기다 진짜 무대는 로마에 있는데 말이요."

플로리스는 그를 물끄러미 쳐다보았다.

"야만인을 자연의 귀족이라고 여기는 환상을 품고 있다곤 생각되지 않는군요. 난 금방 그런 생각을 버렸어요. 그들도 무자비하기는 마찬가지였어요. 단지 덜 효율적일 뿐이었죠."

에버라드가 파이프 대통에 대고 성냥을 켰다.

"물어도 될지 모르겠지만, 왜 자기 분야로 그들을 선택했소? 분명 누군가 그 일을 해야 하긴 하지만, 당신 능력으로는 다른 사회를 선택할 여지가 많았을 텐데."

그녀가 미소를 지었다.

"아카데미를 졸업한 뒤, 패트롤에서 그렇게 날 설득하려 했죠. 한 대원은 내가 자기가 담당하는 브라반트 공국*을 얼마나 좋아하게 될지 몇 시간 동안이나 설명해 주기도 했어요. 친절한 사람이었죠. 하지만 난 고집을 피웠어요."

"왜 그랬소?"

"다시 생각해 보면 별 명확한 이유는 없었어요. 그때는 그게 ― 그래요, 괜찮다면 내 얘기를 좀 해야겠군요."

그는 플로리스에게 한쪽 팔을 내주었다. 그녀는 에버라드의 팔을 잡았다. 플로리스는 쉽사리 그의 걸음에 보조를 맞추었다. 그녀의 걸음은 그보다 유연했다. 에버라드는 자유로운 다른 손으로 파이프의 작은 대통을 받쳐 줘었다. "말해 봐요. 나는 꼭 알아야 할 것들을 제외하고 될 수 있는 한 당신의 기록을 살펴보지 않았소. 하지만 호기심이 나는 건 어쩔 수 없었소. 어쨌든 기록이 진짜 이유를 설명해 주진 않거든."

"그걸 설명하려면 부모님 이야기를 해야 한다고 생각해요."

플로리스는 미간을 살짝 찌푸리고 어딘지 알 수 없는 먼 곳을 응시하고 있었다. 그녀의 목소리는 거의 꿈꾸듯이 흘러나왔다.

"난 그 분들의 하나 밖에 없는 자식이었죠. 나는 1950년에 태어났어요."

'당신의 세계선 상으로 볼 때는, 지금 달력 나이보다 훨씬 더 나이를 먹었겠군.' 그는 생각했다.

"아버지는 네덜란드령 동인도라고 불리던 곳에서 자라셨어요. 우

---

* 1190년 브뤼셀 백작 앙리 1세가 벨기에에 건국한 중세 봉건국가.

리 네덜란드 사람들이 자카르타를 만들고 그 이름을 바타비*라고 지은 거 기억하세요? 나치 독일이 네덜란드를 침략하고 일본이 동남아시아를 침공했을 때, 청년이었던 아버지는 남아 있던 우리나라 해군에 들어가서 선원으로 싸우셨어요. 본국에 계시던 어머니는 학생 신분으로 지하 신문을 만드는 레지스탕스 활동에 참여하셨죠."

"훌륭하신 분들이셨군."

에버라드가 중얼거렸다.

"두 분은 서로 만나서 전쟁이 끝난 뒤 결혼해서 암스테르담에 정착하셨어요. 두 분 다 생존해 계셔요. 아버지는 직장에서 퇴직하셨고, 어머니도 학교에서 네덜란드 역사를 가르치시다가 퇴직하셨어요."

'그렇군. 당신은 매번 시간 여행을 떠난 날짜로 돌아왔겠지. 당신의 진짜 직업이 뭔지 전혀 모르는 부모님이 돌아가시기 전에, 그분들을 볼 수 있는 시간을 놓치지 않으려고. 손자들을 보고 싶어 하는 부모님의 기대를 실망시킨 건 안 좋았겠지만.'

"당신들은 자신들이 전쟁에서 했던 일들에 대해 자랑하지 않으셨어요. 하지만 나는…… 의무감을 갖고 있었다고 할까요? ……그래요, 나는 항상 그 사실을 의식하면서 살아야 했어요. 애국심? 그걸 뭐라고 부르든 상관없어요. 그 분들은 내 가족이었어요. 무엇이 그 분들을 그렇게 만들었을까요? 그 시작은 뭐고, 뿌리는 뭘까? 그 근원이 무언지가 나를 매혹시켰어요. 그래서 난 대학에서 고고학을 전공했어요."

에버라드는 이미 그것을 알고 있었다. 마찬가지로 그녀가 선수권자 수준에 가까운 운동선수였다는 사실과 몇 군데 험난하고 위험한 곳으로 여행을 다녔다는 사실도 알고 있었다. 그것이 패트롤 모집 담당자의 주의를 끌었다. 그는 플로리스에게 테스트를 받게 했고, 그녀

* 네덜란드 식민지 시절 자카르타의 이름.

가 그것을 통과하자 그 의미를 가르쳐 주었다. 에버라드 자신의 입대와 비슷한 경로였다.

"마찬가지로, 당신은 여자라는 사실이 매우 장애가 되는 문화를 선택했소."

그가 말했다.

플로리스가 약간 날카롭게 대답했다.

"적어도 내 이력서는 보셨을 텐데요. 난 임무를 수행했어요. 당신은 패트롤의 변장술에 대해 좀 배우셔야 할 것 같군요."

"미안하오. 기분 상하게 할 생각은 없었소. 잠시 동안이라면 그것도 괜찮겠지."

머지않은 미래에 수염과 목소리 같은 것들은 완벽에 가깝게 위장할 수 있게 되었다. 적당하게 속을 채워 넣은 거칠고 헐렁한 옷들은 몸의 굴곡을 숨겨 줄 수 있었다. 손이 문제였지만, 그녀의 손은 여자치고 큰 편이었다. 젊은이라고 주장한다면 모양새나 털이 없는 것 등은 얘깃거리가 되지 않을 것이다. "그래도—" 목욕할 때처럼 동료들 사이에서 옷을 벗어야 할 경우는 너무나 쉽게 발생한다. 야만족들이 사내답지 못하다고 생각할, 어쩔 수 없는 여성스런 생김새 때문에 싸움이 벌어질 수도 있다. 아무리 잘 훈련받았다 해도, 첨단 무기가 금지된 곳에서 여자는 남자보다 상체 근육이 부족하고 순간적으로 발휘하는 힘에서 밀릴 수밖에 없었다. 그녀는 인정했다.

"제약이 클 수밖에 없죠. 좌절감을 느낄 때가 많았어요. 나는 정말 진지하게 고려해 본 적도 있어요."

플로리스가 말을 멎었다.

"성별을 바꾸는 것?"

30초 쯤 있다 에버라드가 부드럽게 물었다.

그녀는 경직되게 고개를 끄덕였다.

"알겠지만 영구적일 필요는 없소."

미래의 성전환 방식은 수술이나 호르몬 투입을 수반하지 않았다. 그건 분자적인 차원에서 이루어졌다. DNA로부터 유기체를 다시 재구성하는 방식이었다.

"물론 그건 꽤 큰일이지. 적어도 수년 이상의 장기 임무를 위해서만 그렇게 할 수 있소."

플로리스의 눈빛이 도전적으로 변했다.

"당신은요?"

"맙소사, 싫소!"

그가 외쳤다. 순간 에버라드는 생각했다. '너무 과민한 반응인가? 내가 너무 편협한 건가?'

"하지만 생각해 봐요. 나는 1924년에 미국 중부에서 태어났소."

플로리스가 웃으며 그의 팔을 꽉 잡았다.

"나는 내 정신, 내 기본적인 인격이 변하게 되지 않을까 걱정했어요. 남자가 되면, 난 확실히 완벽한 동성애자가 될 거예요. 그런 사회에서 그건 여자로 있는 것보다 더 나쁜 약점이죠. 게다가 난 남자를 좋아하거든요."

그는 웃었다.

"분명히 지금까지는 성공적이었겠군요."

'진정해, 소년. 파트너와 사적인 관계로 얽히면 안 돼. 그건 아주 위험할 수 있어. 이성적으로 볼 때, 그녀가 남자인 게 나아.'

플로리스도 같은 감정이 든 것 같았다. 그녀 역시 대화를 피했다. 그들은 잠시 말 없이 걸었다. 하지만 견딜 만한 침묵이었다. 그들은 공원을 지나고 있었다. 주위의 초록은 싱그럽고, 나뭇잎 사이로 떨어진 가로등 불빛이 길바닥에 얼룩져 있었다. 그가 입을 열었다.

"그럼에도 불구하고, 나는 당신이 중요한 프로젝트를 수행하고 있었다고 생각하오. 당신한테 직접 듣는 게 나을 것 같아서 그에 관련된 파일을 뽑아 보지 않았소."

에버라드는 이미 한두 번 그녀에게 넌지시 물어 봤지만, 그녀는 그 화제를 피하거나 말을 돌렸다. 다룰 자료들이 한두 개가 아니었기 때문에 그냥 넘어가는 건 별로 어렵지 않은 일이었다.

그는 플로리스가 크게 심호흡하는 모습을 지켜보았다.

"그래요, 말씀드려야겠네요. 내가 어떤 경험을 해 왔는지 알아야 할 테니까요. 긴 이야기예요. 하지만 여기서 한번 시작해 보죠."

그녀는 망설였다.

"당신과 있으면 왠지 편하게 느껴지네요. 처음엔 무서웠어요. 내가 무임소 대원과 일을 하게 된다니?"

"당신은 잘 숨겨 왔소."

그가 담배 연기를 내뿜으며 점잖게 말했다.

"현장에서는 감정을 숨기는 법을 배워야 하니까요. 안 그래요? 하지만 오늘 밤은 편하게 이야기할 수 있을 것 같아요. 당신은 음, 사람을 편하게 만드는 면이 있어요."

그는 뭐라고 대답해야 할지 몰랐다.

"나는 프리시 족과 15년을 살았어요."

"허어?"

에버라드는 길바닥에 파이프를 떨어뜨리기 전에 얼른 붙잡았다.

"서기 22년에서 37년까지. 패트롤은 로마 인의 영향이 켈트 족을 대체하고 있던 시절 게르만 족 영역의 서쪽 끝에 사는 사람들이 어떻게 살고 있었는지 대략적인 것 이상의 정보를 알고 싶어 했어요. 특히, 아르미니우스*가 살해된 뒤 부족들 사이에 내란이 일어날 것을 우려했죠. 예상되는 결과는 컸어요."

"하지만 심상치 않은 일은 전혀 없었잖소? 오히려 패트롤이 걱정

246

할 것 없다고 무시했던 키빌리스는——뭐, 오류를 저지를 수밖에 없는 인간들이 하는 일이니까. 또 물론 어떤 전형적인 사회집단에 대한 자세한 보고서는 아주 다양한 방면으로 가치가 있지. 계속해 봐요."

"동료들이 제가 자리를 잡을 수 있도록 도와 주었죠. 내 신분은 케루스키 족의 공격으로 과부가 된 카수아리 족의 젊은 여인이었어요. 그 여자는 남편을 섬기다가 그가 죽은 뒤에도 자신을 떠나지 않은 두 남자와 약간의 재산을 가지고 프리시 족의 땅으로 달아났어요. 그 마을의 우두머리는 우리를 너그럽게 받아주었죠. 나는 황금과 여러 가지 소식들을 가지고 왔고, 또 그 사람들에게 손님을 환대하는 건 꼭 지켜야 할 풍습이었어요."

'당신이 대단히 매력적이라는 사실은 전혀 문제가 되진 않았겠지!'

"오래지 않아 나는 마을 촌장의 나이 어린 아들과 결혼했어요."

플로리스가 사무적인 목소리로 꿋꿋하게 말했다.

"내 '하인'들은 '모험'을 하러 간다는 핑계를 대고 떠나 영영 소식이 없었죠. 모든 사람들이 그들이 사고를 당했을 거라고 추측했어요. 거기엔 죽을 일이 또 어찌나 많은지!"

"그래서?"

에버라드는 그녀의 옆얼굴을 바라보았다. 베르메르**라면 황혼으로부터, 금빛 머리칼 아래 드러난 그 얼굴을 포착해 냈을지도 모른다.

"힘든 나날이었어요. 자주 향수병에 걸렸고 가끔 절망하기도 했지

---

* 게르만의 케루스키 족의 족장(BC.18~AD.19). 서기 9년 토이토부르크에서 로마군을 격파하여, 로마의 세력을 엘베 강에서 라인 강으로 후퇴시켜 게르마니아 공략을 단념하게 하였다. 게르만 족 내부의 분란으로 살해되었다.
** 네덜란드의 화가(1632-1675). 특히 빛을 잘 포착한 화가로 유명하다. '진주 귀걸이를 한 소녀'가 잘 알려진 작품이다.

요. 하지만 그때 나는 하나의 우주와 같은 관습이나 믿음, 지식, 기술 등 사람들의 세계를 내가 어떻게 배우고, 발견하고, 탐색하고 있는지 생각해 보곤 했어요. 나는 그 부족을 아주 좋아하게 되었어요. 거칠지만 착한 심성을 갖고 있었지요. ──부족 사람들끼리는 그렇단 말이에요. 남편 가룰프와 난…… 우린 친해졌어요. 난 가룰프에게 아이를 둘 낳아주었어요. 남편은 당연히 더 낳기를 바랐죠. 하지만 그건 내가 주의해야 할 일 중의 하나였어요. 여자가 불임이 되는 것은 흔한 일이었죠."

그녀의 입가가 서글프게 위로 휘어졌다.

"남편은 일꾼 계집아이한테서 자식들을 더 낳았어요. 그 여자와 나는 잘 지냈어요. 날 윗사람으로 대접해 주었죠. ──신경 쓸 일이 전혀 아니었어요. 그 사회에서 정상적인, 용인되는 일었고, 내게 불명예가 되는 일도 아니었어요. 그리고…… 언젠가는 그곳을 떠나야 한다는 걸 잘 알고 있었으니까요."

"어떻게 떠났소?" 에버라드가 나지막하게 물었다.

그녀는 건조한 목소리로 대답했다.

"가룰프가 죽었어요. 들소를 사냥하다가 뿔에 들이받혔죠. 슬펐어요. 하지만 그 덕에 문제는 단순하게 되었죠. 나는 훨씬 전에 떠났어야 했어요. 내 동료들처럼 사라졌어야 했지요. 하지만 남편과 아들들이 있었죠. 아이들은 십대 초반이었어요. 그건 그 애들이 어른이 다 됐다는 뜻이었죠. 가룰프의 형제들이 그 애들을 잘 돌봐 줄 것이었고요."

에버라드는 고개를 끄덕였다. 그가 조사한 바로는 고대 게르만 족들은 삼촌과 조카의 관계를 신성한 것으로 생각했다. 부르문드, 즉 키빌리스가 겪은 비극들에는 여동생의 아들과 의절한 것도 포함되어 있었다. 그의 조카는 로마군으로 싸우다가 전사했다.

"그럼에도 불구하고 아이들을 떠나는 건 가슴이 아팠어요. 나는 잠시 혼자서 슬픔을 삭이러 떠나겠다고 말했어요. 그렇게 아이들이 그 뒤에 내가 어떻게 됐는지 계속 걱정하도록 남겨두었죠."

플로리스가 이야기를 맺었다.

'그리고 당신은 그들이 어떻게 됐을지 걱정하고 있겠지. 먼발치에서 아이들을 지켜보면서 그들이 죽을 때까지 보살피지 않는 한, 분명 앞으로도 항상 그럴 것이고. 하지만 그보다는 현명하길 바라겠소. 타임 패트롤 업무가 주는 진기한 경험과 매력에 비해 그건 너무 큰 대가니까.'

에버라드는 속으로 생각했다.

플로리스가 숨을 죽였다. 눈물을 참고 있는 걸까? 씁쓸한 명랑함이 뒤따랐다.

"돌아왔을 때, 성형수술이 얼마나 필요했는지 충분히 상상할 수 있을 거예요! 그리고 뜨거운 목욕과 전등, 책, 텔레비전, 비행기 등등 모든 것들도!"

"특히, 다시 평등해질 필요도 있었겠지요." 에버라드가 덧붙였다.

"그래요, 맞아요. 여자들은 높은 지위를 갖고 있었지요. 19세기가 될 때까지 이후 시대의 여인들보다 더 자유로웠어요. 그래도 아직은──아, 그래요."

"벨레다는 대단히 지배력 있는 인물 같은데."

"그건 달라요. 내 생각엔 그 여자는 신들을 대신해서 이야기했죠."

'확인해 볼 필요가 있는 일이지.'

"그 임무가 끝난 건 내 개인적 세계선으로 몇 년 전이었죠. 그 뒤에 맡은 일들은 덜 야심적인 일이었죠. 지금까지는."

에버라드는 파이프를 꽉 깨물었다.

"음, 당신은 여성이라는 문제가 있소. 아주 짧은 시간이 아닌 한,

변장을 하고 다니는 건 반대요. 제약이 너무 많아요."

그녀가 걸음을 멈추었다. 어쩔 수 없이 그도 걸음을 멈췄다. 플로리스의 목소리가 높아졌다.

"난 하늘 위에 앉아서 당신을 지켜보고만 있진 않을 거예요, 에버라드 대원. 그러진 않을 거예요."

자전거를 탄 사람이 쉬익 소리를 내며 지나가다가, 그들을 흘낏 보고는 가던 길을 계속 갔다.

"함께 현장에 있는 것이 유익할 때도 있지. 하지만 늘 그런 건 아니요. 파트너 한쪽이 남아 있는 것이 더 좋을 때가 많다는 걸 인정해야 하오. 하지만 우리가 진짜 셜록 홈즈처럼 일해야 한다면, 당신과 당신의 경험이 ── 문제는, 어떻게 할 수 있냐는 거요?"

그녀의 태도는 분노에서 열망으로 바뀌었다. 그녀는 기회를 놓치지 않았다. "난 당신의 아내가 되겠어요. 아니면 첩이든 종이든, 상황에 맞는 거라면 뭐든지 하겠어요. 게르마니아에서는 남자가 여행할 때 여자를 데리고 다니는 것이 아주 없진 않아요."

'이런! 귀가 다 화끈거리는군.'

"우리는 문제를 복잡하게 만들진 말아야 할 거요."

플로리스의 눈이 그의 눈을 잠시 똑바로 쳐다보았다.

"나는 걱정하지 않습니다, 에버라드 대원님. 당신은 프로인 동시에 신사니까요."

그가 안도의 한숨을 쉬며 대답했다.

"음, 고맙구려. 나는 예의를 지킬 수 있을 거라고 생각하오."

'당신이 예의를 지켜 준다면 말이지!'

갑작스럽게 땅 위로 봄이 밀려왔다. 따스한 날씨와 길어진 하루는 잎사귀가 돋아나도록 유혹했다. 초원에는 생기가 돌고, 하늘은 날개와 지저귐으로 가득 찼다. 새끼양과 송아지, 망아지들이 풀밭에서 뛰어놀았다. 사람들은 겨울 내 연기와 악취에 전 어두컴컴한 집구석에서 나와, 눈부신 햇살 속에서 눈을 깜빡거리며 상쾌한 공기를 들이마셨다. 그리고 여름을 준비하기 위해 일을 시작했다.

하지만 작년의 빈약한 수확 때문에 사람들은 굶주리고 있었다. 많은 남자들이 라인 강 건너 쪽에서 전쟁을 하고 있었다. 아마 그들의 일부는 영영 돌아오지 않을 것이다. 에드와 헤이딘의 마음은 여전히 얼어붙어 있었다.

그들은 그녀의 땅을 돌아보고 있었다. 햇빛과 산들바람도 그들의 마음을 끌지 못했다. 들에서 일하던 일꾼들은 에드의 안색을 보고 감히 환호를 지르거나 말을 걸 생각을 못 했다. 서쪽 숲은 햇살 아래 빛나고 있었지만, 동쪽으로 좀 떨어진 곳에 있는 신성한 숲은 어두컴컴해 보였다. 마치 그녀의 탑이 이 먼 곳까지 그림자를 드리우고 있기라도 한 것처럼.

"나는 당신에게 화가 났어요. 아, 당신을 영영 쫓아냈어야 했는데."

그녀가 말했다.

"에드——"

그의 목소리는 거칠어져 있었다. 창대를 쥔 손가락 마디가 하얗게 되었다. "나는 꼭 해야 할 일을 했소. 당신은 분명 그 로마 인을 살려 주었을 거요. 아스의 신들은 우리에게 크게 앙심을 품고 있었소."

"바보들이 떠드는 말일 뿐이에요."

"그건 부족의 대부분이 바보란 소리요. 에드, 나는 당신과 달리 부족 사람들과 어울릴 수 있소. 왜냐하면 난 사람이기 때문에, 그저 사람이기 때문에, 여신이 선택한 자가 아니기 때문이오. 부족 사람들은 무서워서 당신에게 직접 얘기하지 못하는 것들을 내게 이야기하오."

헤이딘은 할 말을 생각하면서 잠시 걸음을 늦추었다.

"네라는 이전에 하늘의 신들에게 갔던 몫에서 너무 많이 가져가고 있소. 나는 당신과 내가 그녀에게 은혜를 입었다는 것을 유념하고 있소. 하지만 브루크테리 족은 그렇지 않소. 그리고 우리 둘 역시 아스의 신들에게 많은 은혜를 입고 있소. 그들과 잘 지내지 못하면, 우리한테서 승리를 빼앗아 갈 것이요. 나는 별에서, 날씨에서, 까마귀들이 나는 모습에서, 내가 던진 뼈들에서 그것을 읽었소. 내가 실수한 거면 어떻소? 사람들의 마음속에 있는 두려움은 그 자체로 현실이오. 그들은 전장에서 물러서기 시작할 거요. 그럼 적들이 그들을 패배시키고 말 거요.

자, 난 당신의 이름으로 아스의 신들에게 한 남자를 바쳤소. 노예가 아니라 그 우두머리를 말이오. 이 소식을 널리 퍼뜨리고, 전사들사이에 어떻게 새로운 희망이 싹 트는지 한번 보시오!"

에드의 눈길이 칼날같이 그를 찔렀다.

"하, 겨우 한 사람 죽였다고 해서 그들이 상관이나 할 거라고 생각하나요? 당신이 떠나 있는 동안, 부르문드가 보낸 다른 전령이 나를 찾아왔어요. 그 사람의 부하들이 카스트라 베테라의 사람들을 몽땅 다 죽이고 모든 것을 파괴했다고 하더군요. 그들은 자기 신들을 배불리 먹였어요."

헤이딘의 손에 쥐여 있던 창이 꿈틀했고, 그는 입을 꾹 다물었다.

시간이 흘러갔다. 마침내 그가 천천히 말했다.

"내가 어떻게 그걸 예견할 수 있었겠소? 잘 된 일이오."

"그렇지 않아요. 부르문드는 격분했어요. 그 사람은 그 일이 로마인들의 의지를 굳게 만들 것이라는 사실을 알고 있어요. 그리고 이제 당신, 당신은 우리를 위해 다리가 돼 줄지도 모를 포로를 나한테서 앗아갔어요."

헤이딘이 입을 꽉 다물었다.

"나는 알 도리가 없었소. 그리고 여하튼 사람 하나가 무슨 소용이란 말이오?"

에드가 쓸쓸하게 말했다.

"당신은 나한테서 당신에 대한 믿음도 빼앗아 간 것 같아요. 난 당신이 나를 위해 콜로니아에 가야한다고 생각했어요."

헤이딘은 놀라서 고개를 돌려 그녀를 바라보았다. 높은 광대뼈와 길고 똑바른 코, 볼록한 입술을 가진 얼굴이 그를 지나 먼곳을 바라보고 있었다.

"콜로니아?"

"그것도 부르문드가 전한 말이에요. 그 사람은 카스트라 베테라에서 콜로니아 아그리피넨시스로 갈 예정이었어요. 부르문드는 그들이 항복할 거라고 생각했어요. 하지만 학살 소식을 듣고 나면 — 부르문드가 도착하기 전에 소식이 전해지겠죠 — 항복을 왜 하겠어요? 잃을 것이 없다면, 구원의 희망을 품고 계속 싸우지 않을 이유가 뭐겠어요? 부르문드는 내가 항복 협정을 깬 자들에게 저주를, 그들을 말려 죽이는 네라의 분노를 내리기를 바라고 있어요."

헤이딘은 평상시와 같은 명민함을 되찾고 침착하게 말했다.

"흠, 그렇군."

그는 창을 쥐지 않는 손으로 수염을 쓰다듬었다.

"그래요. 그건 당연히 콜로니아 사람들을 동요하게 만들 거요. 그자들은 당신에 대해 알고 있을 게 분명하오. 우비 족이 스스로를 로마인이라고 하는 것과 무관하게, 그들은 게르만 족이요. 콜로니아의 수비병들이 듣고 볼 수 있는 성벽 가까이에서, 부르문드의 군대에게 당신의 보증을 크게 외친다면—"

"자, 누가 그 일을 하죠?"

"당신이 직접?"

"힘들겠죠."

헤이딘이 고개를 끄덕였다.

"그래요, 맞아요. 당신은 물러서 있는 게 가장 좋소. 브루크테리족 외부에서 당신을 본 사람은 거의 없으니까. 실제보다 이야기가 더 두려움을 주는 법이지요."

에드가 섬뜩하게 웃었다.

"실제 인간은 먹고 마시고 자고 배설을 해야 하지요. 감기도 걸릴 수도 있고, 분명 지치기도 하겠죠."

목소리가 작아졌다. 그녀는 고개를 숙였다.

"실제로 나는 지쳤어요. 혼자 있고 싶어요."

그녀가 속삭이듯 말했다.

"그게 현명한 일이겠구려. 그래요. 잠시 탑으로 물러나 있어요. 당신이 생각하고, 마법을 준비하고, 여신을 부르고 있다고 알려지게 해요. 난 당신의 말을 세상에 전하겠소."

에드가 몸을 꼿꼿이 세우고 날카롭게 말했다.

"나도 그렇게 생각했어요. 하지만 당신이 한 짓을 보고서 어떻게 당신을 믿을 수 있겠어요?"

"믿을 수 있소. 그렇게 하겠다고 맹세하리다." —헤이딘의 목소리가 조금 흔들렸다. —"우리가 함께한 세월만으로 충분치 않다면 말이요. 나보다 당신을 더 잘 대변해 줄 사람이 없다는 걸 잘 알거요. 난 당신을 따른 첫번째 사람 이상의 인물이오. 내 자신 역시 한 사람의 지도자요. 사람들은 나를 따르고 있소."

그는 자신만만하게 말했다.

에드는 오랫동안 침묵했다. 그들은 황소 한 마리가 서 있는 작은 목장 옆을 지나갔다. 티우의 짐승, 그 뿔은 하늘 아래에서 강력한 힘을 지니고 있었다. 마침내 그녀가 물었다.

"내 말을 왜곡하지 않고 전달하고, 그 뜻이 실행되도록…… 일할 건가요?"

그는 교묘하게 대답했다.

"나를 믿지 않으면 곤란할 거요, 에드."

그때 에드가 그에게 눈길을 돌렸다. 그녀의 눈빛이 누그러졌다.

"이 모든 세월 동안 ─ 다정하고 오랜 친구로 ─"

그들은 넘실거리는 초원을 가로지르는 진창길 위에서 걸음을 멈추었다.

"당신이 허락했다면, 난 당신에게 친구 이상의 사람이 되었을 거요."

헤이딘이 말했다.

"내가 절대 그럴 수 없었다는 것을 알고 있잖아요. 당신은 그걸 지켜 주었어요. 어떻게 내가 당신을 용서하지 않을 수 있겠어요? 그래요. 날 대신해서 콜로니아로 가세요."

그의 얼굴이 엄숙해졌다.

"그러겠소. 당신이 나를 어디에다 보내든, 당신이 아인의 해변에서 내가 한 맹세를 깨라고 하지 않는 한, 난 최선을 다해 당신을 섬기겠소."

"그건 ─ 아주 오래 전 일이에요."

그녀의 얼굴에 홍조가 떠올랐다 사라졌다.

"내겐 그 맹세가 어제 일만 같소. 로마 인들과 평화는 없소. 내가 살아 있는 한 그놈들과 싸울 것이며, 죽은 뒤엔 지옥으로 가는 길에서도 그놈들을 괴롭힐 거요."

"니애르드께서 당신을 맹세에서 풀어 줄 수 있어요."

"난 절대 그걸 풀지 않겠소."

무겁게 내려치는 망치처럼 헤이딘이 선언했다.

"오늘 나를 당신에게서 영원히 쫓아내든, 절대로 내게 로마와 화해하라고 하지 않겠다고 맹세하든 둘 중 하나요."

그녀가 고개를 저었다.

"그런 순 없어요. 만일 로마 인들이 우리에게, 우리 일족에게, 우리 모두에게 자유를 준다면——"

그는 속으로 그 말을 되씹어 보고 마지못해 말했다.

"뭐, 로마 인들이 그렇게 한다면 받으시오. 굳이 말한다면 당신은 그럴 수밖에 없을 거요."

"니애르드도 그걸 원할 거예요. 그녀는 피에 굶주린 아스의 신이 아니니까요."

헤이딘이 웃었다.

"흠, 당신은 예전엔 다르게 말했지. 난 로마 인들이 제 손으로 서쪽 부족들을 해방시키고 세금을 없애 줄 때까지 기다릴 수 없소. 하지만 정말 그렇게 된다 해도, 난 얼마가 되든 나를 따를 자들을 데리고 로마 인들의 땅에 가서 칼을 맞고 쓰러질 때까지 맞서 싸울 거요."

"그래서는 안 돼요!"

그는 신녀의 어깨에 손을 얹었다.

"내게 맹세해 줘요. 니애르드 님을 불러서 증인이 되게 하시오. 로마인들이 이 땅을 떠나거나……적어도 내가 죽을 때까지 멈추지 않고

전쟁을 요구하겠다고. 그럼 난 당신이 원하는 모든 걸 다 하겠소. 그
래요. 사로잡은 로마인들을 살려 주는 것까지도."

"정 그렇게 하고 싶다면."

에드는 한숨을 쉬었다. 그녀는 헤이딘에게서 몇 걸음 물러나, 큰
소리로 명했다.

"자, 그럼, 이 언약을 굳게 하기 위해 신성한 장소를 찾아 대지 위
에 우리의 피를 섞고 공기 속에 우리의 말을 섞게 하자. 나는 그대가
내일 부르문드에게로 떠나기를 바란다. 때는 머지않았다."

8

예전에 그 도시의 이름은 오피둠 우비오룸이었다. 적어도 로마인
들은 그렇게 불렀다. 다른 게르만 족들은 도시를 세우지 않았다. 하지
만 라인 강 좌안에 사는 우비 족은 갈리아 족의 영향을 크게 받았다.
케사르가 갈리아를 정복한 뒤 그들은 곧 제국으로 편입되었다. 대부
분의 동족들과 달리 우비 족은 여기에 만족했다. 그들은 교역과 학문,
바깥 세계로의 통로를 제공했다. 클라우디스가 제위에 있을 때, 그는
이 도시를 로마의 직할지로 만들고 자기 아내의 이름을 갖다 붙였다.
라틴화에 열중하고 있던 우비 족은 자신들의 이름을 아그리피넨시스
로 바꾸었다. 도시는 커졌다. 그것은 훗날 쾰른——프랑스어와 영어
를 쓰는 사람들에겐 컬론——이 되었다. 하지만 그것은 먼 미래의 일
이었다.

이날 로마인이 만든 거대한 성벽 아래로 사람들이 들끓고 있었다.
백여 개의 모닥불에서 연기가 피어올랐다. 가죽 천막 위로 야만족들

의 깃발들이 높이 솟아 있었다. 천막을 갖고 오지 않은 사람들이 잠을 자는 곳 주위에는 모피들과 담요들이 널려 있었다. 말들은 힝힝 울며 발굽을 굴렀다. 소와 양들이 군대를 위해 도살되기 전에 나뭇가지를 엮어 만든 우리 속에서 매에거리고 있었다. 사람들, 강 건너에서 온 사나운 전사들과 강 이쪽 편의 갈리아 족 잡배들은 무리 지어 돌아다니고 있었다. 바타비 족의 무장한 자유민들과 가까운 이웃 부족민들은 좀더 조용했다. 키빌리스와 클라시쿠스의 정예병들은 질서 있게 서 있었다. 노베시움에서 이곳으로 행군해 온 기죽은 군단 병사들은 따로 모여 있었다. 오는 도중 그들은 지독한 조롱을 받았다. 끝내 참다못한 한 기병 부대는 다 집어치우라고 말하고, 갈리아 제국에 동맹을 맹세하길 거부했다. 그들은 로마에 다시 합류하기 위해 남쪽으로 떠나 버렸다.

강 근처 외떨어진 곳에 천막들의 작은 무리가 서 있었다. 특별한 이유가 없는 한 반란군 병사 누구도 감히 거기에 접근하지 못했다. 용건이 있을 경우에도 최대한 조용히 다가왔다. 브루크테리 족 전사들이 구석에서 보초를 서고 있었다. 하지만 그것은 의례적인 것에 불과했다. 실제로 천막을 지켜 주고 있는 것은 똑바로 세워진 장대 끝에 달린 사과 몇 개를 묶어 놓은 짚단이었다. 작년에 만든 것이기 때문에 말라비틀어지고 빛이 바랬지만, 그것은 네라의 상징이었다.

"당신은 어디서 오셨습니까?"

에버라드가 물었다.

헤이딘은 그를 빤히 보다가 날카롭게 내뱉었다.

"당신이 말한 대로 동쪽에서 이리로 여행해 왔다면, 당연히 알거요. 앙그리바리 족은 뱰-에드를 기억하고 있소. 랑고바르디 족도 레모비 족도 다른 많은 부족들도 마찬가지요. 그들 중 아무도 뱰-에드의 이야기를 하지 않았단 말이요?"

"그분이 지나간 건 오래 전——"

"난 그쪽 사람들이 벨-에드를 여전히 기억하고 있다는 걸 알고 있소. 장사꾼들과 뜨내기들, 그리고 근래 부르문드를 찾아온 전사들한테 그렇게 들었기 때문이오."

구름의 그림자가 사람들 위를 지났다. 그들은 헤이딘의 천막 앞에 있는 투박한 긴의자 위에 앉아 있었다. 그늘진 얼굴이 그의 예리한 눈초리를 더욱 날카로워 보이게 했다. 바람결에 연기가 한 가닥 실려 왔다. 찰칵하는 쇳소리가 들렸다.

"당신의 정체는 뭐요, 에버라드? 뭣 때문에 지금 우리와 함께 있는 거요?"

'똑똑한 친구로군. 게다가 광신자야.' 패트롤 대원은 상대방이 어떤 사람인지 알아차리고 재빨리 대답했다.

"그분의 이름이 그렇게 멀리 있는 부족들 사이에서, 그렇게 오랜 세월이 지나서도 어떻게 남아있는지 큰 감명을 받았다고 막 말하려던 참이었습니다."

"흠."

헤이딘의 기세가 약간 누그러졌다. 칼자루 가까이 가 있던 그의 오른손이 바람에 맞서 검은 망토를 바싹 끌어당겼다.

"부르문드의 휘하로 들어갈 생각도 없으면서, 왜 그를 따라온 건지 궁금하오."

"말씀드린 그대로입니다, 대장님."

헤이딘은 충성 서약을 하지 않은 에버라드가 자신에게 경칭을 쓰는 것을 나무라지 않았다. 그것은 문제가 되지 않을 일이었다. 헤이딘은 브루크테리 족의 주요 인물이었다. 그는 땅과 소작지를 가진 족장이었으며 귀한 집안과 혼인했다. 무엇보다도 벨레다의 절친한 단골 대변자였다.

"저는 부르문드 님의 명성을 듣고 이 지방 사정이 어떻게 돌아가는지 들어 보려고 카스트라 베테라에서 그분을 찾아갔습니다. 오는 길에 다른 곳에서 신녀님이 이리로 오신다는 말을 들었습니다. 저는 그분을 만나고 싶었습니다. 적어도 모습을 보거나 말씀이라도 듣고 싶었습니다."

에버라드를 맞이한 부르문드는 그 예언자가 자신의 대리인을 대신 보냈다고 말했었다. 그가 바빴던 만큼 바타비 족의 접대는 형식적이었다. 에버라드는 틈을 봐서 혼자 헤이딘을 찾아갔다. 고트 족은 좀처럼 보기 힘든 손님이었다. 하지만 갑작스러운 의심이 고개를 들 때까지 대화는 어색하게 흘렀고 헤이딘은 딴생각을 하고 있었다.

"신녀님은 홀로 여신과 계시기 위해 탑으로 물러나셨소."

그가 말했다. 헤이딘의 얼굴은 믿음으로 타오르고 있었다.

에버라드는 고개를 끄덕였다.

"부르문드가 그렇게 말하더군요. 그리고 나는 어제 성문에서 당신의 연설을 들었습니다. 각하, 같은 말을 반복하게 하지 맙시다. 제가 묻고 싶은 것은 이것뿐입니다. 당신과 밸-에드 신녀님은 어디서 오셨습니까? 어디서, 언제, 왜 당신들은 여행을 시작했습니까?

헤이딘이 말했다.

"우리는 알바링 족 출신이오. 아마 이 군대에 있는 대부분의 사람들은 우리가 떠날 때 태어나지 않았을 거요. 이유? 여신이 신녀님을 부르셨기 때문이요."

강렬한 어투가 무뚝뚝한 것으로 바뀌었다.

"지금은 이방인을 교화하는 것보다 중요한 일이 있소. 에버라드, 우리와 함께 있으면 더 많은 것을 듣게 될 거요. 나와 더 많은 이야기를 나눌 수도 있겠지. 오늘 나는 이만 작별을 고해야겠소."

그들은 자리에서 일어섰다.

"시간을 내 주셔서 감사합니다, 각하." 패트롤 대원이 말했다.

"언젠가 전 고향으로 돌아갈 겁니다. 당신이나 당신의 친족들이 고트 족의 땅을 찾아오면, 좋은 대접을 받으실 겁니다."

헤이딘은 인사치레를 그냥 흘려 넘기지 않았다.

"그럴 거요. 네라의 사자들이──하지만 우선 이 전쟁을 이겨야겠 지. 잘 가시오."

에버라드는 소란스러운 주변을 지나 키빌리스의 본부 근처에 있는 우리로 갔다. 그는 자신의 말을 달라고 했다. 털이 많은 게르만 조랑 말들이었다. 말에 올라타도 발밑과 땅이 불과 몇 치밖에 되지 않았다. 그러나 이 시대에서 에버라드는 게르만 족들 중에서도 덩치가 큰 편 이었다. 자신과 짐을 실을 말들 없이 왔다면 사람들이 너무 이상하게 생각했을 것이다. 그는 북쪽으로 말을 달렸다. 에버라드의 뒤로 콜로 니아 아그리피넨시스가 시야에서 사라져 갔다.

저녁 햇살이 강물 위에서 금빛으로 빛나고 있었다. 언덕들은 자신 이 살던 시대의 기억과 별 다름이 없었다. 하지만 풍경은 잡초가 무성 한 들판과 몇 달 전 키빌리스의 유린으로 파괴된 건물들 때문에 크게 훼손되어 있었다. 여기저기 뼈들이 보였다. 일부는 사람의 뼈였다.

황량함은 그의 목적에 잘 들어맞았다. 하지만 그는 어두워질 때까 지 기다렸다가 플로리스에게 말을 걸었다.

"좋아요, 트럭을 내려보내요."

에버라드가 떠나는 모습을 아무도 보지 못했을 것이다. 말들을 실 을 수 있는 기구는 타임 사이클보다 훨씬 눈에 잘 띄었다. 그녀는 원 격조종장치로 그것을 보냈다. 그는 말들을 거기 태우고, 즉시 공간을 도약해서 야영지에 도착했다. 플로리스는 잠시 뒤 나타났다.

그들은 안락한 암스테르담으로 돌아갈 수도 있었다. 하지만 그곳 의 숙소에서 이곳으로 출퇴근을 하며 야만족의 옷을 벗었다 입었다

하는 건 시간낭비였다. 차라리 이 원시의 땅에서 생활하며 사람들뿐 아니라 자연 환경에 익숙해지는 것이 나았다. 자연——황야, 낮과 밤의 신비, 여름과 겨울, 폭풍, 별, 성장, 죽음——은 이 세계와 사람들의 성격에 스며들어 있었다. 직접 숲 속으로 스며들고, 숲이 자신에게 스며들게 하지 않는 한, 진정으로 이 사람들을 이해하고 함께 느끼는 것은 불가능한 일이었다.

야영 장소를 고른 것은 플로리스였다. 사방으로 펼쳐져 있는 숲이 내려다보이는 외떨어진 언덕 꼭대기였다. 가끔 지나가는 사냥꾼을 제외하면 누구의 눈에도 띄지 않는 곳이었다. 그 벌거숭이 등성이를 누군가 올라오는 일은 더욱 있을 법하지 않았다. 북유럽은 인구밀도가 매우 낮았다. 5만 명이면 큰 부족이었고 그들은 넓은 영역에 흩어져 살고 있었다. 차라리 다른 행성이 이곳보다는 20세기에 덜 이질적일 것이다.

두 개의 1인용 천막이 부드러운 빛 속에 나란히 서 있었다. 요리 도구가 맛있는 냄새를 풍기고 있었다. 그와 그녀가 태어난 미래 세계의 기술이었다. 에버라드는 그녀의 말 옆에 자기 말들을 묶은 뒤 미리 준비해 둔 장작에 같은 방식으로 불을 붙였다. 두 사람은 생각에 잠겨 말 없이 식사를 하고 나서 전원을 껐다. 요리 도구는 검은 형체만 남아 조용히 작동을 멈추었다. 그들은 불 옆 풀밭에 앉았다. 두 사람 다 이에 대해 아무 말 하지 않았다. 딱 집어서 얘기하긴 힘들었지만 이렇게 하는 것이 자신들을 위해 올바른 행동이라는 것을 그들은 알고 있었다.

산들바람이 차갑게 불었다. 가끔씩 올빼미가 신탁을 묻는 것처럼 낮게 울었다. 별 아래 펼쳐진 숲은 바다처럼 빛났다. 머리 위 북쪽으로 은하수가 하얗게 뻗어 있었다. 더 높은 곳에는 북두칠성이 반짝이고 있었다. 이곳 사람들은 그것을 '하늘 아버지의 전차' 라고 불렀다.

'하지만 에드의 고향에서는 저걸 뭐라고 부를까?' 에버라드는 궁금증을 느꼈다. '그게 어디든 얀너가 알바링 족이라는 이름을 모른다면, 패트롤에서 아무도 들어 본 적이 없을 만큼 알려지지 않은 부족일 것이다.'

그는 파이프를 켰다. 바지직 소리가 나며 연기가 피어올랐다. 땋았다 푼 머리와 억센 뼈를 가로질러 플로리스의 얼굴 윤곽이 어둠 속에서 깜빡이는 빛에 드러났다.

"아무래도 우린 과거를 탐사해 봐야 할 것 같소."

에버라드가 말했다.

그녀가 고개를 끄덕였다.

"요 며칠 간 벌어진 일들은 타키투스의 기록이 사실이라는 걸 확인시켜 주었어요. 그렇죠?"

지난 며칠 동안 에버라드는 부득이하게 지상에서 활동했다. 플로리스는 하늘에서 지켜보고 있었다. 하지만 그녀가 맡은 역할은 에버라드만큼 분주한 것이었다. 그는 자기 주위의 일에 시야가 한정되어 있었다. 플로리스는 넓은 지역을 감시하면서, 밤에는 선택된 건물 지붕 아래에서 벌어지고 있는 일들을 몰래 엿보기 위해 초소형 스파이 로봇들을 보냈다.

그들은 콜로니아의 원로원이 절망적 상황이라는 것을 알았다. 그들은 덜 비참한 항복 조건을 얻을 수 있을 것인가? 그 조건들은 지켜질 것인가? 라인 강 건너편에 살고 있는 텡크테리 부족은 사절을 보내 로마로부터 독립된 통일국가를 제안했다. 그들의 요구 중에는 성벽을 무너뜨리라는 것도 있었다. 콜로니아는 난색을 표했다. 콜로니아는 느슨한 연합만을 받아들였다. 그리고 관습적으로 더 많은 신뢰가 형성될 때까지, 낮에만 자유롭게 강을 통과할 것을 요구했다. 콜로니아는 또 키빌리스와 벨레다가 모든 협정의 중재인이 되어 줄 것을 제안했다. 텡크테리 족은 찬성했다. 그 무렵 키빌리스-부르문드와 클라시쿠스가 도착했다.

클라시쿠스는 차라리 콜로니아를 약탈하게끔 내버려 두려고 했다. 부르문드는 주저했다. 그가 주저한 이유들 중에는 그 도시가 자신의 아들을 데리고 있다는 것도 있었다. 부르문드의 아들은, 그가 여전히 베스파시아누스를 황제로 만든다는 명분으로 싸우고 있던 지난해의 혼란한 상황에서 인질로 붙잡혀 있었다. 그 후 일어난 모든 일에도 불구하고 소년은 좋은 대접을 받고 있었다. 부르문드는 아들을 돌려달라고 요구했다. 벨레다의 힘은 평화 협상을 가능하게 할 수 있었다. 그리고 그렇게 되었다.

"그렇소. 앞으로도 타키투스의 책과 마찬가지로 진행될 거라고 생각하오."

에버라드가 말했다. 콜로니아는 항복할 것이며 전혀 피해를 입지 않을 것이다. 그들은 반란군 연합에 동참할 것이다. 하지만 콜로니아는 부르문드의 아내와 여동생과 클라시쿠스의 딸을 새로운 인질로 확보하게 될 것이다. 그들이 그렇게 많은 것을 걸게 된 것은 실제 정치, 그 합의가 가진 가치 이상의 것 때문이었다. 그것은 벨레다의 힘이었다.

("교황은 몇 개의 사단이나 갖고 있지?"라고 스탈린은 조롱하듯이 말했다. 스탈린의 후계자들은 그것이 문제가 되지 않는다는 사실을 알게 되었다. 장기적으로 볼 때 인간은 대개 몽상에 의해 살고, 그 때문에 죽는다.)

"글쎄요, 우리는 아직 분기점에 있지 않아요. 우리는 그 배경을 탐사하고 있는 중이죠."

플로리스가 당연한 말을 했다.

"그리고 우리는 벨레다가 모든 일에 핵심적인 인물이라는 생각을 굳히고 있소. 우리가──라기보다는 당신일 거라고 생각하지만──그 여자에게 직접 접근해서 안면을 틀 수 있을 거라고 생각하오?"

플로리스는 고개를 저었다.

"아니오. 특히 지금은 더 안 돼요. 벨레다는 감정적인, 아마도 신앙적인 위기를 겪고 있는 것 같아요. 이럴 때 개입하는 건…… 뭔가 중대한 영향을 끼칠 가능성이 있어요."

"어허, 신앙이라. 얀녀, 어제 헤이딘이 군대에게 한 연설을 들었소?"

에버라드가 잠시 파이프를 뻐끔거렸다.

"조금요. 당신이 거기서 적고 있다는 걸 알고 있었어요."

"당신은 미국인이 아니오. 당신의 조상인 칼뱅주의자도 전혀 아니고. 난 그 친구가 뭘 하고 있었는지 당신은 이해하지 못했을 거라고 짐작하고 있소."

플로리스는 불 가까이 손을 내민 채 그의 다음 말을 기다렸다.

에버라드가 말했다.

"내가 신자들에게 주님에 대한 두려움을 심어 주는, 아주 설득력 있는 지옥불과 천벌에 관한 부흥설교를 들은 적이 있다면, 헤이딘이 바로 그걸 했소. 전지전능함에 대한 호소도 있었지. 이제 카스트라 베테라에서와 같은 잔학 행위는 없을 거요."

플로리스가 몸을 떨었다.

"그랬으면 정말 좋겠군요."

"하지만…… 그 전체적인 방식…… 그것이 고대 세계에 전혀 알려져 있지 않은 건 아니라는 사실을 깨달았소. 특히 유대인들이 지중해 주변에 살게 된 이후로 말이오. 구약성서의 선지자들은 이교도에게도 영향을 끼치기 위해 왔었소. 하지만 여기, 북구 사람들 사이에서── 설교자들은 그들의 마초성에 호소했어야 하지 않았을까? 기껏해야 약

속을 지킬 의무 같은 것에?'

"물론, 그래요. 그들이 섬기는 신들은 잔인하죠. 하지만 뭐, 아량은
있었어요. 그것이 그들 민족을 기독교 선교사들에게 약하게 만든 것
이죠."

"벨레다는 같은 약점을 건드린 것 같군."

에버라드가 생각에 잠겨 말했다.

"기독교 선교사가 이쪽 지역으로 오기 6, 70년 전에 말이오."

"벨레다." 플로리스가 조그맣게 말했다. "벨-에드. 이방인 에드, 이
상한 에드. 그 여자는 뭔지는 몰라도 게르마니아 전역에 자신의 교리
를 전했어요. 『타키투스 2』는 키빌리스가 몰락한 후 벨레다가 다시
이곳에 자신의 교리를 전파할 것이라고 했어요. ─그리고 게르만 족
의 신앙은 변화하기 시작했어요. 맞아요. 벨레다가 어디서 시작했는
지, 과거로 가서 그녀의 발자국을 쫓아 봐야 한다고 생각해요."

9

힘든 몇 달이 지나갔다. 그동안 부르문드의 승리는 서서히 무너져
내렸다.

타키투스는 어떻게 그렇게 됐는지 기록했다. 혼란과 실수, 불화와
배신, 반면 증원된 로마군의 압박은 가차 없이 커졌다. 이미 그 당시
의 기억은 흐릿해지거나 많은 부분 사라졌다. 상처에서 자신의 생명
이 빠져나가는 것을 바라보던 개별 인간들은 완전히 잊혀졌다. 살아
남은 세부 상황들은 흥미롭지만 대부분 최종적인 결과를 이해하는 데
필요 없는 것이었다. 대략적인 설명이면 충분하다.

처음에 부르문드는 계속 성공을 누렸다. 그는 수니키 족의 땅을 점령했고, 그 속에서 열심히 병사를 모집했다. 모셀라 강에서는 로마를 지지하는 게르만 족 부대를 물리치고 일부를 자신의 군대에 편입시켰다. 그리고 패잔병과 지도자들을 쫓아 남쪽으로 향했다.

그것이 중대한 실책이었다. 부르문드가 벨기에의 숲을 힘들게 통과하는 동안, 클라시쿠스는 빈둥거리고 있었고 투토르*는 라인 강과 알프스의 방어요새들을 점령하는 데 지나치게 시간을 들이고 있었다. 21군단이 그 점을 이용해 갈리아로 들어왔다. 21군단은 갈리아에서 자신들의 보조군단과 결합했다. 그 속에는 키빌리스의 조카이자 숙적인 율리우스 브리간티쿠스가 지휘하는 기병부대가 포함되어 있었다. 투토르는 패배했고, 그의 트레베리 족 병사들은 패주했다. 그 전에 세쿠아니 족의 반란 시도는 재난을 맞았고, 로마 부대들이 이탈리아, 스페인, 브리타니아에서 이동해 들어오기 시작했다.

페틸리우스 케리알리스는 이제 제국의 진압 시도 전체를 책임지게 되었다. 9년 전 브리타니아에서 부디카**에게 패배를 당했음에도 불구하고, 이 베스파시아누스의 친척은 비텔리우스 파에게서 로마를 탈환하는 데 주요한 역할을 해서 위신을 되찾았다. 모군티아쿰, 즉 훗날의 마인츠에서 그는 병력이 충분하다며 갈리아 징집병들을 고향으로 돌려보냈다. 그 조치는 실제적으로 갈리아 족과 화해를 완성시켰다.

게다가 케리알리스는 클라시쿠스와 투토르의 도시, 갈리아 반란의 발상지인 아우구스타 드레베로룸, 즉 트리어에 입성했다. 그는 모든 죄를 불문에 붙이고 변절했던 부대들을 다시 자신의 군대에 받아들였

---

* 클라시쿠스아 함께 키빌리스의 반란에 동참한 갈리아 족의 지도자.
** 동부 잉글랜드에 살았던 켈트 족의 여왕(? - 62). 서기 61년 로마 지배에 맞서 반란을 일으켜 처음에는 큰 성공을 거두었지만 결국 패배하여 자살했다.

다. 트레베리 족과 링고네스 족의 집회에서 케리알리스는 찬바람 나도록 논리적인 연설을 통해 반란을 계속할 경우 얻을 것은 없고 모든 것을 잃을 뿐이라는 것을 그들에게 확실하게 인식시켰다.

부르문드와 클라시쿠스는, 케리알리스의 덫에 걸린 상당한 수의 분견대를 제외하고 흩어진 병력을 재결집시켰다. 그들은 케리알리스에게 사신을 보내, 만약 그가 자신들의 편이 된다면 갈리아 제국의 황제 자리를 그에게 주겠노라고 제안했다. 케리알리스는 그 편지를 그대로 로마로 보내 버렸다.

전쟁의 정치적 측면을 돌보느라 분주한 나머지 그는 뒤따른 공세에 제대로 대비하지 못했다. 격렬한 전투 속에서 반란군들은 모셀라 강의 다리를 점령했다. 케리알리스는 그것을 탈환하기 위한 공격을 직접 지휘했다. 그는 보병대들을 다시 규합하여 자신의 진영에서 약탈에 열중하고 있던 야만족들을 쫓아버렸다.

북쪽 라인 강 하류의 아그리피넨시스── 그들은 우비 족이었다──는 마지못해 부르문드와 협정을 체결했었다. 이제 놀란 그들은 게르만 족 주둔병을 학살하고 케리알리스에게 지원을 요청했다. 그는 힘들게 그 도시로 진군하여 그들을 구원하였다.

몇 번 작은 패배를 겪긴 했지만, 케리알리스는 네르비 족과 퉁그리 족에게 항복을 받아냈다. 새로운 군단들이 그의 힘을 배가시켰다. 케리알리스는 부르문드와 최후의 결전을 위해 진군했다. '오래된 요새' 근처에서 벌어진 이틀 간의 전투에서, 그는 적의 측면을 치도록 부하들을 안내한 바타비 족 탈영병의 도움을 받아 게르만 족을 궤멸시켰다. 로마 인에게 라인 강을 건너 달아나는 게르만 족을 막을 배가 있었다면 전쟁은 거기서 끝났을 것이다.

살아남은 트레베리 족의 반란 지도자들도 이것을 알고 강을 건넜다. 부르문드는 바타비 족의 섬으로 철수해서, 남은 병사들로 게릴라 공격을 감행했다. 그들이 죽인 사람들 중에 브리간티쿠스도 있었다. 하지만 승리를 지킬 수는 없었다. 전투가 한창일 때, 부르문드와 케리알리스는 직접 맞부딪쳤다. 로마군은 물러나는 병사들의 대열을 정비하려 애쓰는 부르문드를 알아보았다. 돌과 화살이 빗발치듯 쏟아졌고, 부르문드는 말에서 뛰어내려 강을 헤엄쳐 간신히 달아났다. 그의 배들은 클라시쿠스와 투토르를 데리고 갔다. 이제 그들은 서글픈 식객에 지나지 않았다.

그러다 케리알리스는 뜻밖의 일을 당했다. 노베시움과 본나에 주둔한 군단들을 위해 건설된 겨울용 막사를 점검한 뒤, 그는 함대와 함께 라인 강을 따라 돌아오는 중이었다. 잠복하고 있던 게르만 족 정찰병들은 방심이 낳은 허술함을 목격했다. 그들은 힘센 자들을 두 패로 끌어모았다. 로마군 진영을 침입한 자들은 천막의 밧줄을 자르고 안에 있는 자들을 도륙했다. 그들의 동료들은 배 여러 척에 갈고리를 던져 땅으로 끌어냈다. 케리알리스가 잠자고 있을 대장선이 중요한 표적이었다. 하지만 우연히도 그는 다른 곳에 있었다. 소문에 의하면 우비 족 여인과 함께 있었다고 했다. 케리알리스는 거의 벌거벗은 채로 비틀거리며 나타나 군사를 지휘했다.

그것은 치고 빠지는 작전에 불과했다. 그 결과 의심할 것도 없이 로마군은 신속하게 전열을 정비했다. 게르만 족은 나포한 갤리선을 리피 강 상류로 끌고 가서 벨레다에게 바쳤다.

비록 사소한 것이었지만 그러한 제국의 좌절은 훗날 불길한 징조로 여겨질 수 있는 것이었다. 케리알리스는 그 부족의 본거지로 깊숙이 전진했다. 아무도 그를 막지 못했다. 하지만 케리알리스 역시 적과 최후의 대결을 벌일 수가 없었다. 로마는 그에게 더 이상 병력을 지원할 수 없었다. 보급품은 점차 빈약해지고 부정기적으로 도착하게 되었다. 그 사이 케리알리스에게 북국의 겨울이 덮쳐 오고 있었다.

10

서기 60년.

라인 계곡 동쪽 고지 위로 천여 명의 무리들이 대열을 지어 이동하고 있었다. 언덕들은 대부분 숲이 무성하게 우거져 있었다. 숲을 지나는 길들은 사냥꾼들이 다니는 길보다 나을 것이 없었다. 말과 황소, 사람들은 마차들이 나아가는 데 애를 먹게 하고 있었다.

에버라드와 플로리스는 2, 3마일 떨어진 언덕에서 그 대열을 지켜보고 있었다. 그것은 이제 넓게 펼쳐진 초원을 지나가고 있었다. 휴대용 영상장치가 그 광경을 아주 가깝게 비추어 주고 있었다. 음향장치를 사용할 수도 있었지만, 제대로 된 화면을 잡는 것만도 힘들었다.

등은 꼿꼿하지만 머리는 백발인 남자가 말을 타고 앞서 가고 있었다. 그의 가병들이 갑옷과 창끝을 번득이며 뒤따라 걸어가고 있었다. 밝은 것이라고는 그것뿐이었다. 투구 아래 표정들은 어두웠다. 그 뒤에서 소년 몇 명이 아주 조금밖에 남지 않은 삐쩍 마른 소, 양, 돼지들을 몰고 가고 있었다. 대열 여기저기 닭이나 거위가 들어 있는 버드나무 새장들이 수레에 실려 가고 있었다. 옷 꾸러미와 집기들, 다른 가재도구들, 금박을 입힌 나무 신상들보다 딱딱한 빵과 얼마 안 되는 말린 고기 조각들이 더 엄중히 호송되고 있었다. 심지어 쓸데없이 황금으로 치장한 마차 위의 나무 신상들도 그런 대우를 받지 못했다. 이제 와서 암프시바리 족에게 신들이 무슨 소용이 있겠는가?

에버라드가 손가락으로 가리키며 말했다.

"앞에 가고 있는 저 노인이 족장인 보이오칼루스 아니오?"

플로리스가 대답했다.

"타키투스가 그 이름을 기록했지요. 맞아요. 그 사람이 분명해요. 이 시간대에서 저 나이까지 산 사람은 별로 많지 않죠."

그리고 슬픈 목소리로 덧붙였다.

"저 양반은 오래 산 걸 후회하고 있을 거예요."

"그렇소. 자기 생의 대부분을 로마군에서 복무한 것도 후회하겠지."

사실 소녀라고 해야 마땅할 젊은 여인이 팔에 아기를 안고 발을 끌며 걸어가고 있었다. 아기는 엄마의 드러난 젖가슴에서 울음을 터뜨리고 있었다. 젖에서는 아무것도 나오지 않았다. 여인의 아비로 보이는 중년 남자는 창을 지팡이 삼아 길을 짚어 가며 다른쪽 팔로 여인이 비틀거릴 때 부축할 준비를 하고 있었다. 여인의 남편은 틀림없이 수십, 수백 리 뒤에서 고혼이 되었으리라.

에버라드는 안장 위에서 몸을 움직였다. "갑시다. 저들은 회합 장소로 가는 길 아니오? 왜 굳이 여기를 지나자고 했소?"

그가 퉁명스럽게 말했다.

"이 모습을 더 자세히 봐 놓아야 한다고 생각했어요. 그래요, 이건 또 제 마음을 괴롭히겠죠. 하지만 텡크테리 족은 직접 그걸 경험했어요. 우리가 그들의 반응을 이해하고자 한다면 그게 어떤 것인지 잘 알아둘 필요가 있어요. 벨레다의 반응과, 그 여자에 대한 그들의 반응을 이해하기 위해서도요."

플로리스가 설명했다.

"그렇군."

에버라드는 자신의 말에게 혀를 차며 간소한 짐을 지고 있는 예비 말들을 맨 줄을 잡아당겼다. 그리고 내리막길을 골라잡았다.

"이 세기에 동정심이란 대단히 드문 일이긴 하지만. 동정심을 많이 불러일으켰던 가장 가까운 종족은 팔레스타인에 있지. 그들은 산산이 흩어지게 될 거요."

'덕분에 제국 전역에 유대 문화의 씨앗이 뿌려지게 되고, 그 산물이 기독교가 될 테지.' 북쪽에서의 투쟁과 죽음이 역사에 아주 미미한 사건으로 남게 될 것은 당연한 일이었다.

플로리스가 말했다.

"혈족에 대한 충성심은 놀랍도록 강한 것이죠. 그리고 로마 인을 대면하면서, 초보적인 혈연의식의 감정이 부족의 경계를 넘어 서부 게르만 족 속에서 싹트고 있어요."

'흐음.' 에버라드는 생각했다. '그리고 당신은 벨레다가 그것과 큰 관계가 있을 거라고 생각하는군. 우리가 시간을 거슬러 그 여인의 행적을 쫓고 있는 것은 그 때문이고 말이야. 벨레다의 의미가 무엇인지 따져 보고 이해하려고 말이지.'

그들은 다시 숲으로 들어갔다. 관목으로 둘러싸인 오솔길 위로 여름 신록의 아치가 그들의 앞에 높이 솟아 있었다. 햇살이 나뭇잎 사이를 뚫고 이끼와 그림자로 덮인 바닥에 얼룩졌다. 다람쥐들은 나뭇가지들 위를 빠르게 달리고 있었다. 새들의 지저귐과 숲 향기가 적막을 흔들고 있었다. 자연은 이미 암프시바리 족의 고통을 흔적도 없이 삼켜 버렸다.

저기 개암나무 속에서 빛나고 있는 거미줄처럼 그들과 에버라드 사이에 연민의 끈이 이어졌다. 그것을 끊어 내려면 상당히 멀리 달아나야 할 것이다. 자신이 태어나기 1800년도 전에 이름 없이 죽어 버린 사람들이라고 말해 봐야 소용없는 일이다. 그들은 에버라드가 1945년에 여기서 동쪽으로 멀지 않은 곳에서 목격했던, 서쪽으로 달아나는 피난민들만큼이나 현실로서 지금 바로 여기에 존재하고 있었다. 그러나 이 사람들은 결코 구원자를 만나지 못할 것이다.

타키투스가 이야기의 대략적 윤곽을 틀리지 않게 들었다는 사실은 명확했다. 암프시바리 족은 카우키 족에 의해 고향 땅에서 쫓겨났다. 토지 약탈이었다. 조상 대대로 내려오는 땅에서 갖고 있던 기술로 먹고살기에는 인구가 너무 많아지고 있었다. 인구과잉은 상대적인 것이다. 또 그것이 불러일으키는 기근과 전쟁만큼 오래되고, 영원히 반복되는 것이다. 밀려난 자들은 라인 강 하류 지역에 눈독을 들였다. 그들은 거기에 비어 있는 넓은 땅이 있다는 것을 알고 있었다. 로마 인들이 전에 살던 주민들을 쫓아냈기 때문이었다. 그들은 병참 및 퇴역 장병들의 정착지로 쓰기 위해 그 땅을 보유하고 있었다. 이미 프리시 족의 두 부족이 그 땅을 차지하려고 시도한 적이 있었다. 그러나 그들은 그 땅에서 떠나라는 명령을 받았다. 프리시 족들이 뭉그적거리자 로마 인들은 그들을 공격해서 쫓아내버렸다. 많은 자들이 죽고 더 많은 자들이 노예 시장에 끌려갔다. 하지만 암프시바리 족은 로마의 충실한 동맹이었다. 보이오칼루스는 40년 전 아르미니우스가 일으킨 반란에 가담하지 않았기 때문에 감옥에서 고초를 겪었다. 그 뒤 그는 티베리우스*와 게르마니쿠스** 밑에서 종군했고, 퇴역한 뒤 자기 부족의 족장이 되었다. 로마는 마땅히 보이오칼루스와 그의 유랑민들에게 편히 쉴 장소를 허락해야 했다.

그러나 로마는 그렇게 하지 않았다. 말썽을 피하려고 로마군 군단장은 보이오칼루스와 가족들에게 선물을 주겠다고 제안했다. 부족장은 뇌물을 거절했다. "우리에게 살 땅은 없어도 죽을 땅은 있을 것이다."*** 그는 자기 부족을 텡크테리 족이 있는 라인 강 상류로 데려갔

* 로마의 두번째 황제(BC42~AD37).
** 티베리우스 황제의 조카이자 양자(BC15~AD19). 라인 지방과 갈리아 지방에서 군단장으로 성공적으로 임무를 수행했다. 그의 아버지가 게르마니아에서 승리한 것을 기념하며, 게르마니쿠스라는 이름을 얻었다.
*** 타키투스, 『연대기』.

다. 보이오탈루스는 대규모 회합을 열기에 앞서 텡크테리 족과 브루크테리 족, 그리고 인접한 제국이 압제적이라고 생각하는 모든 부족에게 함께 싸우자고 요청했다.

그들이 유사 민주주의적 방식으로 지지부진하게 논의하는 사이, 로마군 군단장은 자신의 군단으로 하여금 라인 강을 건너 텡크테리 족의 영토에 들어가도록 했다. 그는 암프시바리 족을 쫓아내지 않으면 그 지역을 모조리 쓸어버리겠다고 위협했다. 북쪽에 고지 게르마니아로부터 두번째 군대가 진군해 와 브루크테리 족의 배후를 위협했다. 양편에서 공격을 받게 된 텡크테리 족은 손님들에게 떠나라고 명령했다.

'너무 독선적인 짓이라고 생각할 순 없겠군. 미국은 베트남에서 더 하찮은 핑계를 대며 더 지독한 배신을 저질렀으니까.'

오솔길은 한길 비슷한 것으로 연결되었다. 오로지 다니는 사람들과 말과 수레에 의해서 바퀴자국들이 난 좁은 길이었다. 에버라드와 플로리스는 몇 시간 동안 꼬불꼬불한 그 길을 오르락내리락하며 나아갔다. 그녀는 까마득히 높은 곳에서 내려다보며 로봇 벌레들의 도움을 받아, 시행착오를 거듭하며 쓸모 있을 법한 정보의 조각들을 인내심 있게 모아 진로를 계획했다. 텡크테리 족이 산적질을 별로 좋아하지 않긴 하지만, 남녀만 이렇게 단 둘이 여행을 다니는 것은 약간 위험한 일이었다. 하지만 그들은 평범한 방식으로 도착하는 모습을 보여주어야 했다. 습격을 당할 경우 이 사회에 큰 영향을 끼칠 만큼 많은 목격자가 없는 한, 자기 방어를 위해 충격총을 사용할 수도 있었다.

결국 말썽은 없었다. 같은 방향으로 가는 여행자들이 점점 더 많이 나타났다. 모두 남자들이었다. 거의 모든 사람이 생각에 잠겨 있거나 불안해 하고 있는 것 같았다. 그들은 거의 말을 하지 않았지만, 배가

불룩 나온 덩치 큰 남자 한 사람만이 예외였다. 그는 자신을 군디카르
라고 소개했다. 군디카르는 흔치 않은 남녀 한 쌍 옆에서 나란히 말을
몰며 수다를 떨었다. 못 말리게 명랑한 남자였다.

"당신네 둘은 어떻게 무사히 여기까지 왔소?"

패트롤 대원은 그에게 미리 준비한 이야기를 해 주었다.

"아니오, 친구. 나는 엘베 강 북쪽의 레우이그니 족에서 왔소. 우
리 이름을 들어 본 적이 있소?……남쪽으로 교역을 하러 왔는데……
헤르문두리 족과 카티 족이 전쟁이 나서……우리 일행은 그만 거기
휩쓸려서, 나만 살아서 도망친 것 같소. 물건들도 소지품 몇 개를 빼
면 다 없어지고…… 일족을 잃고 과부가 된 여인 한 분이 반갑게 일행
이 되어 주셨소…… 고생을 좀 덜까 하고 라인 강과 해변을 따라 고향
으로 가는 중에…… 동쪽에서 신녀에 대한 소문을 듣고 그분이 당신
들 텡크테리 족에게 이야기를 할 거라고 해서……."

"아하, 사실 요즘은 좀 무서운 때요."

군디카르가 한숨을 쉬었다.

"강 건너 우비 족도 큰불이 나는 바람에 슬픔에 빠졌소." 그리고
명랑하게 덧붙였다. "난 그게 우비 족들이 로마 놈들의 발바닥을 핥
고 있는 탓에 신들이 노하신 거라고 생각하오. 곧 불운이 그대들 모두
에게 닥칠 거 같소."

"그럼 로마군이 당신네 땅으로 몰려오면 기꺼이 나가 싸우겠소?"

"글쎄, 뭐, 그건 현명한 짓이 아닐 거요. 우린 준비가 되어 있지 않
소. 아시겠지만 곧 건초를 거둘 철이요. 하지만 난 저 불쌍한 떠돌이
들을 위해 함께 울었다고 부끄럼 없이 말하겠소. 어머니 여신님께서
저들에게 자비를 베푸시길! 나는 예언자 에드께서 내일의 일을 말씀
해 주시기를 바라고 있소. 우리가 그런 잘못들을 바로잡을 수 있을 때
말이오. 뭐, 저 콜로니아의 성채 안에 쌓인 상당한 양의 약탈품이라던

가……."

대화는 대개 플로리스가 이어갔다. 국경 지대에서 여인들은 완전히 평등하진 않지만 존중을 받고 있었다. 여인들은 남편이 외떨어진 농장을 비울 경우 모든 것을 관리했다. 그 시대의 인디언이라고 할 수 있는 숙적 바이킹 족이 나타났을 때 방어를 지휘하는 것도 그녀들이었다. 게르만 민족들은 그리스 인이나 헤브루 족보다 훨씬 더 무녀, 여자 예언자를──그들에게 거의 주술사에 가까운──믿었다. 신은 여인에게 능력을 주고 미래를 말해 주었다. 에드의 명성은 그녀보다 훨씬 앞서 도착했다. 군디카르는 모든 사람들과 수다를 떨었다.

"아니오. 에드께서 처음에 어디서 오셨는지는 알려지지 않았소. 여기 오시기 전에는 케루스키 족에게 계셨소. 그 전엔 랑고바르디 족과 잠시 계셨다고 들었소. ……그분이 섬기는 그 네라 여신은 아스 신족이 아니라 바니르 신족에 속한다고 생각하오. ……그 이름이 어머니 여신 프릭카의 다른 이름이 아니라면 말이오. 허나…… 사람들은 네라가 분노하면 티우 만큼이나 무섭다고 합디다. ……별과 바다에 대한 이야기도 있지만 그에 대해서는 전혀 아는 바가 없소. 우리가 내 지인이다 보니…… 에드는 로마 인이 물러나고 나서 얼마 지나지 않아 우리한테 오셨소. 왕께서는 그분을 환대해 드리셨지. 왕은 백성들에게 와서 에드의 말씀을 들으라고 명하셨소. 그분이 요청한 것일 게요. 왕께서도 그걸 반대할 생각은 않으셨지……."

플로리스가 계속 그의 말을 유도했다. 군디카르의 말은 그녀가 조사의 다음 단계를 계획하는 데 큰 도움이 될 것이다. 패트롤 대원들은 되도록 에드를 직접 만나지 않는 편이 좋았다. 그 여자와 그 여자가 해방시키고 있는 힘들이 대체 무엇인지를 더 알기 전까지, 그들이 사태에 개입하는 것은 어리석은 짓이 될 것이다.

늦은 오후에 그들은 들과 목초지로 개간된 널따란 골짜기에 도착했다. 그것은 왕의 주된 소유지였다. 왕은 기본적으로 땅을 가진 사람이었고, 소작인, 일꾼, 노예 들과 함께 농사일 하는 것을 부끄럽게 여기지 않았다. 그는 여러 회의들과 계절마다 열리는 대제사를 주재했으며, 전쟁에서 군대를 지휘했다. 하지만 왕 역시 다른 사람들과 마찬가지로 법과 전통을 반드시 따라야 하는 존재였다. 자주 폭동을 일으키는 백성들은 기분이 내키는 대로 왕을 반대하거나 끌어내리곤 했다. 왕실의 자손은 누구라도 그 자리를 요구할 권리를 갖고 있었고, 그것은 자신을 지지할 전사들을 얼마나 모을 수 있느냐에 달려 있었다.

'게르만 족이 로마를 이길 수 없는 것은 당연한 일이다.' 에버라드는 생각했다. '게르만 족은 결코 로마를 무너뜨리지 못했어. 고트 족, 반달 족, 부르군드 족, 롬바르드 족, 색슨 족 등과 같은 이들의 후손들이 로마를 정복한 건, 제국이 내부에서 무너지고 있었기 때문에 거저 먹은 거나 다름없는 일이었지. 게다가, 제국은 그 이전에 이미 게르만 족을 기독교로 개종시킴으로써 그들을 정신적으로 정복했어. 그래서 고대 문명이 그랬듯이, 라인 강이나 창백한 북해 바다가 아닌 지중해 연안에서 새로운 서구 문명이 태어난 거야.'

이미 알고 있는 사실이 에버라드의 마음 한구석에 떠올랐다가, 그가 앞쪽으로 주의를 집중하자 다시 사라졌다.

왕과 그의 가족은 이엉 지붕에 통나무로 만든 길쭉한 홀에 살고 있었다. 헛간과 창고, 천한 자들이 자는 오두막 두 채와 다른 별채들이 홀과 함께 사각형을 이루고 있었다. 그 뒤쪽으로 신성한 장소인 작은 고목 숲이 보였다. 거기서 신들이 제물을 받고 신탁을 내렸다. 도착한 사람들은 대부분 목초지를 가득 메우며 앞쪽에 천막을 쳤다. 근처에서 큰불에 소와 돼지들을 구웠고, 하인들은 모든 사람들에게 맥주가 든 뿔잔과 나무컵을 내왔다. 후한 대접은 왕이 평판을 유지하는 데 꼭 필요한 일이었다.

에버라드와 플로리스는 눈에 띄지 않게끔 한쪽 구석에 자리를 잡고 군중들과 섞였다. 건물들 사이 틈으로 안뜰이 보였다. 왕실에 묵을 귀빈들이 타고 온 말들이 자갈이 거칠게 깔린 뜰을 차지하고 있었다. 그중에 네 마리의 하얀 황소와 그것들이 끌고 온 것이 분명한 마차가 서 있었다. 아름답게 만들어진, 정교한 조각들로 장식된 특별한 마차였다. 마부석 뒤로 창문이 없고, 위에는 지붕이 덮여 있었다.

"포장마차."

에버라드가 중얼거렸다.

"벨레다 — 에드의 마차가 틀림없소. 길을 오면서 저 안에서 잠을 자는 걸까?"

플로리스가 말했다.

"틀림없이 그럴 거예요. 위엄과 신비함을 유지하기 위해서겠죠. 저 안에 여신의 상이 모셔져 있지 않을까 싶네요."

"으음, 군디카르가 벨레다와 함께 여행하는 남자들이 여럿 있다고 말했었지. 내가 짐작하는 것만큼 부족들이 벨레다를 존경한다면, 무장 호위병들은 별로 필요치 않을 거요. 하지만 그건 강한 인상을 줄 것이고, 또 심부름을 할 사람도 필요하지. 그러나 수행원이 되는 일은 그들에게 큰 공덕을 쌓는 일이 되는 걸 거요. 수행원들은 왕의 숙소에서 왕의 용사들과 지역 부족장들과 자겠지. 벨레다도 그럴 것이라고 생각하시오?"

"그렇진 않을 거예요. 벨레다가 코 고는 남자들 가운데서 의자에 누울까요? 벨레다는 자기 마차에서 자거나, 왕이 마련해 둔 개인 방을 이용하겠죠."

"어쨌든, 벨레다는 어떻게 그렇게 하는 걸까? 무엇이 벨레다에게 그런 권력을 주는 걸까?"

"우린 지금 그걸 알아내야 해요."

해가 서쪽 숲 아래로 떨어졌다. 골짜기에 황혼이 번지기 시작했다. 바람이 으슬으슬해졌다. 이제 손님들은 먹을 만큼 먹었고, 장작 연기와 숲 깊은 곳에서 풍겨 오는 냄새만 남았다. 노예들이 불을 땠다. 불꽃이 높이 솟고, 타닥타닥 소리를 내며 불이 붙었다. 머리 위로는 까마귀들이 둥지로 돌아가고 있었다. 제비들이 쏜살같이 날아다니며 동쪽은 보라색으로, 서쪽은 차가운 초록색으로 변한 하늘에 뜻 모를 글자들을 어지럽게 갈겨 썼다. 파르르 떨며 저녁샛별이 나타났다.

뿔피리가 울렸다. 전사들이 홀에서 나왔다. 그들은 뜰을 지나 바깥의 다져진 땅으로 나왔다. 전사들의 창날은 저물어 가는 일광을 머금고 있었다. 무늬가 화려한 튜닉을 입고 팔에 나선형의 금팔찌를 두른 남자가 전사들의 앞으로 나섰다. 왕이었다. '쉬' 하는 소리에 어둠에 싸인 군중들이 조용해졌다. 에버라드는 가슴이 두근거렸다.

왕은 큰소리로, 그러나 진지하게 말했다. 에버라드는 그가 내심 동요하고 있다고 생각했다. 그 놀라운 행적을 모든 사람이 알고 있는 에드가 멀리서 그들을 찾아왔다고 왕은 말했다. 그녀는 텡크테리 족에 대한 예언을 하고 싶어 했다. 에드와 그녀가 섬기는 여신을 존경하는 뜻에서 왕은 이 소식이 가장 가까이 있는 주민들로부터 온 땅으로 퍼져 나가도록 명했다. 이 불행한 시기에, 신들이 보내는 신호는 그것이 무엇이든 신중하게 숙고되어야 한다. 그는 에드가 뼈아픈 말을 할 것이라고 경고했다. 부러진 뼈를 맞추는 아픔을 참아내듯, 사내답게 그것들을 견디도록 하라. 그 뜻이 무엇인지를 생각하고, 앞으로 무엇을 할 수 있으며 무엇을 해야 할 것인지 백성들은 생각하도록 하라.

왕이 옆으로 물러섰다. 두 여인이 — 왕의 아내들일까? — 세 발 달린 높다란 의자를 내왔다. 에드가 앞으로 나와 거기에 앉았다.

황혼 속에서 에버라드는 긴장했다. 흔들리는 불빛을 보완할 수 있는 광학 장치를 지금 사용할 수 있으면 얼마나 좋을까! 그는 자신이 본 모습에 놀라고 말았다. 에버라드는 초라한 차림의 노파를 상상하고 있었다. 에드는 옷을 잘 입고 있었다. 소매가 짧고 치맛단이 긴 새하얀 양모 드레스와 도금한 청동 브로치를 단 가장자리를 털로 장식한 파란색 망토, 얇은 가죽 신발. 처녀들처럼 맨머리였지만, 긴 갈색 머리칼을 풀어 내리지 않고 뱀가죽으로 만든 머리띠 밑으로 땋아 놓고 있었다. 그녀는 키가 크고 뼈대가 굵었지만 살이 없었고, 몸과 마음이 따로 놀고 있는 것처럼 조금 어색하게 움직였다. 길고 잘생긴 조각 같은 얼굴에 커다란 눈이 빛나고 있었다. 에드가 입을 벌리면, 빈틈이 없어 보이는 이빨들이 하얗게 반짝였다.

'아아, 젊은 여자로군. 아니야. 30대 중반은 되겠는데. 그 나이면 여기서는 중년이지. 손자가 있을 수도 있고. 실제로는 결혼한 적이 없다고 했지만.'

그의 눈은 잠시 에드를 떠나 그녀 옆의 남자를 알아보았다. 검은 머리에 음울해 보이는, 수수한 옷차림의 남자였다. '헤이딘이군. 당연한 일이지. 전에 봤을 때보다 열 살 젊은 나이이긴 하지만. 별로 젊어 보이진 않는군. 오히려 그때 만큼이나 나이 들어 보이는데.'

에드가 연설을 시작했다. 그녀는 두 손을 무릎에 가지런히 놓은 채 미동도 하지 않았다. 허스키한 저음의 목소리는 나지막했다. 하지만 잘 들렸다. 에드의 말투는 강철처럼 단호했고, 겨울바람처럼 차가웠다.

"그대들은 내 말을 잘 듣고 따르라."

군중들 너머로 저녁샛별에 눈길을 돌린 채 그녀가 입을 열었다.

"지체가 높든 낮든, 힘이 팔팔하든 무덤으로 갈 날이 머지않았든, 죽을 운명을 용감하게 참아 내고 있든, 잘 견디지 못하고 있든. 그대들에게 귀를 기울이라고 명하노라. 목숨을 잃을 때, 그대들과 그대들의 자손에게 남는 것은 오로지 그대들에 대한 말뿐이다. 용감한 행동은 결코 사라지지 않고 사람들의 마음속에 영원히 남으리라. 비겁한 이름에 대해서는 죽음과 망각만이 있을 뿐이다! 신들은 배신자에게 아무것도 베풀지 않을 것이며, 게으른 자에게 분노밖에 내리지 않을 것이다. 투쟁을 두려워하는 자는 자유를 잃을 것이요, 곰팡이 핀 빵조각을 얻기 위해 굽실거리고 땅바닥을 기게 될 것이다. 그 자식들은 쇠사슬과 수치로 고통받을 것이며, 그 여인들은 매음굴로 끌려가 무력하게 울부짖을 것이다. 그는 이러한 고통을 겪어야 한다. 차라리 장작으로 그의 집을 태워 버리는 것이 낫다. 반대로, 영웅은 당당히 쓰러져 하늘에 오를 때까지 적들의 목숨을 거둔다.

하늘에서 말발굽 소리가 울린다. 번개가 치고 창이 번쩍인다. 온 대지가 분노로 가득 차고, 들끓는 바다는 해변을 두드린다. 이제 네라는 더 이상 고통을 겪지 않을 것이다. 분노한 네라는 로마를 멸망시키기 위해 달려온다. 전쟁의 신들과, 늑대와 까마귀들이 여신과 함께 하리라."

에드는 참아 왔던 모욕과, 빼앗긴 재산, 복수도 못 하고 잠들어 있는 죽은 자들을 상기하게 했다. 얼음처럼 차갑게 그녀는 침략자들에게 굴복하고 그들을 찾아온 일족을 저버린 데 대해 텡크테리 족을 비난했다. 좋다. 텡크테리 족에게는 선택의 여지가 없어 보였다. 하지만 그들이 선택한 것은 명예롭지 못한 것이었다. 그들이 신성한 숲에서 아무리 많은 제물을 바칠지라도, 그길로 명예를 되살수는 없다. 그들이 갚을 속죄금은 끝없는 슬픔이다. 로마는 그것을 거둬들일 것이다.

하지만 언젠가 날이 밝을 것이다. 때를 기다리며, 붉은 해가 떠오를 때를 준비하라.

뒤에 에버라드와 플로리스는 찍어 놓은 시청각 자료를 검토하면서 다시 주문에 걸리는 기분을 느꼈다. 에드가 홀로 돌아갈 때, 무기를 들고 환성을 지르는 무리들과 마찬가지로 그들 역시 자신을 잃고 겸허해지고 고양되었다.

"완전한 확신."

플로리스가 말했다.

에버라드가 대답했다.

"그보다는 재능과 능력 때문일 거요. 진정한 리더십은 신비하고 초인적인 성격을 지니게 마련이지. ……하지만 나는 시간의 흐름 역시 그녀를 돕고 있는 게 아닌지 궁금하오. 북쪽으로 브루크테리 족, 벨-에드는 거기서 정착할 것이고, 그리고 나서——"

암프시바리 족에 관해서라면, 그들은 수년 동안 방랑을 계속했다. 짧으나마 피난처를 찾을 때도 있었고, 계속 괴로움을 당하는 때도 있었다. 그러다가 결국 그들은 타키투스가 쓴 대로 "젊은이는 모두 살해되고 비전투원은 전리품이 되어 뿔뿔이 흩어져 버렸다."[*]

II

동쪽에서 아침을 등진 채 아스의 신들이 세상으로 달려왔다. 전차의 바퀴는 온 하늘에 불꽃을 흩날리고, 굉음이 산들을 뒤흔들었다. 말이 지나간 자리는 시커먼 자국이 남았다. 그들의 화살은 세상을 어둡게 만들었다. 전투를 알리는 뿔피리 소리는 사람들의 살기를 불러일으켰다.

[*] 타키투스, 『연대기』.

바니르의 신들은 새로운 손님들을 막아섰다. 황소를 타고 손에 <생명의 검>을 든 프로 Froh가 앞장섰다. 바람이 바다를 채찍질하자 파도가 달아나는 달의 발치까지 치솟았다. 파도 위로 내르다 Naerdha가 배를 타고 나타났다. 그녀는 오른손으로 <나무의 도끼>를 노 삼아 저으며, 왼손으로 독수리들을 날려 보내 울부짖으며 적들을 덮쳐 할퀴게 했다. 내르다의 이마에 별이 속불꽃처럼 하얗게 타올랐다.

이리하여 신들은 서로 전쟁을 벌였다. 북쪽 높은 땅과 남쪽 낮은 땅에서 에오탄 eotan* 들은 전쟁을 관망하며, 그것이 어떻게 자신들의 길을 열어 줄 것인지 이야기를 나누었다. 하지만 보탄 Wotan 의 새들이 그걸 보고 경고했다. 밈 Mim 의 머리가 그걸 듣고 프로에게 경고했다. 그래서 신들은 휴전을 선언하고, 볼모를 교환하고, 회의를 열었다.

자신들이 만든 평화 속에서 신들은 세계를 분할했다. 그들은 결혼식을 열어, 아스의 신들을 바니르에—아버지를 어머니에게, 마술사를 아내에게 보내고, 바니르의 신들을 아스에게—여자 사냥꾼을 장인에게, 여자 마술사를 전사에게 보냈다. 그들이 목매달아 죽인 그에 의해, 그들이 물에 빠뜨려 죽인 그녀에 의해, 그들이 뒤섞은 자신들의 피에 의해, 그들은 운명의 날이 올 때까지 지켜야만 하는 맹세를 했다.

그러고 나서, 신들은 북쪽에는 나무 울타리를, 남쪽에는 돌을 높이 쌓아 방벽을 만들었다. 그들은 <율법>에 따라 세상일을 통치하고자 노력했다.

하지만 아스의 신들 중 하나이며 반은 에오탄인 도둑 레오카즈

---

* 적 또는 거인을 뜻하는 말.

Leokaz 는 만족하지 못했다. 그는 예전의 거친 시대를 그리워했고, 이제 자신이 무가치하게 여겨진다고 느꼈다. 결국 레오카즈는 몰래 빠져나가 돌벽이 있는 남쪽으로 가서, 성문을 지키는 문지기에게 잠드는 주문을 걸고 비밀 장소에서 열쇠를 꺼내 <철의 땅>으로 들어갔다. 그리고 거기서 그곳의 군주들과 거래를 했다. 레오카즈는 <여름의 파멸>이라는 창을 받는 대신 그들에게 열쇠를 주었다.

이렇게 해서 철의 군주들은 <대지의 세상>로 들어갈 통로를 얻었다. 그들의 군대는 사람들을 노예로 만들고 학살하면서 쳐들어왔다. 침입을 먼저 알아차린 것은 서쪽*이었다. 태양은 자주 피웅덩이 속으로 저물었다.

하지만 거인 호아드Hoadh 는, <서리의 땅>으로 가서 그곳의 에오탄들과 손을 잡을 생각으로 북쪽으로 향했다. 발걸음 닿는 곳마다 그는 자기가 원하는 것들을 마음대로 취했다. 초원에서 암소를 낚아채고, 몽둥이로 집들을 때려 부수고 빵을 빼앗았다. 사방에 불을 지르고, 놀이 삼아 사람들을 죽였다. 호아드가 가는 곳은 파멸의 길이었다.

그는 해변에 당도했다. 호아드는 멀리서 내르다를 엿보았다. 그녀는 눈치 채지 못하고 바위 위에서 머리를 빗고 있었다. 푸르른 그림자 속에서 내르다의 머리카락은 황금처럼 반짝이고 가슴은 눈처럼 하얗게 빛났다. 욕망이 솟아올랐다. 호아드는 자신의 거대한 몸을 감추기 위해 밤처럼 살금살금 가까이 기어가서 그녀를 붙잡았다. 내르다가 저항하자, 그는 그녀의 머리를 바위에 부딪치게 해서 정신을 잃게 만들었다. 파도 속에서 호아드는 내르다를 범했다.

썰물임에도 바닷물이 바위 위로 솟아올라 수치스러운 광경을 감추었다. 이 때문에 많은 배들이 좌초하고, 파도가 선원들을 집어삼켰다.

* 바니르의 신들이 있는 곳을 가리킨다.

하지만 내르다의 분노와 슬픔을 가라앉히지 못했다.

그녀는 살쾡이처럼 비명을 지르며 정신을 차리고, 다시 홀로 있는 자신을 발견했다. 폭풍의 날개를 차고 내르다는 떠오르는 태양 너머에 있는 자신의 궁정으로 달려갔다.

"그놈은 어디 갔느냐?"

그녀가 울부짖었다.

"모릅니다. 바다 밖으로 나갔다는 것밖에."

그녀의 딸들이 울며 말했다.

"그 놈에게 복수가 따를 것이다."

내르다가 말했다. 그녀는 육지로 돌아갔다. 자신과 프로가 함께 사는 집에 가서 남편에게 도움을 청하려 했다. 하지만 계절은 봄이었다. 그는 생명을 북돋우기 위해 나가고 없었다. 그녀 역시 왔어야 할 계절이었다. 그래서 내르다는 자신이 가진 권리대로 황소 <지축을 흔드는 자>를 요구할 수 없었다.

대신에 그녀는 맏아들을 불러 커다란 검은 종마로 변하게 만들었다. 내르다는 그 말을 타고 안사하임 Ansaheim*으로 달려갔다. 보탄이 그녀에게 결코 빗나가지 않는 자신의 창을 빌려 주었다. 티와즈는 <공포의 투구>를 빌려 주었다. 내르다는 호아드의 흔적을 쫓아 서둘러 떠났다. 그녀가 남편과 바다를 버렸기 때문에 그 해는 황폐한 해가 되었다.

호아드는 내르다가 쫓아오는 소리를 들었다. 그는 산에 올라 몽둥이를 치켜들고 싸울 준비를 했다. 밤이 오고 달이 떴다. 호아드는 달빛으로 몇 리 밖에서 달려오는 창과 투구와 불길한 종마를 보았다. 용기는 사라졌고, 그는 서쪽으로 줄행랑을 쳤다. 호아드가 너무나 빠르

---

* 아스의 신들이 사는 곳을 의미.

게 달아났기 때문에, 그녀의 눈은 그를 거의 쫓을 수 없었다.

호아드는 자신의 동료인 철의 군주들에게 가서 도와달라고 애걸했다. 방패에 방패를 대고 그들은 동료의 앞을 가로막고 나섰다. 내르다는 그들의 머리 위로 창을 던져 적의 몸을 꿰뚫었다. 호아드가 흘린 피로 저지에는 홍수가 났다.

그녀는 프로가 약속을 지키지 않은 데 화가 잔뜩 난 채 집으로 돌아왔다.

"나는 내가 원할 때 그 황소를 데려갈 것이다. 그래서 그대는 파멸의 날에 황소가 없음을 지독하게 아쉬워하게 될 것이다."

그녀가 말했다. 그 역시 내르다가 그들의 아이를 말로 만들었기 때문에 화가 났다. 그들은 헤어졌다.

동지 전야에 그녀는 호아드의 새끼인 아홉 아들을 낳았다. 내르다는 그들을 자신의 말처럼 새까만 개로 만들었다.

번개의 도나르가 그녀의 궁정으로 달려왔다. 그가 말했다.

"그대들 두 사람이 결합하기 위해, 프로는 자기 자매를 버렸고 그대는 자기 형제를 버렸소. 그대들이 없으면 땅과 바다에서 생명이 시들 것이오. 그러면 신들은 무엇을 먹는다는 말이오?"

그래서 내르다는 봄에 남편에게 돌아갔지만, 즐거운 마음은 아니었다. 그녀는 가을에 다시 남편을 떠났다. 지금까지 그 일은 계속 되풀이되고 있다.

"레오카즈는 우리의 맹세를 깼다. 앞으로 세상은 결코 평화라는 것을 모를 것이다. 우리에겐 내 창이 절대로 필요하다."

보탄이 그녀에게 말했다.

내르다가 대답했다.

"내가 사냥하러 갈 때 그 창과 티와즈의 투구를 빌려 주신다면, 당신을 위해 그 창을 되찾아 드리리다."

홍수는 창을 바다로 떠내려 보냈다. 그녀는 오랫동안 창을 찾으러 돌아다녔다. 이 땅 저 땅을 떠돌아다니는 이상한 여인에 대한 많은 이야기가 생겨났다. 그 여인은 자신을 환대해 주는 사람들에 대한 보답으로 병을 치료하고, 잘못된 일을 바로잡고, 미래를 예언해 주었다. 거기 더해 내르다는 자신의 이름으로, 자신의 명에 따라, 자신과 같은 일을 하는 여인들을 보내 세상을 돌아다니게 했다. 마침내 그녀는 저녁샛별 아래 떠다니고 있는 창을 찾아냈다.

내르다의 복수심은 수그러들 수 없었다. 해가 바뀔 때, 그녀의 심장이 그 기억으로 얼어붙을 때마다, 내르다는 앞으로 나아갔다. 말들과 개들을 이끌고, 투구를 쓰고 창을 들고 그녀는 밤바람 속을 달리며 철의 군주들을 공격했다. 악인들의 망령을 괴롭히고, 자신을 섬기는 자들의 적에게는 벌을 내렸다. 뿔피리 소리, 말발굽 소리, 개 짖는 소리와 함께 난폭한 사냥꾼이 요란스럽게 하늘을 달리는 소리를 듣는 것은 무서운 일이었다. 하지만 내르다가 증오하는 자들에 맞서 무기를 든 이들은 그녀의 확실한 축복을 받게 될 것이었다.

11

서기 49년.

엘베 강 서쪽, 언젠가 함부르크가 세워질 곳 남쪽에 랑고바르디 족의 땅이 펼쳐져 있었다. 수세기가 흐른 뒤 그 후손들은 몇 세대에 걸친 이동 끝에 북이탈리아를 정복하고, 롬바르드 왕국이라고 알려진 왕국을 세웠다. 하지만 지금 랑고바르디 족은 그냥 게르만 부족들 중 하나에 불과했다. 하지만 그들은 토이토부르거 숲*에서 로마군에게 가장 심한 타격을 여러번 입힌 강력한 부족이었다. 얼마 전에는 무력으로 자신들의 이웃 케루스키 족의 왕을 결정하기도 했다. 부유하고 오만한 이들 부족은 라인 강에서 비스툴라 강에 이르기까지, 유틀란트 반도의 킴브리 족에서 다뉴브 강가의 콰디 족에 이르기까지 교역과 소식의 중심이 되고 있었다.

플로리스는 자신과 에버라드가 단순히 외지에서 온 곤궁한 여행자인 척하며 그곳에 갈 수는 없다고 판단했다. 그것은 동쪽 종족들보다 로마와 밀접한 관계—적대적이든, 종속적이든, 우호적이든—가 있는 서쪽 변두리 종족들에게나 통할 말이었다. 여기에서는 말실수를 할 위험이 너무 컸다.

하지만 지금 여기에 에드가 2년 동안 머무르고 있었다. 여기는 그녀가 기원한 곳이 어딘지 다음 단서가 되는 곳이었다. 그리고 에드의 순례여행이 지역의 사람들에게 어떤 영향을 끼치는지 더 깊게 관찰할 수 있는 좋은 기회를 제공했다.

당연한 일이긴 하지만, 다행히도 프리시 족에서 플로리스가 그런 것처럼 민속학자 한 사람이 살고 있었다. 패트롤 역시 1세기 중부 유럽의 견본을 원했다. 이곳은 다른 곳들보다 조건이 좋은 편이었다.

옌스 울스트루프는 12년 전에 정착했다. 그는 훗날 노르웨이의 베르겐** 지역이 될 곳에서 온 도마라는 인물로 변신했다고 설명했다. 그곳은 육지로 둘러싸인 랑고바르디 족들에게 미지의 세상이었

---

* 서기 9년 게르만 족의 수장 아르미니우스는, 로마 제국의 게르만 방면군 사령관 바루스의 강압 통치에 맞서 게르만 족 연합군을 이끌고, 토이토부르거 숲에서 로마군을 섬멸하였다. 로마군은 3개 군단 2만 명을 잃고 바루스는 전사했다. 이 결과 아우구스투스는 엘베 강 서쪽의 게르마니아 공략을 포기하고, 제국의 국경은 라인 강으로 확정되었다.

** 오슬로 서쪽 492km, 대서양 연안의 작은 만 깊숙한 곳에 있는 항만 도시이다.

다. 가족의 원수가 그를 고향에서 쫓아냈다. 도마르는 유틀란트 반도로 갔다. 스칸디나비아 남부 사람들은 이미 꽤 큰 배들을 건조하고 있었다. 그는 유틀란트 반도에 도착하고 난 후에는 걸어서 여행했고, 시와 노래를 불러 환영을 받았다. 관례에 따라 왕은 아첨하는 시 몇 줄에 대한 보상으로 황금과 함께 머물러도 좋다는 허락을 내렸다. 도마르는 물품 교역에 투자해서 매우 빨리 큰 재산을 벌었다. 그리고 곧 자기 소유의 농장을 구했다. 상업적인 이해와 음유시인의 본성인 세상에 대한 호기심은 잦은 장기 여행을 설명해 주었다. 많은 경우 실제로 울스트루프는 그 시대의 여러 지역들을 여행했다. 타임 사이클로 빠르게 다닐 수 있긴 했지만 말이다.

그는 아무도 보는 사람이 없다고 생각되는 곳으로 가서 은닉처에 있는 타임머신을 불러냈다. 잠시 후, 하지만 실제로는 며칠 전으로 가서 울스트루프는, 에버라드와 플로리스의 천막에 나타났다. 두 사람은 훨씬 북쪽의, 랑고바르디 족과 카우키 족의 땅 사이에 사람이 살지 않는 지대 — 에버라드는 그것을 DMZ*라고 불렀다. — 에 자리를 잡고 있었다.

나무들로 가려진 절벽에서 그들은 강물을 내려다보았다. 짙푸른 두 기슭 사이로 넓은 강물이 흐르고 있었다. 갈대들이 바스락거리고, 개구리들이 울었다. 물고기들은 은빛 물방울을 튀기고, 수천 마리 물새들이 소란스럽게 날고 있었다. 가끔 수아린 족이 살고 있는 반대편 기슭을 따라 사람들이 배를 저어갔다.

"우리는 그저 유령처럼 스쳐지나가는 것이 아니라 이 지방의 삶에 잠시 섞여 있을 거예요."

플로리스가 말했었다.

---

* 비무장지대(demilitarized zone).

울스트루프가 나타나자 그들은 일어섰다. 그는 모래빛 머리칼을 가진 호리호리한 남자로, 두 사람과 마찬가지로 야만족처럼 보였다. 그렇다고 그가 곰가죽 치마를 걸치고 있었다는 말은 아니다. 그의 윗도리와 외투, 바지는 잘 짜인 천으로 만든 것이었다. 멋있는 무늬가 그려진, 잘 재단된 옷이었다. 목에 걸고 있는 브로치를 만든 금세공 장인은 그리스 규준을 따르지 않았지만, 그럼에도 불구하고 예술가였다. 단정하게 빗은 머리칼은 머리 오른쪽 위로 묶어 놓았고, 콧수염은 잘 다듬어져 있었다. 턱에 짧은 수염들이 남아 있는 것은 면도날이 질레트 제품처럼 날카롭지 않기 때문일 뿐이었다.

"뭐 알아낸 게 있나요?"

플로리스가 물었다.

울스트루프의 미소는 그가 얼마나 지쳐 있는지를 말해 주었다.

"얘기하면 길어요."

그가 대답했다.

"이 친구 좀 쉬게 해 줘요."

에버라드가 말했다. "자, 앉게. 커피 마시려나? 신선한 향기를 맡을 수 있을 걸세."

그는 이끼 낀 통나무를 손짓했다.

"커피라. 꿈속에서 자주 마시고 있답니다."

울스트루프가 노래하듯 흥얼거렸다.

'묘하군.' 에버라드가 순간 생각했다. '우리 셋이 여기서 20세기 영어를 사용하고 있다니. 아니지. 이 친구도 마침 20세기에서 왔지? 한동안 영어는 지금의 라틴어 같은 역할을 했으니까. 라틴어만큼 오랜 동안은 아니지만.'

거의 잡담을 나누지 않고 울스트루프는 본론으로 들어갔다. 그는 덫에 걸린 짐승처럼 다른 사람들을 빤히 쳐다보았다. 울스트루프는 조심스럽게 말을 시작했다.

"그래요. 당신들 말이 맞는 것 같습니다. 이건 심상찮은 일이에요. 솔직히 거기 잠재된 가능성에 깜짝 놀라고 말았습니다. 내겐 현실의 개변에 대한 경험이나, 그에 대한 전문적 지식이 전혀 없습니다.

전에 말했듯이, 나는 방랑하는 무녀인지 마녀인지 뭔지에 대한 이야기를 들은 적이 있었습니다. 하지만 특별히 관심을 두진 않았지요. 그런 것은……이 문화에서 흔하지도 않지만, 아주 특별한 일도 아니니까요. 나는 케루스키 족 사이에 진행되고 있던 내분을 주시하고 있었습니다. 솔직히 국외자일 뿐인, 그 여자를 조사하라는 당신들의 요청에 짜증이 났습니다. 사과드립니다, 플로리스 대원, 에버라드 무임소 대원. 이제 나는 그 여자를 만나 보았습니다. 그 여자의 말을 들어 보았습니다. 그 주위에 있는 많은 남자들과 많은 얘기를 나누어 보았습니다. 내 랑고바르디 족 아내는 여자들이 서로 어떤 이야기를 하고 있는지 말해 주었습니다.

당신들은 에드가 서쪽 부족들에게 커다란 영향을 끼치게 될 것이라고 말했습니다. 하지만 그 여자가 이미 이곳에 얼마나 큰 영향을 끼치고 있는지, 얼마나 빨리 그 영향력이 증가하고 있는지 예상치 못했으리라고 생각합니다. 에드는 소박한 마차를 타고 여기 왔습니다. 레모비 족이 그 여자에게 준 것이라 하더군요. 에드는 걸어서 레모비 족에게 왔다고 했습니다. 에드는 왕이 만들게 한, 가장 훌륭한 황소들이 끄는 커다란 포장마차를 타고 이곳을 떠날 것입니다. 에드가 이곳에 도착했을 때 남자 네 명이 그녀를 따랐습니다. 에드는 열두 명의 남자들과 함께 떠나게 될 겁니다. 그녀는 그보다 훨씬 더 많은 남자들— 여자들도 물론—을 데려 갈 수도 있었습니다. 하지만 신중하게 사람들을 골랐고, 영리하게 실용성을 따져 제한을 두었습니다. 나는 그것이 당신이 설명해 준 헤이딘이라는 사람의 충고에 따른 것이라고 생각합니다. ……상관없습니다. 나는 긍지 높은 젊은 전사들이 모든 것을 버리고 에드의 하인이 되어 그녀를 따라가는 것을 보았습니다. 에드에게 거절당한 친구들이 입술을 떨며 눈을 껌뻑거리는 것을 보았습니다.

"어떻게 그럴 수 있는 거지?"

에버라드가 조그맣게 말했다.

"그녀는 신화를 이야기했지요. 그렇지 않나요?"

플로리스가 말했다.

울스트루프가 깜짝 놀라 고개를 끄덕였다.

"어떻게 알았습니까?"

"나는 미래에서 에드의 말을 들었어요. 그리고 무엇이 프리시 족에게 영향을 끼칠 수 있는지 잘 알고 있어요. 프리시 족은 여기 동쪽 사람들과 별반 다르지 않지요."

"그렇죠. 아마 차이는 우리 시대의 네덜란드 인과 독일 인의 차이에 비교할 수 있겠죠. 물론 에드는 완전히 새로운 종교의 복음을 선언하고 있지 않습니다. 그건 이교도의 정신구조와 맞지 않는 일이죠. 사실, 나는 오히려 에드가 앞으로 나아감에 따라 그녀의 생각들이 진화하고 있다고 생각합니다. 에드는 새로운 신을 만들어 내지도 않았습니다. 에드의 여신은 게르만 족의 지역 대부분에 널리 알려져 있습니다. 여기서 그 여신의 이름은 내르다입니다. 내르다는 타키투스가 그 숭배에 대해 서술한 바 있는 네르투스와 어느 정도 동일한 여신이라고 생각됩니다. 기억나십니까?"

에버라드는 고개를 끄덕였다. 『게르마니아』에는 천으로 덮인 소가 끄는 마차가 매년 신상을 싣고 세상을 차례로 돌아다닌다는 이야기가 나온다. 그때에는 전쟁을 하지 않고 즐겁게 성대한 의식을 벌인다. 여신이 자신의 숲으로 돌아가면, 우상은 조용한 호수로 운반되어 노예들에 의해 씻겨진다. 그 일이 끝나는 즉시 노예들은 호수에 빠뜨려져 죽음을 당한다. 아무도 "죽음에 직면한 사람만이 보게 되는 것이 무엇인지"* 묻지 않는다.

"꽤 끔찍한 이야기지."

에버라드가 말했다. 그가 태어난 시대에서 신이교주의자**들은 모든 사람이 잘 지낸 유사 이전의 모계사회라는 동화 같은 이야기 속에 그 여신을 포함시키지 않았다.

"꽤 끔찍한 삶이기도 했죠."

플로리스가 말했다.

울스트루프 속의 학자가 말을 받았다.

"그건 분명히 바나 또는 바니르라고 하는 토착 신들에 속합니다. 그 기원은 인도유럽 인들이 이 땅에 오기 전으로 거슬러 가지요. 인도유럽 인들은 자신들처럼 전쟁을 좋아하고 남성적인 아스 또는 애시르라고 하는 하늘의 신들을 데리고 왔습니다. 두 문화 사이의 충돌에 대한 희미한 기억이 두 신족 사이의 전쟁이라는 신화로 살아남았습니다. 그 전쟁은 결국 협상과 서로 혼인하는 것으로 끝났지요. 네르투스──내르다──는 아직 여자입니다. 앞으로 수세기 내에 여신은 남신으로 변할 겁니다. 프레이야와 프레이르의 아버지인 『에다』의 신 뇨르드가 되지요. 지금 뇨르드는 아직 여신의 남편입니다. 네르투스가 바다와 연관되어 있듯이 뇨르드도 바다의 신이 될 것입니다. 하지만 내르다는 농업의 신이기도 했지요."

플로리스가 에버라드의 팔을 건드렸다.

"갑자기 얼굴이 어두워졌어요."

* 타키투스, 『게르마니아』, 서울대학교 출판부.
** 기독교 이전의 이교 신앙으로 돌아가자는 운동.

그녀가 작은 목소리로 말했다.

그가 몸을 부르르 떨었다.

"미안하오. 다른 생각을 하고 있었소. 나는 고트 족들 사이에서 앞으로 일어날 사건에 대해 생각하고 있었소. 그들의 신에 얽힌 사건이었지. 하지만 그건 시간 흐름에 작은 소용돌이를 일으켰을 뿐이었소. 그 일에 얽혀든 사람들의 희생을 생각지 않는다면 쉽게 가라앉힐 수 있는 것이었지. 이건 달라요. 왜 그런지는 모르겠지만 뼛속 깊이 느낄 수 있소."

플로리스가 울스트루프에게 고개를 돌렸다.

"그럼, 에드는 무엇을 설교하고 있죠?"

그녀가 물었다.

울스트루프가 몸을 부르르 떨었다.

"'설교'라. 정말 기분 나쁜 말이로군요. 이교도들은 설교를 하지 않지요. ─ 적어도 게르만 족 이교도들은 그렇지요 ─ 그리고 지금 기독교는 박해받는 유대교의 이단에 지나지 않습니다. 아니, 에드는 보탄과 다른 신들을 부정하지 않습니다. 그녀는 단지 내르다와 내르다의 힘에 대해 새로운 이야기들을 할 뿐입니다. 하지만 그것들이 함의하는 바는 그리 간단한 것이 아닙니다. 그리고…… 순수한 강렬함과 웅변, 맞아요, 에드가 설교를 하고 있다고 말해도 무방하겠네요. 이 부족들은 전에 그런 종류의 것들에 대해 전혀 모르고 있었습니다. 그들은…… 면역되어 있지 않았어요. 선교사들이 이곳에 왔을 때 그렇게 많은 사람들이 쉽게 기독교로 넘어가 버린 건 그 때문이지요."

변명이라도 하려는 듯, 그의 목소리는 건조해졌다.

"확실히, 개종에는 정치적, 경제적 이유도 있을 것입니다. 대부분의 경우, 그것이 개종 여부를 결정했다는 것은 의심할 여지가 없지요. 로마에 대한 증오와 로마의 멸망에 대한 예언을 제외하면, 에드가 그런 동기들을 제공하고 있지는 않습니다."

에버라드가 턱을 어루만졌다.

"그럼 에드는 독립적으로 설교와, 종교적 정열을 창조하고 있는 것이로군. 어떻게? 왜?"

"우리가 알아내야 하는 것이죠."

플로리스가 대답했다.

"그 새로운 신화들은 무슨 내용이오?"

에버라드가 물었다.

울스트루프가 먼 산을 쳐다보며 얼굴을 찌푸렸다.

"내가 들은 걸 전부 다 이야기해 드리려면 시간이 많이 걸릴 겁니다. 그것은 미완성이고, 정리된 신학적 체계가 아니라는 것을 알게 될 겁니다. 내가 그것을 전부 다 들은 것은 아닐까 생각하고 있습니다. 에드에게 직접 듣기도 하고, 간섭적으로 듣기도 했지요. 그것이 앞으로 어떻게 발전해 갈지를 듣지 못했습니다.

하지만——글쎄요, 에드는 그것을 명백히 말하지 않고 있습니다. 아마 본인도 의식 못 하고 있겠지만 에드는 자신의 여신을 적어도 다른 어떤 신보다…… 강력하고…… 광대한 존재로 만들고 있습니다. 내르다가 죽은 자에 대한 보탄의 권위를 빼앗았다고는 할 수 없겠지만, 자신의 궁정에 죽은 자들을 받아들입니다. 내르다 역시 그들을 이끌고 천상으로 사냥을 갑니다. 내르다는 티와즈만큼이나 전쟁의 신이 되고 있고, 예정된 로마의 파괴자가 되고 있습니다. 토나르처럼, 내르다는 바다, 강, 호수, 모든 물들과 더불어, 근원적인 힘들, 날씨, 폭풍을 부립니다. 여기에 달——"

"헤카테*."

* 그리스신화에서 천상과 지상 및 지하계를 다스리는 여신.

에버라드가 중얼거렸다.

"그럼에도 내르다는 임신과 출산에 대한 오랜 권리를 그대로 갖고 있습니다. 아기를 낳다가 죽은 여인들은 곧바로 그녀에게 갑니다. 죽은 전사들이 『에다』의 오딘에게 가듯이 말입니다."

울스트루프가 마무리를 지었다.

"그건 여인들에게 호소력을 가지겠네요."

플로리스가 말했다.

"그래요. 그렇습니다."

울스트루프가 맞장구쳤다.

"그들이 독자적인 신앙을 가진 것은 아닙니다. 은밀한 숭배, 그를 위한 종파 같은 것은 게르만 족에게는 알려지지 않은 것이지요. 하지만 여기 그들에게 하나의, 특별한 헌신이 나타났습니다."

에버라드는 골짜기 안을 왔다갔다 걸었다. 그는 주먹으로 손바닥을 때렸다.

"그렇소. 남쪽에서나 북쪽에서나 기독교의 성공에서 그 점이 중요한 것이었지. 어떤 이교의 신들보다, 심지어 대모신(大母神)보다도 더 여인들에게 성공을 거두었소. 그들이 남편들을 개종시키진 못했지만 자식들에게는 확실히 영향을 끼쳤지."

"남자들도 비전을 볼 수 있습니다. 당신은 내가 생각하는 것과 같은 가능성을 생각하고 있습니까?"

울스트루프가 플로리스를 바라보았다.

"그래요."

그녀가 미심쩍은 목소리로 말했다.

"충분히 벌어질 수 있는 일이에요. 『타키투스 2』에서…… 벨레다는 키빌리스의 반란이 평정된 뒤, 자유로운 게르마니아 땅으로 돌아가 자신의 교리를 전파했어요. 야만족들 속에서 새로운 종교가 퍼졌죠. ……그것은 벨레다가 죽은 뒤에도 계속 성장하고 발전할 수 있었어요. 경쟁자라고 할 만한 것 없었죠. 아, 그건 일신교나 그 비슷한 건 되지 못할 거예요. 하지만 이 여신은 모든 것들을 주변에 끌어모으는 최고의 존재가 될 수 있겠죠. 여신은 사람들에게 영적으로 많은 것을, 거의 기독교가 줄 수 있었던 것만큼 많은 것을 주게 될 거예요. 사람들은 교회에 가지 않게 될 거예요."

"그들에게 정치적 이유가 없다면 더 그렇겠지. 나는 바이킹 족의 스칸디나비아에서 그 과정을 지켜보았소. 세례는 문명세계로 들어가는 것을 허락하는 티켓이었지. 거기에는 상업적 이해와 문화적 이점이 모두 다 있었소. 하지만 무너진 서로마 제국은 그리 매력적이 되지 못할 거요. 비잔티움은 너무 멀리 있고."

에버라드가 덧붙였다.

"맞습니다. 네르투스 신앙은 게르만 문명의 씨앗이자 그 핵심이 될 가능성이 충분합니다. 아무리 거칠어도 그건 야만 상태가 아니라 문명이 될 테지요. 페르시아에서 조로아스터 교가 그랬던 것처럼, 기독교에 저항할 수 있는 내적인 풍요함을 가진 문명 말입니다. 이미 여기서도 게르만 족은 단순한 숲 사람들이 아닙니다. 그들은 바깥 세계를 알고 있고, 그것과 교류하고 있습니다. 랑고바르디 족이 케루스키 족 왕가의 다툼에 끼어들었을 때, 그들이 한 일은 로마가 키우고 로마의 요구로 왕위에 올랐다는 이유 때문에 쫓겨난 왕에게 그 자리를 되찾아 주는 것이었습니다. 랑고바르디 족은 로마의 앞잡이가 아닙니다. 그것은 매우 계산적인 행동이었습니다. 남쪽과 교역은 해마다 늘어나고 있습니다. 로마 또는 갈리아-로마의 배는 가끔 멀리 스칸디나비아 반도까지 다니곤 합니다. 우리 시대의 고고학자들은 로마 철기 시대에 뒤이은 게르만 철기 시대에 대해 이야기할 것입니다. 그렇습니다. 이들 야만족들은 배우고 있습니다. 그들은 자기들이 유용하다고 생각하는 것에 동화하고 있습니다. 그렇다고 그 동화가 게르만 족에게 불가피한 선택이었던 것은 아닙니다."

울스트루프가 말했다.

"물론 게르만 족이 그러지 않았다면, 미래는 달라질 것입니다. 우리의 20세기는 결코 존재하지 않게 되겠죠."

그의 목소리가 가라앉았다.

"그것이 우리가 막으려고 하는 것이오."

에버라드가 엄중한 목소리로 말했다.

침묵이 왔다. 바람이 잠잠해졌다. 나뭇잎이 바스락거리고, 햇살이 강물 위에 춤추고 있었다. 평화로움이 풍경을 비현실적으로 느껴지게 만들었다.

에버라드가 말했다.

"우리는 더 손쓸 수 없게 되기 전에 이러한 분기점이 어떻게 시작됐는지 알아내야만 하오. 벨레다가 어디 출신인지 알아냈소?"

"안타깝지만 그렇게 하지 못했습니다."

울스트루프가 고백했다.

"빈약한 통신수단과 광대한 황야—그리고 에드는 자기 과거에 대해 말하지 않습니다. 그녀의 동료 헤이딘도 마찬가지고요. 헤이딘이 알바링 족인지 뭔지를 언급했을 때는 지금부터 21년 뒤이고, 그때는 아마 좀더 여유를 가지게 되었을지도 모릅니다. 하지만 그때에도 헤이딘에게 꼬치꼬치 캐묻는 건 위험한 일이었을 겁니다. 지금 헤이딘과 에드는 철저히 입을 다물고 있습니다.

하지만 에드가 발트 해 연안에 있는 루기 족들에게 처음 모습을 드러냈다는 말을 들었습니다. 애매모호한 설명들을 통해, 그게 거의 5, 6년 전의 일이었을 거라고 추정할 수 있었습니다. 에드는 바다의 신을 섬기는 무녀답게 배를 타고 왔다고 하더군요. 그 사실과 에드의 억양으로 미루어 볼 때 에드는 스칸디나비아 태생인 것 같습니다. 더 많은 걸 알아내지 못해서 죄송합니다."

"도움이 될 거요. 잘 했소, 친구. 끈기 있게 장비들을 활용하고 가끔 지상에 내려 물어보면 에드가 상륙한 장소와 시간을 찾아낼 수 있을 거요."

에버라드가 대답했다.

"그리고 나서──"

플로리스의 목소리가 작아졌다. 그녀는 강과 숲을 지나, 북동쪽 멀리 보이지 않는 해변을 보고 있었다.

12

서기 43년.

해변은 좌우로 길게 뻗어, 뻣뻣한 풀들이 난 모래구릉이 까마득하게 이어져 있었다. 해조류, 조개껍데기, 물고기와 새들의 뼈들이 만조선 아래 질게 펼쳐진 개펄에 드문드문 흩어져 있었다. 갈매기 몇 마리가 바람을 타고 날고 있었다. 으스스하게 부는 바람에 짠맛이 실려 있었다. 해변에 얕게 밀려온 파도는 쉬익 소리를 내며 물러갔다가, 좀더 높이 밀려왔다. 먼 바다에서 거세진 파도는 공허하게 우르릉거리며 차가운 잿빛 바다 위로 하얗게 물마루를 만들었다. 수평선은 흐릿하니 거의 보이지 않았다. 잿빛 바다는 육지로 밀려들며 바다처럼 희미한 하늘에 번지고 있었다. 하늘 아래 시커먼 구름 조각들이 흘러가고 있었다. 비가 서쪽에서 내리고 있었다.

땅에는 물웅덩이 주위에 사초(莎草)가 하느작거리고 있었다. 녹색

웅덩이만이 유일하게 밝은 색이었다. 멀리 숲들은 어두컴컴했다. 개천 하나가 습지를 지나 해변으로 스며들고 있었다. 틀림없이 주민들이 배를 움직일 때 사용하는 것이리라. 그들의 부락은 해변에서 2킬로 정도 떨어져 있었다. 잔디를 얹은 지붕 아래 흙으로 벽을 바른 오두막들이 웅크리고 있었다. 움직이는 것이라고는 미늘창에 피어오르는 연기밖에 없었다.

배는 풍경에 갑작스러운 활기를 불어넣었다. 길고 날씬하고 아름다운 배였다. 클링커 이음*으로 만들어진, 선수와 선미의 기둥이 높이 휘어진 배였다. 돛은 없지만 대신 서른 개의 노로 빠르게 움직였다. 비바람에 붉은 칠은 바랬지만, 목재는 아직 튼튼했다. 조타수의 구령에 따라 선원들은 배를 육지에 댔고, 옆으로 뛰어내려 밖으로 조금 끌어냈다.

에버라드는 배로 다가갔다. 사람들은 경계심을 억누르며 그를 기다렸다. 해안에 다가오면서 그들은 그가 혼자라는 것을 알았다. 에버라드는 가까이 가서 창대 끝을 모래에 내려놓고 나서 인사를 건넸다.

"안녕하시오."

선장으로 보이는 얼굴에 상처가 난 반백의 남자가 물었다.

"저 마을에서 오셨소?"

그의 사투리는 에버라드와 플로리스가 미리 주입받지 않았다면 알아듣기 힘들었을 것이었다. (그들이 쓸 수 있는 제일 비슷한 언어는 4세기 뒤의 덴마크 말이었다. 다행히도 고대 노르만 말들은 빠르게 변하지 않았다. 하지만 패트롤 대원들은 배가 떠나온 곳이나 이 지방의 원주민을 자처할 수 있을 거라고는 생각지 않았다.)

---

* clinker-bult 배 몸체의 널판들을 겹쳐지게 붙여 만든 배. 매끈하게 붙여 만든 방식은 커벨 이음(carvel built)이라고 한다.

"아니오. 나는 여행자요. 오늘 밤 묵을 곳을 찾으려고 저기로 가는 중이었소. 하지만 당신들을 보고 당신들 이야기를 먼저 들어야겠다고 생각했소. 집구석에 처박혀 사는 시골뜨기들 얘기보다는 이쪽이 더 나을 테니까. 나는 마링이라고 합니다."

평상시라면 패트롤 대원은 그냥 "에버라드"라고 말했을 것이다. 그것은 다른 어떤 지방의 방언처럼 들렸다. 하지만 그가 오늘 붙들고 얘기를 나눠 볼 심산인 헤이딘을 미래에서 만났을 때 이미 그 이름을 사용하고 말았다. 그는 그것이 결과를 짐작할 수 없는 현실의 변화를 불러올 수 있다는 것을 그 당시에는 인식하지 못했다. 남부 게르만 족의 것이 확실한 이 이름을 제안한 것은 플로리스였다. 그녀는 또 에버라드가 풍성하게 늘어진 금발 가발과 가짜 수염으로 변장하는 것을 도와 주었다. 거기에 지미 듀란트*같은 코를 붙인 것은 다른 부분으로 주의를 돌리는 것을 막아 줄 것이다. 세월이 흘러 기억이 희미해지면 그것의 효력이 있을 것이다.

선원의 얼굴이 웃음으로 주름 잡혔다.

"난 투테바르의 아들, 바그니오라고 하오. 알바링 족의 땅에 있는 하리우 부락에서 왔소. 댁은 어디서 오셨소."

"멀리서 왔습니다."

패트롤 대원이 엄지손가락으로 마을을 가리켰다.

"저 사람들은 집에 꼭 처박혀 있군요. 허어? 당신들을 무서워하는 건가요?"

바그니오는 어깨를 으쓱해 보였다.

"그들이 보기에는 우리가 약탈자일 가능성이 많지. 여기는 아무도 배를 대는 곳이 아니니까. 우린 그저 육지를 보고 상륙했을 뿐—."

---

* 미국의 가수이자 피아니스트(1893~1980) 유난히 크고 뭉툭한 코로 유명했다.

에버라드는 그들이 이곳에 정박할 것을 미리 알고 있었다. 그와 플로리스는 공중에서 타임 사이클을 타고 그 배를 관찰하고 있었다. 모든 사람들을 확인하며 자세히 조사한 결과 배에는 여인이 한 사람 타고 있었다. 그들은 미래로 건너뛰어 배가 어디서 정박할지 미리 알아본 다음, 다시 과거로 와서 그 근처에 에버라드를 내리게 했다. 플로리스는 구름 위에 남아 있었다. 그녀의 존재를 설명하는 것은 상당히 까다로운 일이었다.

바그니오가 말을 이었다.

"——밤에 야영을 하고, 아침에 물통을 채우려고 말이요. 하지만 그러고 나면 앙글리 족이 해마다 이맘 때 여는 큰 시장에 팔 물건들을 가지고 서쪽으로 해안을 따라 출발할 거요. 저 사람들이 좋으면 우리를 찾아올 것이고, 아니면 우리는 그냥 떠날 거요. 저들 족속들에겐 빼앗을 만한 게 아무것도 없소."

"잡아다가 노예로 팔지도 못합니까?"

에버라드의 입장에서는 매우 거북한 말이었지만 이 시대에서는 당연한 물음이었다.

"그렇소. 그들은 우리가 자기네 쪽으로 오는 걸 보자마자 달아나서, 자기들이 가진 가축들을 흩어지게 할 거요. 그게 저 사람들이 저기에다 마을을 세운 이유지. 그걸 모르는 걸 보니 여기 처음 온 양반이로군."

바그니오가 슬쩍 에버라드를 보았다.

"맞습니다. 저는 마르코만니 족입니다."

그들은 체코슬로바키아 서부가 될 지방 근처 사는, 안심할 수 있을 정도로 멀리 떨어져 있는 부족이었다.

"당신들은, 어, 스카니아*에서 오셨습니까?"

"아니오. 알바링 족은 예아트 족**의 해안에 있는 섬의 반을 차지하고 있소. 오늘 밤 우리와 함께 묵으시오, 마링. 우리 서로 이야기를 나눠 봅시다. ──뭘 그리 내다보고 있소?"

선원들이 그들의 대화를 들으려고 주위에 몰려와 있었다. 그들은 대개 키가 큰 금발 남자들이라, 배 쪽을 향한 패트롤 대원의 시야를 가로막고 있었다. 몇 사람이 가만 있지 못하고 몸을 움직이는 바람에, 그는 비로소 잘 볼 수 있게 되었다. 호리호리한 청년이 막 뱃머리에서 해변으로 뛰어내렸다. 그는 팔을 들어 뒤따르는 여인을 도와 주었다.

'벨레다.' 틀림없이 그녀였다.

'저 여자가 섬기는 여신의 바다 밑바닥에서도 저 얼굴, 저 눈을 난 알아볼 수가 있어.'

하지만 지금 벨레다는 매우 젊었다. 버들가지처럼 마른 십대 소녀였다. 늘어뜨린 갈색 머리칼이 바람에 흩날리고, 발목까지 내려온 치마가 펄럭이고 있었다. 십여 미터 거리를 사이에 두고 에버라드는 보았다고 생각했다. ──뭘? 이곳을 넘어 무언가를 찾고 있는 표정, 갑작스럽게 떨리며 속삭일지도 모를 입술, 슬픔, 상실감, 꿈. 꼭 집어 말할 수 없었다.

벨레다는 그가 기대한 것과 달리 자신에게 아무런 관심도 보이지 않았다. 에버라드는 그녀가 자신을 흘깃 보기라도 했는지 의심스러웠다. 창백한 얼굴이 고개를 돌렸다. 그녀는 검은 머리칼의 동행자와 짤막하게 이야기를 나누었다. 그들은 배에서 떨어져 해변 저쪽으로 나란히 걸어갔다.

"아, 저 여자. 이상한 사람들이지, 저들은."

---

* 스웨덴과 덴마크 지역을 가리킨다.
** 예아트 족(Geats)은 고대 스웨덴 남부에 살던 게르만 족이다. 베오울프가 이 종족 출신이다.

바그니오가 넘겨짚어 말했다. 그는 거북스러운 기색을 보였다.

"저들은 누굽니까?"

에버라드가 물었다. 그 역시 당연한 질문이었다. 포로가 아닌 여인들이 바다를 건너는 일은 거의 있을 수 없는 때였다. 프리슬란드 족과 주트 족 침략자들이 마침내 자기 가족들을 데리고 브리튼 섬으로 건너오게 되지만, 그것은 수세기 뒤에나 일어날 일이었다.

혹시 이렇게 이른 시대라도 스칸디나비아 여인들의 경우 간혹 배를 타지 않았을까? 그의 지식으로는 알 수 없었다. 이 시대 이 지역은 거의 연구되지 않았다. 민족 대이동 시기까지 이 지역은 다른 세계들에 있어 크게 중요하다고 생각되지 않았었다. 역시나, 아니나 다를까.

"흘라바가스트의 딸 에드와 비두하다의 아들 헤이딘."

바그니오가 말했다. 에버라드는 그가 여자의 이름을 먼저 말했다는 사실에 주의했다.

"저들은 외국으로 가려고 돈을 냈소. 하지만 우리와 함께 장사를 하려고 그런 건 아니오. 정말로 저 아이는 시장에도 전혀 가지 않았고, 다른 곳에 자기를—자기들을—내려 달라고도 하지 않았소. 그녀는 아직 목적지를 이야기하지 않았소."

"야영 준비를 하는 게 좋겠는데요, 선장"

한 남자가 투덜거렸다. 다른 이들도 동조하는 소리를 냈다. 어두워질 시간은 좀 남았고, 이쪽으로는 비가 올 것 같지도 않았다. '이 사람들은 저 여자에 대해 이야기하고 싶어 하지 않는군.' 에버라드는 눈치 챘다. '이들은 벨레다에게 호의를 갖고 있는 게 분명해. 하지만 벨레다는, 그래, 뭔가 이상해.' 바그니오는 선원들의 말에 재빨리 동의했다.

에버라드는 야영 준비를 도와 주겠다고 말했다. 손님은 귀한 존재였기 때문에 무뚝뚝하지만 점잖게, 선장은 초행자가 일을 잘 할 수 있으리라는 걸 의심스러워했다. 그는 에드와 헤이딘이 간 쪽으로 한가로이 걸어갔다.

에버라드는 두 사람이 걸음을 멈추는 것을 보았다. 그들은 다투는 것처럼 보였다. 그녀는 아직 어린 소녀치고는 이상할 정도로 오만한 몸짓을 보였다. 헤이딘은 몸을 돌려 성큼성큼 되돌아왔다. 에드는 계속 앞으로 걸어갔다.

"지금이 기회로군. 저 소년과 대화를 해 볼 수 있는지 알아보겠소."

에버라드가 목소리를 내지 않고 말했다.

"조심하세요. 저 아이는 화가 난 것 같아요."

플로리스가 대답했다.

"알겠소. 하지만 시도는 해 봐야 하지 않겠소?"

바로 그것이 그냥 시간을 거슬러 바다 위로 배를 추적하는 대신 이런 만남을 준비한 이유였다. 그들은 불안정성과 모호함의 근원인 동시에, 그로 인해 미래 전체를 폐지시킬 수 있는 상황 속으로 그냥 뛰어 들어갈 수는 없었다. 두 사람은 여기서 최소한의 위험을 감수하는 대신, 미리 뭔가를 알아낼 기회를 잡길 바랐다.

헤이딘은 얼굴을 찌푸리며 외국인 앞에 덜커덕 멈추어 섰다. 그 역시 십대 소년이었다. 에드보다 한두 살 정도 많을 것 같았다. 이 시간대에서 그 정도 나이면 성인이었다. 하지만 그의 몸은 아직 가냘팠고 살이 오르지 않았다. 날카로운 얼굴을 어둡게 만들고 있는 것은 솜털뿐이었다. 그는 축축한 공기 속에 향기를 풍기는 두터운 모직 옷을 입고, 소금 얼룩이 묻은 장화를 신고 있었다. 옆구리에는 검을 한 자루 차고 있었다.

"안녕하신가."

에버라드가 친절하게 말했다. 하지만 겉모습일 뿐이었다. 두피가 싸늘하게 따끔거렸다.

"안녕하시오."

헤이딘이 퉁명스럽게 대꾸했다. 무뚝뚝함은 20세기 미국에서는 그 나이의 소년에게 당연한 것으로 여겨질 것이다. 하지만 여기서는 진짜 문제를 의미했다.

"뭘 하고 있는 거요?"

그는 거칠게 덧붙이기 전에 잠시 말을 멈추었다.

"저 여인을 따라가지 마시오. 그녀는 혼자 있고 싶어 하오."

"위험하지 않나?"

에버라드가 물었다. 역시 당연한 질문이었다.

"그녀는 멀리 가지 않을 것이고, 어두워지기 전에 돌아올 겁니다. 게다가―"

헤이딘은 다시 입을 다물었다. 그는 자기 자신과 싸우고 있는 것처럼 보였다. 에버라드는 중요하고 신비롭게 보이고 싶은 젊은이다운 욕망이 신중함을 앞섰다고 생각했다. 하지만 그는 거의 깜짝 놀랄 만큼 성실한 답변을 들었다.

"저 여인을 괴롭히는 자는 누구든 죽음보다 더한 고통을 겪을 거요. 그녀는 여신이 선택한 사람입니다."

순간 진짜 바람이 더 날카롭게 분 걸까?

"그럼, 자네는 저 여인을 잘 아는 게로군?"

"나……난 그녀와 함께 가고 있소."

"어디로?"

"왜 알려고 하시오? 날 가만히 내버려 두시오."

헤이딘이 화난 목소리로 말했다.

"진정하게, 친구, 진정해."

에버라드가 말했다. 진정시키는 그의 태도는 관대하고 분별력 있게 보이도록 만들었다.

"나는 그냥 물어 본 걸세. 난, 외지 사람이네. 나는 기꺼이 저 여인—선장이 에드라고 했던가?—에 대해 더 많은 얘기를 듣고 싶네. 그리고 자넨 헤이딘이라고 했던 것 같군."

호기심이 일자 소년의 기세가 약간 누그러졌다.

"당신은 누구시오? 이리로 배를 댈 때 궁금하긴 했소."

"난 여행자라네. 마르코만니 족의 마링이라고 하지. 아마 들어 본 적이 없는 부족일 거네. 오늘 저녁에 내 이야기를 들을 수 있을 걸세."

"당신은 어디로 가는 길이오?"

"운이 이끄는 곳이면 어디든."

헤이딘은 잠시 가만히 있었다. 작은 파도가 나지막한 소리를 냈다. 갈매기 한 마리가 울었다. 그가 숨을 돌렸다.

"자신을 보낼 수 있겠소?"

에버라드의 맥박이 빨라졌다. 그는 목소리를 자연스럽게 하려고 애썼다.

"누가 나를 보낸단 말인가? 그리고 왜?"

"이보시오."

헤이딘이 불쑥 말했다.

"에드는 꿈과 징조들을 통해 니애르드가 명한 곳으로 가고 있소. 에드는 지금 여기서 배를 내려 육로로 가야 한다고 생각하고 있소. 나는 에드에게 이곳은 인심이 고약한 지방이고, 인가가 드물어서 무뢰한들이 활개를 칠거라고 말해 주려고 했소. 하지만 에드는—"

그가 말을 삼켰다. 여신이 그녀를 보호할 것이었다. 믿음이 상식과 투쟁한 끝에 타협점을 찾았다.

"만약 두번째 전사가 함께 간다면—"

"아, 좋아요!"

플로리스의 목소리가 울렸다.

"내가 과연 운명의 선택을 받은 사람처럼 잘 행동할 수 있을지 모르겠소."

에버라드가 주의를 환기시켰다.

"적어도 당신은 그를 대화로 끌어들일 수 있어요."

"노력해 보겠소."

그가 헤이딘에게 말했다.

"알겠지만, 내게 너무 뜻밖의 얘기로군. 하지만 우리는 그에 대해 얘기를 해 볼 순 있겠지. 지금 당장 할 일은 없으니까. 자네는 어떤가? 자, 함께 산책이나 하면서 자네와 에드에 대해 말을 해 주게."

헤이딘은 바닥을 내려다보고 있었다. 그는 입술을 깨물고, 얼굴을 붉으락푸르락하고 있었다.

"당신이 생각하는 것보다 쉬운 일이 아니오."

그가 쥐어짜듯 말했다.

"하지만 내가 충성을 맹세하기 전에, 에──알아야 하지 않겠나?"

에버라드는 자기 앞에 있는 웅크린 어깨를 툭 쳤다.

"서두를 건 없네. 하지만 내게 전부 다 이야기해 주어야 하네."

"에드가──그녀가 결정해야만──에드가 결정할 거요──"

"어엿한 사내인 자네를 자신의 말에 따르도록 만드는 그 여인은 어떤 사람인가?" '최대한 존경심을 보여야 해.'

"에드는 무녀인가? 미래를 보는 사람? 그건 대단한 일인데."

헤이딘이 고개를 들었다. 그는 떨고 있었다.

"그렇소. 그건 그보다 더 대단한 일이오. 여신께서 에드에게 오셨소. 지금 에드는 니애르드의 것이오. 에드는 온 세상에 니애르드의 분노를 전할 것이오."

"뭐라고? 여신께서는 누구한테 분노하신 건가?"

"로마성의 사람들!"

"저런, 그들이 무슨 짓을 저질렀는데?" '이렇게 먼 곳에서 말이야.'

"그놈들은——그놈들은——아니, 이건 입에 담기에 너무 신성한 일이오. 에드를 만날 때까지 기다리시오. 에드는 자신이 필요하다고 여기는 만큼 당신을 현명하게 만들어 줄 거요."

"나한테 너무 많은 걸 요구하고 있군."

에버라드는 정상적인 생각을 가진 뜨내기가 당연히 할 수 있는 정도의 거부감을 보였다.

"자네는 앞으로 무슨 일이 벌어질지, 자네들이 어디로, 왜 가는지 아무것도 얘기하지 않았네. 그러고서는 그 어떤 방랑자나 노예에게 욕정을 불러일으킬 처녀를 내 목숨을 걸고 보호해 달라고 하고 있어."

헤이딘이 소리를 질렀다. 그의 칼이 칼집에서 뽑혀 나왔다.

"네가 감히!"

그는 칼날을 휘둘렀다.

훈련된 반사행동이 에버라드의 목숨을 구했다. 그는 재빨리 창을 내밀어 칼을 막았다. 쇠붙이가 세차게 부딪쳤다. 단단히 마른 나무는 완전히 부러지지 않았다. 헤이딘이 칼을 다시 높이 쳐들었다. 에버라드는 자신의 무기를 봉술하듯이 휘둘렀다.

'죽이면 안 돼! 그는 미래에 살아 있었어. 어쨌든 지금은 아이일 뿐이야.'

쿵하는 충격이 왔다. 창대가 꺾이지 않았다면 머리에 가한 타격은 헤이딘의 정신을 잃게 했을 것이다. 그러나 실제로는 비틀거렸을 뿐이었다.

"멈춰라, 이 흉악한 촌뜨기야!"

에버라드는 크게 소리 질렀다. 놀라움과 분노가 머릿속을 어지럽히고 있었다. '대체 어떻게 된 거지?' "너의 아가씨를 보호할 사람이 필요없느냐?"

헤이딘이 울부짖으며 그에게 돌진해 들어왔다. 이번 일격은 휘두름이 약했고, 쉽게 옆으로 피할 수 있었다. 에버라드는 창을 놓고 상대에게 가까이 접근해서 윗도리를 붙잡았다. 그리고 움직이는 헤이딘의 몸을 자기 옆구리에 바싹 끌어당겨 큰 대자로 뻗게 멀리 던져 버렸다.

소년은 비틀거리며 일어섰다. 그는 허리의 단검을 더듬어 찾고 있었다. '끝을 내야겠군.' 에버라드는 그의 명치에 가라테 발차기를 먹였다. 헤이딘은 몸을 웅크리며 쓰러져 괴롭게 숨을 몰아쉬었다. 에버라드는 몸을 굽혀 그에게 심각한 상처가 없는지, 구토로 기도가 막히지는 않았는지 등을 확인했다.

"어떻게 된 거죠?"

플로리스가 당황한 목소리로 외쳤다.

에버라드가 몸을 일으켰다.

"모르겠소. 나도 모르게 아픈 곳을 찔러서 화나게 만든 것 같다는 것밖에. 아마 이 친구는 며칠이나 몇 주 동안 고민하느라 지친 것이 틀림없소. 그가 아직 너무 젊다는 걸 감안해야지. 내가 한 말이나 행동 중 뭔가가 신경줄을 끊어지게 만든 것 같소. 알다시피, 그건 이 문화권의 남자들에게 광폭한 발작으로 나타나곤 하지."

그가 멍하게 대답했다.

"내 생각엔…… 당신이…… 상황을 개선시킬 수 있을 것 같지 않네요."

"맞소. 특히 지금처럼 모든 일이 불확실한 상황에서는 말이오."

에버라드는 해변을 바라다보았다. 에드는 반쯤 바다 안개에 가려져 흔들리는 검은 점으로 줄어들어 있었다. 안개 속에서 그녀는 계속 앞으로 나아가고 있었다. 꿈이든 악몽이든 뭔가에 사로잡혀 에드는 싸움이 일어난 것을 보지 못했다.

"뒷수습을 하는 게 좋겠군. 선원들은 내가 몹시 당황했다는──그건 사실이잖소?──것과 이 친구가 무기력할 때 목을 베고 싶지는 않다는 걸 납득할 거요. 물론 나중에 이 친구가 내 목을 벨 기회를 주고 싶지도 않고, 화해하려고 공연히 애쓰고 싶지 않다는 것도 이해하겠지. 난 이 친구와 아무 상관도 없다고 말하고 떠날 거요."

에버라드는 마링이 그랬을 것처럼 창을 집어 들고, 배가 있는 쪽을 바라보았다. '선원들이 실망하겠군. 먼 곳의 이야기는 흔치 않은 선물이니까. 뭐, 나야 우리가 애써 만들어낸 이야기를 되풀이하지 않아도 되니 좋지만.'

"그럼 우리는 윌란드 섬으로 바로 가는 게 낫겠군요."

플로리스가 평소처럼 억양 없는 목소리로 말했다.

"응?"

"에드의 고향이에요. 선장이 확실하게 알려주었죠. 그곳은 스웨덴의 발트 해안에 있는 길고 좁다란 섬이에요. 그 건너편에 칼마르 시가 세워지게 될 거예요. 나는 휴일에 한 번 가 본 적이 있어요. 꽤 매력적인 곳이었어요. 사방에 오래된 풍차, 고분들, 옹기종기 달라붙은 마을들, 섬 양쪽 끝에는 등대가 요트들이 날렵하게 왔다갔다하고 있는 바다를 내려다보고 있죠. 하지만 그건 미래의 이야기예요."

그녀는 그리운 목소리로 말했다.

"나도 한번 가 보고 싶어지는 곳이로군. 미래에."

에버라드가 말했다.

'아마도. 지금, 1900년 전의 그곳에서 어떤 기억을 갖고 돌아오느냐에 달려 있겠지.' 그는 해변을 터벅터벅 걸어갔다.

13

운보드의 아들 홀라바가스트는 알바링 족의 왕이었다. 그의 아내
는 고다힐드였다. 그들은 부족에서 가장 큰 마을인 라이키안에 살았
다. 돌을 쌓아 올려 만든 담 안에 스무 채가 넘는 집이 있는 마을이었
다. 그 주위에는 양들이나 생명력 강한 관목이 무성한 황야가 뻗어 있
었다. 하지만 멀리서부터 모습을 드러내지 않고서는 적들이 공격해
들어올 수 없는 곳이었다. 동쪽 해변까지 거리는 가까웠고, 서쪽 해변
도 그보다 멀지 않았다. 거기엔 숲이 있었다. 남쪽으로 가면 곧 훌륭
한 목초지와 농경지가 나왔다. 그것은 남쪽 해변에 이르기 까지 상당
히 길게 이어져 있었다.

한때 알바링 족은 육지에서 예아트 족이 건너올 때까지 에윈 섬 전
체를 차지하고 있었다. 예아트 족은 수세대 동안 섬의 더 풍요로운 북
쪽 편으로 퍼져 나갔다. 결국 알바링 족은 예아트 족과 싸워 그들의
세력이 더 이상 확대되는 것을 막았다. 알바링 족의 많은 사람들은 니
애르드에 대한 두려움이 그들을 막았다고 말했다. 알바링 족은 아직
아스의 신들만큼, 혹은 더 많이 여신을 숭배하고 있었다. 반면 예아트
족은 그 여신에게 봄에 암소 한 마리를 바칠 뿐이었다. 어찌 됐든 그
이후 두 부족은 전쟁보다 교역을 더 많이 해 왔다.

두 부족 모두 배를 타고 바다를 건너 물건을 교환하러 다니는 사람
들이 있었다. 그들은 멀리 남쪽의 루기 족이나 서쪽의 앙글리 족에게
까지 갔다. 에윈 섬의 예아트 족은 해마다 카우파비크 항구에서 장을

열었다. 그것은 주변 널리 무역상들을 끌어들였다. 거기에 알바링 족은 양모제품, 절인 생선, 물개 가죽, 고래 기름, 깃털과 새의 솜털, 폭풍우 때문에 해변에 밀려온 호박 등을 가지고 갔다. 때때로 부족의 젊은이들이 외지의 배에 선원으로 합류했다. 살아남은 자들은 이상한 나라들의 이야기를 가지고 고향으로 돌아왔다.

홀라바가스트와 고다힐드는 일찍이 세 아이를 잃었다. 그러고 나서 홀라바가스트는 만일 니애르드가 뒤에 나올 아이들을 살려준다면, 그 첫번째 아이의 젖니가 모두 빠졌을 때 여신에게 남자 한 사람을 바치겠노라고 맹세했다. 니애르드가 들판을 축복할 때 바치는 늙고 병든 노예 두 사람이 아니라, 건강한 젊은이를 말이다. 여자아이가 태어났다. 그는 여신이 약속을 잊지 않게 하려고, 아이의 이름을 에드라고 지었다. 그것은 맹세라는 뜻이었다. 그녀 밑으로는 홀라바가스트가 바란 대로 아들들이 줄줄이 태어났다.

때가 무르익었을 때, 홀라바가스트는 전사들과 함께 배를 타고 해협을 건넜다. 그는 본토의 예아트 족을 건드리지 않고, 그들을 지나 훨씬 북쪽으로 가서 스크리드펜니 족의 천막을 기습했다. 홀라바가스트는 잡아온 포로들 중에서 가장 괜찮은 자를 골라 니애르드의 숲에서 죽였다. 나머지 포로들은 카우파비크에서 팔았다. 평상시라면 홀라바가스트가 자기 땅 밖에서 전쟁을 벌이는 일은 없었다. 그는 온순하고 사려 깊은 사람이었기 때문이다.

어린 시절 때문인지, 남동생들밖에 없었기 때문인지, 에드는 조용하고 수줍음을 타는 아이로 자라났다. 그녀는 마을에 친구들이 있었지만, 친한 친구는 없었다. 아이들이 놀 때, 그녀는 늘 그 주변에 있었다. 에드는 자기 할 일을 빠르게 배웠고, 그것들을 충실하게 수행했다. 하지만 그녀는 혼자서 할 수 있는 베틀질 같은 일들을 가장 잘했다. 에드가 수다를 떨거나 키득거리는 경우는 거의 없었다.

하지만 그녀가 허물없이 이야기를 시작하면, 소녀들은 귀를 기울였다. 조금 뒤에는 사내아이들도 그랬다. 가끔 어른들 중에도 그런 사람이 있었다. 에드에게는 이야기를 지어내는 재주가 있었다. 그 이야기들은 세월이 흐를수록 더 경탄할 만한 것이 되었다. 그녀는 음유시인이라도 되는 것처럼 이야기 속에 시를 넣기 시작했다. 그것들은 널리 여행을 다니는 남자, 사랑스러운 처녀들, 마술사와 마녀들, 말하는 동물들과 인어들 등 무슨 일이든 일어날 수 있는 바다 너머의 땅들에 대한 것이었다. 조언을 주거나 구원자의 역할로 니애르드가 자주 이야기 속에 등장했다. 처음 흘라바가스트는 여신이 화를 내지 않을까 두려워했다. 하지만 나쁜 일은 일어나지 않았다. 그래서 흘라바가스트는 그것을 금하지 않았다. 어쨌든 자신의 딸과 여신은 확실한 유대로 맺어져 있는 것이다.

에드는 마을에서 결코 혼자 있지 않았다. 아무도 그럴 수 없었다. 집들은 돌담에 붙어 다닥다닥 모여 있었다. 집 한켠에 몇 사람이 공동으로 소유한 소나 말을 위한 축사들이 늘어서 있고, 다른 편에는 침상이 늘어서 있었다. 돌들을 추로 매달아 놓은 베틀이 천을 짜거나 바느질을 할 때 빛을 받기 위해 문 가까이에 놓여 있었다. 문 반대쪽 구석에 긴 의자와 식탁이 있고 가운데에 흙으로 만든 화덕이 있었다. 식량과 가재도구들은 대들보에 매달려 있거나 걸쳐져 있었다. 건물들은 돼지와 양, 닭들과 말라빠진 개들이 우물 주위에서 제 맘대로 돌아다니는 마당에 붙어 있었다. 생물들은 모두 함께 먹고, 말하고, 웃고, 노래하고, 울고, 음매거리고, 힝힝거리고, 꿀꿀거리고, 매에거리고, 꽥꽥거리고, 짖어 대며 살아 가고 있었다. 말발굽이 쿵쿵 울리고, 마차 바퀴가 삐걱거리고, 망치가 모루에 땡그랑거렸다. 어둠 속에서 짚단에 몸을 눕히고 양가죽을 덮은 채, 짐승들과 똥과 건초와 잿불의 냄새를 맡고 있노라면, 어머니가 젖을 물릴 때까지 아기가 우는 소리와 아버지가 몸을 뒤척거리며 허덕허덕 끙끙대는 소리와, 밖에서 달을 향해 짐승이 울부짖는 소리와 비 내리는 소리, 바람이 살랑거리거나 흐느끼거나 울부짖는 소리를 들을 수 있었다. 그리고 어딘가에서 들려오는 그 외의 다른 소리는 무얼까. 야조(夜鳥)나, 트롤, 아니면 죽은 자가 무덤에서 내는 소리일까?

할 일이 없을 때, 어린 소녀가 구경할 것은 얼마든지 있었다. 오고 가는 사람들, 동물과 사람들의 탄생, 힘든 노동과 격렬한 놀이, 나무, 뼈, 가죽, 쇠, 돌을 다듬어 물건을 만드는 숙련된 손길, 마을 사람들이 신들에게 제물을 바치고 제사를 지내는 신성한 날들…… 아이가 더 자라면 어른들은 그들을 데리고 니애르드의 마차가 지나가는 것을 보러 갔다. 여신의 마차는 아무도 여신을 보지 못하도록 천으로 덮여 있었다. 아이들은 상록수 화환을 쓰고 니애르드가 지나가는 길에 작년에 핀 꽃들을 뿌리며 가느다란 목소리로 노래를 불렀다. 그것은 환희와 부활의 축제이기도 했지만, 동시에 무섭고 입 밖에 낼 수 없는 두려움이 깔려 있는 것이었다.

에드는 계속 자랐다. 조금씩 조금씩 그녀는 점점 더 먼 곳으로 가게 하는 새로운 임무들을 부여받았다. 에드는 불을 피우기 위해 마른 가지들을 모았고, 물감을 만들기 위해 대청(大靑)과 꼭두서니*를 찾아다녔다. 그리고 철이 오면 꽃과 열매를 따러 다녔다. 나중에는 밤을 주우러 숲에 가는 무리에 끼기도 하고, 조개껍데기를 줍기 위해 멀리 해변까지 갔다. 더 시간이 흐르자, 처음에는 이삭을 주워 담을 바구니를 들고, 한두 해 뒤에는 낫을 들고 남쪽 들녘에 가서 추수를 도왔다. 사내아이들은 가축을 몰았지만, 소녀들은 보통 그들에게 음식이나 갖다 주면서 길고 긴 여름 하루의 대부분을 하릴 없이 보내기 일쑤였다.

* 대청의 열매는 파란색 물감의, 꼭두서니의 뿌리는 붉은 색 물감의 재료로 쓰인다.

한 해의 짧고 분주한 시기를 지나면, 마을 사람들에게 안달할 일은 거의 없었다. 두려워할 만한 것도 질병과 나쁜 마법, 어둠의 존재들과 신들의 분노밖에 없었다. 곰이나 늑대들은 에윈 섬에 돌아다니지 않았다. 살아 있는 사람들이 기억하는 한, 외적들이 이 가난한 섬에 쳐들어 온 적도 없었다.

이렇게 에드는 점차 아이에서 처녀로 변해 갔다. 그녀는 우울한 기분이 사라질 때까지 홀로 황야를 거닐 수 있게 되었다. 에드는 보통 바닷가에서 걸음을 멈추고 거기에 앉아 컴컴한 하늘과 산들바람이 집에 돌아가는 게 좋겠다고 소매를 잡아끌 때까지 넋을 잃고 경치를 구경했다. 서쪽 해변의 석회암 언덕에서 그녀는 멀리 희미하게 보이는 육지를 바라보았다. 동쪽의 모래사장에서는 오직 바다만이 보였다. 그것으로 충분했다. 어떤 날씨에서도 그것으로 충분했다. 파도는 하늘보다 더 푸르게 춤췄다. 파도의 어깨 위에 물거품이 눈처럼 하얗게 줄무늬를 그렸다. 하늘 위에는 갈매기들이 눈보라를 이루었다. 파도는 녹색과 회색의 갈기를 바람에 휘날리며 무겁게 질주했다. 그들이 질주하는 소리는 땅을 통해 에드의 뼛속으로 스며들었다. 파도는 굽이치고 두드리고, 울부짖으며, 물보라로 공기를 괴롭혔다. 그들은 낮게 뜬 태양으로부터 그녀를 향해 빛나는 길을 놓았다. 파도는 다가오는 빗줄기를 맞고 잔물결을 일으키며 비에게 요란한 소리를 되돌려주었다. 그들은 안개로 자신을 감싸고 아직 본 적이 없는 미지의 일에 대해 속삭였다. 니애르드는 공포와 축복을 가진 채 파도 속에 깃들어 있었다. 해조류도, 떠밀려 온 호박도 그녀의 것이었다. 물고기도 물새도, 물개도, 거대한 고래도, 배들도 그녀의 것이었다. 니애르드가 남편 프레를 찾아 해변에 왔을 때, 땅에서 태동하는 생기도 그녀의 것이었다. 니애르드의 바다는 땅을 포용하고, 땅을 보호하고, 겨울의 죽음을 슬퍼하며 봄에 다시 생명을 그곳에 되돌려 주기 때문이다. 이러한 니애르드의 소유물들 가운데 아주 자그마한 한 가지가 바로 그녀가 이 세상에 태어나게 한 그 아이였다.

그렇게 에드는 여인으로, 키가 크고 수줍음을 타는, 일상과 다른 일들에 대해 이야기하는 말재주를 타고났으나 조금은 서툰 구석이 있는 소녀로 자라났다. 그녀는 그러한 일들에 대해 많이 궁금해 했고, 많은 시간을 몽상 속에서 보냈다. 그리고 혼자 있을 때면 왜 그런지 이유도 모른 채 갑자기 울음을 터뜨릴 것 같았다. 아무도 에드를 멀리하지 않았지만, 그녀를 굳이 찾지도 않았다. 에드가 자신이 만든 이야기를 남에게 해 주는 일을 그만둔데다, 다른 점에서도 흘라바가스트의 딸에게 약간 야릇한 면이 있었기 때문이었다. 그것은 친어머니가 죽고 흘라바가스트가 새 아내를 얻은 뒤에 더욱 진실로 굳어졌다. 그녀와 새어머니는 잘 지내지 못했다. 사람들은 에드가 고다힐드의 무덤에 너무 자주 가 있다고 수군댔다.

그러던 어느 날, 마을의 한 젊은이가 지나가는 그녀의 모습을 보았다. 황야에는 거센 바람이 불고 있었고, 흘러내린 그녀의 머리칼은 햇살 가득 휘날렸다. 누구 앞에서든 한 번도 머뭇거려 본 적이 없는 그 젊은이는 순간 목구멍이 뻣뻣하게 얼어붙고 심장이 가슴에서 벌렁대는 것을 느꼈다. 한참이 지나서야 그는 에드에게 말을 붙일 수 있었다. 그녀는 눈을 내리깔았고, 그는 에드가 어떻게 대답했는지 거의 알아듣지 못했다. 하지만 잠시 뒤, 그들은 더 편하게 느끼는 법을 배웠다.

그 젊은이는 비두하다의 아들 헤이딘이었다. 헤이딘은 마르고, 머리칼이 검은 소년이었다. 명랑함은 부족하지만 날카로운 재치가 있었고, 강인하면서도 유연한 소년이었다. 무기를 다루는 데 능했으며, 거만함 때문에 미워하는 사람들도 있었지만 동년배들 사이에서 지도자로 인정받고 있었다. 에드에 관해서 그를 놀리려 드는 사람은 아무도 없었다.

일이 어떻게 되어 가고 있는지 알고 나서, 흘라바가스트와 비두하다는 따로 만나 얘기를 나누었다. 두 사람은 그들 가족 간에 인연을 맺는 것이 환영받을 일이라는 데 동의했다. 하지만 약혼을 하는 건 기다려 봐야 했다. 에드는 겨우 작년에 월경을 시작했다. 젊은이들의 사이는 쉽게 틀어질 수도 있는 일이다. 불행한 결혼은 모든 사람에게 골칫덩이를 의미했다. 기다려 보자. 그동안 좋은 결과를 기대하며 맥주나 한 대접 마시자.

겨울이 지나갔다. 비와 눈, 동굴 속 같은 어둠과 두려운 밤이 가고, 태양이 다시 돌아왔다. 축제의 날들과 밝아진 하늘이 이어졌다. 얼음이 녹고, 새끼 양들이 태어나고, 나뭇가지에는 싹이 텄다. 봄은 잎사귀를 나게 했고, 북쪽으로 향하는 철새들을 불러왔다. 니애르드는 말을 타고 뭍을 돌아다녔다. 청춘남녀는 밭을 갈고 씨를 뿌리는 들판에서 짝을 찾았다. <태양의 마차>는 더 높이 더 천천히 회전했다. 초록이 넘실거리고, 황야 위로 비바람과 함께 천둥번개가 쏟아졌다. 바다 저편에서 무지개가 반짝였다.

카우파비크에서 장이 열리는 때가 왔다. 알바링 족 남자들은 물건을 챙기고 준비를 서둘렀다. 농장에서 농장으로 말이 전해졌다. 올해는 앙글리 족과 킴브리 족 너머, 바로 그 로마 인들의 땅에서 배가 왔다고 했다.

로마성에 대해 잘 아는 사람은 아무도 없었다. 그곳은 먼 남쪽 어딘가에 있었다. 하지만 그 나라의 전사들은 메뚜기 떼처럼, 땅을 정복하고 또 정복해 왔다. 아름답게 만들어진 물건들이 그 나라에서 흘러나왔다. 유리와 은으로 만든 그릇들, 사람의 얼굴이 새겨진 동글납작한 금속, 놀랄 만큼 실물과 꼭 닮은 작은 조각상들. 그 흐름은 점차 강화되고 있는 게 분명했다. 왜냐하면 해마다 더 많은 물건들이 에윈 섬에 들어오고 있었기 때문이다. 이제, 마침내, 로마의 장사꾼들이 직접 예아트 족의 땅에 도착했다! 라이키안 마을에 남겨진 사람들은 떠나는 사람들을 질투 어린 눈으로 지켜보았다.

해야 할 일이 별로 없는 때였기 때문에, 그들은 한가함에서 위안을 찾았다. 일주일 뒤, 에드와 헤이딘이 서쪽 해변으로 산책을 나간 날, 사악한 징조는 아무것도 나타나지 않았다.

그들이 마을이 보이지 않는 곳까지 나아가자, 나무가 없는 밋밋한 무인지대가 넓게 펼쳐졌다. 하늘이 세상의 대부분을 차지하고 있었다. 아찔하게 높은 구름들이 망망한 푸른 하늘에 눈부실 정도로 하얗게 모습을 드러내고 있었다. 태양에서 빗줄기처럼 빛과 열기가 쏟아졌다. 관목 그늘 틈에서 양귀비와 가시금작화가 빨갛고 노랗게 타올랐다. 잠시 자리에 앉았을 때, 그들은 더위에 시든 별꽃 냄새를 맡았다. 땅위로 종달새 소리가 감도는 적막함 속에 벌들이 윙윙대고 있었다. 그때 푸드득 날개 치는 소리와 함께 뇌조 한 마리가 머리 위로 낮게 날아갔다. 그들은 서로의 눈을 바라보며 놀란 자신들의 모습에 큰 소리로 웃었다. 걸어가면서 두 사람은 손을 잡았다. 그 이상은 아니었다. 왜냐하면 그들은 고결한 부족이었고, 헤이딘은 자신을 깨지기 쉬운 신성함의 보호자로 생각하고 있었기 때문이었다.

그들이 가고 있는 길은 농장들이 있는 곳에서 북쪽에 뻗어 있는 절벽 언저리를 따라 나 있었다. 길은 숲 속을 통과하여 그들을 해변으로 데려다 주었다. 들꽃이 별처럼 피어 있는 풀밭은 바닷가 있는 데까지 펼쳐져 있었다. 작은 파도들이 오랫동안 매끄럽게 닦아 놓은 돌들 위에 찰랑거렸다. 더 멀리 있는 돌들은 반들반들한 빛을 반짝이고 있었다. 해협 너머 육지가 수평선에 그림자를 드리우고 있었다. 가까운 바위 위에서 가마우지들이 산들바람에 날개를 말리고 있었다. 행운과 생장을 전해 준다는 흰색 황새 한 마리가 지나갔다.

헤이딘이 숨을 죽였다. 그의 손가락이 재빨리 한 곳을 가리켰다.

"저것 봐!"

헤이딘이 소리쳤다.

에드는 빛에 맞서 눈을 가늘게 뜨고 북쪽을 보았다. 그녀의 목소리가 떨렸다.

"저게 뭐야?"

"배야. 이쪽으로 오는데. 정말 큰 배다."

헤이딘이 말했다.

"아냐, 저건 배일 수 없어. 저런 물건이 바다 위를——"

"난 저런 것에 대한 얘기를 들은 적이 있어. 외국에 나간 사람들은 가끔 저런 배들을 본대. 저 배들은 바람의 힘으로 선체를 움직인다는 거야. 에드, 저건 카우파비크에서 고향으로 돌아가는 로마 배가 틀림없어. 우리가 마침 딱 좋은 때 온 거야!"

두 사람은 다른 모든 것을 잊어버린 채 구경에 열중했다. 배는 미끄러지듯 가까이 다가왔다. 그 배는 정말 신기한 물건이었다. 금색으로 치장된 검은 배는 커다란 북국의 선박보다 더 길지는 않았지만 폭이 더 넓고, 말 할 수 없이 귀중한 짐을 싣기 위해 가운데 부분이 둥글게 부풀어 있었다. 배에는 갑판이 깔려 있어서, 짐칸 위에 사람들이 서 있었다. 그들은 어떤 유랑자들도 물리칠 수 있을 만큼 많아 보였다. 선수의 기둥은 웅장한 곡선을 그리고 있었고, 커다란 백조 머리 조각이 선미에 우뚝 솟아있었다. 중간에는 나무집이 하나 얹혀 있었다. 배를 저을 노 따위는 전혀 없었다. 그것은 뱃머리로 물결을 헤치며 소리 없이 움직였으며, 두 개의 조타장치 뒤로 항적이 소용돌이쳤다.

"분명 그들은 니애르드의 사랑을 받고 있을 거야."

에드가 속삭였다.

"이제 나는 저들이 어떻게 해서 세계의 절반을 차지했는지 알 수 있겠어. 무엇이 저들에게 저항할 수 있을까?"

헤이딘이 흔들리는 목소리로 말했다.

배는 방향을 바꾸어 섬으로 접근했다. 젊은이와 처녀는 선원들이 그들이 있는 쪽을 내다보고 있다는 걸 알았다. 그들의 귀에 희미하게 환호성이 들렸다.

"어머나, 저 사람들이 우릴 본 것 같아."

에드가 더듬거리며 말했다.

"뭘 원하는 걸까?"

"아마…… 나보고 함께 가자고 할 것 같아. 여행자들한테서 로마인들은 다른 부족민들을 자기들 군대에 받아들인다는 말을 들었어. 병이나 다른 이유 때문에 병사들이 부족해질 경우에——"

헤이딘이 말했다.

에드가 근심스러운 시선으로 그를 보았다.

"저 사람들과 같이 갈 거야?"

"아니, 절대로!"

그녀의 손가락이 그의 손을 꽉 쥐었다. 그도 에드의 손을 꽉 마주 잡았다.

"그래도 저 사람들이 이리로 오면, 어쨌든 얘기나 들어 보자. 다른 걸 원할 수도 있고, 도와 줬다고 보수를 두둑이 줄지 모르니까."

그의 목구멍이 흥분으로 고동쳤다.

활대에 밧줄이 달렸다. 돌이 아니라 갈고리 모양으로 생기긴 했지만 닻이 분명한 것이 밧줄의 끝에 매달려 나왔다. 보트 한 척이 다른 밧줄에 끌려 나왔다. 선원들이 그것을 잡아당겨 줄사다리를 내렸다. 사람들은 줄사다리를 내려가서 보트에 앉았다. 동료들이 그들에게 노를 건네주었다. 한 남자가 선 채로 멋진 망토를 휘날렸다.

"저 사람이 웃으며 손짓하는데. 맞아, 저들은 뭔가 우리가 해줄 수 있기를 희망하고 있어."

헤이딘이 말했다.

"저 옷은 정말 아름다워. 니애르드가 다른 신들을 방문할 때 저런 옷을 입을 것 같아."

그녀가 중얼거렸다.

"아마 해지기 전에 저건 네 것이 될 거야."

"아, 그걸 부탁할 수는 없어."

"호, 거기!"

보트에서 한 남자가 고함쳤다. 가장 덩치가 큰 금발 남자였다. 그는 게르만 족 출신의 통역자가 틀림없었다. 나머지 사람들은 잡다했다. 어떤 사람은 피부 빛이 밝았고, 어떤 사람은 헤이딘보다 더 가무잡잡했다. 그러나 당연히 로마 인들은 다른 많은 민족들을 끌어들였을 것이다. 그들 모두는 맨다리 위로 무릎까지 내려오는 튜닉을 걸치고 있었다. 에드는 얼굴을 붉힌 채 배에서 눈을 뗐다. 남자들 대부분은 벌거벗고 있었다.

"겁내지 마라. 우리는 너희들과 거래를 하고 싶다."

게르만 족이 말했다.

헤이딘도 얼굴을 붉혔다.

"알바링 족 남자는 두려움을 모르오."

그가 외쳤다. 목소리가 찢어져 나오는 바람에 헤이딘의 얼굴은 더욱 붉어졌다.

로마 인들이 배를 저어 왔다. 두 사람은 해변에서 기다렸다. 보트가 뭍에 올라왔다. 한 남자가 앞으로 뛰어내려 곧게 섰다. 망토를 걸친 그 남자가 다른 이들을 이끌고 해변으로 올라왔다. 그는 계속 미소를 지었다.

헤이딘은 창을 꽉 쥐었다.

"에드. 저들의 표정이 맘에 들지 않아. 여기서 벗어나는 게 제일 현명한 일일 것 같아."

그가 말했다.

헤이딘은 너무 늦게 깨달았다. 우두머리가 명령을 내렸다. 부하들이 달려나왔다. 헤이딘이 미처 무기를 쳐들기 전에, 다른 손들이 무기를 붙잡았다. 한 남자가 그의 뒤로 가서 레슬러처럼 팔을 비틀었다. 헤이딘은 비명을 지르며 저항했다. 그가 전혀 주의하지 않았던 짧은 막대기가──그 무리는 단검 외에는 무장을 하고 있지 않았다.──헤이딘의 목덜미를 강타했다. 그것은 큰 상해 없이 정신을 잃게 하는 교묘한 일격이었다. 그는 축 늘어졌다. 남자들이 헤이딘을 결박했다.

에드는 달아나려고 몸을 돌렸다. 선원 한 사람이 그녀의 머리채를 붙잡았다. 두 사람이 더 다가갔다. 그들은 풀밭에 에드를 내팽개쳤다. 그녀는 울부짖으며 발을 버둥거렸다. 또 다른 두 남자가 발목을 잡았다. 우두머리가 벌려진 다리 사이에 무릎을 꿇었다. 그가 씩 웃었다. 입가에서 침이 흘러나왔다. 남자는 에드의 치마를 걷어 올렸다.

"이 더러운 놈들, 개똥 같은 놈들, 죽여 버릴 거야."

머리를 꿰뚫는 고통 속에서 헤이딘이 약하게 소리쳤다.

"나는 모든 전쟁의 신들에게 맹세한다. 나와 너희 종자들 사이에 절대 평화가 없을 것이다. 너희 로마는 불타오를 것이다──"

아무도 듣지 않았다. 에드가 눕혀진 곳에서 그 일은 계속되고, 또 계속되었다.

14

서기 43년.

바그니오가 윌란드에서 출발했을 때로 항해를 거슬러가는 것은 쉬웠다. 기술과 인내심이 있다면 소년과 소녀가 남쪽으로 30킬로미터쯤 떨어진 마을에서 걸어서 그의 집으로 갔다는 사실을 알아내는 것은 가능했다. 하지만 그 전에 무슨 일이 일어났을까? 지상에 내려가 신중하게 질문을 해 볼 차례였다. 하지만 우선 에버라드와 플로리스는 이전 몇 달 동안을 공중에서 탐사해 보기로 했다. 미리 수집한 단서들은 많으면 많을수록 좋았다. 바그니오는 살인 사건 같은 것에 대해서는 듣지 못했을 수도 있었다. 가족들이 소문이 나지 않도록 숨겼을 수도 있다. 바그니오와 부하들이 이방인 앞에서 침묵을 지켰을 수도 있고, 에버라드가 해변의 야영지를 떠나야 할 상황이 되기 전에 미처 물어 볼 기회를 얻지 못한 것뿐일 수도 있다.

트레일러와 말들을 뒤에 남겨두고, 패트롤 대원들은 각자 타임 사이클을 타고 함께 날아갔다. 그들의 탐사 방식은 사전에 계획한 시공 좌표들을 이리저리 건너뛰어 보는 것이었다. 이상한 것이 눈에 띄면 필요한 만큼 긴 시간 동안 자세히 조사할 것이었다. 이런 방식이 효과를 보리라는 보장은 없었다. 하지만 아무것도 하지 않는 것보다는 나았다. 여기서 쓸 수명이 무한정 있는 게 아니니까.

마을 1마일 상공에서 그들은 하지 횃불 축제에서 그 몇 주 뒤까지 빠르게 훑어보았다. 두 사람은 망망한 푸른 하늘에 떠 있었다. 바람이 가끔 싸늘하게 불었다. 풍경은 햇볕이 내려쬐는 발트 해로 바뀌었다. 서쪽에는 스웨덴의 언덕과 숲들이 있고, 윌란드 섬의 좁다란 땅은 황야, 초원, 숲, 바위, 모래로 알록달록하게 보였다. 그것은 역사에 기록되지 않은 그 뒤 수세기 동안, 어떤 주민들도 이야기하지 않을 이름들이었다.

에버라드는 탐색장치를 죽 돌려보았다. 갑자기 그가 굳어졌다. "저기!" 그가 갑자기 목에 있는 송화기에 대고 외쳤다.

"7시 방향으로──보여요?"

플로리스가 휘파람을 불었다.

"네. 해변에 닻을 내린 로마 배 말이죠? 아마 지중해 연안이 아니라, 보르도나 불로뉴 같은 항구에서 온 갈리아 로마 선박일거예요. 아시다시피, 그들이 스칸디나비아와 직접 정기적인 교역을 하진 않았어요. 하지만 기록에 의하면 공식적인 방문이 몇 번 있었다고 해요. 그리고 중간 상인들의 긴 사슬을 피해 덴마크보다 먼 곳까지 가는 상업 선단이 가끔 있었죠. 특히, 호박이 그랬어요."

그녀가 생각을 더듬으며 말했다.

"이건 우리한테 중요한 것일 수도 있소."

에버라드가 화면을 확대했다. 플로리스는 이미 그렇게 하고 있었다. 그녀가 비명을 질렀다.

"아, 세상에."

에버라드는 숨이 막혔다. 플로리스가 아래로 쏜살같이 내려가고 있었다. 바람을 가르는 소리가 그녀 뒤로 윙하고 울렸다.

"멈춰, 이 바보! 돌아와요!"

에버라드가 소리쳤다.

플로리스는 에버라드의 말도, 튀어나오고 있는 자신의 눈도 무시했다. 자신이 급강하해 가고 있는 곳 외에는 모든 것을 무시했다. 그녀의 비명은 아직 여운을 남기고 있었다. 먹이를 덮치는 매나 분노한 발키리*의 울부짖음 같았다. 에버라드는 욕설을 내뱉으며 주먹으로 계기판을 때렸다. 그리고 거의 어찌할 도리 없이 침울하게 좀더 느린 속도로 그녀를 뒤쫓아 갔다. 그는 태양을 등진 채, 몇 백 피트 상공에서 멈추었다.

둘러서서 구경을 하고 있거나, 자기 차례를 기다리던 사내들이 소리를 들었다. 그들은 하늘을 쳐다보고, 자신들을 향해 죽음의 말이 다가오는 것을 보았다. 사내들은 비명을 지르며 사방으로 흩어졌다. 소녀를 올라타고 있던 남자는 그녀로부터 물러나 무릎을 꿇고 일어서서 단검을 뽑았다. 소녀를 죽이려고 했을 수도 있고, 단지 반사적인 방어 본능이었을 수도 있었다. 아무래도 좋았다. 사파이어 같은 파란색 전광(電光)이 사내의 입을 관통했다. 남자가 그녀의 발치에 무너져 내렸다. 두개골 뒤에 난 구멍에서 연기가 피어올랐다.

플로리스는 사이클을 마구 몰고 다녔다. 남자 키 정도의 높이로 공중에 뜬 채, 그녀는 제일 가까이 있던 다른 남자를 쏘았다. 배에 총을 맞은 그자는 비명을 지르다가 풀밭에 뒹굴었다. 플로리스는 세 번째 남자를 쫓았고, 그를 깨끗하게 쏘아 맞혔다. 그리고야 그녀는 폭주를 멈추었다. 플로리스의 얼굴은 땀과 눈물로 범벅돼 있었다. 그녀의 얼굴은 그녀의 손만큼 싸늘했다.

플로리스는 숨을 헐떡이고 있었다. 그녀는 권총을 집어넣고, 나뭇잎처럼 부드럽게 에드의 옆에 내려앉았다.

'엎질러진 물이다.' 에버라드의 마음속에서 종소리가 울렸다. 그는 재빨리 선택할 수 있는 가능성들을 생각했다. 살아남은 선원들은 두려움에 눈이 멀어 해변이나 숲 속으로 미친 듯이 달려갔다. 좀더 정신이 있는 두 명은 해변을 벗어나서, 공포로 난리법석이 난 배를 향해

---

* Valkyrie. 북유럽 신화에서 오딘을 섬기는 전쟁의 처녀들. 용감한 전사자의 영혼을 천계로 인도하는 역할을 한다.

헤엄치고 있었다. 패트롤 대원은 피가 나오도록 입술을 깨물었다. "좋아." 그가 억양 없이, 소리 내서 말했다. 에버라드는 공간을 건너뛰며, 육지에 올랐던 남자들을 하나씩 정확히 겨냥해서 사살했다. 마지막으로 그는 부상당한 남자를 고통에서 해방시켜 주었다. '얀너가 이자를 일부러 살려둔 건 아닐 거야. 그냥 잊어버린 게지.' 에버라드는 1500미터 상공으로 다시 올라와서 공중에 정지했다. 탐색장치와 확대장치를 통해 그는 밑에서 일이 어떻게 진행되는지 관찰했다.

에드가 몸을 일으켜 앉았다. 그녀의 눈빛은 멍했지만 치마를 끌어내려 피가 흐르는 허벅지를 가렸다. 사지가 꽁꽁 묶인 헤이딘이 그녀를 향해 꿈틀꿈틀 기어 왔다. "에드, 에드." 그가 신음했다. 타임 사이클이 그들 사이에 내려앉자 헤이딘은 그 자리에 멈추었다.

"아, 여신이여, 복수자여—"

플로리스는 사이클에서 내려 에드 옆에 무릎을 꿇었다. 그녀는 소녀의 어깨에 팔을 둘렀다.

"다 끝났단다. 애야. 다 잘 될 거야. 이런 일은 다시 일어나지 않을 거다. 넌 이제 자유로워."

그녀는 흐느꼈다.

"니애르드. 만물의 어머니시여, 오셨군요."

에드가 말했다.

"당신이 신이라는 걸 부정해 봤자 소용없소. 문제를 더 악화시키기 전에 빨리 거기를 떠나요."

플로리스의 수신기에서 에버라드가 소리쳤다.

"싫어요. 당신은 이해 못 하고 있어요. 이 아이에게 조금이라도 내가 줄 수 있는 위안을 주어야 해요."

여인이 대답했다.

에버라드는 아무 말도 하지 않았다. 해협의 선원들은 미친 듯이 돛을 끌어올렸고, 닻이 떠올랐다.

"날 좀 풀어 주세요 에드에게 가까이 가게 해 주세요."

헤이딘이 애걸했다.

"아마도 나는 이해한 것 같소. 가능한 짧게, 알겠소?"

에버라드가 말했다.

에드는 멍한 상태에서 벗어나고 있었다. 하지만 그녀의 황갈색 눈은 이 세상의 것 같지 않은 빛으로 가득했다.

"저에게 무엇을 원하시나요, 니애르드? 저는 당신의 것이에요. 언제나 그랬지 않았나요?"

그녀가 속삭였다.

"로마 인을, 모든 로마 인들을 죽여 주세요! 그래 주신다면 저는 제 목숨으로 보답하겠습니다."

헤이딘이 외쳤다.

'불쌍한 녀석.' 에버라드는 생각했다. ' 우리가 마음먹으면 언제든, 네 목숨은 이미 우리 것이다. 하지만 지금 당장 그에게 분별력 있는 행동을 기대하는 건 무리겠지? 아는바로도 그래. 헤이딘은 과학적인 교육을 받은 기독교 시대 이후의 유럽인이 아니야. 헤이딘에게 신들은 현실이고 그의 가장 큰 의무는 부당한 일에 복수하는 것이지.'

플로리스가 헝클어진 머리칼을 쓰다듬었다. 그녀는 다른 한 손으로 땀투성이로 떨고 있는 가느다란 육체를 가까이 끌어당겼다.

"난 그저 너의 행복과 기쁨을 바랄 뿐이다 나는 너를 사랑한단다."

그녀가 말했다.

"저를 구해주셨어요. 왜냐하면…… 왜냐하면 내가——나는 뭐죠?"

에드가 더듬거리며 말했다.

"제발 내 말을 들어요, 플로리스."

에버라드가 목소리를 죽여 그녀를 불렀다.

"시간은 어긋났소. 당신은 지금 그걸 바로잡을 수 없어요. 당신은 할 수 없단 말이오. 더 이상 저들에게 간섭하지 말아요. 이제 『타키투스 1』은 결코 존재하지 않게 되었다고 나는 맹세할 수 있소. 아마 『타키투스 2』도 그럴 거요. 우리는 이 사건들에 속하지 않아요. 미래가 위험에 빠진 건 그 때문이요. 그들을 내버려둬요!"

그의 파트너는 완전히 침묵했다.

"걱정하고 계신가요, 니애르드? 무엇이 여신을 걱정하게 했나요? 로마 인들이 당신의 세계를 더럽혔나요?"

에드가 어린아이처럼 순진하게 물었다.

플로리스는 눈을 감았다가, 다시 떴다. 그리고 소녀를 놓아주었다.

"그건…… 그건…… 너의 슬픔 때문이다, 아이야."

그녀는 에버라드에게 말했다.

"헤이딘을 풀어 줄까요?"

"아니오. 에드가 칼을 꺼내 밧줄을 자를 수 있소. 헤이딘이 에드가 마을로 돌아가는 걸 도와 줄 거요."

"그래요. 그게 두 사람에게 도움이 되겠군요. 그래야 하겠죠? 그나마 저 아이들에게 베풀 수 있는 작은 선행이 되겠네요."

플로리스는 자신의 타임 사이클에 올라탔다.

"시야에서 사라지는 대신, 하늘로 올라가는 게 좋을 거라고 생각하오. 이리와요."

에버라드가 말했다.

그는 마지막으로 아래를 내려다 보았다. 그는 거기 있는 두 사람이 계속 쳐다보고 있는 것처럼 느껴졌다. 바다 저쪽에서 배가 돛을 활짝 펼치고 서쪽으로 가고 있었다. 몇 사람이, 분명 적어도 장교 두 사람이 없어진 채, 배는 고향으로 갈 수도, 가지 않을 수도 있었다. 만약 배가 고향에 간다면, 선원들은 그들이 목격한 것을 말할 수도, 하지 않을 수도 있다. 그 얘기를 믿는 사람은 별로 없을 것이다. 뭔가 그럴 듯한 이야기를 지어내는 것이 더 현명할 짓일 것이다. 물론 어떤 이야기도 선상반란을 덮기 위한 거짓말로 여겨질 가능성이 높았다. 그럴 경우, 그들 앞에는 불유쾌한 죽음이 준비되어 있을 것이다. 가능성은 낮지만, 선원들은 그보다 게르만 족들 사이에서 운을 시험해 볼지도 모른다. 그들의 운명이 역사에 영향을 끼치지 않을 것을 알기 때문에, 어떻게 되든 상관하지 않았다.

15

서기 70년.

해가 다시 저물었다. 구름이 서쪽에서 붉은빛과 금빛으로 물들어 있었다. 동쪽 하늘이 짙어지며 황야 위로 밤이 밀려왔다. 중부 게르마니아의 벌거숭이 언덕 꼭대기 위에 아직 빛이 머물러 있었지만, 이미 초원은 그늘로 가득 찼고 고요한 공기에서는 온기가 빠져나가고 있었다.

말을 돌보고 있던 얀너 플로리스는 한 쌍의 천막 앞 그늘진 곳에 쪼그려 앉아, 불을 피울 나무를 모으기 시작했다. 이 행성의 자전에 따라 계산한다면 며칠 전, 패트롤 대원들이 이곳을 마지막으로 사용했을 때 패 놓은 장작들이 좀 남아 있었다. 갑작스러운 바람과 쿵하는 소리에 그녀는 일어섰다. 에버라드가 타임 사이클에서 뛰어내렸다.

"당신은 왜——난 금방 돌아올 거라고 생각했어요."

플로리스가 조금 자신 없는 목소리로 말했다.

그는 묵직한 어깨를 으쓱했다. "당신이 허드렛일을 하는 사이 난 내 일을 하는 게 낫다고 생각했소. 그리고 돌아오는 때로는 해질녘이 적당하지. 난 간단하게 요기만 했으면 좋겠소. 그러고 나서 한참 푹 자고 싶소. 난 피곤하오. 당신은?"

플로리스가 고개를 돌렸다.

"아직은. 너무 긴장해서요."

그녀는 몸을 홱 돌려 에버라드를 마주보았다.

"어디 갔다 온 거죠? 여기 도착하자마자, 당신은 내게 기다리라고만 해 놓고, 가버렸어요."

"그랬던 것 같군. 미안하오. 생각 못 했소. 얘기 안 해도 알 거라고 생각했지."

"난 내가 벌을 받고 있다고 생각했어요."

그는 말로 부정한 것보다 단호하게 고개를 저었다.

"맙소사, 아니오. 사실, 나는 당신과 논쟁할 생각이 별로 없었소. 난 그날…… 어두워진 뒤의 윌란드 섬으로 돌아갔소. 내가 바란 대로, 아이들은 떠나고 없었고 주위에 다른 사람들은 아무도 없었소. 시체들을 하나씩 들고 바다로 한참 들어가서 버리고 왔지. 재미있는 일은 아니었소. 당신이 거기 있을 이유가 없었소."

플로리스가 그를 가만히 쳐다보았다.

"왜요?"

그가 날카롭게 말했다.

"그것도 뻔한 일 아니오? 생각해 봐요. 내가 당신이 미처 처리하지 못한 작자를 쏜 것과 같은 이유요. 우리가 지금 많은 변수들을 너무 뒤죽박죽으로 만들었기 때문에, 이 지방 사람들에게 주는 영향을 최소화하기 위해서요. 물론 사람들은 에드와 헤이딘의 말을 어느 정도 믿을 거요. 하지만 어쨌든 이 사람들은 신들과 트롤들과 마술의 세계에서 살고 있소. 눈에 보이는 증거나 목격자들은 사리에 맞지 않을 것이 분명한 이야기보다 사람들에게 더 큰 충격을 줄 거요."

"알겠어요. 나는 정말 멍청하고 프로답지 못했어요. 맞죠? 나는 이런 종류의 임무에 단련되지 못했어요. 하지만 그건 핑계가 될 수 없죠. 정말 미안해요."

그녀는 양손을 맞잡았다.

"글쎄, 당신은 정말 나를 놀라게 했소. 당신이 갑자기 움직였을 때, 나는 잠시 얼이 빠졌소. 그때 내가 뭘 할 수 있었겠소? 절대 인과관계를 더 이상 혼란에 빠뜨릴 수도, 헤이딘이 내 얼굴을 보고 이 해에 콜로니아에서 나를 알아보게 할 위험을 감수할 수도 없었소. 잠깐 시간을 건너뛰어, 해변에서 했던 것과 다른 변장을 하고 돌아온다? 안 되지. 인간들 앞에서 신들이 다투는걸 보이는 것은 적절한 일이 아닐거요. 사태를 훨씬 악화시켰겠지. 난 당신에 협조할 수밖에 없었소."

그가 성난 목소리로 말했다.

"미안해요. 어쩔 수 없었어요. 내가 랑고바르디 족 사이에서 본 건 에드, 즉 벨레다였어요. 에드보다 깊은 인상을 준 여자는 아무도 없었죠. 나는 그녀를 알고 있었어요. 하지만 이건 어린 소녀였어요. 그 짐승들이 ──"

그녀가 절망적으로 말했다.

"그래요. 광포한 분노. 그리고 뒤이은 극도의 동정심."

플로리스가 허리를 꼿꼿이 세웠다. 그녀는 주먹을 쥐고 에버라드를 정면으로 바라보았다.

"나는 핑계를 대고 있는 게 아니라 설명을 하고 있는 거예요. 나는 패트롤이 어떤 징계를 내리든 두말 않고 받아들일 거예요."

그는 심장이 몇 번 뛸 동안 말 없이 서 있었다. 그리고 삐딱한 미소를 지으며 대답했다.

"당신이 정직하고 유능하게 임무를 계속한다면 징계는 없을 거요.

내가 보증하지. 이 사건에 대해 무임소 대원의 자격으로, 약식 판결을 내리겠소. 당신은 이로써 사면되었소."

플로리스는 눈을 깜빡거리며 손등으로 눈을 훔쳤다. 그리고 떨리는 목소리로 말했다.

"에버라드 대원 님. 너무너무 친절하시군요. 우리가 함께 일해 왔기 때문이라면——"

"이봐요, 날 좀 믿어 봐요. 그래요, 당신은 아주 훌륭한 동료요. 하지만 그것이 내 판단에 영향을……큰 영향을 끼치진 않아요. 중요한 사실은 당신이 지금까지 우수한 요원으로 자신을 증명해 왔다는 거요. 결과는 제쳐놓고 말이요. 훨씬 더 중요한 건, 이건 실제로 당신의 실수가 아니라는 거요."

에버라드가 항변했다.

그녀는 일순 멍해졌다.

"뭐라구요? 나는 감정에 사로잡혀——"

"그런 상황에서 그건 꼭 당신에게 불명예가 되는 일은 아니오. 아마 덜 대놓고 그랬을진 몰라도, 나 자신이 어떻게 했을지 나도 확신할 수 없소. 그리고 난 여성이 아니오. 그런 벌레들을 죽이는 일이라면 눈 하나 깜빡하지 않지. 내가 그걸 즐기진 않는다는 걸 알아 줘요. 특히 그들에게 대항할 기회가 없을 때는 더 그렇지. 하지만 꼭 그렇게 했어야 할 경우라면, 나는 발 뻗고 잘 잤을 거요."

에버라드가 말을 멈추었다.

"잘 모르겠지만, 내가 패트롤에 들어오기 전, 풋내기 시절에 나는 강간에 대한 사형을 옹호했소. 한 여성이 내게, 그럼 그런 개자식들이 희생자들을 죽일 동기를 주는 반면, 강간을 저지르지 않을 이유를 주진 않는다고 지적할 때까지 그랬소. 내 감정은 똑같소. 만약 내 기억이 옳다면, 당신은 문명화된 의학적인 방식으로 그 문제를 거세로 치료하는 20세기 네덜란드 사람이오."

"그렇지만 나는——"

"죄책감은 떨쳐 버려요. 당신이 뭐요? 자유주의자 나부랭이? 감정은 치워 놓고, 패트롤의 관점으로 문제를 생각해요. 들어 봐요. 그 상선 선원들은 아마도 윌란드 섬에서 사업을 마치고, 다른 곳으로, 추측컨대 고향으로 가고 있던 자들이라는 건 꽤 명확해 보이오. 동의하죠? 그자들은 쓸쓸한 해변에 에드와 헤이딘이 있는 것을 우연찮게 보고 기회를 잡았소. 이런 일은 고대 세계에서 흔한 일이오. 아마 그들은 이곳에 다시 올 생각이 없거나, 다른 부족에게 갈 생각이었을 거요. 난 공중에서 이 섬을 보고 분열되어 있다는 인상을 받았소. 아니면 아무도 모를 거라고 생각했겠지. 어느 것이든, 그들은 아이들을 함정에 빠뜨렸소. 만약 우리가 끼어들지 않았다면, 그들은 헤이딘을 노예로 팔았을 거요. 에드가 너무 심하게 상처를 입어서 유희의 마지막을 위해 목을 벨 용도밖에 남지 않은 한, 에드도 마찬가지 운명이었을 거요. 그것이 일어났을 일이오. 다른 수많은 사건들처럼 직접 당한 사람들 외에 누구에게도 중요하지 않은 사건이지. 그 아이들은 곧 죽고, 잊혀졌을 거요. 영원히 사라진 아이들이 되었을 거요."

플로리스가 팔짱을 꼈다. 주위의 줄어드는 빛이 그녀의 눈 속에서 번득였다.

"그 대신——"

에버라드가 고개를 끄덕였다.

"그래요. 그 대신, 우리가 나타났소. 우린 에드가 이곳을 떠난 지 몇 년 뒤, 에드의 마을을 찾아가서 잠시 손님으로 머무를 거요. 조심스럽게 질문을 하고, 에드의 동족들을 알게 되겠지. 그럼 아마 불쌍한 소녀 에드가 어떻게 무시무시한 벨레다가 되었는지 알게 될 거요."

플로리스가 얼굴을 찡그렸다.

"나는 어떻게 됐는지 알 것 같아요. 나는 에드의 처지를 상상할 수 있어요. 에드는 다른 사람들보다 총명하고 섬세한 아이였다고 생각해요. 그래요, 이교에 대해 그런 말을 쓸 수 있다면, 독실한 아이였을 거예요. 끔찍한 일이 그 아이를 덮쳤어요. 공포, 수치, 절망. 몸뿐 아니라 정신이 그 헐떡이며 밀려들어오는 육체들 아래에서 짓밟혔어요. 그런데 갑자기 진짜 여신이 나타나서, 그자들을 죽이고 자기를 안아 주었어요. 지옥 끝에서 영광으로…… 하지만 그 뒤에, 그 뒤에! 여자는 모욕감, 자신이 무가치하게 되었다는 감정에서 결코 벗어나지 못할 거예요, 맨스. 에드에게 더 나쁜 것은, 철기시대의 게르마니아에서 피와 자궁은 혈족에게 신성한 것이었다는 점이었어요. 아내의 간통은 가장 잔인한 죽음으로 벌을 받았죠. 불가항력이었다는 점에서 사람들이 에드를 비난하진 않았겠지만, 그녀는 더럽혀졌어요. 그리고——그리고 초자연적인 힘은 존경보다 두려움을 불러일으켰을 거예요. 이교의 신들은 교활하고 잔인할 때가 많았죠. 에드와 헤이딘이 많은 이야기를 했을지 모르겠어요. 아마 두 사람은 서로 아무것도 이야기하지 않았을 거예요. 그것 자체가 두 사람의 마음에 격심한 갈등을 불러일으켰겠죠."

에버라드는 파이프를 피우고 싶었다. 하지만 그 때문에 타임 사이클에 있는 캐리어박스에 가야겠다는 생각은 들지 않았다. 플로리스는 너무 마음이 약해져 있었다. '플로리스는 너무 친밀해지는 걸 피하려고 나를 이름으로 부른 적이 없었지. 플로리스가 의식하고 있는지 모르겠군.'

"당신 말이 맞을 거요."

그가 동의했다.

"동시에 초자연적인 일이 발생했소. 그 일은 두 사람을 살려 주고 풀려나게 해 주었지. 에드의 몸이 더럽혀졌다 해도, 영혼은 그럴 수 없었소. 아무튼, 에드는 여신에게 적합한 인물이었소. 에드가 어떤 운명을 지녔기 때문에, 뭔가 거대한 일을 위해 선택된 것이 틀림없었소. 그게 뭘까? 글쎄, 남자로서의 복수심으로 가득 찬 헤이딘이 끊임없이 에드에게 말했겠지. 에드의 문화에서, 그것은 사리에 맞은 일이었을 거요. 에드의 운명은 로마의 몰락을 불러일으키는 것이었소."

"에드는 이 외지고 평화로운 섬에서 아무것도 이룰 수 없었어요. 더 이상 그런 생활에 어울릴 수도 없었죠. 에드는 서쪽으로 갔어요. 여신의 보호를 자신하면서. 헤이딘이 그녀와 함께 갔죠. 그들 두 사람은 함께 바다를 건널 통행권을 살 수 있을 만큼 재산을 모았어요. 그들이 여행하면서 보고 들은 로마의 행위들은 증오심에 불을 붙였죠. 하지만 나는 결국은, 이 사회에서 몹시 드문 일이지만, 헤이딘이 에드를 사랑했기 때문이라고 생각해요."

플로리스가 결론을 내렸다.

"난 그 친구가 지금도 에드를 사랑하고 있다고 생각하오. 에드가 그를 침대로 들어오지 못하게 하는 게 분명한데도……. 놀랄 만한 일이지."

"이해할 수 있는 일이에요. 그런 경험을 한 뒤에—에드와 헤이딘에 있어, 적어도 헤이딘은 여신의 사람에게 강요하지 못했을 거예요. 나는 헤이딘이 브루크테리 족의 아내와 아이들이 있다고 들었어요."

플로리스가 한숨을 쉬었다.

"어허. 글쎄, 우린 아이러니하게도 이 역사적 공간에서 일어난 혼란에 대한 우리의 조사가 그 혼란을 불러일으켰다는 것을 알게 되었소. 솔직히 말하면, 이런 유의 결절점이 예전에 전혀 없었던 것은 아니오. 그것이 당신을 비난할 수 없는 또 다른 이유지, 얀너. 종종 인과 고리는 결절점에 강력하고 미묘한 영향을 미쳐요. 우리가 해야 할 일은 그것이 인과의 혼란(causal vortex)으로 발전하는 것을 막는 거요.

우리는 역사가 『타키투스 2』로 향하지 않도록 손을 써야 하오. 『타키투스 1』에 서술된 역사를 너무 심하게 교란시키지 않으면서 말이오."

"어떻게요? 우리가 더 개입해야 할까요? 우린 그…… 데이넬리아인의 도움을 구해야 하지 않겠어요?"

그녀가 절망적인 목소리로 물었다.

에버라드가 살짝 미소를 지었다.

"흐음, 상황이 그렇게 나빠 보이진 않소. 사람들은 우리가 다른 대원들의 수명을 아끼면서, 우리가 할 수 있는 모든 것을 해 볼 것을 기대하고 있소. 우선, 내가 말한 것처럼, 윌란드 섬에서 좀더 상황을 탐사해 보는 것이 좋을 것 같소. 그리고 나서 우리는 이 해의 바타비 족과 로마 인에게 돌아와서,──뭐, 몇 가지 생각을 해둔 게 있긴 해요. 하지만 난 그것들을 당신과 깊이 논의해 보고 싶소. 우리가 뭘 하든 당신의 역할이 중요하니까."

"노력해 보겠어요."

그들은 말 없이 서 있었다. 공기는 싸늘해지고 있었다. 언덕 중턱에서 밤이 올라오고 있었다. 해질녘의 빛은 회색으로 변했다. 그들 위로 저녁샛별이 빛났다.

플로리스가 어둠을 바라보았다.

"이 모든 죽음과 고통, 상실과 슬픔."

"역사가 그런 거지."

"알아요, 알아. 하지만──나는 프리시 족과 함께 산 것이 나를 단련시켰다고 생각했어요. 하지만 오늘, 내 인생에서 오늘, 나는 사람들을 죽였어요. 그리고, 그리고 난 잠을 이루지 못할 거예요──"

에버라드가 그녀에게 다가가, 뭐라 중얼거리며 어깨에 손을 얹었다. 플로리스가 돌아서서 그를 안았다. 그녀를 안아 주는 것 말고 무엇을 할 수 있었겠는가? 플로리스의 얼굴이 다가왔을 때, 키스 말고 무엇을 할 수 있었겠는가?

그녀는 격렬하게 키스에 응했다. 플로리스의 입술에서 짭짤한 맛이 났다.

"아, 맨스, 그래요, 그래요, 제발, 오늘 밤은 모든 걸 다 잊어버려요."

16

보이지 않는 하늘에서 날려온 진눈깨비가 이미 반쯤 비에 잠긴 땅을 쉭쉭 때리고 있었다. 금세 앞이 보이지 않게 되었다. 평야와 시든 초원, 바람에 흔들리는 벌거벗은 나무들, 불탄 건물의 잔해들이 한낮의 어둠 속으로 녹아들어갔다. 한기가 젖어 들어와 옷은 거의 추위를 막지 못했다. 북풍은 그것이 으르렁거리며 거쳐 온 늪과, 멀리 바다와, 북극에서 성큼성큼 다가오는 겨울의 냄새를 풍겼다.

에버라드는 망토를 바싹 끌어당긴 채 안장에 몸을 웅크리고 있었다. 두건에서 얼굴을 지나 물방울이 뚝뚝 떨어졌다. 말발굽은 발목까지 빠지는 진창 속을 철퍼덕철퍼덕 나아갔다. 하지만 이곳은 사유지를 지나 영주의 저택으로 들어가는 진입로였다.

그 건물은 그의 눈앞에 우뚝 솟아 있었다. 타일 지붕에 회반죽을 바른 변형된 지중해 양식의 그 집은 부르문드가 로마의 동맹자이자 장교인 키빌리스였던 시절에 세운 것이다. 그의 아내가 그 집의 안주인이었고, 그의 아이들이 그곳을 웃음으로 가득 채우고 있었다. 지금 그것은 페틸리우스 케리알리스의 사령부로 사용되고 있었다.

보초 두 사람이 현관에 서 있었다. 대문에 있던 보초들처럼, 그들은 패트롤 대원이 계단 밑에 말을 세우자 신분을 물었다.

"나는 고트 족 사람 에버라두스요. 장군이 나를 기다리고 계실 거요."

에버라드가 그들에게 말했다.

군인 한 사람이 동료에게 묻는 눈초리를 보냈다. 동료는 고개를 끄덕였다.

"내가 명령을 받았다. 사실 내가 준비 밀사를 호위했다."

자랑이나 거드름을 떨려고 하는 걸까? 그는 코를 킁킁거리며 재채기를 했다. 아마 첫번째 남자는 열병에 걸려 병실에서 이를 덜덜 떨고 있는 사병을 최근에 대신한 사람일 것이다. 둘 다 갈리아 출신인 것 같았지만, 행색은 상당히 형편없었다. 갑주는 녹슬었고, 치마는 젖어 있었다. 팔에는 온통 닭살이 돋아 있었고, 움푹 들어간 볼은 배급이 부족하다는 것을 보여주고 있었다.

"통과."

두번째 군단병이 말했다.

"당신의 말을 마구간에 데려가기 위해 마부를 부를 거요."

에버라드는 어두침침한 중앙홀로 들어갔다. 노예가 그의 망토와 단검을 가져갔다. 남자 여러 명이 구부정하게 앉아 있었다. 참모들은 아무 할 일이 없었다. 그를 쳐다보는 시선 속에 갑자기 희미한 희망의 빛이 반짝였다. 부관 한 사람이 와서 손님을 남쪽 건물에 있는 방으로 안내했다. 문을 두드리자, 걸걸한 목소리가 들렸다. "열어라." 부관은 명령에 따른 다음, 큰소리로 알렸다.

"각하, 게르만 족의 대표가 도착했습니다."

"들여보내. 우리를 남겨 두고, 혹시 모르니까 밖에 서 있게."

굵직한 목소리가 말했다.

에버라드는 안으로 들어갔다. 등 뒤에서 문이 닫혔다. 납 유리창으로 빛이 희미하게 비쳐들고 있었다. 촛대에 꽂힌 양초들이 둘러 있었다. 밀랍이 아니라 쇠기름으로 만든 양초가 연기를 내며 고약한 냄새를 피웠다. 구석진 곳에 짙게 웅크린 그림자가 파피루스 문서들이 흩어져 있는 탁자에 드리워져 있었다. 그 밖에 의자 두 개와 갈아입을 옷이 들어 있을 것 같은 궤짝 하나가 있었다. 한쪽 벽에 보병의 검 한 자루와 칼집이 나란히 걸려 있었다. 숯 화로가 방안 공기를 데워 놓은 대신 탁하게 만들고 있었다.

케리알리스는 탁자 뒤에 앉아 있었다. 그는 샌들에 튜닉만 입고 있었는데, 딱딱하게 네모난 얼굴을 가진 건장한 남자였다. 깨끗하게 면도한 얼굴에는 깊은 주름이 드러나 있었다. 그의 눈은 손님을 꼼꼼히 살펴보고 있었다.

"자네가 고트 족 사람 에버라두스인가?"

케리알리스가 인사를 건넸다.

"중개자가 당신이 라틴어를 할줄 안다고 하더군. 라틴어로 말하는 게 좋겠네."

"알겠습니다."

'이거 방심할 수 없겠군.' 패트롤 대원은 생각했다. '비굴하게 구는 것은 좋지 않을 것 같아. 하지만 이자는 내가 무례하다고 판단할지도 몰라. 그럼 주피터의 저주를 받은 원주민한테서 나온 어떤 참견도 받아들이지 않으려 하겠지. 이자의 신경도 다른 모든 이들처럼 몹시 날카로울 거야.'

"장군님이 저를 받아 주신 것은 친절하고 현명하신 일입니다."

"글쎄, 솔직히, 나는 지금 뭔가 제안할 게 있다고 하면 기독교도의 말이라도 들을 거요. 그자가 아무것도 가진 게 없다는 것이 판명되면, 적어도 십자가에 못 박는 기쁨을 누릴 수 있겠지."

에버라드는 무슨 말인지 몰라 당황스러운 척했다.

"유대교의 한 일파지."

케리알리스가 퉁명스럽게 말했다.

"유대인에 대해 들어봤나? 또 다른 불온하고 배은망덕한 족속들이지. 하지만 자네 부족의 땅은 동쪽에 있지. 왜 자네는 이 타르타로스* 같은 곳에서 심부름을 하고 있나?"

"저는 장군께서 설명을 들었을 거라고 생각했습니다. 저는 장군의 적도, 키빌리스의 적도 아닙니다. 저는 게르마니아의 다른 지방에서 있었던 만큼 로마 제국 내에도 있었습니다. 저는 키빌리스를 조금 알고, 더 작은 부족장들은 좀더 잘 압니다. 그들은 제가 장군에게 직접 자기들을 대변해 줄 수 있을 것이라고 믿었습니다. 제가 누구에 대해서도 적대하지 않는 외부인이기 때문이지요. 그리고 제가 어느 정도 로마의 방식을 알기 때문에, 그들에게 장군님의 말씀을 있는 그대로 분명하게 전할 수 있을 겁니다. 제 입장을 말씀드리자면, 저는 이 지방에서 사업을 하려고 하는 장사꾼입니다. 평화와 그들의 감사에서 이득을 얻는 입장에 있지요."

게르만 족을 설득하는 것은 말보다 더 복잡한 일이었지만, 그렇게 많이 힘든 일은 아니었다. 반란자들은 사실 지치고 낙담해 있었다. 고트 족은 제국의 사령관에게 개인적인 접근을 허락받을 수 있었다. 그가 도움이 될지도 몰랐고, 이미 받고 있는 것보다 더 큰 해를 입을 가능성은 거의 없었다. 전령들이 요구를 전한 뒤, 너무나 쉽게 약속이 정해졌기 때문에 게르만 족들은 깜짝 놀랐다. 에버라드는 그것을 예상하고 있었다. 그는 타키투스의 책과 공중 탐사를 통해 로마군 역시 몹시 심각한 상태에 있다는 것을 그들보다 잘 알고 있었다.

"나도 알고 있네!"

---

* 그리스 신화에서 지옥 아래 있는 밑바닥 없는 못.

케리알리스가 잘라 말했다.

"그걸 제외하고는 게르만 족들은 자네가 무슨 제안을 갖고 오는지 이야기하지 않았네. 좋아, 우리 한번 이야기를 나눠 보지. 자네한테 경고하는데, 또 다시 지루한 얘기를 반복하면, 내가 직접 자네를 발로 차 쫓아낼 걸세. 앉게. 아니, 우선 포도주부터 따르지. 이건 개구리만 가득한 이 늪지대를 조금 덜 끔찍하게 만들어 주지."

에버라드는 우아한 유리병으로 은술잔을 채웠다. 그가 앉은 의자 역시 아주 멋진 것이었다. 에버라드의 취향에는 약간 단 편이었지만, 맛 좋은 술이었다. 이것들은 모두 키빌리스의 것이었다. 그리고 문명의 산물이었다.

'로마 인을 별로 좋아하진 않지만, 그들이 노예상인과 세금징수인과 잔인한 놀이 말고 다른 것들도 가져온 건 사실이지. 평화, 번영, 넓어진 세계──하지만 그것들은 오래 가지 않았어. 썰물이 빠져나가자 여기저기 잔해들이 남게 되었다. 책과 기술, 신앙, 사상, 예전에 존재했던 것에 대한 기억, 뒤의 세대들이 간직했다가 다시 건설할 재료들. 그 기억들 사이에 잠시 생존 그 자체에만 전적으로 목을 매지 않은 한 시기가 존재했었다는 것도 포함되겠지.'

"그래, 게르만 족들은 항복할 준비가 되었나?"

케리알리스가 도발적으로 말했다.

"우리가 잘못된 인상을 드렸다면, 장군께 용서를 구하겠습니다. 우리는 라틴어에 그리 능숙하지 못합니다."

케리알리스가 탁자를 내리쳤다.

"자네에게 말하겠다. 애매한 말을 집어치우든지, 나가 버려! 자네는 고향에서 메르큐리의 후손으로 통하는 왕족이라더군. 난 황제의 친척이야. 하지만 황제와 나는 무거운 짐을 끌던 평범한 군인들이었어. 우리 두 사람 여기 우리밖에 없는 동안, 좀 솔직해지세."

에버라드가 감히 웃음을 보였다.

"원하시는 대로 하겠습니다, 장군님. 저는 장군님이 진짜 우리를 오해하지는 않았을 거라고 생각합니다. 그럼 왜 장군님은 핵심을 찌르지 않는 겁니까? 저를 보낸 부족장들은 멍에를 짊어지거나, 개선식에서 쇠사슬에 묶여 다니겠다는 제안을 하진 않습니다. 하지만 그들은 이 전쟁을 끝내기를 바라고 있습니다."

"조건을 요구하다니 그 무슨 배짱인가? 뭘 가지고 싸움을 멈추려 하나? 이젠 적을 보기도 힘들 지경이네. 그럴싸한 키빌리스의 마지막 공격 시도는 가을의 군함 시위였지. 난 걱정하지 않았네. 그가 애쓰는 걸 보고 놀랐을 뿐이지. 아무것도 얻지 못하고 키빌리스는 라인 강을 건너 후퇴했네. 그 이후로 우린 키빌리스의 고향땅을 약탈하고 있지."

"저도 봤습니다. 장군님이 그의 소유지를 고스란히 놔 두고 있다는 사실도요."

케리알리스가 광적인 웃음을 터뜨렸다.

"물론이지. 그자와 다른 자들 사이를 갈라놓으려고 말이야. 자기들이 왜 키빌리스를 위해 싸워야 하는지 의심하게끔. 난 그게 꽤 잘 먹혀들어간 걸 알고 있거든. 자넨 키빌리스가 아니라 부족장들을 대신해서 오지 않았나."

'그건 사실이지. 예리하군, 미스터.'

"서신 교환이 느려서죠. 게다가 우리 게르만 족은 독자적으로 행동하는 데 익숙합니다. 그렇다고 부족장들이 키빌리스를 배반하려고 저를 보낸 건 아니지요."

케리알리스는 잔을 꿀꺽꿀꺽 들이켜고 나서, 꽝하고 내려놓았다.

"좋아. 들어보지. 나한테 뭘 제안하려는 건가?"

"평화라고 말씀드리겠습니다. 거절하실 수 있겠습니까? 장군님은 저들만큼이나 곤란한 처지십니다. 더 이상 적의 전사들을 보지 못했다고 말씀하셨지요. 그건 장군님이 더 진군을 하지 않고 계시니까 그런 거지요. 장군님은 헐벗은 땅에서 꼼짝달싹 못하고 있습니다. 도로는 몽땅 진창이고, 군대는 추위와 습기, 굶주림과 병, 궁핍에 시달리고 있습니다. 보급 문제는 끔찍한 상태이지요. 본국이 내전에서 회복되기 전까지는 개선되지 않을 겁니다. 그건 장군님이 기다릴 수 있는 시간보다 더 오래 걸리겠지요."

에버라드가 말했다.

'파리들은 끈끈이 종이를 정복해 왔다고 한 스타인벡의 위대한 글귀를 인용할 수 있었으면 좋겠군.'

"그동안 부르문드, 즉 키빌리스는 게르마니아에서 병사를 모으고 있습니다. 케리알리스 장군, 당신은 패배할 수도 있습니다. 바루스가 토이토부르거 숲에서 패배한 것처럼. 그건 그만큼 장기적인 결과를 낳겠지요. 아직 기회가 있을 때, 타협하는 것이 좋을 겁니다. 자, 충분히 솔직한 이야기가 되었습니까?"

로마 인은 얼굴을 붉히고 손을 꽉 맞잡았다.

"무례하기 짝이 없군. 우리는 반란자들에게 보상을 해 주지 않을걸세. 불가능해."

에버라드가 목소리를 누그러뜨렸다.

"그건…… 제가 대변하고 있는 사람들한테는…… 장군님이 충분히 벌을 준 것으로 보입니다. 그 바타비 사람과 동맹자들이 다시 충성을 맹세한다면, 강 건너편에 평안을 되돌려 준다면, 장군의 목적은 달성된 것 아닐까요? 그들이 보상으로 요구하는 건 단지 자기 부족 사람들에게 당연히 해 주어야 하는 것뿐입니다. 학살도, 노예화도, 개선식이나 경기장에 쓸 포로도 안 됩니다. 대신 키빌리스를 비롯한 모든 사람을 사면해 주어야 합니다. 점령당해 있는 부족의 땅들을 반환하고,

처음 반란이 일어나게 한 가혹한 행위들을 바로잡을 것. 이는 주로 정당한 공물, 지역의 자치권, 무역의 통로, 강제징집 폐지를 의미합니다. 그런 조건이 주어진다면, 로마가 사용하기에 충분히 많은 자원병들을 다시 얻게 될 것입니다."

"그건 작은 요구가 아니야. 그건 내 권한 밖의 얘기야."

케리알리스가 말했다

'아, 이자는 진지하게 고려하고 있군.' 전율이 에버라드를 뚫고 지나갔다. 그는 앞으로 몸을 기울였다.

"장군, 당신은 베스파시아누스와 같은 가문 사람입니다. 키빌리스도 베스파시아누스의 편에서 싸웠지요. 황제는 장군의 말에 귀를 기울일 겁니다. 모든 이들이 말하길, 황제는 공허한 영광이 아니라 일이 제대로 되도록 하는 데 관심이 있는 실제적인 분이라더군요. 원로원은…… 황제의 말을 들을 겁니다. 장군, 장군이 원하기만 한다면, 애를 좀 쓴다면, 장군은 이 협정을 성사시킬 수 있을 겁니다. 장군은 바루스가 아니라 게르마니쿠스로 기억될 수 있을 겁니다."

케리알리스가 눈을 가늘게 뜨고 탁자 건너편을 바라보았다.

"자넨 야만족 치고 무척 많은 걸 알고 있군 그래."

그가 말했다.

"저는 여러 곳을 돌아다녔습니다, 장군."

에버라드가 대답했다.

'아, 그랬지. 난 온 세상을, 수세기 전과 후를 다 돌아다녔지. 가장 최근에는 당신의 가장 큰 골칫덩이들이 태어난 곳에 있었지.'

윌란드 섬, 아니 에윈 섬의 그 평화로운 생활은 대체 얼마나 오래 전 일인가? 달력상으로는 25년이 지났다. 흘라바가스트와 비두하다와 그들을 몹시 환대해 주었던 다른 사람들은 이제 모두 죽었을 것이다. 뼈는 흙에 묻히고, 입에 오르내리던 이름들은 망각으로 가라앉고 있다. 그들과 함께 기이한 것에 이끌려 사라진 아이들이 남겨 놓은 고통과 당혹스러움도 사라졌다. 하지만 에버라드와 플로리스가 라이키안 마을에 작별을 고한 것은 채 한 달도 되지 않았다. 남편과 아내, 멀리 남쪽에서 온 여행자 부부. 그들은 바다를 건너는 통행권을 얻어, 그 정다운 마을 가까이에 잠시 천막을 치고 살기를 원했다. ……아주 특별한 사건이었고, 그래서 매혹적인 일이었다. 그 일은 마을 사람들로 하여금 전보다 더 활발하게 이야기를 하도록 만들었다. 하지만 두 사람만 남는 시간도 있었다. 천막에서 혹은 여름의 황야 밖에서.……

그 후 패트롤 대원들은 몹시 바빠졌다.

"그리고 연줄들도 많죠."

에버라드가 말했다. '역사와 데이터 파일, 대형 좌표 컴퓨터, 타임 패트롤의 전문가들. 이것이 몹시 부정적인 반응을 초래할 수 있는 폐쇄적인 공간에서 적절한 배치라는 인식. 우리는 눈사태처럼 변화를 초래할 수 있는 변칙적인 요소들을 확인했어. 우리가 해야 할 것은 그 진폭을 줄이는 거야.'

"흠. 나는 더 완전한 설명을 원할 거네, 나중에. 오늘은 일을 해야지. 나는 내 부하들이 이 진창에서 빠져나오길 바라네."

케리알리스가 말했다.

'이 친구가 마음에 들려고 하는걸. 여러 면에서 이 사람은 조지 패튼하고 닮았군. 그래, 우린 흥정을 할 수 있겠어.'

케리알리스가 신중하게 생각하고 나서 말했다.

"자네를 보낸 자들에게 이렇게 말하게. 키빌리스에게도 전해 달라고 해. 커다란 장애물이 하나 있네. 자네는 라인 강 건너편의 게르만 족들에 대해 이야기했지. 또 다시 그들을 불러일으킬 누군가에게 게르만 족들이 열광하는 한, 나는 그들에게 양보해서 병력을 철수시키지 않을 걸세."

"키빌리스는 그러지 않을 겁니다. 제가 보장하지요. 지금 제시된 조건이라면, 키빌리스는 싸워서 얻으려고 했던 것을 얻을 겁니다. 아니면 적어도 훌륭한 타협점을 얻을 겁니다. 다른 누가 새로운 전쟁을 시작할 수 있겠습니까?"

에버라드가 말했다.

케리알리스의 입매가 굳어졌다.

"벨레다."

"브루크테리 족의 무녀?"

"마녀지. 알겠나? 내가 오로지 그 여자를 잡기 위해 그 땅을 칠 생각을 했다는 거. 하지만 그 여자는 숲 속으로 사라져 버렸네."

"만약 어떤 식으로든 장군님이 성공했다면, 그건 벌집을 건드리는 것과 같았을 텐데요."

케리알리스가 고개를 끄덕였다.

"라인 강에서 수에비 족의 바다까지 모든 광신적인 원주민들이 무장하겠지."

그가 말한 것은 발트 해였다. 케리알리스의 말은 옳았다.

"하지만 게르만 족 내에서 그 여자가 계속 독기를 뿜게 놔 두는 것은 사태를 더 악화시킬 것이 분명해. 내가 아니라도 내 손자들에게 말이야. 그것만 아니라면, 광기는 가라앉을 수 있겠지. 하지만—"

그가 한숨을 내쉬었다.

"제 생각에는, 만약 키빌리스와 그 동맹자들이 명예로운 조건들을 약속받는다면, 우린 평화를 요청하도록 벨레다를 설득할 수 있다고 봅니다."

에버라드가 무겁게 말했다.

케리알리스가 눈을 부릅떴다.

"진심인가?"

"시험해 보시죠. 남자 지도자들과 마찬가지로 벨레다와 교섭하십시오. 제가 두 분 사이에서 말을 전달해 드리겠습니다."

에버라드가 말했다.

케리알리스는 고개를 저었다.

"우리는 그 여자를 자유롭게 내버려 둘 수 없어. 너무 위험한 일이야. 우린 그 여자한테서 눈을 뗄 수가 없어."

"하지만 손을 써서는 안 되겠죠."

케리알리스가 눈을 깜빡거리다가, 쿡쿡 웃음을 터뜨렸다.

"하아! 무슨 뜻인지 알겠네. 자네는 말재주를 타고났군, 에버라두스. 맞아. 우리가 그 여자를 억류하거나 그 비슷한 짓을 한다면 아마 완전히 새로운 반란이 일어날 거야. 하지만 그 여자가 반란을 선동하면 대체 어쩐단 말인가? 벨레다가 얌전히 있을지 어떻게 알 수 있겠나?"

"로마와 화해한다면, 벨레다는 얌전히 있을 겁니다."

"그게 무슨 소용이 있겠나? 나는 야만인들을 좀 아네. 거위처럼 변덕스러운 작자들이지."

장군이 주의하고 있을 경우의 이야기지만, 밀사의 기분을 상하게 했을지도 모른다는 생각은 없는 게 분명했다.

"내가 추측한 바에 따르면, 벨레다가 섬기는 건 전쟁의 여신이네. 자신의 벨로나*가 다시 한 번 피를 부르고 있다는 생각을 하면 대체 어떡할 건가? 우리는 눈앞에서 제2의 부디카를 보게 될 걸세."

'당신의 아픈 곳이지?' 에버라드는 포도주를 한 모금 마셨다. 달콤함이 목을 적셨다. 그것은 험악한 바깥 날씨에 반해 여름과 남쪽 지방을 떠올리게 했다.

---

* 로마 신화의 전쟁의 여신.

"시도해 보십시오. 벨레다와 서신을 주고받는다고 해서 손해 볼 게 뭐 있습니까? 저는 모든 사람들이 받아들일 수 있는 해결책을 만드는 게 가능하다고 생각합니다."

그가 말했다.

진심인지 비유인지, 케리알리스가 놀랍도록 조용하게 대답했다.

"그건 그 여신에게 달려 있지 않겠나?"

17

이른 일몰이 숲 위를 컴컴하게 물들이고 있었다. 하늘을 가로지른 큰 나뭇가지들은 검은 뼈처럼 보였다. 들과 목장의 웅덩이들은 녹색 하늘 아래 불그죽죽하게 빛났다. 하늘은 웅덩이 위를 흐느끼며 회오리치는 바람만큼 차가웠다. 까마귀 한 떼가 지나갔다. 황혼이 까마귀 떼를 삼켜 버린 후에도 잠시 거친 울음소리가 허공을 맴돌았다.

머슴 하나가 건초 더미와 집 사이에서 건초를 운반하다가 몸을 부르르 떨었다. 추위 때문만이 아니라, 밸-에드가 지나가는 것을 보았던 것이다. 그녀는 가식 없이 다정한 사람이었다. 하지만 밸에드는 힘과 결합되어 있었다. 지금 그녀는 신성한 숲에서 걸어 나오고 있었다. 거기서 밸-에드는 무엇을 듣고 말했을까? 몇 달 동안 아무도 이곳에 와서 예전에 자주 그랬었던 것처럼 그녀와 얘기를 나누지 않았다. 낮이면 밸-에드는 마당을 거닐거나 나무 아래 홀로 앉아 생각에 잠겼다. 그건 분명 그녀의 명령이었다. 하지만 왜? 요사이는 브루크테리 족에게도 몹시 어려운 시기였다. 너무나 많은 그들 부족의 남자들이 바타비 족이나 프리시 족의 땅에서 일어난 불행이나 재난의 소식을 갖고 고향으로 돌아오거나, 아예 돌아오지 못했다. 신들이 자신들의 무녀에게서 등을 돌리고 있는 걸까? 머슴은 행운을 비는 주문을 웅얼거리며 걸음을 서둘렀다.

탑은 여인 앞에 어두컴컴하게 서 있었다. 보초를 서던 전사가 그녀에게 창을 들었다 내렸다. 에드는 고개를 끄덕이고 문을 열었다. 저쪽 방 안에서 노예 두 사람이 나지막한 화롯불 앞에서 책상다리를 하고 앉아 손바닥을 쬐고 있었다. 연기가 출구를 찾을 때까지 매케하게 방 안을 떠돌았다. 그들의 숨결은 연기와 섞여, 등잔 두 개의 불빛에 희미하게 비쳤다. 노예들은 후다닥 몸을 일으켰다.

"신녀님께서는 음식이나 물을 원하십니까?"

남자가 물었다.

밸-에드는 고개를 저었다.

"나는 자야겠다."

그녀가 대답했다.

"편안히 주무시도록 지켜드리겠습니다."

소녀가 말했다. 쓸데없는 일이었다. 헤이딘 말고는 아무도 감히 명령 없이 사다리를 오르지 않았다. 소녀는 이곳에 새로 온 아이였다. 소녀는 등잔 하나를 여주인에게 주었다. 밸-에드는 자기 방으로 올라갔다.

얇게 벗긴 창자를 씌운 창 안에 일광이 유령처럼 머물러 있었다. 창틀은 노랗게 물들어 있었다. 지붕 밑 방에 이미 어둠이 가득했음에도 불구하고, 그녀의 물건들은 지하의 트롤들처럼 웅크려 있었다. 아직 잠자리에 들고 싶지 않았기 때문에 에드는 선반에 등잔을 놓고, 다리가 셋 달린 무녀의 높은 의자에 앉았다. 에드의 시선은 수상쩍은 그림자들을 좇았다.

그녀의 얼굴에 바람이 불어왔다. 갑작스러운 무게가 마룻바닥을 삐걱거리게 만들었다. 에드는 뒤로 펄쩍 물러났다. 의자가 마룻바닥에 덜컥거렸다. 그녀는 숨을 헐떡였다.

부드러운 광채가 에드 앞에 나타난 물체의 뿔 위에 달린 둥근 물체에서 흘러나왔다. 그 뒤에 두 개의 안장이 있었다. 쇠로 만든 프래의 황소였다. 남편에게 그것을 달라고 요구한 여신이 그 위에 타고 있었다.

"니애르드, 아, 니애르드—"

얀너 플로리스가 타임 사이클에서 내려와 가능한 위엄 있게 섰다. 지난번 정신 없이 모습을 드러냈을 때, 그녀는 철기시대의 여느 게르만 족 여성과 다를 바 없는 옷차림을 하고 있었다. 그때는 문제될 것이 없었다. 하지만 기억이 자신의 모습을 더 인상적으로 만들었을 것이 분명했다. 이번 방문을 위해 플로리스는 복장에 주의를 기울였다. 우아한 가운은 눈부신 흰색으로 빛나고 있었고, 허리띠에서 보석들이 반짝였다. 가슴에는 망사 무늬가 새겨진 은 장식물을 차고, 왕관 아래 호박 색깔의 머리칼을 양 갈래로 땋아 내리고 있었다.

"두려워 마라. 목소리를 낮춰라. 나는 약속대로 너에게 돌아왔다."

그녀가 말했다. 플로리스는 에드가 어린 시절 쓰던 방언을 사용했다.

에드가 몸을 꼿꼿이 세우고, 손으로 가슴을 누르며, 한두 번 침을 꿀꺽 삼켰다. 야위고, 뼈대가 강한 얼굴은 눈을 커다랗게 뜨고 있었다. 두건은 뒤로 넘겨졌고 빛이 머리에 숨겨져 있던 회색 머리칼을 선명히 드러냈다. 잠시 그녀는 숨만 몰아쉬었다. 그리고 놀랍도록 빠르게 평온함을 되찾았다. 고양되었다기보다 차분히 받아들이는 태도였지만, 거리낌은 전혀 보이지 않았다.

"당신이 오실 줄 알고 있었습니다. 저는 떠날 준비가 되었습니다."

그녀가 속삭였다.

"정말 준비가 되었습니다."

"떠나다니?"

플로리스가 물었다.

"저승길로. 저를 암흑과 평화로 데려가시겠지요. 아닙니까?"

에드가 불안하게 물었다.

플로리스가 비웃었다,

"아아, 내가 너에게 원하는 것은 죽음보다 더 어려운 일이다."

잠시 침묵하다 에드가 대답했다.

"뜻대로 하겠습니다. 제게 고통은 낯설지 않습니다."

"난 너를 괴롭히려고 온 게 아니다!"

플로리스가 불쑥 말했다. 그녀는 다시 엄숙함을 되찾았다.

"너는 오랫동안 나를 섬겨 왔다."

에드가 고개를 끄덕였다.

"제 목숨을 구해 주신 후 줄곧 그랬지요."

플로리스는 한숨을 억누를 수 없었다.

"미련하고 비뚤어진 인생이 아니었을까 두렵구나."

감정이 되살아났다.

"당신께서 헛되이 저를 구해주신 것이 아니라는 걸 저는 압니다.
그건 다른 모든 사람들을 위해서였습니다. 아닙니까? 유린당한 모든
여인들, 죽음을 당한 사내들, 빼앗긴 아이들, 속박당한 자유로운 백성
들. 저의 임무는 그들을 위해 로마에 복수하는 것이었습니다. 아닙니
까?"

"너는 이제 확신하지 못 하느냐?"

눈물이 속눈썹 위에서 반짝였다.

"제가 틀렸다면, 니애르드시여, 왜 계속 나아가도록 하셨습니까?"

"너는 틀리지 않았다. 하지만 아이야, 내 말을 들어라."

플로리스가 손을 내밀었다. 작은 소녀처럼, 에드는 그녀의 손을 잡았다. 에드의 손은 차가웠고 희미하게 떨리고 있었다. 플로리스는 숨을 가다듬었다. 위엄 서린 말이 울려 나왔다.

"모든 일에는 다 때가 있다. 세상에서 일어나는 일마다 알맞은 때가 있다. 태어날 때가 있고, 죽을 때가 있다. 심을 때가 있고, 뽑을 때가 있다. 죽일 때가 있고, 살릴 때가 있다. 허물 때가 있고, 세울 때가 있다. 울 때가 있고, 웃을 때가 있다. 통곡할 때가 있고, 기뻐 춤출 때가 있다. 돌을 흩어버릴 때가 있고, 모아들일 때가 있다. 껴안을 때가 있고, 껴안는 것을 삼갈 때가 있다. 찾아 나설 때가 있고, 포기할 때가 있다. 간직할 때가 있고, 버릴 때가 있다. 찢을 때가 있고, 꿰맬 때가 있다. 말하지 않을 때가 있고, 말할 때가 있다. 사랑할 때가 있고, 미워할 때가 있다. 전쟁을 치를 때가 있고, 평화를 누릴 때가 있다."*

경외감이 서린 얼굴이 그녀를 보고 있었다.

"저는 듣고 있습니다, 여신이시여."

"이것은 오랜 지혜이다. 에드. 계속 들어라. 너는 잘해 왔고, 내가 시킨 대로, 나를 위해 씨를 뿌렸다. 하지만 너의 일은 아직 끝나지 않았다. 이제 거두어야 할 때다."

"어떻게 말씀입니까?"

"네가 사람들 속에 불러일으킨 의지에 감사하여라. 서쪽의 백성들이 자신의 권리를 위해 싸웠고, 마침내 로마는 빼앗은 것을 기꺼이 돌려줄 것이다. 하지만 그들, 로마인들은 여전히 벨레다를 두려워하고 있다. 네가 다시 그들의 멸망을 부르짖는 한, 로마 인들은 감히 군대를 물리지 않을 것이다. 이제 너는, 나의 이름으로 평화를 이야기해야 한다."

* 구약 성서 〈전도서〉 3장 1절-8절.

에드의 얼굴이 황홀하게 빛났다.

"그럼 로마 인들이 물러가는 것입니까? 우리가 그들을 물리치게 되는 것입니까?"

"아니다. 로마 인들은 예전과 마찬가지로 공물을 가져갈 것이고 부족들 속에서 병사를 취할 것이다."

플로리스는 서둘러 덧붙였다.

"하지만 로마 인들은 공정해질 것이다. 라인 강 이쪽의 백성들은 교역과 합법적인 자격을 얻게 될 것이다."

에드가 눈을 깜빡거리며 거세게 고개를 저었다. 그리고 허리에 댄 손을 발톱처럼 구부렸다.

"진정한 자유도, 복수도 없이 말입니까? 여신이여, 저는 할 수 없─"

"이것은 나의 뜻이다. 복종하라."

플로리스가 명했다.

다시 그녀는 부드러운 목소리로 말했다.

"너를 위해. 아이야, 보상이 있을 것이다. 네가 나의 사당을 돌볼 새로운 집, 조용하고 편안한 장소를 받을 것이다. 그것은 앞으로 평화의 성소(聖所)가 될 것이다."

"싫습니다. 여신이시여, 당신은 아실 겁니다─저는 맹세를─"

에드가 더듬거렸다.

"나에게 말해라!" 플로리스가 외쳤다. 잠시 뒤 그녀가 말했다.

"나는…… 네가 스스로를 납득시켰으면 한다."

플로리스 앞에서 흔들렸던, 긴장한 얼굴이 다시 평정을 찾았다. 에드는 오랫동안 위협과 공포에 맞서 왔다. 그녀는 당혹스러움을 극복했다. 에드는 잠시 생각에 잠긴 듯했다.

"저는 제가 지금까지…… 헤이딘은 저에게 자신이 살아 있고 로마

인들이 게르만 족의 땅에 남아 있는 한 절대 화해하지 않을 것을 맹세하게 했습니다. 우리는 숲에서 피를 섞어 신들에게 맹세했습니다. 당신께선 다른 곳에 계셨습니까?'

그녀는 딱딱하게 말했다.

플로리스가 얼굴을 찌푸렸다.

"그에겐 권리가 없다."

"헤이딘은——아스의 신들에게 빌었습니다."

플로리스가 오연하게 말했다.

"아스의 신들은 내가 처리할 것이다. 너는 그 맹세에서 풀려났다."

"헤이딘은 그렇게 하지 않을 것입니다.——그는 이 오랜 세월 동안 충성을 다했습니다."

에드가 말을 멈칫했다.

"제가 그를 개처럼 버리게 하실 겁니까? 다른 사람들이나 신들이 무엇을 하든 간에, 헤이딘은 결코 로마와 전쟁을 끝내지 않을 것입니다."

"헤이딘에게 나의 명을 받았다고 말하거라."

"저는 그 사람이 명을 따르지 않을 것을 압니다. 저는 알고 있습니다."

에드의 목소리가 갈라졌다. 그녀는 바닥에 주저앉아 무릎을 끌어안고 얼굴을 파묻었다. 그녀의 어깨가 들썩거렸다.

플로리스는 위를 쳐다보았다. 대들보와 서까래가 어둠에 감춰져 있었다. 빛은 이미 창문을 떠났고, 한기가 안으로 스며들고 있었다. 바람이 울고 있었다.

그녀가 목소리를 죽여 말했다.

"우린 위기에 처한 것 같아요. 충성심은 이 사람들이 아는 가장 높은 덕성이에요. 나는 에드가 과연 그 맹세를 깰 수 있을지 모르겠어요. 혹여 그렇게 한다면 에드는 망가질지도 몰라요."

플로리스의 머릿속에 에버라드의 영어가 들렸다.

"그건 에드를 무능력하게 만들겠지. 우리는 이 거래를 성사시키는 데 에드의 권위를 빌려야만 하오. 게다가 괴롭힘을 당한 불쌍한 여인을──"

"우리는 헤이딘이 에드를 그 맹세에서 놓아주도록 만들어야 해요. 나는 헤이딘이 내 말을 듣기를 바라고 있어요. 그 사람은 어디 있죠?"

"지금 찾고 있는 중이었소. 집에 있군."

두 사람은 얼마 전 헤이딘의 집에 도청장치를 설치해 두었다.

"흐음, 마침 부르문드가 헤이딘과 함께 있군. 라인 강 양안의 부족 장들과 함께 말을 타고 있소. 당신이 헤이딘에게 가려면 다른 날을 찾아야겠군. 아니, 기다려요. 이건 뜻밖의 행운이 될 수 있겠는걸."

'아니면 세계선들이 스스로 적합한 배열을 다시 찾으려고 조여들고 있는 걸까?'

"왜냐하면 부르문드가 부족들에게 새로운 시도를 하게 하려고 애쓰고 있기 때문이오. ──부르문드에겐 신이 나타나지 않는 게 좋겠소. 그가 어떻게 반응할지 예측할 수 없으니까."

"물론 아니에요. 난 부르문드에게 직접 나타나지 않을 거예요. 하지만 부르문드가 저 인정사정없는 헤이딘이 개심한 걸 본다면──"

"글쎄⋯⋯. 좋아요. 우리가 뭘 하든 도박이 될 거요. 그럼 난 당신의 판단을 믿겠소, 얀너."

"후!"

에드가 고개를 들었다. 눈물이 뺨에 흘러내리고 있었다. 하지만 그녀는 울음을 그치려고 애쓰고 있었다.

"제가 뭘 할 수 있죠?"

플로리스는 그녀에게 다가가 섰다. 그리고 허리를 굽혀 다시 에드에게 손을 내밀었다. 플로리스는 그녀가 일어서도록 도와 주었다. 그녀를 안고, 잠시 자신의 몸이 전할 수 있는 온기를 그녀에게 주었다. 뒤로 물러서며 플로리스가 말했다.

"너의 영혼은 맑구나, 에드. 너는 친구를 배신할 필요가 없다. 함께 가서 헤이딘과 이야기하자. 그럼 틀림없이 이해할 것이다."

의아함과 두려움이 하나가 되었다.

"우리 둘이요?"

"그게 현명한 일일까?"

에버라드가 물었다.

"흐음, 그래. 에드와 함께 가는 것이 당신의 입장을 더 강화해 주겠군."

"사랑이 신앙만큼 강할지도 모르죠, 맨스."

플로리스가 말했다. 그리고 에드를 향해 말했다.

"내 군마에 와서 내 뒤에 타거라. 내 허리를 꽉 잡아라."

"신성한 황소인가요? 지옥으로 가는 말인가요?"

에드가 한숨을 쉬었다.

"아니다. 내가 말했듯이, 네가 갈 길은 저 아래의 길보다 훨씬 험한 길이다."

플로리스가 말했다.

18

헤이딘의 집 한 가운데 있는 아궁이에서 불이 일어나 타닥거리며 타고 있었다. 창문들을 향해 피어오르는 연기는 그닥 많지 않았지만,

불길이 거의 덥히지 못한 공기를 탁하고 매캐하게 만들었다. 붉은 빛이 기둥과 들보 사이에서 어둠과 드잡이질을 하고 있었다. 불빛은 긴 의자들에 앉은 남자들과 마실 것을 내오는 여인들에게 가서 일렁거렸다. 대부분 말없이 앉아 있었다. 헤이딘의 집은 웬만한 왕의 홀만큼 웅장했지만, 소작인의 오두막보다 유쾌함이 적은 곳으로 소문나 있었다. 오늘 저녁엔 유쾌함이라곤 아예 찾아보기 어려웠다. 밖에서는 깊어가는 어스름을 뚫고 바람이 날카롭게 울부짖었다.

"거기서는 배신 외에는 아무 것도 생길 수 없소."

헤이딘이 소리쳤다.

그의 옆에 앉은 부르문드는 천천히 반백의 머리를 흔들었다. 불빛은 그의 실명한 허연 눈에 실핏줄 같은 빛을 아른아른 던졌다.

"나는 그렇지 않다고 생각하오. 저 에버라드는 묘한 사람이요. 그라면 뭔가 일을 만들 수 있을지 모르오."

부르문드가 대답했다.

"에버라드든 누구든 우리에게 가져올 수 있는 최선의 답은 거절이요. 어떤 제안이든 우리의 파멸을 의미하는 것이 될 거요. 당신은 그자를 못 가게 했어야 했소."

"내가 어떻게 에버라드를 막을 수 있었겠소? 에버라드는 부족의 수장들을 대변했고, 그 사람들이 그를 보낸 거였소. 나는 이미 이번 원정에 나선 도중이라, 나도 최근까지 그 얘기를 듣지 못했다고 말하겠소."

헤이딘의 입술이 뒤틀렸다.

"그자들이 감히!"

"그들에겐 그럴 권리가 있소. 부족장들은 적들과 얘기를 나누는 것을 절대 하지 않겠다고 맹세하지 않았소. 지금은 내가 있었다 해도 그걸 금하려고 하지 않았을 거라고 생각하오. 그들은 이 전쟁에 넌더리를 내고 있소. 에버라드가 그들에게 희망을 줄 수도 있을 거요. 나도 정말 지쳤소."

부르문드의 목소리가 바닥에 느리게 떨어졌다.

"난 당신을 달리 보았소."

헤이딘이 비웃었다.

부르문드는 분노를 보이지 않았다. 하지만 밸-에드의 결의형제는 벌떡 일어서려고 했다.

"진정하시오."

바타비 족 사람이 인내심 있게 말했다.

"당신의 가문은 갈라지지 않았소. 내 여동생의 아들은 나와 싸우다가 전장에서 죽었소. 내 아내와 다른 여동생은 콜로니아에 인질로 잡혀 있소. 난 그들이 아직 살아 있는지 죽었는지 모르오. 내 고향은 황무지가 되었소."

그는 자신이 마시던 뿔잔을 내려다보았다.

"신들이 나를 끝낸 걸까?"

헤이딘이 창처럼 꼿꼿이 앉으며 말했다. "당신이 굴복한다 해도, 나는 절대 굴복하지 않겠소."

문을 두드리는 소리가 들렸다. 가장 가까이 앉아 있던 남자가 도끼를 들고, 문을 열러 갔다. 바람이 확 불어들어 왔다. 불길이 너울거리며 불꽃을 흘렸다. 어둠이 지나가는 그 모양의 가장자리를 둘렀다.

헤이딘이 벌떡 일어났다.

"에드!"

그가 외쳤다. 헤이딘이 그녀에게 다가갔다.

"신녀."

부르문드가 웅얼거렸다. 홀에 웅성거림이 돌았다. 남자들은 자리에서 일어났다.

에드는 두건을 벗은 채 아궁이 옆으로 걸어왔다. 사람들은 그녀의 얼굴이 딱딱하고 창백한 것을 보았다. 그녀의 시선은 먼 곳을 향하고 있었다.

"어떻게, 여기 어떻게 오셨습니까?"

헤이딘이 더듬거렸다. 냉정하기 짝이 없는 그가 이렇게 동요한 모습은 모두의 심장을 무겁게 짓눌렀다. "무슨 일로?"

에드가 걸음을 멈추었다.

"나는 당신과 단 둘이 이야기를 나눠야겠어요. 나를 따라와요. 아무 소리 말고."

그녀의 낮은 목소리에 숙명의 그림자가 울렸다.

"하지만—당신—무슨 일—"

"나를 따라와요, 헤이딘. 엄청난 소식이 왔어요. 다른 분들은, 기다리고 계세요."

밸-에드는 몸을 돌려 다시 걸어 나갔다.

몽유병자처럼, 헤이딘이 그녀를 따라갔다. 입구에서 그의 손이 저절로 벽에 세워둔 무기들 속에서 창 한 자루를 집어 들었다. 두 사람이 어둠 속으로 사라졌다. 한 남자가 벌벌 떨면서 문 가까이 기어갔다.

"안 돼, 빗장을 지르지 마라. 우리는 여기서, 신녀가 돌아와 명을 내리거나, 날이 밝을 때까지 기다릴 것이다."

부르문드가 그에게 말했다.

가장 먼저 뜬 별들이 머리 위에서 깜빡이고 있었다. 건물들은 흐릿하게 웅크리고 있었다. 에드는 마당에서 멀리 공터로 길을 이끌었다. 시든 풀밭과 바람에 일렁이는 웅덩이들이 보이지 않는 곳으로 사라져 갔다. 시야 끝자락에 헤이딘이 아스의 신들에게 제물을 바친 커다란 떡갈나무가 서 있었다. 그 뒤에서 한 줄기 고른 백광이 쏟아져 나왔다. 헤이딘이 우뚝 멈춰 섰다. 그는 목구멍에서 신음소리를 냈다.

"당신은 오늘 밤 용감해야 할 거예요. 저기 여신님이 계셔요."

에드가 말했다.

"니애르드…… 니애르드께서…… 돌아오셨소?"

"그래요, 내 탑으로. 거기서 저를 이리로 데려오셨어요. 오세요."

에드가 침착하게 걸어갔다. 그녀의 망토는 바람에 펄럭이고 있었다. 꼿꼿이 쳐든 머리에서 흘러내린 머리칼이 바람에 날렸다. 헤이딘은 창대를 꽉 쥔 채 에드를 따라갔다.

넓게 뻗은 뒤틀린 나뭇가지들이 빛에 희미하게 드러났다. 바람은 그 잔가지들도 함께 바스락바스락 소리를 내게 했다. 죽은 나뭇잎들이 발밑에서 축축하게 짓뭉개졌다. 두 사람은 나무 줄기 뒤로 가서 황소인지 말인지 쇠로 만들어진 것 옆에 서 있는 여인을 보았다.

"여신이시여."

헤이딘이 신음했다. 그는 무릎을 꿇고 고개를 숙였다. 하지만 다시 몸을 일으켰을 때, 헤이딘은 침착을 되찾았다. 그의 창이 떨렸다면, 그것은 그의 입술에서 터져나온 것과 같은 거센 환희 때문이었으리라.

"당신께서는 이제 최후의 결전으로 우리를 이끄시렵니까?"

플로리스의 시선이 그를 살폈다. 헤이딘은 마르고 거무스름했다. 수수한 옷차림이었다. 사냥꾼의 세월은 얼굴에 주름을 새겨 넣고 머리칼에 흰빛을 섞어 놓았다. 무기의 쇠붙이는 머리 위에서 번득이고 있었다. 플로리스의 램프는 에드에게 헤이딘의 그림자를 던지고 있었다.

"아니다. 전쟁의 때는 지나갔다."

플로리스가 말했다.

그의 입에서 숨결이 거칠어졌다.

"로마 인들이 죽습니까? 여신께서 우리를 위해 그들을 모두 죽이셨나이까?"

에드가 주춤 물러섰다.

"로마 인들은 살아 있다. 너의 백성들이 살아 있을 것처럼. 모든 부족에서 너무나 많은 인간들이 죽었다. 로마 인들 역시 마찬가지다. 로마 인들은 화평을 맺을 것이다."

플로리스가 말했다.

헤이딘의 왼손이 오른손과 합쳐지며 창대를 움켜쥐었다.

"저는 절대 그리 하지 않을 겁니다. 여신께서는 제가 해변에서 한 맹세를 들으셨습니다. 로마 인들이 물러갈 때, 저는 그자들의 발꿈치를 개처럼 쫓아갈 것입니다. 낮에는 그들을 괴롭히고, 밤에는 그들을 습격할 것입니다. 제가 죽인 자들을 당신께 바칠까요? 니애르드 님."

그가 거칠게 말했다.

"로마 인들은 물러가지 않을 것이다. 그들은 남아 있을 것이다. 하지만 그들은 백성들에게 권리를 돌려줄 것이다. 그걸로 만족하거라."

헤이딘은 얻어맞은 것처럼 머리를 흔들었다. 그는 한동안 입을 벌리고 여인들을 둘러보다가, 나지막이 속삭였다.

"여신이시여, 에드여, 당신들은 저들을 저버리겠다는 겁니까? 전 도저히 믿을 수 없습니다."

그는 에드가 자신에게 손을 뻗친 것을 알지 못하는 것 같았다. 바람이 그들 사이로 불었다. 그녀가 간절한 목소리로 말했다.

"그 바타비 사람과 나머지 사람들은 우리 부족이 아니에요. 우리는 그 사람들을 위해 할 만큼 했어요."

"난 네게 그 교섭은 명예로운 것이 될 것이라고 말하겠다. 너희의 일은 끝났다. 너희는 부르문드를 만족시킬 것을 얻었다. 하지만 벨레다는 이것이 신들이 원하는 바이며 사람들에게 무기를 내려야 한다고 알려야만 한다."

플로리스가 말했다.

"나—당신—우리는 맹세했소, 에드."

헤이딘의 말은 당황스럽게 들렸다.

"로마 인이 남아 있고 내가 살아 있는 한 절대 화평을 맺지 않을 거라고 말이오. 우리는 그렇게 하자고 맹세했소. 우리는 대지에 피를 섞었소."

"내가 이미 한 대로, 너는 그 맹세에서 에드를 풀어 주어야 한다."

플로리스가 명령했다.

"난 그럴 수 없습니다. 그렇게 하지 않을 겁니다."

고통으로 쓰라린 말들이 돌연 에드를 때렸다.

"당신은 저놈들이 당신을 어떻게 암캐로 만들었는지 잊어버렸소? 이제 당신의 명예는 상관하지 않는 것이요?"

그녀가 무너지듯 무릎을 꿇었다. 그녀의 입은 넓게 벌려졌다.

"아니요!"

그녀가 슬프게 울었다. "아니요. 아니요. 아니요."

플로리스가 남자에게 다가갔다. 밤하늘 위에서, 에버라드는 그에게 충격총을 겨누고 있었다.

"그만 해라. 너는 네가 사랑하는 여인을 갈기갈기 찢는 늑대인 거냐?"

헤이딘이 가슴을 그녀에게 드러내며 팔을 활짝 벌렸다.

"사랑, 증오—저는 남자입니다. 저는 아스의 신들에게 맹세를 했습니다."

"네 좋을 대로 해라. 하지만 나의 에드는 놔 주어라. 너는 내게 목숨을 빚졌음을 기억해라."

플로리스가 말했다.

헤이딘이 몸을 구부렸다. 에드가 창에 의지해 그의 발치에 웅크리고 있었다. 헤이딘은 그녀 위로 그림자를 드리웠다. 그들 사이로 바람이 불었다. 나무는 교수대의 밧줄처럼 삐걱거렸다.

그가 갑자기 웃음을 터뜨리며, 어깨를 활짝 폈다. 그리고 플로리스의 눈을 똑바로 쳐다보았다.

"여신이시여, 당신 말이 맞습니다. 그래요, 놓아 드리겠습니다."

헤이딘이 말했다.

그가 창을 기울여 머리 아래에서 그것을 손으로 쥐었다. 그리고 목에 그 끝을 찔러 넣었다. 단 한 번의 베는 동작으로 한 쪽에서 다른 한 쪽으로 창날을 그었다.

에드의 비명이 플로리스의 비명을 덮었다. 헤이딘은 푹 고꾸라졌다. 뿜어져 나온 피가 거무스름하게 빛났다. 그는 반사작용으로 발을 버둥거리며 풀밭을 쥐어뜯었다.

"멈춰요! 그 친구를 구하려 들지 말아요. 이건 빌어먹을 전사들의 문화요──그에겐 이것밖에 길이 없었소."

에버라드가 큰소리로 외쳤다.

플로리스는 목소리를 죽이려 애쓰지 않았다. 여신은 떠나는 영혼을 노래하기 위해 당연히 미지의 언어를 사용할 것이었다.

"하지만 저 끔찍한──"

"그래요. 하지만 생각해 봐요. 우리가 일을 제대로 한다면 죽지 않을 모든 사람들에 대해 생각해 봐요."

"지금도 그럴 수 있을까요? 부르문드는 어떻게 생각할까요?"

"궁금해 하게 내버려 둬요. 에드에게 그에 대한 어떤 질문에도 대답하지 말라고 해요. 먼 곳에 있는 여인의 유령 같은 갑작스러운 출현──그로 인한 폭력을 끝내는 것을 원치 않는 자의 죽음──평화를 이야기하는 벨레다──사람들은 명확한 결론을 이끌어 내겠지만, 신비로움은 힘을 줄 거요. 그것은 큰 도움이 되겠지."

헤이딘은 움직이지 않았다. 그의 몸은 오그라든 것처럼 보였다. 그의 주위에 고인 피가 땅을 적시고 있었다.

"우리는 먼저 에드를 도와야 해요."

플로리스가 말했다. 그녀는 일어나서 멍하게 서있는 다른 여인에게 다가갔다. 피가 에드의 망토와 옷에 튀어 있었다. 그에 개의치 않고 플로리스는 에드를 안아 주었다.

"너는 자유롭다. 헤이딘은 자기 목숨으로 너에게 자유를 사 주었다. 그것을 소중히 여기도록 해라."

플로리스가 속삭였다.

"예."

에드가 말했다. 그녀는 어둠 속을 바라보고 있었다.

"이제 너는 세상에 평화를 외칠 수 있다. 너는 그래야 한다."

"예."

플로리스가 한참이나, 한참 동안이나 에드의 몸을 따스하게 해 주었다.

"제가 어떻게 해야 할지 말씀해 주세요. 뭐라고 말해야 할지 말씀해 주세요. 세상이 텅 빈 것 같네요."

에드가 말했다.

"아, 내 아이야." 플로리스가 회색으로 변해 가는 머리카락 속으로 숨결을 불어넣었다.

"착한 마음을 가지거라. 난 너에게 새로운 집, 새로운 희망을 약속해 주었다. 그에 대해 듣고 싶지 않느냐? 그곳은 바다에 열려 있는, 나지막한 초록빛 섬이란다."

"감사합니다. 정말 친절하시군요. 최선을 다 하겠습니다. ……당신의 이름으로."

대답에 약간 생기가 돌았다.

"이제 가거라. 너의 탑으로 다시 데려다 주겠다. 잠을 자거라. 충분히 자고 나면, 네가 왕과 족장들에게 기꺼이 말하겠다고 전해라. 그들이 네 앞에 모였을 때, 그들에게 평화의 말을 전하거라."

플로리스가 말했다.

19

갓 내린 눈이 잿더미가 된 농장들을 덮고 있었다. 노간주나무들이 짙은 초록 속에 눈을 받은 곳에서, 눈은 하얀 선반처럼 내려 있었다. 남쪽에 낮게 뜬 태양이 눈 위에 하늘처럼 푸르게 그림자를 드리웠다. 강 위에 얇게 낀 얼음은 아침이 되면서 녹아 있었다. 하지만 강가의 마른 갈대들에는 여전히 딱딱하게 얼음이 덮여 있었다. 강 중간에서 얼음조각들이 천천히 북쪽으로 떠내려갔다. 동쪽 지평선 위에 내린 어둠은 황야의 끝을 표시하고 있었다.

부르문드와 부하들은 서쪽으로 달렸다. 말발굽은 노상의 바퀴자국들을 드러내며 딱딱한 땅에 둔중하게 부딪쳤다. 콧구멍에서 흘러나온 숨결이 수염에 서리가 앉게 했다. 쇠붙이는 차갑게 빛나고 있었다. 기수들은 거의 말을 나누지 않았다. 겨울옷과 모피를 텁수룩하게 차려입은 그들은 숲에서 강으로 말을 달리고 있었다.

그들 앞에 부서진 나무다리가 나타났다. 멀리 물 위로 노출된 교각들이 튀어나와 있었다. 반대쪽 기슭에 다른 조각들이 서 있었다. 다리 중간을 파괴한 일꾼들은 그쪽 편에 대열을 짓고 있는 로마 병사들에게로 다시 돌아가 있었다. 그들의 수는 게르만 족과 마찬가지로 얼마

되지 않았다. 갑옷은 번쩍이고 있었지만, 치마와 망토, 양말 등, 천으로 된 것들은 모두 닳고 더러워져 있었다. 장교들 투구의 깃털 장식은 색깔이 바래 있었다.

부르문드는 고삐를 당기고 말에서 내려 다리 위로 걸어갔다. 그의 장화가 널빤지를 공허하게 울렸다. 부르문드는 케리알리스가 이미 자리에 와 있는 것을 보았다. 평화 교섭을 요청한 것은 부르문드였기 때문에 그것은 호의적인 행동이었다. 둘다 이 협상을 해야 한다는 것을 명확히 깨닫고 있었기 때문에, 그 행동은 많은 의미를 담고 있진 않았다.

자기 쪽 다리가 끝나는 곳에서 부르문드는 걸음을 멈추었다. 땅딸막한 두 남자는 겨울 공기 속에서 3~4미터를 사이에 두고 서로를 바라보았다. 강은 그들 아래에서 바다를 향해 졸졸 흐르고 있었다.

로마 인은 팔을 펼치고 오른손을 들어 보였다. "안녕하시오, 키빌리스." 그가 인사했다. 군대에게 연설하는 데 익숙했기 때문에, 그는 필요한 거리만큼 쉽게 목소리를 전달했다.

"안녕하시오, 케리알리스."

부르문드가 비슷한 태도로 대답했다.

"당신은 협상 조건들을 논하게 될 것이오. 반역자와 논의한다는 것은 곤란한 일이요."

케리알리스가 말했다.

그의 목소리에는 아무 감정이 들어 있지 않았고, 그의 말은 시작에 불과했다. 부르문드는 그것을 감수했다. "하지만 난 반역자가 아니오."

그가 진지하게, 라틴어로 대답했다. 부르문드는 자신이 회담하는 상대가 비텔리우스의 군단장이 아니라는 것을 지적했다. 케리알리스는 베스파시아누스의 군단장이었다. 바타비 족의 부르문드, 클라우디

스 키빌리스는 이어서 자신이 로마와 새로운 황제에게 세운 공로들을
헤아렸다.

III

구테리우스는 그 원시림에서 자주 사냥을 하는 사냥꾼의 이름이었
다. 그는 가난했고 그의 땅은 빈약했다. 가을의 어느 바람이 몹시 불
던 날, 구테리우스는 활과 창으로 무장하고 사냥을 나갔다. 그는 사실
큰 사냥감을 잡을 거라고 전혀 기대하지 않았다. 그런 짐승들은 드물
고 조심성이 많았다. 구테리우스는 다람쥐와 토끼를 잡으려고 덫을
놓으려 했다. 덫을 하룻밤 내버려 두고, 자신은 큰 뇌조 같은 것을 기
대하며 계속 나아갔다. 그보다 더 좋은 사냥감을 만나더라도, 그는 준
비가 되어 있었다.

구테리우스가 가는 길은 만을 돌아가는 길이었다. 썰물 때였지만
파도는 바깥쪽 모래톱에 거칠게 부딪쳤고, 반쯤 막혀 있는 바닷물 위
에 물마루가 사정없이 일었다. 노파 한 명이 모래사장을 걸으며, 몸을
낮게 구부리고 모래 위로 드러난 홍합이나 썩지 않은 죽은 물고기 같
은 것들을 찾고 있었다. 이빨이 다 빠지고, 손가락은 마디가 지고 힘
이 없었다. 그녀는 한걸음 한걸음이 힘든 듯 걷고 있었다. 노파의 누
더기가 거센 바람에 펄럭거렸다.

"할멈, 안녕하시오. 잘 돼 가시오?"

구테리우스가 말했다.

"아무것도 없어. 먹을 만한 게 나오지 않으면, 집에도 못 갈까 봐

겁나."

할멈이 말했다.

"거참, 안됐구려."

구테리우스는 주머니에 갖고 다니던 빵과 치즈를 꺼냈다.

"이거 반 드시우."

"참 착한 젊은이구랴."

노파가 떨리는 목소리로 말했다.

"어머님 생각이 나서 그래요. 그리고 네할렌니아Nehalennia 님께 공덕을 쌓아야지."

그가 말했다.

"그거 다 나한테 줄 수 없겠나? 자넨 젊고 힘도 세지 않은가."

그녀가 물었다.

"안 돼요. 마누라와 애새끼들을 먹이려면 힘을 아껴 놔야 하우. 주는 거나 받고 감사하시우."

구테리우스가 말했다.

"그럴 거네. 자넨 복을 받을 거야. 하지만 자네가 다 주지 않았기 때문에, 처음엔 화가 있을 걸세."

노파가 말했다.

"조용하시우!"

구테리우스가 소리를 질렀다. 그는 재수 없는 말에서 벗어나기 위해 서둘러 자리를 떴다.

구테리우스는 숲에 도착해서 자기가 아는 사냥로로 들어갔다. 수풀에서 갑자기 수사슴이 뛰어나왔다. 그건 커다란 짐승이었다. 거의 큰사슴만 한, 눈처럼 하얀 사슴이었다. 사슴의 뿔은 오래된 떡갈나무 가지처럼 퍼져 있었다. "이야!" 구테리우스가 환성을 질렀다. 창을 던졌지만 빗나갔다. 수사슴은 달아나지 않았다. 그것은 구테리우스 앞에 그늘을 등지고 흐릿하게 서 있었다. 그는 시위를 당기고 화살을 먹였다. 그리고 활을 쏘았다. 활 소리에 짐승이 달아났다. 하지만 사람이 달리는 것보다 빠르지 않았다. 구테리우스는 화살이 어디 있는지 보지 못했다. 그는 맞았겠거니 짐작하고 상처 입은 사냥감을 잡을 수 있겠다고 생각했다. 구테리우스는 창을 되찾은 다음 사슴을 쫓아갔다.

사냥꾼은 계속 숲 깊숙한 곳으로 들어갔다. 흰 사슴이 계속 그의 시야에 어른거렸다. 웬일인지 구테리우스는 전혀 지치지 않았다. 숨도 가빠 오지 않았다. 그는 쉬지 않고 달렸다. 구테리우스는 달리기에 취해 자신을 잊었다. 사슴을 쫓는 일 외에는 아무 생각도 나지 않았다.

해가 떨어졌다. 땅거미가 퍼져 나갔다. 빛이 사라지자, 수사슴이 갑자기 속도를 내더니 온데간데없이 사라졌다. 나무들 사이로 바람이 윙윙 불었다. 구테리우스는 피로와 굶주림과 갈증에 못 이겨 멈추어 섰다. 그는 길을 잃었다는 것을 깨달았다. "그 할망구가 진짜 나한테 저주를 건 걸까?" 구테리우스는 생각했다. 두려움이 다가오는 밤보다 더 차갑게 그를 뚫고 지나갔다. 그는 갖고 온 담요를 몸에 둘둘 감고 캄캄한 밤 내내 뜬눈으로 지새웠다.

다음 날 내내 구테리우스는 숲을 헤집고 다녔다. 아는 곳을 전혀 찾을 수 없었다. 실제로 이곳은 숲에서 제일 무시무시한 곳이었다. 어떤 짐승도 그 덤불 속을 다니지 않았다. 어떤 새도 그 깊은 곳에서 울음소리를 내지 않았다. 단지 바람만 숲 위를 쓸고 가며, 죽은 나뭇잎을 뜯어내고 있었다. 밤도 딸기도 자라지 않았다. 버섯조차 자라지 않았다. 쓰러진 통나무와 보기 흉한 돌덩어리 위에 이끼만 자라고 있었다. 구름이 해를 가려 방향조차 알 수 없었다. 그는 무턱대고 숲 속을 돌아다녔다.

황혼 무렵에 구테리우스는 샘물 하나를 찾아냈다. 말라죽을 것 같은 갈증을 풀기 위해 그는 배를 깔고 엎드렸다. 덕분에 정신이 좀 든 구테리우스는 주위를 둘러보았다. 그는 빈터에 들어가, 하늘을 보았다. 하늘은 맑게 개어 있었다. 저녁샛별이 남보랏빛으로 반짝이고 있었다.

구테리우스는 기도했다.

"네할렌니아 님. 자비를 베푸소서. 제가 기꺼이 바쳤어야 했던 것을 님께 바치겠나이다."

갈증 때문에 음식을 씹을 수도 없었었다. 그는 혹시라도 도움이 될 동물들을 끌기 위해 나무들 밑에 음식을 뿌려 놓았다. 구테리우스는 샘 옆에서 잠을 자기 위해 누웠다.

밤새 큰 폭풍이 몰아쳤다. 나무들이 삐걱삐걱 소리를 내며 이리저리 흔들렸다. 바람에 나뭇가지들이 찢겨 나갔다. 비가 창대처럼 쏟아졌다. 구테리우스는 미친 듯이 비를 피할 곳을 더듬어 찾았다. 그는 속이 비어 있는 나무둥치에 부딪쳤다. 거기서 구테리우스는 밤새 웅크리고 있었다.

정적을 깨고 아침 햇살이 밝았다. 빗방울이 잔가지와 이끼 위에서 다채롭게 반짝이고 있었다. 새들이 머리 위를 지나갔다. 구테리우스가 뻣뻣해진 몸을 펴고 있을 때, 개 한 마리가 풀숲에서 나와 그에게 다가왔다. 잡종개가 아니라 덩치가 큰 회색 사냥개였다. 남자에게 기쁨이 되살아났다.

"넌 누구의 개냐? 나를 네 주인에게 안내하거라."

개는 몸을 돌려 총총히 걸어갔다. 구테리우스는 뒤를 따랐다. 그들은 곧 사냥로와 마주쳤고 그 길을 따라갔다. 하지만 사람의 흔적은 전혀 찾지 못했다. 그에게서 깨달음이 일어났다.

구테리우스는 감히 말했다.

"너는 네할렌니아 님의 개로구나. 네할렌니아 님이 네게 날 집에 데려다 주라고 하셨구나. 아니면 적어도 내가 굶주림을 면할 수 있도록 딸기 수풀이나 개암나무가 있는 곳으로 나를 데려가려 하는 구나. 여신님이시여, 감사합니다."

개는 아무 대답도 하지 않고, 계속 걸어갈 뿐이었다. 남자가 기대한 것은 아무것도 나타나지 않았다. 대신, 잠시 뒤 숲이 열렸다. 그는 바닷소리를 들었고, 그로부터 불어오는 짠냄새를 맡았다. 개는 한쪽으로 뛰어들어 그늘 속으로 사라졌다. 구테리우스는 앞으로 계속 걸어가야 했다. 지쳤지만 그는 행복감에 타올랐다. 남쪽으로 해변을 따라가면 친척들이 사는 어부 마을에 갈 수 있었기 때문이다.

해변에서 구테리우스는 깜짝 놀라 걸음을 멈췄다. 그늘 속에 폭풍우에 밀려온 배가 한 척 놓여 있었다. 돛도 없어지고, 항해를 할 수도 없어 보였지만, 완전히 부서지진 않은 배였다. 선원들은 살아 있었다. 그들은 이 해안에 대해 아무것도 모르는 이방인들이었기 때문에, 절망에 빠져 있었다.

구테리우스는 가까이 가서 선원들이 곤란에 빠졌다는 것을 알아차렸다. 그는 손짓 발짓으로 선원들에게 자기가 안내해 주겠다고 했다. 선원들은 구테리우스에게 음식을 먹여 주었다. 다른 사람들이 양식을 갖고 그를 따라나선 사이 몇 사람은 배를 지키기 위해 남아 있었다.

이렇게 해서 구테리우스는 약속대로 보답을 받았다. 배에는 값비싼 짐들이 실려 있었고, 로마의 장관은 선원들을 구해 준 사람이 그중 한몫을 받을 자격이 있다고 판결했다. 구테리우스는 그 노파가 틀림없이 네할렌니아였을 거라고 생각했다.

네할렌니아가 배와 교역의 여신이었기 때문에, 그는 자신이 얻은 재산을 브리튼을 정기적으로 오가는 선박에 투자했다. 배는 좋은 날씨와 순풍을 누렸고, 싣고 간 물건은 비싼 값에 팔렸다. 구테리우스는 부자가 되었다.

자신이 빚진 은혜를 생각하며, 구테리우스는 네할렌니아에게 제단을 세워 주었고, 항해가 끝날 때마다, 거기에 제물을 듬뿍 바쳤다. 저녁샛별과 아침샛별*이 빛나는 것을 볼 때마다 그는 허리를 깊이 숙여 절했다. 그것들 역시 네할렌니아의 것이었기 때문이다.

나무도, 포도나무도 그 열매들도 그녀의 것이었다. 바다와 그 위를 항해하는 배들도 네할렌니아의 것이었다. 인간들의 안녕과 평화도 그녀의 소관이었다.

20

"방금 당신의 편지를 받았어요."

플로리스가 전화로 말했었다.

"아, 그래요, 맨스. 가능한 빨리 와요."

에버라드는 비행기를 타는 시간낭비를 하지 않았다. 그는 여권을 주머니에 쑤셔 넣고, 패트롤의 뉴욕 사무소에서 곧장 암스테르담 사무소로 건너뛰었다. 에버라드는 거기서 네덜란드 돈을 약간 뽑아, 택시를 잡아타고 그녀의 집으로 갔다.

그가 아파트에 들어가서 두 사람이 포옹했을 때, 플로리스의 키스는 열정적이라기보다 부드러웠다. 키스는 짧게 끝났다. 에버라드는 자신이 놀란 건지 아닌지, 실망했는지 안도했는지 알 수 없었다.

"어서 와요, 반가워요. 너무 오랜만이오."

* 둘 다 금성을 가리킨다.

그녀가 그의 귀에 대고 속삭였다. 그러나 유연한 육체는 에버라드의 몸에 가볍게 와 닿았다가 재빨리 물러섰다. 그의 심장박동은 느려지기 시작했다.

"당신은 언제나처럼 멋져 보이는군."

에버라드가 말했다. 사실이었다. 짧은 검은색 드레스가 늘씬한 몸매를 감싸며 호박색으로 빛나는 레게머리를 돋보이게 했다. 왼쪽 가슴 위에 단 천둥새* 모양의 은 브로치가 유일한 귀금속이었다. 그를 생각해서 단 것일까?

작은 미소가 플로리스 입가에 떠올랐다.

"고마워요. 하지만 자세히 봐요. 나 정말 피곤해요. 휴가를 얼마나 기다렸나 몰라요."

에버라드는 터키석 빛깔의 눈과 눈가에 서린 고뇌를 읽었다. '지난번 헤어진 뒤로, 플로리스는 무엇을 더 보았던 걸까?' 그는 생각했다. '난 어떤 일을 겪지 않게 되었던 걸까?

"그래, 잘 알고 있소. 당신은 열 사람 몫의 일을 떠맡았지. 내가 떠나지 않고 도와 줬어야 하는 건데."

그녀는 고개를 저었다.

"아니. 난 그때 알았어요. 지금도 그렇고. 위기가 일단 해결되고 나자, 조직이 무임소 대원인 당신에 대해 더 많은 권리를 갖고 있었어요. 당신에겐 그 임무의 뒤처리를 직접 맡을 권한이 있었지만, 더 많은 수명을 요구할 권리는 없었지요. 책임감 강한 늙은 맨스."

플로리스가 다시 미소를 지었다.

'하지만 그 시간대에 대한 전문가인 당신은 그 일을 끝까지 봐야 했지. 동료 조사원들과 그 목적을 위해 새로 훈련된──많이는 아니

---

* Thunderbird. 북미 인디언 신화에서 우레를 일으키고 인간을 보호한다는 거대한 새.

374

었겠지?──보조원들의 도움을 받으며, 사태의 추이를 계속 관찰해야 했어. 사태가 『타키투스 1』의 코스를 따라 진행되는지 확인해야 했지. 때때로 조심스럽게, 여기저기 개입을 해야 했지. 사태가 불안정한 시공 지대를 벗어나 안정될 때까지 말이야.

아, 결국 당신은 훌륭하게 휴가를 얻었어.'

"얼마나 오래 그 현장에 있었소?"

에버라드가 물었다.

"서기 70년부터 95년까지. 물론 시간을 건너뛰며 다녔어요. 내 세계선으로 보면 다 합쳐서…… 1년 쯤 됐을 거예요. 당신은, 맨스? 무슨 일로 바빴어요?"

"솔직히 심신을 회복하는 것 외에 별거 없었소. 난 당신의 파트너이자 공식적인 대리인이기 때문에 이번 주에 당신이 돌아온다는 걸 알고 있었지. 그래서 나는 바로 손을 써서, 우리에게 며칠 휴가를 허락받고, 편지를 쓴 거요."

그가 털어 놓았다.

'그게 공정한 일이었을까? 난 금방 회복했는데. 우선, 난 당신보다 덜 예민하거든. 역사에서 일어난 일은 나를 다른 일보다 덜 괴롭히지. 다른 이유는, 당신은 거기서 몇 달을 더 있어야 했다는 거야.'

플로리스는 얼굴이 아니라 다른 곳을 보고 있는 듯했다.

"당신은 상냥한 사람이에요." 그녀가 급히 웃으며 에버라드의 손을 잡았다.

"그런데 우리 왜 여기 서 있는 거죠? 자, 좀 편안하게 앉아요."

두 사람은 사진과 책들이 있는 방으로 들어갔다. 그녀는 커피와, 카나페* 등의 간식을 나지막한 테이블에 차려놓고 있었다. 에버라드

* 얇은 빵에 캐비어 · 치즈 등을 바른 음식.

가 좋아한다고 한 스카치위스키도 있었다. ——그래, 글렌리벳, 플로리스에게 특별히 이야기했던 적이 있었는지 잘 기억나지 않았다. 그들은 소파에 나란히 앉았다. 플로리스는 소파에 등을 기대고 환하게 미소 지었다.

"편안함?"

그녀는 만족한 듯 보였다.

"환상적일 정도예요. 다시 한 번 나는 내가 태어난 시대가 얼마나 좋은지 깨닫고 있어요."

'플로리스는 진짜 편안해 하고 있는 걸까, 아니면 그런 척하고 있는 것뿐일까? 정말 모르겠군.' 그는 쿠션 가에 자리를 잡고 앉았다. 에버라드는 자신과 플로리스를 위해 커피를 따르고 자기 잔에 위스키를 생으로 따랐다. 그녀에게 눈짓을 하자, 플로리스는 싫다는 표시를 하고 자기 컵을 집어 들었다.

"저한텐 아직 일러요."

플로리스가 말했다.

"아니, 취하도록 마시자는 건 아니오. 좀 편하게 앉아서 이야기를 하다가, 저녁이나 먹으러 나갔으면 좋겠는데. 거기 유쾌한 작은 카리브 해 음식점 어떻소? 당신이 좋다면, 난 리즈스타펠*을 잔뜩 먹어도 상관없소."

에버라드가 그녀를 안심시켰다.

"그러고 나서는?"

플로리스가 조용한 목소리로 물었다.

"글쎄, 어——"

그는 뺨이 달아오르는 것을 느꼈다.

---

* 인도네시아식 코스 요리.

"당신은 내가 맨정신으로 있으려고 하는 이유를 알 거예요."

"얀녀! 날 어떻게 보고—"

"아니, 아니, 당신은 훌륭한 남자예요. 지나치리 만큼 훌륭한 남자라고 생각해요."

그녀가 에버라드의 무릎에 손을 얹었다.

"우리, 당신 말대로, 이야기를 좀 해요."

그가 팔로 미처 플로리스를 감싸 안기 전에, 그녀는 무릎에서 손을 뗐다. 열린 창문으로 봄의 포근함이 흘러들고 있었다. 자동차 소리는 먼 파도 소리처럼 들렸다.

"명랑한 척하는 건 소용없어요."

잠시 뒤, 플로리스가 말했다.

"나도 그렇게 생각하오. 바로 진지한 문제를 얘기하는 게 낫겠어."

기묘하게도, 그것은 에버라드를 조금 편하게 해 주었다. 그는 손에 잔을 들고 등을 기대앉았다. 사람들은 위스키 맛을 음미하는 만큼 이 섬세한 스모키 향도 즐긴다.

"다음엔 무슨 일을 할 거죠, 맨스?"

"누가 알겠어? 문제들이 부족해서 문제가 된 적은 없으니까."

에버라드가 고개를 돌려 그녀를 쳐다보았다.

"나는 당신이 한 일에 대해 듣고 싶소. 당신은 분명, 성공했어. 어떤 변칙이 발생했다면 내게 알려줬을 테니까."

"더 많은 『타키투스 2』 같은 것."

"아니. 그 하나뿐인 원본은 존재하고 있지. 패트롤이 만들어낸 그 사본들도. 하지만 그건 단지 골동품일 뿐이오."

그는 플로리스가 살짝 떨고 있다는 것을 느꼈다.

"어떤 이유에서도 어떤 것에서도 만들어지지 않은, 원인이 없이 존재하는 물건. 우주는 정말 무서운 곳이에요. 현실은 변하기 쉽다는 것에 대해 모르는 것이 속 편하죠. 가끔 나는 패트롤에 들어온 것을 후회하곤 해요."

"당신이 어떤 사건들에 존재했다는 사실 자체도. 나도 알고 있소."

에버라드는 그녀에게 키스해서 불행함을 떨쳐내 주고 싶었다. '한번 해 볼까? 그래도 될까?'

"맞아요."

플로리스가 밝은 빛 머리를 들었다. 목소리는 심하게 떨렸다.

"하지만 그러고 나서 나는 탐색과 발견, 도움에 대해 생각하죠. 그리고 나선 난 다시 만족하죠."

"착한 아이로군. 뭐, 당신의 모험에 대해서나 이야기 해 봐요." '본론으로 들어가기 전에 약간의 위밍업이지.'

"나는 아직 당신의 보고서를 찾아보지 않았소. 당신한테 개인적으로 얘기를 듣고 싶어서였지."

플로리스의 활기가 떨어졌다.

"관심이 있다면 보고서를 보는 게 좋았을 텐데."

그녀는 방 맞은편에 있는 면사포성운의 사진을 바라보며 말했다.

"뭐요? ……아. 말하기 힘든 모양이군."

"그래요."

"하지만 당신은 성공했소. 당신은 역사를 안전하게, 올바른 길로 가게 만들었소. 평화와 정의를 가지고."

"평화와 정의라는 기준으로. 당분간은."

"그것 인류가 기대할 수 있는 최선의 것들이오, 얀너."

"알고 있어요."

"자세한 건 건너뛰자고." '그렇게 힘들었었나? 복구는 꽤 부드럽게 진행됐다는 인상을 받았는데. 로마제국이 분열되기 시작할 때까지 베네룩스 지방은 제국 내에서 꽤 잘나가는 지역이었지.'

"하지만 몇 가지만 얘기해 줄 수 없겠소? 우리가 만났던 사람들은 어떻게 되었소? 부르문드는?"

플로리스의 목소리가 약간 밝아졌다.

"부르문드는 다른 사람들처럼 사면받았어요. 아내와 여동생은 그에게 무사히 돌아갔죠. 부르문드는 바타비아에 있는 자기 땅으로 물러났어요. 거기서 원로 정치가처럼, 조용히 평화로운 인생을 마감했어요. 로마 인들도 그 사람을 존경했고 조언을 구하곤 했죠.

케리알리스는 브리타니아의 총독이 됐어요. 케리알리스는 브리간트 족*을 정복했고요. 타키투스의 장인인 아그리콜라가 그 밑에서 복무했어요. 그 역사가가 케리알리스를 높이 평가한 게 기억날 거예요. 클라시쿠스는——"

"그 얘긴 하지 말아요. 벨레다—— 에드는?"

에버라드가 끼어들었다.

"아, 그래요. 강에서의 회담이 있은 후, 에드는 기록에서 사라졌어요."

그 기록은 시간 여행자들이 찾아낸 완전한 기록을 말하는 것이었다.

"기억나는군. 왜지? 에드는 죽었나?"

"에드는 그 뒤 20년을 더 살았어요. 그 시대에는 충분히 많은 나이였죠."

그녀는 얼굴을 찌푸렸다. 또 아픈 곳을 건드렸나?

"난 궁금해요. 당신은 에드의 운명이 타키투스가 언급할 만큼 관심을 끌지 못했을 거라고 생각할 거예요."

"에드가 모습을 감췄다면 그랬겠지."

---

* 잉글랜드 북부에 있던 켈트 부족.

"사실, 에드는 모습을 감추지 않았어요. 과거에서 내 자신이 개변을 만들고 있는 것은 아닐까? 내가 그런 의심을 보고하자, 일을 계속 진행하라는 명령을 받았고, 실제로 그것이 올바른 역사의 일부라는 말을 들었어요."

"좋아, 그럼 그런 거요. 걱정 하지 마시오. 그건 인과관계 상의 사소한 결함일 수 있소. 만약 그렇다면, 그건 문제될 게 없소. 그런 일은 많이 일어나고 있고, 중요한 결과를 일으키지 않으니까. 아니면 그건 그냥 타키투스가 몰랐거나, 벨레다가 정치적 힘을 잃은 뒤, 그녀가 어떻게 됐는지 주의하지 않았기 때문일 수도 있소. 벨레다는 그렇게 되지 않았소?"

"어떤 면에서는요. 하지만——내가 생각하고 제안한 계획을 패트롤은 승인했어요. 패트롤이 존재한다는 걸 알기도 전에, 내가 보았던 것, 내가 알고 있던 것 때문에 그 아이디어가 떠올랐죠. 나는 에드를 격려하면서, 그녀가 하게 될 일과 해야 할 일을 예언해 주었죠. 그리고 필요한 준비들을 조치해 놓고, 에드를 지켜보면서, 여신이 필요해 보일 때마다 에드에게 나타나 주었죠."

에버라드는 다시 플로리스가 고뇌하는 것을 보았다.

"미래는 과거를 창조하고 있었죠. 나는 더 이상 그런 경험을 피하고 싶었어요. 끔찍한 일은 아니었어요. 아니, 차라리 보람 있는 일이었죠. 나는 그게 내 삶을 정당화한다고 생각했어요. 하지만——"

그녀의 목소리가 점점 작아졌다.

"겁이 났겠지. 나도 알아."

에버라드가 거들었다.

"그래요. 당신도 자신만의 비밀들을 갖고 있죠. 그렇지 않아요?"

그녀가 부드럽게 말했다.

"패트롤한테 숨기진 않았소."

"당신이 마음 쓰는 사람들에게 말이에요. 입 밖에 내는 것 자체로 당신에게 너무 큰 상처를 주거나, 그들이 듣고 너무 큰 상처를 받을 그런 일들."

'거의 본론에 가까이 가고 있군.'

"좋아, 에드는 어떻게 됐소? 나는 당신이 에드를 가능한 행복하게 만들어 주었을 거라고 믿는데. 나는 당신이 그랬으리라고 확신하오."

에버라드는 말을 멎었다.

"당신, 발헤런 섬에 가 본 적 있어요?"

플로리스가 물었다.

"으음, 없소. 저 아래 벨기에 국경 가까이 있는 곳 아닌가? 잠깐, 당신이 전에 그곳의 고고학적 발견에 대해 말했던 게 희미하게 기억나는군."

"맞아요. 그 유적은 대개 2~3세기 무렵의 라틴어가 새겨진 돌들이었어요. 대개 브리타니아로 무사히 항해하고 온 것에 대한 감사의 선물들이었죠. 이곳 사람들이 섬기는 여신은 배가 출발하는 북해 항구들 중 한 곳에 사원을 갖고 있었어요. 그 여신은 몇 개의 돌들에 배 나 개와 함께 묘사되어 있었어요. 종종 풍요의 뿔을 들고 있거나, 과일과 곡식에 둘러싸인 모습으로. 여신의 이름은 네할렌니아였어요."

"당시에 꽤 중요한 여신이었겠군. 적어도 그 지역에서는."

"네할렌니아는 신들이 할 것이라고 기대되는 일들을 했죠. 용기와 위안을 주고, 거친 남자들로 하여금 좀더 품위를 차리게 하고, 가끔 아름다움에 눈을 뜨게 해 주었죠."

"잠깐!"

에버라드가 허리를 꼿꼿이 세우고 앉았다. 척추에서부터 두개골 위로 서늘함이 스쳐갔다.

"그게 설마 벨레다의 신——"

"풍요와 바다를 상징하는 고대 북구의 여신들에겐, 네르투스, 니애르드, 내라, 네라 등 여러 이름이 있었어요. 벨레다는 그 여신을 복수하는 전쟁의 신으로 만들었어요."

에버라드는 순간 그녀를 강렬하게 쳐다보다가 말했다.

"그리고 당신은 다시 한번 벨레다에게 여신은 평화를 사랑한다는 걸 확인시킨 다음, 그녀를 남쪽을 데려갔지. 그건…… 내가 지금까지 들어본 어떤 작전만큼이나 놀라운 작전이로군."

플로리스가 시선을 떨어뜨렸다.

"아니, 그렇지 않아요. 원래 가능성이 있는 일이었어요. 무엇보다 그 일을 가능하게 만든 건 에드 본인 이었죠. 그녀는 정말 대단한 여자예요. 에드가 더 운 좋은 시대에 태어났더라면 무슨 일을 할 수 있었을까? ……발혜런 섬에서 여신은 네하Neha라고 불렸어요. 여신은 농사와 바다의 신으로서도, 이류의 신이 되어 있었어요. 벨레다가 도착해서, 여신에 대한 숭배를 부활시키고, 거기에다 사람들을 변화시키고 있던 문명에 적합한 새로운 요소를 넣었죠. 사람들은 여신에게 라틴어 별명을 붙여서 부르게 되었죠. 네하 레니스Neha Lenis, 즉 부드러운 네하. 그것은 곧 네할렌니아라는 이름으로 변했어요."

"사람들이 그 여신을 수세기 뒤에도 숭배했다면, 틀림없이 아주 큰 문제가 되었을 거요."

"확실히 그랬겠죠. 패트롤이 내 수명을 그렇게 많이 허락해 줄 수 있다고 한다면, 난 가끔 그 역사를 추적해 보고 싶다는 생각이 들어요. 물론, 결국 로마제국은 무너졌고, 프랑크 족과 색슨 족이 파괴 행위를 일삼았죠. 새로운 질서가 생겨났을 때, 그 중심은 바로 기독교였어요 하지만 나는 네할렌니아의 어떤 성격이 그 속에 유지되었다고 생각하고 싶어요."

플로리스는 한숨을 쉬었다.

에버라드는 고개를 끄덕였다.

"당신 애길 들으니, 나 역시 그렇게 생각되는군. 충분히 그럴 수 있는 일이지. 많은 중세 성자들이 변신한 이교의 신들이었지. 역사적 실존 인물들은 흔히 민속이나 교회에서 신들의 속성을 취하곤 했지. 하지의 횃불 축제는 여전히 계속되고 있지. 지금은 성 요한 축일 전야라고 하지만 말이오. 성 올라프*는 옛날의 토르처럼 트롤이나 괴물들과 싸웠지. 심지어 동정녀 마리아도 이시스**의 성격들을 가지고 있소. 마리아에 대한 몇 가지 전설들은 아마도 지방 신화에서 유래되었을 거요."

그는 고개를 저었다.

"당신이야말로 이런 일을 잘 알고 있겠지. 이야기가 너무 멀리 샜군. 에드의 삶은 좀 어땠소?"

플로리스의 눈이 에버라드와 현재를 넘어 먼 곳을 향했다. 그녀의 말은 느릿느릿 흘러나왔다.

"에드는 존경을 받으며 늙어갔어요. 에드는 결혼하지 않았지만, 사람들에게 어머니 같은 존재가 되었어요. 그 섬은 에드의 어린 시절 고향처럼 나지막하고, 배를 만드는 곳이었어요. 네할렌니아의 사원은 그녀가 너무나 사랑하는 바닷가에 있었어요. 내 생각에—여신이 인간의 마음에 대해 얼마나 많이 알 수 있는지, 확신할 순 없지만—내 생각에 에드는…… 평온해진 것 같았어요. 그게 하려고 했던 말이 맞았을까? 임종하는 순간 확실히 에드는—"

목소리가 메였다.

"—에드가 임종의 자리에 누웠을 때—"

---

* Saint Olaf 노르웨이의 왕이자 노르웨이의 수호성인(995~1030).
** Isis. 이집트 신화의 여신.

플로리스는 울음을 참다가 끝내 터뜨리고 말았다.

에버라드는 그녀를 가까이 끌어당겨 머리를 어깨에 기대게 했다. 그리고 그녀의 머리칼을 어루만졌다. 그녀의 손가락이 그의 셔츠를 꽉 움켜쥐었다.

"진정해, 아가씨, 진정해. 어떤 기억들은 늘 아프지. 당신은 임종의 순간에 에드에게 갔었군. 그렇지?"

그가 속삭였다.

"그래요. 그밖에 내가 뭘 할 수 있었겠어요?"

그녀가 그에게 기대 속삭였다.

"그렇지. 당신이 어떻게 그러지 않을 수 있었겠어? 당신은 그녀의 죽음을 편하게 해 주었겠지. 뭐가 잘못된 거지?"

"에드는 — 에드는 부탁했어요. — 나는 약속해 주었어요 —"

플로리스는 눈물을 흘렸다.

에버라드가 눈치 챘다.

"무덤 너머의 생. 니애르드의 바다 거처에서 영원히 당신과 함께하는 삶. 에드는 행복하게 저 세상으로 떠났겠군."

플로리스가 그에게서 떨어졌다.

"그건 거짓말이었어요!"

그녀가 소리를 질렀다. 플로리스는 벌떡 일어서서, 휘청거리며 커피테이블 주위를 서성였다. 양손을 맞잡고 잡아당기거나 주먹으로 손바닥 때리기를 되풀이하면서 말했다.

"그 모든 세월은 모조리 거짓말, 속임수였어요. 나는 에드를 이용했던 거예요! 에드는 나를 믿었었는데!"

에버라드는 가만히 앉아 있는 게 낫겠다고 판단했다. 그는 다시 술을 따랐다.

"진정해요, 얀너. 당신은 해야 할 일을 했소. 전 세계를 위해서 말이오. 당신은 훌륭하게 그 일을 했소. 에드에 대해서라면, 당신은 에드가 바랄 수 있었던 모든 걸 주었소."

"베드리헤레이bedriegerij*——내가 한 다른 많은 것들처럼 거짓되고 공허한 짓이었어요."

에버라드는 위스키를 입 속에 부었다.

"들어 봐요. 나는 당신을 꽤 잘 알게 되었소. 당신은 내가 지금까지 만난 사람들 중에 제일 정직한 사람 중 하나요. 사실, 너무 정직하지. 당신은 또 천성적으로 매우 친절한 사람이오. 그건 더 큰 문제지. 성실함은 우리 목록에서 가장 과대평가된 덕목이야. 얀녀, 당신이 여기에 용서받아야 할 뭔가가 있다고 생각한다면, 그건 잘못된 생각이오. 하지만 어쨌든 망설이지 말고 앞으로 나아가요. 그래서 상식을 작동시키고, 자신을 용서해요."

플로리스가 멈춰 서서 그를 마주 보았다. 울음을 삼키고 눈물을 닦은 다음, 점차 침착함을 되찾으며 말했다.

"그래요, 난…… 이해해요. 나, 난 그것에 대해…… 며칠 동안 생각했었어요. ……패트롤에 내 계획을 제안하기 전에요. 나중에 나는 거기 매-매-매여 버렸어요. 당신이 옳아요. 그건 필요한 일이었어요. 난 사람들이 지침으로 삼는 많은 이야기들이 신화라는 걸 알아요. 그리고 또 많은 신화들은 조작된 것들이고요. 추한 모습 보여서 미안해요. 내 세계선에서 벨레다가 네할렌니아의 품안에서 죽은 건 얼마 전의 일이었어요."

"그 기억이 당신을 짓누른 거로군. 틀림없이. 미안하오."

"그건 당신 잘못이 아니에요. 당신이 어떻게 알 수 있었겠어요?"

플로리스가 긴 한숨을 토했다. 그녀는 손으로 옆구리를 꽉 움켜쥐

* 나쁜 짓, 부정 행위라는 뜻의 네덜란드 어.

었다.

"하지만 난 내가 해야 할 것 이상으로 거짓말을 하고 싶진 않아요. 난 당신에게도 거짓말을 하고 싶지 않아요, 맨스."

"무슨 뜻이지?"

반쯤은 두려워하면서, 반쯤은 무슨 얘기일지 예측하면서 에버라드가 물었다.

"난 우리 일에 대해 생각해 왔어요. 많이 생각했어요. 난 우리가 한 일, 함께 간 일이 잘못이었다고 생각해 —"

"글쎄, 보통은 잘못된 일이겠지. 하지만 이번 경우, 그건 우리 업무를 망치지 않았소. 그렇기는커녕, 난 고무감을 느꼈소. 그건 빌어먹을 멋진 경험이었다고."

"그건 나도 마찬가지였어요."

하지만 그녀는 냉정하게도 점점 더 차분해졌다.

"당신은 오늘 그걸 새롭게 하고 싶어서 여기 왔죠. 그렇지 않아요?"

에버라드는 웃어 보이려 해 보았다.

"죄를 인정하지. 여보, 당신은 침대에서 굉장했소."

"당신도 서투르진 않았어요."

희미한 미소가 사라졌다.

"당신은 무슨 생각을 하고 있는 거예요?"

"같은 일을 더 많이 하는 거지. 자주."

"항상?"

에버라드는 대답하지 않았다.

"그건 어려운 일일 거예요. 당신은 무임소 대원이고, 나는 전문 현장 요원이죠. 우리는 생애 대부분을 떨어져 살아야 할 거예요."

플로리스가 말했다.

"당신이 집에서 일할 수 있는 데이터 조정 같은 일로 업무를 바꾸지 않는다면."

에버라드가 몸을 앞으로 기울였다.

"알다시피, 그건 그 자체로 좋은 아이디어요. 당신은 그 일을 할 만한 두뇌를 갖추었소. 위험하고 힘든 업무도 없어지고, 그래, 막는 것이 금지된 고통스러운 일들을 봐야 하는 일도 없어지겠지."

플로리스가 고개를 저었다.

"그러고 싶지 않아요. 그 모든 것에도 불구하고, 나는 현장에서, 내 현장에서 제일 보람을 느껴요. 나는 너무 늙어서 힘이 없어질 때까지 이 일을 할 거예요."

'만약 당신이 그렇게 오래 살아남는다면 말이지.'

"그래, 도전, 모험, 성취, 때때로 사람을 도울 기회, 당신은 그런 걸 좋아하는 부류지."

"나는 내게 그런 것들을 포기하라고 말하는 남자를 증오하게 될 수도 있어요. 난 그쪽도 원치 않아요."

"글쎄, 어—"

에버라드는 일어섰다.

"좋아."

에버라드는 비행기에서 탈출하는 것 같은 기분을 느꼈다. 그때는 낙하산에 몸을 맡겨야 한다.

"가정의 기쁨이 많진 않겠지만 임무들 중간중간, 여가 시간에 특별한 일들과 완전히 우리 자신의 시간을 가질 수 있을 거요. 당신은 어떻소?"

"당신은?"

플로리스가 대답했다.

그녀에게 다가가던 도중에, 에버라드는 멈춰 섰다.

"당신은 내 일이 뭘 요구할 수 있는지 알고 있어요." 플로리스가 말했다. 그녀의 얼굴은 창백해져 있었다. '이건 얼굴을 붉힐 문제가 아니야.' 그가 마음 한구석에서 생각했다.

"이번 임무에서도 마찬가지였어요. 내가 늘 여신으로만 있는 것은 아니었어요, 맨스. 때때로 나는 집에서 멀리 떨어진 곳에서 게르만 족 여인으로 있는 것이 쓸모 있다는 걸 알았어요. 아니면 단지 하룻밤 일을 잊고 싶을때나."

관자놀이가 두근거렸다.

"난 그렇게 보수적이지 않아, 얀너."

"하지만 당신은 미국 중부의 시골 사람이에요. 당신이 그렇게 말했죠. 나는 그게 사실이라는 걸 알아요. 난 당신의 친구나, 파트너나, 정부가 될 수는 있겠죠. 하지만 결코 그 이상 깊은 관계는 될 수 없을 거예요. 솔직해져 봐요."

"노력하고 있소."

에버라드가 거칠게 말했다.

"그건 나한테 더 안 좋을 거예요."

플로리스가 결론을 내렸다.

"나는 당신에게 너무 많은 것을 숨겨야만 할 거예요. 난 당신을 배신하고 있다고 느낄 거예요. 이치에 맞진 않는 얘기죠, 그래요. 하지만 그건 내가 느끼게 될 감정이에요. 우리는 사랑에 빠지지 않는 게 나았어요. 작별인사를 하는 게 좋았어요."

두 사람은 함께 이야기를 나누면서 몇 시간을 보냈다. 그리고 플로리스는 그의 가슴에 머리를 기댔다. 에버라드는 잠시 그녀를 안아 주었다. 그리고 그는 떠났다.

IV

마리아, 신의 어머니, 슬픔의 어머니, 구원의 어머니, 지금 현재와 죽음의 시간에 우리와 함께 있어 주소서.

우리는 서쪽으로 항해하지만, 밤이 우리에게 덮쳐 옵니다. 어둠 속에서 우리를 지켜봐 주시고, 우리를 낮으로 데려가 주옵소서. 우리 이 배가 가장 소중한 짐을 싣도록 해 주시옵소서. 우리에게 축복을 내려 주시옵소서.

당신만큼 순수하게, 당신의 저녁샛별은 저무는 태양 위에서 빛나리니. 우리를 당신의 빛으로 인도해 주옵소서. 바다 위에 당신의 부드러움을 내려주시고, 우리 가는 길과 고향으로 사랑하는 사람들에게 돌아오는 길에 생기를 불어넣어 주시옵소서. 당신의 기도로 우리를 마침내 천국으로 데려가 주옵소서.

아베 스텔라 마리아.*

---

* '안녕하시옵니까, 우리의 별 마리아.'

역자 후기

신이 되어버린 사람들

폴 앤더슨의 「오딘의 비애」, 「바다의 별」

1.

국내에 많은 작품이 소개되지는 않았지만, 폴 앤더슨은 가장 대중적인 과학소설 작가 중 한 사람으로 유명하다. 1926년에 태어난 폴 윌리엄 앤더슨은 40년대 말부터 90년대에 이르기까지 40여 년 동안 100여 편이 훨씬 넘는 작품을 남겼다. 폴 앤더슨은 물론 엄격한 과학적 근거에 기초한 하드 SF 소설로 제일 유명했지만, 유머 SF, 풍자 SF 등에도 재능을 보였으며, 심지어 판타지 장르의 작품들도 여러 편 남겼다. (그는 1960년대 세워진 판타지 소설 작가들의 단체 〈미국 검객과 마술사들의 길드〉의 회원이기도 했다.)

미네소타 대학에서 물리학을 전공한 그는 1953년 캐런 크루즈 (Karen Kruse, 1932~　)와 결혼하여, 그녀와 여러 작품을 공동으로 집필했다. 또 두 사람의 딸 에스트리드(Astrid)가 역시 과학소설 작가인 그렉 베어(Greg Bear, 1951~　)*와 결혼하여 작가 가족을 이루었

다. 폴 앤더슨은 1972년 〈미국 과학 소설 및 환상소설 작가 협회〉**
6대 회장을 역임하기도 했다. 그는 2001년 암으로 세상을 떠났다.

2.

30, 40대 팬들이라면 혹시 1980년대 인기리에 방영되었던 〈타임
머신(원제: Voyager!, 1982)〉이라는 미국 드라마를 기억할지 모르겠
다. 제프리라는 소년이 우연히 만난 보그라는 시간여행자와 함께 나
침반처럼 생긴 타임머신을 갖고 다니며, 마크 트웨인이나 에디슨 같
은 유명한 역사적 인물들을 만나서 잘못된 역사를 바로잡는다는 내
용의 이 시리즈는 미국과 한국에서 상당한 인기를 끌었다.

이렇게 미래에서 과거를 바로잡기 위해 시간여행자가 온다는 설
정은 드라마뿐 아니라, 제임스 카메론의 〈터미네이터〉 시리즈나 로
버트 저메키스의 〈백 투 더 퓨처〉와 같은 영화, 토리야마 아키라의
〈드래곤볼〉 같은 만화에서도 반복되어 나타나는 인기 있는 설정이
다. 폴 앤더슨의 『타임 패트롤』 시리즈는 이러한 설정의 고전적이고
선구자적인 작품들 중 하나라고 할 수 있다.

하지만 「오딘의 비애」(1983)와 「바다의 별」(1991)은 단순히 시간
범죄자에 맞선 역사에 대한 교정이라는 문제 설정을 넘어서서, 본문
에 나오듯 시간여행자가 역사를 발견하는 것인지 창조하는 것인지에
대한 형이상학적 질문을 제기한다. 이러한 문제는 『타임패트롤』 1권

---

* 휴고 상과 네뷸러 상을 동시에 수상한 1983년 작 『블러드 뮤직 *Blood Music*』으로 유
  명하다. 1994년에는 『움직이는 화성 *Moving Mars*』으로, 2002년에는 『다윈의 라디오
  Darwin's Radio』로 네뷸러 상을 수상했다.
** 이 단체에서 수여하는 상이 바로 네뷸러 상이다.

에 수록된 「왕과 나」나 「사악한 게임」에서도 이미 등장하고 있지만, 「오딘의 비애」와 「바다의 별」에서 더욱 명확하게 제기되고 있다. 앞의 두 작품과 마찬가지로, 「오딘의 비애」와 「바다의 별」에서도 의도적인 역사 개변 행위는 등장하지 않는다.

이것은 시간여행의 존재 자체가 끊임없이 역사에 영향을 미칠 수밖에 없다는 흥미로운 전제를 제출한다. 「오딘의 비애」는 잘 알려지지 않은 시공간을 조사하기 위해 과거로 간 타임 패트롤의 연구자가 자신의 존재 자체가 역사의 일부가 되는 흥미로운 과정을 그리고 있다. 「바다의 별」은 우연히 발견된 타키투스의 저서 『역사』의 변형이라는 문제를 풀기 위해 출발하지만 끝까지 왜 그러한 변형이 발생했는지 명쾌하게 제시하지 않는다. 오히려 시간여행자 자신이 애초 모든 사건의 발단이었을 수 있다는 것을 암시하고 있다. 이러한 내용은 「바다의 별」 속에서 에버라드가 끊임없이 고민하듯이 선형적인 인과관계를 넘어 이미 존재하고 있는 현실에 대한 회의와 상대화를 보여주고 있다.

3.

스칸디나비아계인 폴 앤더슨은 북구 게르만 족의 역사에 대해 깊은 관심을 보여 왔다. 그가 판타지 소설에 관심을 가진 것도 이런 점과 연관이 있을지 모른다.

「오딘의 비애」와 「바다의 별」은 발표 시간에 있어 8년의 격차가 있지만, 모두 로마 시대 게르만 족의 역사를 다루며 북구 신화에 깊이 천착하고 있다는 공통점을 가지고 있다. 뿐만 아니라 두 작품에서 모두, 시간여행자들은 자신도 모르게 게르만 신화 속의 신이 되어 버린 것을 깨닫게 된다. 사실 장구한 세월 동안 시간을 뛰어넘어 출현하는 시간여행자들은 그 자체로 신적인 존재일지도 모른다. 이 작품들 속에서 신화가 어떻게 형성되고, 시간여행자들이 어떻게 신화 속에서 편입되어 역사에 영향을 끼치는지 살펴보는 것도 상당한 재미를 줄 것이라고 생각한다.

4.

폴 앤더슨은 로버트 하인라인 등과 함께 과학소설 계에서 보수적인 작가로 분류되곤 한다. 그의 정치적 성향은 리버테리언(Libertarian)으로 알려져 있다. 한국에서 '자유의지론자'라고 번역하는 리버테리언은 미국의 보수주의 유파 중 하나로 분류되며, 보통 경제적 이슈에 대해서는 보수적이지만, 개인적 자유에 대해서는 진보적인 성향을 보인다고 한다. 이러한 폴 앤더슨의 경향은—완벽한 이상주의는 불가능하며 미국식 민주주의가 나름 최상의 체제라는 자신감, 반공주의적 태도, 이상적인 역사를 창출하려는 역사 개변 시도자들에 대한 비판적 인식 등—그의 작품 속에서도 곳곳에 녹아 들어가 있으며, 작품의 주인공인 맨스 에버라드의 성격을 통해 반영되어 있다고 볼 수 있을 것이다. 앤더슨이 60년대 대중운동에 대해 상당히 비판적인 시각을 지녔음도 잘 알려진 사실이다.

하지만 1990년대에 쓴 「바다의 별」에서는 나름 페미니즘적 인식이 엿보인다는 면에서 흥미롭다. 성폭력 사건에 대한 여인의 복수가역사 개변에까지 이른다는 설정, 작품의 중요 인물인 두 여성이 모두자신의 일과 주장을 위해 자신을 사랑하는 남자를 물리친다는 내용은 꽤나 현대적인 면이 엿보인다. 특히 「바다의 별」의 결말에서 미국 중서부 출신에 어느 정도 마초적인 면이 있는 맨스 에버라드가, 그동안 자신이 보호해야 할 대상으로 여겨온 얀너 플로리스에게 차이는 장면은 개인적으로 가장 통쾌하게 읽은 부분이었다.

5.

작품 전반에 고풍스러운 문체를 사용하고 있는데다가, 수많은 인용문들, 그리고 잘 알려지지 않은 시대의 역사적 배경에 대한 지식까지 요구하는 바람에 이 두 작품의 번역은 대단히 힘든 작업이었다. 좋은 작품을 맡겨 주시고 늦어지는 작업에 노심초사하며 가끔 포기하고 싶기까지 했던 번역 작업을 끝까지 마치게 채찍질 해주신 〈행복한책읽기〉 여러분들, 특히 늦어지는 번역 때문에 마음고생이 심했을 편집장께 감사드린다. 어떤 장르든 팬덤이 안착되기 위해서는 그 장르의 고전들이 많이 번역되어야 한다. 국내의 과학소설에 대한 소개는 여전히 부족하며, 특히 장르의 고전에 대한 소개는 많이 부족하다. 폴 앤더슨과 같은 고전 작가의 반열에 오른 작가의 작품이 더 많이 소개되기를 기원하며, 최선을 다하긴 했으나 혹시 있을지 모르는 오역은 전적으로 번역자의 짧은 지식의 산물임을 밝힌다.

6.

타임패트롤 시리즈는, 1955년에서 1995년까지 총 11편이 발표되었다. 작품의 목록은 다음과 같다.

1. 타임패트롤(*Time Patrol*, 1955)

2. 왕과 나(*Brave to be a King*, 1959)

3. 지브롤터 폭포에서(*Gibraltar Falls*, 1975)

4. 사악한 게임(*The Only Game in Town*, 1960)

5. 델렌다 에스트(*Delenda Est*, 1955)

　　　　－ 1~5까지 『타임패트롤』 1권에 수록

6. *Ivory, and Apes, and Peacocks* (1983)

7. 오딘의 비애(*The Sorrow of Odin the Goth*, 1983) － 이 책에 수록

8. 바다의 별(*Star of the Sea*, 1991) － 이 책에 수록

9. *The Year of the Ransom* (1988)

10. *The Shield of Time* (1990)

11. *Death and the Knight* (1995)